কুয়াশা পেরিয়ে

কাকলী মল্লিক

INDIA • SINGAPORE • MALAYSIA

Copyright © Kakoli Mallik 2025
All Rights Reserved.

ISBN
Paperback: 979-8-89906-775-4
Hardcase: 979-8-89906-776-1

This book has been published with all efforts taken to make the material error-free after the consent of the author. However, the author and the publisher do not assume and hereby disclaim any liability to any party for any loss, damage, or disruption caused by errors or omissions, whether such errors or omissions result from negligence, accident, or any other cause.

While every effort has been made to avoid any mistake or omission, this publication is being sold on the condition and understanding that neither the author nor the publishers or printers would be liable in any manner to any person by reason of any mistake or omission in this publication or for any action taken or omitted to be taken or advice rendered or accepted on the basis of this work. For any defect in printing or binding the publishers will be liable only to replace the defective copy by another copy of this work then available.

-: উৎসর্গ। :-

দুই কন্যা শ্রেয়া ও সুগন্ধা এবং অকালে প্রয়াতা বোন শর্মিলী স্নেহভাজনেষু। যাদের উদ্যোগ অনুপ্রেরণা ও সহায়তা ছাড়া উপন্যাসটি লেখা এবং প্রকাশিত হওয়া হয়তো সম্ভব হতো না।

কদিন ধরেই মেজাজ টা একেবারে ক্ষিপ্ত হয়ে আছে সুলগ্নার। ছোটো বাচ্চাগুলোকে সুলগ্না কি পরিমাণে ভালবাসে তা ওর পরিচিত সবারই এতদিনে জানা হয়ে গেছে। শুধু সুন্দর দেখতে পরিস্কার জামাকাপড়ে সাজানো ফুটফুটে বাচ্চাগুলোকেই নয়, বস্তিবাসী বা নোংরা জামাকাপড় পরা নাক দিয়ে সর্দি গড়ানো বাচ্চাদেরও অনায়াসে কোলে তুলে আদর করে দেয় ও। কম্পিউটার সায়েন্সে বি টেক এর ছাত্রী সুলগ্না কলেজের ফার্স্ট ইয়ারে পড়ার সময় থেকেই স্কুলপড়ুয়া ছেলেমেয়েদের ইংলিশের টিউশন পড়ানো শুরু করেছিল। আর টিউশন ফীজের পাওয়া টাকার সিংহভাগই সুলগ্না ব্যয় করত নানান এন জি ও তে বাচ্চাদের জন্য বই খাতা ও মাঝেমধ্যে নানারকম খাবার কিনে দিয়ে আসার জন্য। কতবার যে বিহানকেও টেনে নিয়ে গেছে সুলগ্না নানান এন জি ও তে ওই বাচ্চাগুলোর জন্য নানারকম কাজের সময় তার ঠিক নেই। তাই বিহানের থেকে ভালো আর কে জানবে বাচ্চাদের প্রতি সুলগ্নার এই অদ্ভুত প্যাশনের কথা। আর সেই বিহান ই কিনা শুধু চুপচাপ থেকে নয়, উল্টে ওই বাচ্চা সংক্রান্ত ব্যাপারেই সুলগ্নাকে করা এই অপমান টা মেনে নিল! একবার প্রতিবাদ তো করলই না! বরং মিটিমিটি হেসে যাকে বলে কথাটার সমর্থন ই করল!

সুলগ্নার কলেজে ঢোকার প্রায় পরেপরেই বিহানের একমাত্র দিদি জামাইবাবু বিহান আর সুলগ্নার এই প্রেমপর্বটির ব্যাপারে জানতে পেরে যায় এবং বেশ উদার হয়ে ঘোষণা করে যে বিহান আর সুলগ্নার যখনই আড্ডা মারার ইচ্ছে হবে যেন সোজা ওদের বাড়িতে চলে যায়। ওদের বাড়ির ড্রয়িংরুমের দরজা সুলগ্না আর বিহানের মনের সুখে আড্ডা

মারার জন্য সবসময় অবারিত। তা এই মনের সুখে আড্ডা মারার আকর্ষণ ছাড়াও ওদের বাড়িতে সুলগ্নার মাঝেমাঝেই গিয়ে হানা দেওয়ার আরেকটা বড়ো আকর্ষণ ছিল বিহানের দিদির দেড় বছর বয়সী দুষ্টুমিষ্টি মেয়েটা। সেদিন ওই পুচকুটাকে ভাত খাওয়াতে গিয়ে চন্দ্রানীদি নাজেহাল হচ্ছে দেখে সুলগ্নাই ওকে কোলে টেনে নিয়ে খাওয়াতে বসে গেছিল। তাই দেখে হঠাৎ বিহানের জামাইবাবু কি না বলে বসল যাতে বিহান হাতছাড়া না হয়ে যায় তাই সুলগ্না নাকি নানা উপায়ে বিহানের দিদিকে তেল মারছে! তেল মারা! কি বিশ্রী কথা! তাও আবার বিহান হাতছাড়া হবার ভয়ে! তার ও ওপর বাচ্চাকে আদর করা নিয়ে সুলগ্নাকে ব্যঙ্গ! খুব অবাক হয়ে বিহানের দিকে তাকিয়েছিল সুলগ্না। কিন্তু বিহানের মুখে প্রশ্রয়ের মিটিমিটি হাসি দেখে আর সহ্য হয়নি, বাচ্চাটাকে চন্দ্রানীর কোলে দিয়ে তীরবেগে বেড়িয়ে এসেছিল ওদের বাড়ি থেকে।

তারপর থেকে তিনদিন ধরে মোবাইলে অনবরত বিহানের কল এসে গেছে, সুলগ্না রেসপন্ড করেনি। তিন দিন কলেজেও যায়নি বিহানকে এ্যাভয়েড করার জন্য। আজ সকালে বিরক্ত হয়ে কলটা নিতেই বিহান খুব মিনতি করে বলল সুলগ্না যেন অবশ্যই একটু কলেজে আসে, বিহান সুলগ্নার সব রাগ ভেঙ্গে দেবে। কে জানে কি ভেবে সুলগ্না কলেজে গিয়েও ছিল। বিহান সুলগ্নাকে দেখেই ওকে টেনে নিয়ে গিয়েছিল কলেজেরই একটা খালি রুমে । তারপর যেন কিছুই হয়নি এমন ভাবে নানান গল্প জুড়ে ছিল। শেষে বাধ্য হয়ে সুলগ্না সেদিনের প্রসঙ্গ তুলতেই বিহান আকাশ থেকে পড়ার মতো করে বললো সুলগ্না নাকি খুব তুচ্ছ কথাকে বড্ডোবেশী বড় করে দেখে বিহানকেই অপমান করছে! মাই গড! এখনও এ দেশে এত মেল শভিনিষ্ট আছে! নাকি মেল শভিনিজ্মের কোন দেশ কাল পাত্র নেই ! এই বিহানকেই সুলগ্না এতদিন ধরে ভালোবেসেছে! ভীষন অচেনা

লাগছিল ওকে। আর কথা বলতেই পারল না সুলগ্না। অপমানে হতাশায় সুলগ্নার দু চোখ ফেটে জল বেড়িয়ে এল। আর বিহান কিনা বলল, "সুলগ্না য়্যু আর বীয়িং ভেরী ইম্ম্যাচুয়ারলী মেলোড্রামাটিক!" আর মাথার ঠিক থাকলো না সুলগ্নার। প্রচণ্ড রেগে কিছু একটা বলতেই যাচ্ছিল এমন সময় হুড়মুড় করে একটি ছেলে ওই ঘরে ঢুকে সোজা সুলগ্নার দিকেই তাকিয়ে বলল - "এই তোমরা এই রুম ছেড়ে এক্ষুনি বেড়িয়ে এসো। কয়েকজন ছেলে প্রফেসর্স স্টাফরুমে তোমাদের ব্যাপারে বাজে কথা বলে কমপ্লেইন করেছে। দুজন প্রফেসর কি ব্যাপার তাই দেখতে আসছেন।" বলেই যেমন ঝড়ের মত এসেছিল তেমনই ঝড়ের বেগে বেড়িয়ে গেল ছেলেটা। আর ওর পেছন পেছন প্রায় সঙ্গে সঙ্গে সুলগ্নাকে একটাও কথা না বলে ভীত সন্ত্রস্ত বিহানও দৌড়ে বেড়িয়ে গেল রুম থেকে। কিংকর্তব্যবিমূঢ় সুলগ্না ওখান থেকে নড়ার ক্ষমতাটুকুও হারিয়েছিল। সম্বিত ফিরল একজন প্রফেসরের ডাকে - "এই তোমার নাম কি? কি করছ এখানে একলা বসে? ক্লাস নেই?" কোনরকমে সুলগ্না বলতে পারল- "না স্যার।" উনি বললেন, "আর ক্লাস না থাকলে বাড়ি যাও। এখানে একলা বসে থেকোনা।" বলেই উনি চলে গেলেন। সুলগ্না রুম থেকে বেড়িয়ে এসে একটু দূরে কিছু স্টুডেন্টস এর জটলা দেখতে পেল। এরা কেউই ওর ক্লাসের ছেলে নয়। অন্য স্ট্রীমের। তবে কেউ কেউ মুখ চেনা। বেশ উৎসুকতার সাথে ওরা সুলগ্নার মুখের দিকে লক্ষ্য করছিল। কিন্তু ওদের মধ্যেই মাথা নামিয়ে নিজের মোবাইলে তন্ময় হয়ে থাকা একটা ছেলের দিকে নজর পড়লো সুলগ্নার। ওকে আবছা চেনা লাগায় মনে করার চেষ্টা করল তবে কি এই ছেলেটাই ছুটে গিয়েছিল সুলগ্নার সম্মান রক্ষার্থে ওকে সাবধান করে দেবার জন্য? সেই সময়ের মানসিক পরিস্থিতির কারনে সুলগ্নার ঠিক মত মনে পড়ল না সেই ছেলেটির মুখ। ওদের গ্রুপটাকে পেরিয়ে এগিয়ে যাবার সময় সুলগ্না খেয়াল করল ছেলেটি একবারও মুখ তুলে সুলগ্নাকে দেখার চেষ্টা

করেনি। অবাক হয়ে ভাবছিল সুলগ্না বিহান অত ভয় পেয়ে দৌড়ে পালিয়ে গেল কেন? ওখানে সোজা দাঁড়িয়ে মাথা উঁচু করে তো প্রফেসর কে বলতেই পারত ....স্যার আমরা দুজন দুজনকে ভালোবাসি, কিছু ভুলবোঝাবুঝি হয়েছে, সেটাই সল্ভ করার চেষ্টা করছিলাম। এই দুদিকে টানা বারান্দা দেওয়া সবকটা দরজা জানলা খোলা রুমে আমরা কোনো খারাপ কাজ করছিলাম না। ....

আর এটাও ভাবছিল কে ওই অচেনা ছেলেটি! যে শুধুমাত্র একটি মেয়ের সম্মান রক্ষার কথা ভেবেই বন্ধুদের কাছে পরে বিদ্রূপের পাত্র হতে হবে জেনেও ছুটে গিয়েছিল সুলগ্নাকে সাবধান করতে।

বাড়ি ফেরার সময় টুকুর মধ্যেই সুলগ্নার মন থেকে বিহানের সব স্মৃতিই প্রায় মুছে গেল। মন জুড়ে চোখ জুড়ে রইল শুধু ওই ছেলেটির আবছা চেহারা।

এই ঘটনার পর বেশ কয়েক মাস কেটে গেছে। ছেলেটির সাথে প্রায়ই যেতে আসতে মুখোমুখি দেখা হয় সুলগ্নার। কিন্তু কখনোই ছেলেটি এগিয়ে এসে জানানোর চেষ্টা করেনি যে সেদিন ওই সুলগ্নাকে সাবধান করতে ছুটে গিয়েছিল।

সুলগ্না যে ওকে সেই ছেলেটি বলে ঠিকঠাক চিনতে পারছেনা তাই হয়তো ও বুঝতে পারেনি।

হেল্প করলো একদিন বিহান ই। যদিও সুলগ্না আজকাল বিহানকে এড়িয়ে চলে, তবু একদিন বিহান সুলগ্নাকে ডেকে ওই ছেলেটিকে দূর থেকে দেখিয়ে বলেছিল, "আমি কিন্তু সেদিনের ঘটনার পর সম্রাট কে অনেক থ্যাংকস জানিয়েছিলাম, তুই তো বোধহয় সেটুকু ভদ্রতা করারও প্রয়োজন মনে করিসনি।" সুলগ্নাকে ভদ্রতা শিখতে হবে বিহানের কাছে ! প্রচণ্ড ঘৃণার উদ্রেক হওয়া সত্ত্বেও সুলগ্না ক্ষমা করে দিল বিহানকে।

আফটার অল বিহানের জন্যই তো সুলগ্না আজ সেদিনের সেই উপকারী বন্ধুর মত ছুটে আসা ছেলেটাকে চিনতে পারল,ওর নাম জানলো। সম্রাট! বাঃ বেশ নাম তো! আলাপটা করেই ফেলতে হচ্ছে দেখছি! ভাবতে ভাবতে ওর চোখে দুষ্টুমিষ্টি একটা হাসি ঝিকিমিকিয়ে উঠল।

বেশ কয়েকদিন পরে সুলগ্না প্রথম সুযোগ পেলো সম্রাটের মুখোমুখি দাঁড়াবার। মৃদু স্বরে বলল, "অনেক ধন্যবাদ তোমায়।" সম্রাট সত্যিই বেশ অবাক হয়ে জিজ্ঞাসা করল হঠাৎ তাকে ধন্যবাদ দেবার কারন কি? সুলগ্না সেদিনের ঘটনার কথা উল্লেখ করে লজ্জিত ভাবে স্বীকার করল যে সেদিন মানসিকভাবে খুব ডিসটার্বড থাকার জন্য সত্যিই সে সম্রাটের মুখ সঠিক ভাবে মনে রাখতে পারেনি আর তার নামটাও সদ্যই জানতে পেরেছে। সম্রাট হেসেই উড়িয়ে দিল ব্যাপারটা, বললো,"এটা আবার ধন্যবাদ দেবার মত ব্যাপার না কি ! ও তো যে কেউ ই করবে।" সুলগ্না বলল - "কিন্তু যে কেউ তো করেনি, আমি অপমানিত হতে পারি ভেবে আমাকে এ্যলার্ট করার জন্য শুধু তুমিই ছুটে এসেছিলে।" সম্রাট হেসে ফেলল। বলল, "আরে সে তো তুমি বিহানের বান্ধবী বলেই ছুটে গেছিলাম।"

- "বিহান তোমার বন্ধু?"

- "ঠিক বন্ধু নয়।"

একটু ইতস্তত করে বললো সম্রাট।

- "মানে আমরা তো সেম ক্লাস সেম স্ট্রীম।"

- "ও তুমিও ইলেকট্রনিক্স এন্ড কম্যুনিকেশন? যাকগে ছাড়ো, চলো ক্যান্টীনে যাই। খুব ক্ষিধে পেয়েছে।"

যদিও সুলগ্নার হ্যান্ডব্যাগে বাড়ি থেকে আনা টিফিন বক্সে ভর্তি খাবার। মা রোজ জোর করে ব্যাগে ঢুকিয়ে দেয়। সুলগ্নার কোনো ওজর আপত্তিই শোনার পাত্রি নয় মা। আর কদিন আগে পর্যন্তও মায়ের কষ্ট করে বানিয়ে দেওয়া নিত্য নতুন টিফিনের সুস্বাদু খাবার গুলোর পূর্ণ সদ্ব্যবহার করতো বিহান। কিন্তু ইদানীং কয়েকবার সুলগ্নার কাছাকাছি আসার চেষ্টা করে বিহান সুলগ্নার সম্পূর্ণ নিরাসক্ত ভাব দেখে বুঝে গিয়েছে যে ও প্রায় জেতা বাজী হেরে গেছে। আজকাল তাই ও সুলগ্নার থেকে একটু দূরত্ব বজায় রেখেই চলছে। সুলগ্নাও খানিকটা আশ্বস্ত হয়ে ভেবেছে যাক অন্ততঃ এটুকু ভদ্রতা দেখাতে পেরেছে বিহান।

ক্যান্টীনে খালি টেবল চেয়ার পাওয়া এক দুরূহ ব্যাপার। তাই ক্যান্টীনে ঢুকেও আবার বেড়িয়ে এসে ওরা কলেজের বড় মাঠে একটা গাছের তলায় বসল। সুলগ্নার ব্যাগ থেকে বেরিয়ে এল মায়ের দেওয়া টিফিন বক্স আর তার ভেতরের খাবার। সম্রাট হেসে বলল- "বাঃ! খাবার সঙ্গেই ছিল, আর তা না খেয়ে ক্যান্টীনে ক্ষিধে মেটাতে যাওয়া হচ্ছিল!" সুলগ্না কিছু না বলে টিফিনবক্সটা সম্রাটের দিকে এগিয়ে ধরল। আর অবাক হয়ে দেখল যে সম্রাট কোনরকম ভনিতা না করেই বক্স খুলে খাওয়া শুরু করে দিল। উফ! সব ছেলেগুলোই কি এমন জন্ম বুভুক্ষ হয় না কি! খানিকটা পরে সুলগ্না হেসে বললো, "ক্ষিধেটা যে কার বেশী পেয়েছিল সেটাই ভাবছি!" ভীষন লজ্জিত আর অপ্রস্তুত হয়ে সম্রাট বললো- "ইস! ছি ছি, তোমার সব খাবারটা আমি প্রায় শেষ করে ফেলেছি। আসলে খেয়ালই করিনি যে আমার এতোটা ক্ষিধে পেয়েছিল, আর তার চেয়েও বড় কথা চিঁড়ে দিয়ে এই প্রিপারেশন টা এত টেস্টি ছিল যে আমি বাকি সব কথা ভুলে গেছিলাম।" সুলগ্না বললো -"ওটার নাম চিঁড়ের পোলাও। মা দারুন বানায় এটা।" সম্রাট বললো-"সে তো খেয়েই বুঝেছি, কিন্তু এখন তুমি কি খাবে? এটা তো প্রায় শেষ! চলো

ক্যান্টীন থেকেই কিছু কিনে আনি তোমার জন্য।" অনেক কষ্টে সুলগ্না বোঝাতে পারলো যে ওর রোজকার টিফিনে আনা খাবারগুলো হয় বিহানের নয় তো অন্য কোনো বন্ধুদের পেটেই যেত। সুলগ্নারও রোজ মায়ের পাঠানো অত অত খাবার খেয়ে ধুমসী মুটকী হবার কোনো সখ নেই। এতক্ষণে যেন এই প্রথমবার দেখলো সুলগ্নাকে এমন ভাবেই তাকালো সম্রাট। তারপর ভ্রু কুঁচকে বললো-"হুঁ, আজকাল মেয়েরা স্লিম থাকতেই পছন্দ করে, তবে তুমি একটু বেশীই স্লিম। আন্টির দেওয়া খাবার গুলো রোজ একটু করে খেলে হয়তো খুব বেশী ক্ষতি হবেনা তোমার। আসলে অনায়াসে পাচ্ছো তো মায়ের আদর ভালোবাসা তাই বোধহয় কদর করো না। না পেলে হয়তো...... ।" কথাটা শেষ না করেই হঠাৎ উঠে দাঁড়িয়ে 'চলো, ক্লাস আছে' বলেই হাঁটা দিল সম্রাট। সুলগ্না ভাবলো ও কি ভুল দেখলো? না কি সতিাই সম্রাটের মুখের রঙে একটু বদল হল? তবে কি সম্রাটের মা নেই!

(২)

অনেক গুলো মাস কেমন যেন হালকা ফুরফুরে হাওয়ায় ভেসে দিনগুলো কেটে গেল সুলগ্নার। আর রাতগুলোও কাটল গভীর একটানা ঘুমে। সেদিনও রোজকার মত অঘোরে ঘুমোচ্ছিল সুলগ্না। ঘুম ভাঙলো মায়ের উদ্বিগ্ন ডাকে-"কি ব্যাপার রে তোর? আজ এতো ঘুমোচ্ছিস ? কলেজ নেই তোর?"

সুলগ্না ঘুম জড়ানো চোখেই সামনের দেওয়ালে ঘড়ির দিকে তাকালো। সত্যিই তো! বেশ বেলা পর্যন্ত ঘুমিয়েছে আজ। "আর এদিকে দ্যাখ বুবান কি কাণ্ড করেছে!" মায়ের গলায় তখনও উদ্বেগ। সুলগ্না বুঝল ওর দেরী পর্যন্ত ঘুমানো টা মায়ের উদ্বেগের কারন না। আসল কারন টা দাদার করা মায়ের বিশেষ অপছন্দের কোন একটা কাজ। সুলগ্না বিছানা ছেড়ে নামতে নামতে বললো "মা প্লিজ সবেতেই এতো হাইপার হয়ে যেওনা তো! দাদা আবার কখন এল? কি করে ফেললো এই সাত সকালেই!" মধুরা বললেন-"সাত সকাল কি আর তোর জন্য সারাদিন দাঁড়িয়ে অপেক্ষা করবে? বুবান এসেছে আর সঙ্গে করে কাকে একটা ধরে এনেছে দ্যাখ।" সুলগ্না এবার প্রায় ছুটেই দরজার দিকে এগোলো- "আরিব্বাস! দাদা লুকিয়ে বিয়ে করে বউ নিয়ে এসেছে নাকি!" মধুরা সুলগ্নার হাত ধরে থামালেন- "কি যে বাজে বকিস না! বুবান আমার ওরকম ছেলে নাকি? আমাদের না জানিয়ে বিয়ে করে ফেলবে!" আসল ঘটনাটা খুব তাড়াতাড়ি সুলগ্নাকে সংক্ষেপে বললেন মধুরা। আসলে বুবান, যার পোষাকি নাম অস্মিত, পেশায় ডাক্তার, গাইনোক্লোজিস্ট, সে সরকারী হাসপাতালের ডাক্তার এবং আপাততঃ ঝাড়গ্রামের সরকারী হাসপাতালে কর্মরত। সন্ধ্যেবেলাটা

অস্মিতের কেটে যায় আশেপাশের গ্রাম গুলো থেকে আসা হতদরিদ্র মানুষগুলোর বিনেপয়সার চিকিৎসাতে । সুলগ্না আর অস্মিত দুজনেই এই মানুষের সেবার মানসিকতাটা পেয়েছে ওদের দাদু, মধুরার বাবা, বিপত্নীক মধুসূদন চৌধুরীর কাছ থেকে,যিনি পেশায় ইঞ্জিনীয়র হলেও যুবকাবস্থা থেকেই দুঃস্থ ছেলেমেয়েদেরকে শিক্ষাদানের জন্য নিজের বাড়ির একতলায় একটি সান্ধ্য প্রতিষ্ঠান চালানো শুরু করেন। আর এখন তো রিটায়ার করার পর তাঁর দিনের বেশীর ভাগ সময়টাই এই ছেলেমেয়েগুলিকে নানান ভাবে তৈরী করার কাজেই কাটে। পড়ানো ছাড়াও কম্পিউটার ,ছবি আঁকা ,গান বাজনা এবং অন্যান্য হাতের কাজ শেখানোর ব্যবস্থা আছে সেখানে। আরো কয়েকজন উৎসাহী স্বেচ্ছাসেবক কে এই সুন্দর কাজে ব্রতী করতে পেরেছেন তিনি। বলাই বাহুল্য যে সুলগ্নার এখানে বিভিন্ন কাজে নিয়মিত যাতায়াত আছে। আর অস্মিত ও ছুটিছাটায় কলকাতায় এলে এই ছেলেমেয়েদের নিখরচায় প্রয়োজনীয় চিকিৎসা করে যায়। তা দিনকয়েক আগে ঝাড়গ্রামের সেই হাসপাতালে অস্মিতের কাছে সন্ধ্যের একটু আগে আগেই পাশের গ্রাম থেকে একটি বছর উনিশের মেয়েকে সাংঘাতিক অসুস্থ অবস্থায় আনা হয়েছিল। মেয়েটির অন্তঃসত্ত্বা অবস্থার অষ্টম মাসে তার মাতাল স্বামী কোনো একটি তুচ্ছ কারনে হিতাহিত জ্ঞান শূন্য হয়ে তার পেটে লাথি মেরে নিজের পৌরুষ দেখাতে গিয়ে মেয়েটির এবং তার গর্ভস্থ সন্তানের প্রাণসংশয় করে তুলেছিল। প্রায় মাঝরাত পর্যন্ত প্রাণপণ চেষ্টা করেও অনাগত শিশুটিকে বাঁচাতে পারেনি,কিন্তু মেয়েটিকে বাঁচিয়ে তুলেছিল অস্মিত। সরকারী হাসপাতালে কয়েকদিনের জন্য রেখে মেয়েটির চিকিৎসার ব্যবস্থাও করেছিল। কিন্তু শ্বশুরবাড়িতে ফেরার পর তাকে সন্তান হত্যাকারীনী এবং আরও কিছু কুরুচিপূর্ণ অপবাদ দিয়ে তাড়িয়ে দেওয়া হয়। মেয়েটির বাপেরবাড়ির আর্থিক অবস্থা আরো বেশী দুর্ভাগ্যজনক,তাই সেখানেও ঠাঁই হয়নি তার। অসহায় অভাগা মেয়েটা

তাই শেষপর্যন্ত তার হঠাৎ পাওয়া মানুষরূপী ঈশ্বরের কাছেই ছুটে এসে তার পায়ে পড়েছে- "আমাকে তুই তাড়িয়ে দিসনি বাবু, আমি তোর জন্য রাঁধাবাড়া ঘরগেরস্তির কাজ সব করে দিব রে বাবু, আমাকে তোর উঠানটার এক কোনে ঠাঁই দে রে।"

একলা এক কামরার ঘর নিয়ে থাকা অস্মিত আর কোনো উপায় না দেখতে পেয়ে সেদিনই মেয়েটিকে সঙ্গে নিয়ে এসে মায়ের জিম্মা করে দিয়েছে- "মা এর আর কোথাও যাবার জায়গা নেই, আজ থেকে ও তোমার কাছেই থাকবে। ওর খরচার জন্যে এইমাস থেকে আমি আরেকটু বেশী টাকা পাঠাব।ও তো বলছে রান্নাবান্না সব পারে, ওকে তুমি না হয় রান্নার কাজেই লাগিয়ে নাও।" সুলগ্না বসার ঘরে এসে দেখল একটা ভীষন রোগা শ্যামলা মিষ্টিমত মুখের মেয়ে হাতে একটা পুঁটুলী নিয়ে মাথা নিচু করে দাঁড়িয়ে আছে। সুলগ্না বললো, "আরে তুমি সেই তখন থেকেই দাঁড়িয়ে আছ নাকি? তুই কি রে দাদা? বলা নেই কওয়া নেই ওকে নিয়ে এসে হাজির করতে পারলি, আর নিজেরই বাড়িতে ওকে বসতে বলতে পারিসনি?" অস্মিত বললো, "আরে বলেছি, কিন্তু ও মায়ের পারমিশন ছাড়া বসবেনা বলেই মনে হচ্ছে, আই মীন, মা ওকে এবাড়িতে থাকার পারমিশন দিলে তবেই বসবে, নাহলে নাকি এক্ষুনি ওর যেদিকে দুচোখ যায় সেদিকেই চলে যাবে।" বলেই হা হা করে হাসতে লাগলো। আর তাই শুনেই কাঁদো কাঁদো মুখের মেয়েটির এবার দুচোখ বেয়ে হুড়হুড় করে জল গড়ানো শুরু হল। তাই দেখে মধুরা ব্যস্ত হয়ে বললেন, "কি জ্বালাতন দেখো দেখি! একজন কেঁদেই সারা, আরেক জন্য নিশ্চিন্তে গলা ফাটিয়ে হাসছে। পারমিশন দেবার আমি কে? তোদের বাবা বাজার করে ফিরুক আর ঠাকুমা পুজোর ঘর থেকে বেরোক। তারপর ওসব পারমিশন টিশন আদায় কোরো তোমরা বাপু। আমি এসব সামলাতে পারবোনা।" বলেই মধুরা রান্নাঘরের দিকে এগোলেন। বেগতিক দেখে অস্মিত

এবার সুলগ্নার দারস্থ হল। " সু প্লীজ তুই বাবা আর ঠাম্মু কে ম্যানেজ কর। একে এখন আমি আর কোথায় রাখতে যাব বল? " অস্মিত অন্যসময় সুলগ্নার ঘোরোতর অপছন্দের নাম 'সুলি' বলেই ডাকে। কিন্তু বিশেষ বিশেষ সময় আদর করে বোনকে 'সু' বলে ডাকে। সুলগ্না হেসে ফেলে বললো "আচ্ছা আচ্ছা, সে না হয় দেখা যাবে, বাবার বাজার থেকে ফেরা আর ঠাম্মুর ঠাকুর ঘর থেকে বেরোনো-দুটোই আরো ঘন্টাখানেকের আগে হবে না। ততক্ষন বরং আমরা একটু চা খাই। কিন্তু তুই কতো সকালে বেরিয়েছিলি রে দাদা যে এত সকালে পৌঁছালি?"অস্মিত বললো "আর বলিস না রে, ও বললো যে ওকে নাকি ওর বাড়ির লোকেরা রাতেই বাড়ি থেকে বের করে দিয়েছিল, অনেক ক্ষন এ রাস্তায় ও রাস্তায় ঘুরে শেষে আর কিছু ভেবে না পেয়ে ও আমার বাড়ির বারান্দার এক কোনায় মুখ ঢেকে বসে ছিল। ভোরের আলো ফুটতে আমি যেই মর্নিওয়াকে বেরিয়েছি ওমনি আমার পায়ে এসে হুমড়ি খেয়ে পড়েছে। ওর সব কথা শুনে আমি ওকে এখানে আনা ছাড়া আর কোনো উপায় দেখতে পেলাম না। " মধুরা চায়ের ট্রে নিয়ে ঢুকে বললেন- "বিরাট কাজ করেছ, এর ঠ্যালা কে সামলাবে জানিনা, তারপর ও এখানে থাকলে ওর শ্বশুরবাড়ির লোকেরা যদি ওকে তুই ফুসলে নিয়ে এসেছিস বলে এখানে এসে হুজ্জোতি করে তখন কে সামলাবে ? তুই তো এখানে থাকিসও না। " সুলগ্না মধুরার হাত থেকে চায়ের ট্রে নিয়ে সেন্টার টেবলে নামাতে নামাতে বললো, " মা প্লীজ, য়ুয় আর গেটিং টু মাচ ইমাজিনেটিভ। আমার মনে হয় না এরকম কিছু হবে, আর সত্যি যদি এমন কিছু হয় তো তখন দেখা যাবে কি করতে হবে। এখন সবাই চা খাও তো। এই মেয়েটা, তোমার কান্না থামাও এবার, নাম কি তোমার? " কান্না জড়ানো গলায় মেয়েটা কোনমতে বললো 'কমলা'। সুলগ্নার বাবা অতীন গুপ্ত বাজার নিয়ে ফিরে এসে সব শুনে গম্ভীর হয়ে শুধু বললেন, "দুটোরই দাদুর মত ঘরের খেয়ে বনের

মোষ তাড়ানোর স্বভাব। কারোর কথা শুনে চলা কি আর এদের ধাতে আছে? যাবার যখন আর কোনো জায়গাই নেই ওর তখন থাকুক এখানে, দ্যাখ তোদের মাকে যদি রান্নায় হেল্প করতে পারে তো মায়ের একটু সুরাহা হবে। "

শুনে মধুরা বললেন, "ওই রুগ্ন মেয়েকে দিয়ে আমি বাড়ির কাজ করাব? আগে তো খাইয়েদাইয়ে মেয়েটাকে একটু সুস্থ করে তুলি। তাছাড়া মেয়েটা কোন জাতের না জেনে মা ওকে রান্নাঘরে ঢুকতে দেবেন না তাও তুমি জানো।" অস্মিত ফিসফিসিয়ে বললো, "ও কাম অন মা, ঠাম্মু কে বলে দিও কমলা গাঁয়ের পুরোহিতের মেয়ে, তাহলেই হবে, ঠাম্মু তো আর ওর গ্রামে গিয়ে গোয়েন্দাগিরি করতে যাবে না।" সুলগ্না বললো, "গুড আইডিয়া! ব্যাস, আর কি চিন্তা? চলো কমলা এবার নিশ্চিন্তে তোমার পুঁটুলী রেখে চা খাও। " মধুরা বললেন, "হ্যাঁ, চা খাও কমলা, আর তারপর দেখি খাইয়ে দাইয়ে কদ্দিনে তোমায় একটু চাঙ্গা করাতে পারি।"

- "আর তারপরেই শুরু হবে আমার কাছে তোমার পড়াশোনা। একবার লেখাপড়া শিখে দ্যাখো, তোমাকে আর কারোর কাছে মার খেতে হবেনা। " সুলগ্নার হুকুম জারি হল। অস্মিত বললো, " মা আমি কিন্তু তাড়াতাড়ি লাঞ্চ করে আজই ঝাড়গ্রামে ফিরে যাব। ছুটি নেই। " সবাই রোজকার কাজে ব্যস্ত হয়ে পড়লো। শুধু কমলাই ভাবতে বসলো এরা কি সবাই পরীর দেশের মানুষ? কিংকর্তব্যবিমূঢ় হয়ে ও মধুরার পিছুপিছু রান্নাঘরে ঢুকে এক কোনায় নিজের পুঁটুলী টা রেখে খুব আস্তে করে বললো, " আমি ভাত ডাল রুটি তরকারি রান্না করতে পারি গো মা। "

মধুরা অবাক হবার ভাণ করে বললেন, "ওমা! এত্তো কিছু পারিস বুঝি! আচ্ছা এখন এটা খেতে পারিস কিনা দেখি! " বলে একটা প্লেটে রুটি তরকারী দিয়ে বললেন "আগে এটা খেয়ে নে, মুখ দেখে মনে হচ্ছে অনেক ক্ষন কিচ্ছু খাসনি। " কমলার চোখ থেকে আবার জলের ধারা গড়িয়ে নামতে থাকলো।

মাস কয়েক যেন হাওয়ায় পাল তোলা নৌকার উজান বেয়ে চলার মতই কাটছিল সম্রাটের। সুলগ্নার সাথে রোজই একটু গল্প, একটু খুনসুটি না করলে কলেজে থাকার সময়টা আজকাল পানসে মনে হয়। সম্রাটের চোখদুটো যেন নিজের অজান্তে ক্লাস শেষ হবার পরই সুলগ্নাকে খোঁজে। কথার পিঠে কথা জমা করেই যেন মজার খেলায় মেতেছে দুজন। তার সাথে রোজ সুলগ্নার মায়ের হাতের বানানো নিত্য নতুন খাবার ভাগ করে খাওয়া, যদিও তার বেশীর ভাগটাই যায় সম্রাটের পেটে। মাঝেমাঝে ছুটির দিনগুলোতে বা কলেজের ক্লাসের শেষে কলেজের বাইরে এদিক ওদিক গিয়ে খানিকটা সময় দুজনে একসাথে কাটানোটা একটা নেশার মত হয়ে উঠছিল। সেদিন কি কারনে যেন সুলগ্না কলেজে আসেনি। দুপুরের দিকে সম্রাটের মোবাইলে ফোন করে সুলগ্না হঠাৎ সম্রাটকে বিকেলে কলেজের বাইরে দেখা করার জোরদার হুকুম জারী করল। সেইমত ক্লাস শেষ করে এসে লেকের ধার ঘেঁষা পাঁচিলটার গায়ে পিঠ ঠেকিয়ে দাড়িয়ে সিগারেট খাচ্ছিল সম্রাট। লেকের উল্টোদিকের আকাশে তখন ছাড়ানো কমলালেবুর রঙের সূর্য টা মহাসমারোহে লাল আবীরের হোলি খেলতে খেলতে গাছগুলোকে ছুঁয়ে ফেলার চেষ্টায় মেতেছে। মোবাইল ফোনে সময় দেখল সম্রাট। বেশ খানিকটা দেরী করছে আজ সুলগ্না যেটা ওর স্বভাববিরুদ্ধ। বেশীরভাগ দিন সুলগ্নাই আগে এসে পৌঁছে যায় নির্ধারিত জায়গায়। আর সম্রাট এসে পৌঁছালেই আগে খুব খানিকটা ঝগড়া করে নেয় ওকে লেট লতিফ কুঁড়ের বাদশা কচ্ছপ শামুক আরো কত কিছু বলে। আজ কি হল কে জানে? হয়তো আটকে পড়েছে কোথাও, কিন্তু সেটা তো ফোনে

জানাতে পারত সম্রাটকে। ঠিক ফিরে যাবে নাকি ভাবার মূহুর্তেই দূর থেকে সুলগ্নাকে আসতে দেখল সম্রাট।

পড়ন্ত সূর্যের আলোয় সুলগ্নার ব্লু জীন্স এর ওপর হলুদ রঙের টপ ঝলমল করছিল। কাছাকাছি আসতে চোখে পড়লো সুলগ্নার কপালে গলায় মুক্তোর মত ঘামের ফোঁটা। মুখটা একটু লালচে হয়ে আছে দ্রুত হাঁটার কারনে। সুলগ্নার চুল বেশ লম্বা, কোমর ছাড়ানো, আজকাল যা প্রায় খুব কম মেয়ের মধ্যে দেখে সম্রাট। কলেজে একটা লম্বা বিনুনি ঝুলিয়ে যায় সুলগ্না। আজ কিন্তু চুল পুরো খোলা। যদিও ক্যালেন্ডার অনুসারে জানুয়ারির শেষ, ঠান্ডা থাকার কথা, কিন্তু হঠাৎ একটু গরম পড়ে গেছে। সুলগ্নার চোখ টানাটানা না হলেও বেশ বড় আর উজ্জ্বল। বেশ ফর্সা সুলগ্নার মুখ, বিশেষত নাক, একটু উত্তেজিত হলে বা একটু পরিশ্রম হলে লালচে হয়ে ওঠে। সম্রাট কতোবার বলেছে ওকে - "আগের জন্মে বাঁদর ছিলি।" সুলগ্নার হাইট বেশ ভালো, তাই ও সাধারণত ফ্ল্যাট হিলের জুতো পড়ে। আজ কি কারণে কে জানে একটু উঁচু হিলের জুতো পড়েছে সুলগ্না। সম্রাট বলল, "আজ কি ব্যাপার মিস শম্বুক? সরি, মিস জিরাফ?" সুলগ্না চোখ পাকাতেই সম্রাট হেসে দুহাত তুলে বলল, "ওকে ওকে, নো কমেন্টস। চল লেকের দিকে হাঁটা দিই।"

হাঁটতে হাঁটতে সুলগ্না গলগল করে সকালে বাড়িতে কমলার আবির্ভাবের গল্প সবিস্তারে শুনিয়ে বললো দাদা এসেছে শুনে দাদুও এসে পড়লো, আর দাদা চলে যাবার পরে দাদুর সাথে গল্প করতে করতেই সময়ের খেয়াল ছিল না সুলগ্নার। তাই আর কলেজেও আসা হলোনা। ইন ফ্যাক্ট এত আচমকা এই সব ঘটে যাওয়ায় সম্রাটের সাথে দেখা করার কথাটা প্রায় ভুলে গেছিল ও। মনে পড়তেই কোনোমতে তাড়াহুড়ো করে বেরিয়ে পড়েছে। লেকের কাছাকাছি পৌঁছে সম্রাট বললো- "আচ্ছা সেসব ঠিক আছে। এবার বল আজ কিসের জন্য কলেজের বাইরে দেখা করতে চাইলি?"

-"কিসের জন্য আবার? এমনিই গল্প করব বলে, আবার কি ?" নকল ঝাঁঝালো গলায় বললো সুলগ্না।

- "সে তো কলেজে রোজই হয়। "

-" ধুস কলেজের ব্যাপার আলাদা। আর আজ তো সকাল থেকে দাদাকৃত ওইসব হুজ্জোতি সামলাতে গিয়ে কলেজে আসাই হল না। আচ্ছা সম্রাট তোর বাবা মায়ের কথা তো কখনও বলিসনা। তুই বাবা মায়ের সাথেই থাকিস তো?"

উত্তরে সম্রাট শুধু একটা 'হুঁ' বলে চুপ করে লেকের জলের দিকে দৃষ্টি ছড়িয়ে দিল। কিছুক্ষন ওকে সামলে নেবার সময় দিল সুলগ্না। কি জানি কেন বাবা মায়ের কথা উঠলেই হয় চুপ করে যায় সম্রাট, নয় তো অন্য কিছু টপিক এনে এড়িয়ে যায়। একটু পরে ঠোঁটে একটা হালকা হাসি ঝুলিয়ে বললো সম্রাট, "আচ্ছা তোর কি ব্যাপার বল তো? বিহান কে নিজের লাইফ থেকে ফর এভার ছুটি করে দিলি নাকি? "

-" ছুটি না করে দেবার মত সিচুয়েশন ছিল কি? "

-"না মানে একটা সম্পর্ককে কি এত সহজেই নষ্ট করে দেওয়া যায়?"

- " তোর মত আমিও ভেবেছিলাম বোধ হয় আমাদের মধ্যে একটা সম্পর্ক তৈরি হয়েছে। বাট যে কোনো সুন্দর সম্পর্কের মধ্যে তো পারস্পরিক সম্মান দায়িত্ববোধ সহযোগিতা আর সহমর্মিতার ফীলিংস থাকা দরকার, তাইনা?"

- "একবার ক্ষমা করে দিতেই পারিস। "

- "দিয়েছিলাম তো! কিন্তু দ্বিতীয় বারের ঘটনাটা কি মেনে নেওয়া সম্ভব? "

- " হুঁ, সেদিন কলেজের রুমে তোকে একলা ফেলে ওভাবে বিহানের বেড়িয়ে যাওয়া টা সত্যিই ভুল হয়েছে। "

- " বিহান ঠিক বেড়িয়ে যায়নি, শুধু নিজেকে অসম্মানের হাত থেকে বাঁচানোর জন্য স্বার্থপরের মত পালিয়ে গেছিল। আর সম্রাট, এটা বিহানের করা ভুল ছিলনা। ভুল আর দোষের মধ্যে বানানগত ফারাক ছাড়াও বিস্তর ফারাক আছে। কিন্তু তুই বিহানের হয়ে এত ওকালতি করছিস কেন? তোর বন্ধু বলে? "

- "আগেও বলেছি বিহান আমার বন্ধু নয়। আমি তো সেদিন তোর জন্যই..."

- " আমার জন্য মানে? আমাকে তো তুই ভালোকরে চিনতিসই না!"

- " ভালো করেই চিনতাম। কলেজে ছাড়াও 'দিশারি' তে তোকে বেশ কয়েকবার দেখেছি।"

- " দিশারি তে? কই আমি তো কখনও দেখিনি তোকে ওখানে! "

- " তুই যখন বিহানের সাথে থাকতিস তখন বিহান কে ছাড়া,আর যখন বাচ্চাদের সঙ্গে থাকিস তখন বাচ্চাগুলোকে ছাড়া আর কাউকে দেখতে পাস নাকি? "

- " কিন্তু তুই দিশারি তে কেন যাস? "

- " আমার বাবা প্রত্যেক মাসে দিশারি তে কিছু টাকা ডোনেট করে।ওই কালো টাকা সাদা করার ব্যাপার আর কি! আমি সেই চেক দিতে যাই। তখন কয়েকবার ঘিরে থাকা বাচ্চাদের মাঝে মগ্ন তোকে দেখেছি।"

- " কালো টাকা সাদা করার জন্য ! তোর বাবার বুঝি অনেক টাকা!"

- " বাবা কার্ডিয়াক সার্জন। একেকটা সার্জারিতেই..... । যাক গে ছাড় এসব। ক্ষিধে পেয়েছে খুব, খাবি কিছু? "

যদিও সম্রাটের বাবার উদ্দেশ্যটাকে সাধুবাদ দেওয়া যায়না, কিন্তু এন্ড রেজাল্টটা পজিটিভ। অন্তত কিছু বাচ্চার তো ওই টাকায় উপকার হয়, ভাবল সুলগ্না। মুখে বললো,

-"তুই কি বাড়িতে কিছু খাস না সম্রাট? সবসময় তোর এত ক্ষিধে পায় কেন?"

- " না খাইনা! উঃ! তোর যে কত প্রশ্ন! চল ঝালমুড়ি খাই। "

ঝালমুড়ি খেতে খেতে ভাবল সুলগ্না, সম্রাট কি বাবার এই প্রচুর কালোটাকা রোজগার করাটা পছন্দ করেনা বলেই দিশারিতে কিছু টাকা ডোনেট করার সাজেশন টা দিয়েছে!

যাক তবু তো কিছু জানা গেল সম্রাটের ফ্যামিলি সম্পর্কে। ও কে। সম্রাটের মুখ থেকেই সম্রাটের ফ্যামিলির কথা শুনবে সুলগ্না,যখন সম্রাট নিজেই বলবে। অন্য কাউকে জিজ্ঞাসা করে জানার চেষ্টা করবে না। সুলগ্না উইল ওয়েট ফর য়্যু টু ওপন আপ সম্রাট। সম্রাটের মনোযোগ দিয়ে ঝালমুড়ি খাওয়া দেখতে দেখতে মৃদু হেসে ভাবল সুলগ্না।

সুলগ্নার চলে যাবার পরেও আরও বেশ কিছুক্ষন লেকের রেলিংয়ে ঠেস দিয়ে দাঁড়িয়ে সিগারেট স্মোক করতে লাগলো সম্রাট । বাবা কয়েক বার সম্রাট কে স্মোক করতে বারন করেছে, কিন্তু সম্রাট ছাড়তে পারেনি। বাবার বারন শুনতে ইচ্ছে করে না সম্রাটের। ও জানে যে স্মোক করে ও নিজের ক্ষতি অবশ্যই করছে , কিন্তু অন্য আর কারোর নয়, কারন কখনোই আর কারোর সামনে স্মোক করে তার প্যাসিভ

স্মোকিংয়ে হেল্প করে না সম্রাট । কিন্তু বাবা কিছু কিছু যে সমস্ত কাজকর্ম করে তাতে বাবার কিছু ক্ষতি হয় কিনা জানা নেই, তবে সমাজের এবং বিশেষত তাদের নিজেদের পরিবারের অপরিসীম ক্ষতি হচ্ছে। হ্যাঁ, মা যদি একবারও বারন করত সম্রাট কে স্মোক করতে, সম্রাট সেদিনই ত্যাগ করত সিগারেট। কিন্তু মা তো......

মায়ের কথা মনে হলেই সম্রাটের চোখে একটাই ছবি ভেসে ওঠে - অগোছালো চুলের ঘেরাটোপে বিষন্ন বিপন্ন কালিমাখা মুখের এক নারিমূর্তি জানালার গ্রীল দুহাতের আঙুলে আঁকড়ে দূর আকাশের দিকে নিঃশব্দে চেয়ে আছে।

মা যে রীতিমত রূপসী ছিল তা সম্রাট বাবামায়ের বিয়ের ও বিয়ের পরবর্তী বেশ কিছু ছবিতেই দেখেছে। কিন্তু জ্ঞান হবার পর থেকে সম্রাট ওর মাকে কখনও সাজগোজ করতে দেখেনি। সম্রাট ওর বাবামায়ের একটু বেশী বয়সের সন্তান। সাবুমাসীর কাছে শুনেছে যে মায়েরই একান্ত ইচ্ছার জেরে সম্রাটের এই পৃথিবী তে আসা। বাবা নাকি সন্তানের বন্ধনে নিজেকে জড়াতে চায়নি। অথচ সেই পরম আকাঙ্ক্ষিত সন্তানের দিক থেকে মা কি কারনে এমন মুখ ফিরিয়ে নিল তা ছোটোবেলায় কিছুতেই বুঝে উঠতে পারতনা সম্রাট। বলতে গেলে ওই সাবুমাসীর কাছেই খাবার দাবার আর ছিটেফোঁটা যত্ন পেয়ে বড় হয়ে উঠেছে সে। মনে আছে কতোবার ক্ষিধের জ্বালায় পাগল হয়ে মায়ের কাছে এসে কেঁদেও মায়ের উদাসীনতা দেখে একলা ছাদে উঠে জলের ট্যাংকের নীচে বসে কাঁদতে কাঁদতে ঘুমিয়ে পড়েছে। অনেক পরে সাবুমাসী ছাদে কাপড় মেলতে এসে ওকে ওভাবে দেখে নীচে টেনে নিয়ে গিয়ে বসিয়ে খাইয়ে দিয়েছে। যেদিন সাবুমাসীর চোখে পড়তনা সেদিন আর ওর খাওয়াও হতোনা। সেই ছোট্ট বয়স থেকে তাই বোধহয় এখনও সবসময় ওর পেটে ক্ষিধের আগুন জ্বলে। সাবুমাসী ওকে খাওয়াত আর চিৎকার করে মাকে বলত, "এমন মাও তো বাপু

জন্মে দেকিনি ! কার ওপর রাগ কার ওপর ফলাচ্ছে। দুধের বাছাটা একন মায়ের কাছে খাবারটা আদরটা না পেলে বাঁচে কেমন করে বলো দিকিনি! আমার হাতে তো সারা সংসারের ছিষ্টির কাজ, আমি কুন দিক ফেলে কুন দিক দেকি?'

এককদিন আবার মায়ের হঠাৎ কি মন হত সম্রাট কে আদর করে কোলে নিয়ে অতি সমারোহে খাওয়াতে বসত, কিন্তু খাওয়া মাঝপথে এগোনোর আগেই আবার হঠাৎই মায়ের সব উৎসাহ নির্বাপিত হয়ে যেত। ওকে কোল থেকে ঠেলে নামিয়ে আবার সেই শূন্য দৃষ্টি নিয়ে জানালার সামনে গিয়ে দাঁড়িয়ে পড়া মা কে দেখে সম্রাটের ভয়ই করত, আবদার করতেও সাহস পেতনা ও।

বাবা কে তো সারাদিনে প্রায় দেখতেই পেতনা সম্রাট। ওর ঘুম ভাঙার আগেই বাবা মর্নিং ওয়াকে বেড়িয়ে যেত। তার পর ফিরে এক কাপ চা খেয়ে বাথরুমে ঢোকার তাড়া, স্নান সেরে ব্রেকফাস্ট খেয়েই বাবা বেড়িয়ে পড়ত। তারপর সারা দিন হসপিট্যাল, সন্ধ্যেতে নিজের ক্লিনিক ও তারও পরে ক্লাবের রিক্রিয়েশন পর্ব সেরে যখন বাবা বাড়ি ফিরত তখন সম্রাট গভীর ঘুমে প্রায় অচেতন। মাকে তবু একটু চেনা লাগতো, কিন্তু বাবা সম্পূর্ণ অচেনা থেকে গিয়েছিল সম্রাটের কাছে। মা বাবার যত্ন না পাওয়া সম্রাটের তাই গায়ের রঙ উজ্জ্বল আর সুন্দর মুখশ্রী থাকা সত্ত্বেও চেহারায় কোনো জৌলুষ ছিলনা ছোটোবেলায়।

অনেকটা বড় হবার পর সম্রাট নিজেই একটু একটু করে আবিষ্কার করতে পেরেছিল মায়ের এই অস্বাভাবিক আচরণের কারণ। বাবাই যে মায়ের এই ক্রমবর্ধমান মানসিক বৈকল্যের একমাত্র কারণ সেটা বুঝতেও আর বেশী দেরী হয়নি। সবসময় নানান বয়সী মহিলাদের সাহচর্যে থাকাটা সম্রাটের বাবা প্রসুন মিত্রের একটা নেশার মত ছিল। সম্রাটের মা দীপিকা বিয়ের পর কয়েক বছর পর্যন্ত প্রসুনের এই নেশার

ব্যাপারে সম্পূর্ণ অজ্ঞ ছিলেন। তার একটাই কারন বোধ হয় দীপিকার প্রসুনের প্রতি অন্ধ ভালোবাসা। কিন্তু সম্রাটের জন্মের কয়েকমাস পরেই প্রসুনের এক প্রাক্তন বান্ধবী যতদূর সম্ভব প্রসুনের কাছে অবহেলিত অসম্মানিত হয়ে ঈর্ষাজনিত কারনেই হয়তো দীপিকার কাছে এসে তথ্য প্রমানাদি সহ প্রসুনের বিবাহবহির্ভূত সমস্ত সম্পর্কের সব কাহিনী শুনিয়ে গিয়েছিল। তারপর থেকেই মানসিক ভাবে সম্পূর্ণ বিপর্যস্ত হয়ে পড়েন দীপিকা। কখন কি ভাবেন আর কখন কি করেন তার কোনো ঠিক ঠিকানাই থাকেনা। এই বিপর্যয়ের সবথেকে বড় ফল ভুগতে হল সম্রাট কে। কলেজে ওঠার পর অনেক বার ভেবেছে সম্রাট, মা কেনই বা ওই বিশ্বাসঘাতক স্বামীর কাছেই পড়ে রইল, কেনই বা আর কাউকে ভালোবাসার চেষ্টাই করলো না। তারপর বুঝেছে বাবার বিশ্বস্ততা না পাওয়া সত্ত্বেও বাবার প্রতি মায়ের ভালোবাসাটা ছিল খাঁটি এবং একমুখী। সেই থেকে ওর হতভাগ্য মা কে ভালোবাসতে শুরু করেছিল সম্রাট, মায়ের দিক থেকে তেমন বিশেষ ভালোবাসা না পেয়েও।

অনেক বার ভেবেছে সম্রাট বাবা মা কেউই যখন ওর প্রতি তেমন কোনো টানই অনুভব করেনি তখন ওকে হস্টেলেও তো রেখে দিতে পারতো। বাবার তো অঢেল টাকা, তার টাকায় নিশ্চয়ই টান পড়তো না। কেন যে তা করেনি সম্রাট সাবুমাসী কে জিজ্ঞাসাও করেছে। সাবুমাসী চোখ বড়বড় করে বলেছে, "তোমারে হোস্টিলে পাঠানোর জন্যি তোমার বাপের চেষ্টার কুনো ঘাটতি ছেলো না গো বাপ। কিন্তু তোমারে সেখেনে পাইঠানের কথা উঠলি তোমার মা কাঁদিকাটি যা একখান কুরুক্ষেত্র করত ! তোমার মায়ের সব ব্যাপারে এত আদিক্যেতা আমি বুইতে পারি না বাপু, স্বামীর ভালোবাসা অনেক মাইয়া পায়নিকো, তাই বলি নিজের পেটের ছা কে এত দুচ্ছাই কেন বাপু!"

সাবুমাসী সম্রাটের জন্মের আগের থেকেই এ বাড়িতে আছে। আগে সারাক্ষণ থাকতো। কিন্তু ইদানীং ভোর সকালে আসে, রান্না বাড়া আর বাড়ির সব কাজ সেরে সন্ধ্যেবেলায় নিজের বাড়ি চলে যায়। তার কারন সাবুমাসীর পরিবার বেড়েছে। তার চার ছেলের বিয়ে থা হয়ে, নাতিনাতনি হয়ে এখন ঘর ভরভরন্ত। নাতিনাতনি দের টানে এখন সাবুমাসীর বাড়ি ফেরার তাড়া থাকে।

সাবুমাসী একদিন বলেছিল, "তোমার মায়ের মাথায় তোমারে নে যে কি চলে! কখনো খুব আদরে বুকে জড়ায় ধরতি চায়, তো কখনও বা ভয়ে দূরে ঠ্যালি দেয় ।"

- "ভয়! আমাকে ভয় পায় মা! কিসের জন্য?"

- "তোমারে ভয় পায় না বাছা! তোমার কাছ থিক্যা আঘাত পাওনের ভয় পায়। তুমি যখন ছোট্টটি ছ্যালে তখন কত্তবার দ্যাখছি খুব মনযোগ দেই তোমার মুখ পানে তাকায় তাকায় কি যেন খুঁজি বেড়াতো। একদিন জিজ্ঞাস করনু, তো বললে তুমিও নাকি বড় হইয়ে তোমার বাপের মত সাথপর হবে আর তোমার মাকে ছাইড়ে চলি যাবে। তাই তোমার মা তোমার মায়ায় আর নিজেকে জড়াতি চায়নি কো। আর সত্যিই বাপু, তোমার বাপের দেওয়া দুঃখুতেই সে বেচারা আধমরা হই আছে। তুমি আর তাকে কষ্ট দিওনি গো বাপ।" '

মাকে কষ্ট দেবে সম্রাট! ও তো কাউকেই কষ্ট দিতে পারেনা। ভাবলো মা যদি কখনও একটু সহজ হয়ে ওর সাথে কথা বলতে পারতো তাহলে সম্রাট বলতো -মা মাগো তোমার মন থেকে সব ভয় সব আশঙ্কা দূর করে দাও। আমি তোমাকে ভালোবাসায় ভরিয়ে দেব, আর কোনোদিন কষ্ট পেতেই দেবনা। ....

কিন্তু কাকে বলবে এসব? মাকে দেখে মনে হয় মা সেই ওর জন্মের পরেপরেকার সময়ই থমকে থেমে আছে। মায়ের চোখের

সামনেই যে ও এত বড়টি হল মায়ের যেন তা বোধগম্যই হয় না। মাঝে মাঝে মনে হয় মা যেন ওকে চিনতেই পারছেনা। সম্রাট কিছু জিজ্ঞাসা করলে 'হ্যাঁ আর না' এর মাঝামাঝি একরকম করে মাথা হেলিয়ে চলে যায়। তবে কি মায়ের স্মৃতিশক্তি চলে যাচ্ছে! -

(৪)

সকাল বেলায় মায়ের একটানা ডাকে ঘুম ভাঙল সুলগ্নার - " মিন্টি মিন্টি মিন্টি মিন্টি মিন্টি..... "

- " উঃ মা! তোমার এই ম্যারাথন ডাক থামাও।" দুই কানে বালিশ চাপা দিয়ে বলল সুলগ্না, " আমি কালা নই, কিন্তু এইভাবে ডাকলে পুরো কালা হয়ে যাব। ছুটির দিনেও একটু ঘুমোতে দেবে না নাকি! "

- "কি জ্বালা! রবিবার বলে কি সারাদিন ঘুমোবি নাকি! এই শীতের শেষ কড়াইশুটির কচুরী আর কষা আলুরদম হচ্ছে জলখাবারে। বাবা বাজার সেরে এসে গেল, ঠাম্মুর পুজো সারা, বুবানও এসে ফ্রেশ হয়ে নিয়েছে। আমি কিন্তু বারবার কচুরী ভাজতে পারবনা। এখন না উঠলে ঠান্ডা খাবি। "

- "দাদা কখন এল?"

- "তুই যখন স্বপ্নের শহরে ছুটে বেড়াচ্ছিলি তখন। " বলল অস্মিত।

ঘড়ির দিকে তাকিয়ে সুলগ্না হাই তুলে বলল, " ইস! সবে সকাল দশটা!"

"দশটা কখনও 'সবে সকাল' হয়না মিন্টি।" বললেন মধুরা, "আর শোন এক্ষুনি ফোন করে সম্রাটকেও ডেকে নে। বলেছিলি না ওর মা বোধহয় বিশেষ রান্নাটান্না করেন না। "

- ' হ্যাঁ হ্যাঁ, ডেকে নে ডেকে নে, কাছেই তো বাড়ি দৌড়ে চলে আসবে। খেতে খেতে আড্ডা দেওয়া যাবে।' অস্মিতের মন্তব্য। সুলগ্না

মধুরা আর অস্মিতের কাছে সম্রাটের সব গল্প করেছে, বললো, "এতক্ষনে ডাকতে বলছ?" মধুরা বললেন, " তা মা জননী, তুমি ঘুম থেকে না উঠলে ওকে আর কে ডাকবে?" মায়ের কথা শেষ হবার আগেই সুলগ্নার নেমন্তন্ন সারা। বলল, "আসছে, কিন্তু একটু দেরী হবে বলল।" মধুরা হেসে বললেন, "ঠিক আছে , ওর কচুরী গুলো নয় একটু পরেই ভাজব।"

সুলগ্না চোখ গোল গোল করে বলল, "বোঝো"।

অস্মিত দুই হাতের তালু ঘষতে ঘষতে বলল, "সুলি, তুই প্লীজ তাড়াতাড়ি ফ্রেশ হয়ে নে, আমি আর ওয়েট করতে পারছিনা।"

সম্রাট কিন্তু আসতে খুব বেশী দেরী করেনি, লাজুক মুখের ছেলেটিকে মুখ নামিয়ে মনোযোগ দিয়ে খেতে দেখে মধুরা বললেন, "তুমি কিন্তু আজ এখানে একেবারে দুপুরে খেয়ে ফিরবে।" ভীষন রকম লজ্জিত হয়ে ঘাড় নাড়লো সম্রাট, " না না একদম না। "

সুলগ্না বলল, "ওহ্ মা কাম অন! আমরা সবাই এখন স্নানেটানে যাব, সম্রাট একা বোরড হয়ে যাবে। "

মধুরা বললেন, " কেন? বোরড হবার কি আছে? আমার তো স্নান হয়ে গেছে, আর সম্রাট ও স্নান সেরেই এসেছে দেখছি। আমি রান্না করতে করতে সম্রাটের সাথে গল্প করব।" সুলগ্না মায়ের প্ল্যান টা পরিস্কার বুঝতে পারল। সম্রাট সুলগ্নার জন্য সঠিক পাত্র কিনা সেটাই বাজিয়ে দেখবে মা। তবে এখনও পর্যন্ত সুলগ্নাই সম্রাটের ফ্যামিলির সম্বন্ধে বিশেষ কিছু জানতে পারেনি। মা যদি ওর মুখ খোলাতে পারে সেটা মায়ের ক্রেডিট হবে। কিন্তু সম্রাট কে বিড়ম্বনাতেও ফেলতে চাইলনা সুলগ্না, তাই তড়িঘড়ি বলল, "তোমার গল্প করা মানে তো ওই বাড়িতে কে কে আছেন, বাবা কি করেন মা কি করেন.. এইসব। আমিই বলে দিচ্ছি, সম্রাটের বাবা নামকরা কার্ডিয়াক সার্জন প্রসূন

মিত্র। আর মা মোস্ট প্রবাবলি কোথাও জব করেন, তাইনা সম্রাট?"
সম্রাট ঘাড় নেড়ে হ্যাঁ বা না ঠিক কি বলল বোঝা গেলনা। অস্মিত বলল,
"ডক্টর প্রসূন মিত্র কে কে না চেনে? "

সম্রাট কোনোমতে বলল, " আজ নয় কাকিমা,আজ আমার একটু
কাজ আছে, একটু পরেই উঠব। "

সুলগ্না বলল, " ঠিক আছে, বিকেলে দেখা হবে, আমি ফোন
করব।"

সুলগ্নার বাবা এতোক্ষনে বললেন, "আরে লাঞ্চ পর্যন্ত থেকেই যাও
সম্রাট, আজ বাজারে বেশ বড় বড় চিংড়ি পেয়েছি, মধুরা চিংড়ির
মালাইকারি টা বেশ রসিয়ে রাঁধে। "

সম্রাট একটু এদিক ওদিক তাকিয়ে বললো, "সুলগ্না তোর ঠামুকে
দেখতে পাচ্ছি নাতো?" মধুরা বললেন, "মায়ের দুদিন হল একটু জ্বর
হয়েছে। কিন্তু কারোর কথা শুনলে তো! ওষুধ ও চলছে, আবার রোজ
সকালে স্নান সেরে ঘটা করে পুজোও চলছে। জ্বর নামবে কি করে? "

অস্মিত বলল, " তাহলে ওই কথাই রইল, দুপুরে আমরা সবাই
একসাথে জমিয়ে লাঞ্চ করছি। "

কিন্তু সম্রাট এবার একটু জোর দিয়েই বলল যে আজ ওর কিছুতেই
থাকা হবে না, সত্যিই জরুরী কাজ আছে।

বাড়ির বাইরে বেরিয়ে এসে বাসস্টপের দিকে হাঁটতে হাঁটতে
ভাবছিল সম্রাট যে ওদের বাড়ির সাথে সুলগ্নাদের বাড়ির কি ভীষন
পার্থক্য। সুলগ্নাদের বাড়ির সবাই কেমন রোদ ঝলমলে দিনের মত।
আর সম্রাটদের বাড়িতে যেন এক পাতাল অন্ধকার স্থায়ি আড্ডা গেড়ে
বসেছে। ও কি নিজের জীবনের সাথে সুলগ্নার জীবন অসাবধানে

জড়িয়ে ফেলে একটা খুব বড় ভুল করতে চলেছে? ভালোবাসার জন্ম কি ঠিক ভুলের বিচার মেনে হয়!

কেয়াতলায় সম্রাট দের বিশাল বাড়ির সামনে পেছনে দুদিকেই বেশ বড় বাগান। পেছনের বাগানে তো বেশ কিছু ফলের গাছ ও আছে- আম জাম জামরুল কাঁঠাল পেঁপে পেয়ারা আর নারকেল গাছ। সামনের বাগানে আছে একটা সবুজ ঘাসে ঢাকা লনের চারপাশ ঘিরে অনেক বাহারি পাতা ও ফুলের গাছ। মালীর যত্নে বাগান এখন মরসুমী ফুলে ফুলে দারুন সুন্দরী হয়ে উঠেছে। ওদের বাড়ির সামনের রাস্তার দুধারেও বেশ বড় বড় গাছ আছে। আর আছে অনতিদূরেই একটা ছোটো পার্ক। তাই বসন্তের শুরু থেকেই রোজ সারাদিন এদিক ওদিক থেকে কোকিলের ডাক ভেসে আসে। সম্রাটদের বাড়ি দামী দামী ফার্নিচারে সাজানো, বাহারি শোকেস গুলো সুন্দর সুন্দর কিউরিও তে ঠাসা। কোনো কিছুরই অভাব নেই ওদের, ভাবে সম্রাট, অভাব বোধ হয় আছে শুধুই আলোর, মনের আলোর, যে আলোয় মন হেসে ওঠে, প্রাণ মেতে ওঠে। যে আলোতে পূর্ণ সুলগ্নার প্রাণমন। মাঝে মাঝে ভাবে সম্রাট সুলগ্নার কাছে বুঝি এই প্রাণের আলোর জাদুকাঠি আছে। তাই ও কাছাকাছি এলেই যেন পারিপার্শ্বিক সব কিছু কেমন আলো আলো হয়ে ওঠে। অন্ততঃ কিছুক্ষনের জন্য হলেও সম্রাটের মনের ভেতরের অন্ধকার টা যেন পালিয়ে মুখ লুকায়। কিন্তু সুলগ্নার মত পরিস্কার ঝকঝকে মনের মেয়ে কি সম্রাটের বাবা মায়ের ব্যাপারে সব কথা জানার পরেও আর সম্রাটের সাথে বন্ধুত্বের বেশী কোনো সম্পর্ক বাড়াতে চাইবে? বিশ্বাসের এই টালমাটাল জায়গা থেকেই কে যেন ওকে হাত ধরে বারবার টেনে ফিরিয়ে নিয়ে যায় সুলগ্নার থেকে দূরে। অনেক বার ভেবেছে সম্রাট সুলগ্না যেমন অনায়াস স্বাচ্ছন্দ্যে সম্রাটের মন খুশির আলোয় ভরিয়ে তোলে তেমন ভাবেই কি সুলগ্না সম্রাটের মায়ের মনের অন্ধকার টাও দূর করে দিতে পারবে? সুলগ্নার সাথে কি

মায়ের পরিচয় করিয়ে দেওয়া উচিত ওর? সুলগ্নাকেই নিয়ে যেতে হবে ওদের বাড়িতে মায়ের কাছে। মাকে বের করা যাবেনা বাড়ি থেকে। কতবার কত সাইকিয়াট্রিস্টের কাছে এ্যাপয়েন্টমেন্ট নিয়েও কিছুতেই মাকে সেখানে নিয়ে যেতে পারেনি সম্রাট। মা কি এভাবেই তিলে তিলে শেষ হয়ে যাবে? না। কক্ষনো না। সুলগ্নাকে হারানোর রিস্ক নিয়েই সম্রাট একবার শেষ চেষ্টা করবে মায়ের জন্য। মাকে স্বাভাবিক মায়ের মত করে ফিরে পেতে চায় সম্রাট। এতটা ভেবে নিয়েই মনটা বেশ হালকা হয়ে উঠল সম্রাটের। বসন্তের ফুরফুরে দখিনা হাওয়াতেই বোধহয় মন হালকা করার জাদু আছে যা সম্রাট কে এতকিছু ভাবতে সাহায্য করল। সুলগ্নার সাথে দেখা করে এক্ষুনি সব কিছু খুলে বলে ফেলার অদম্য ইচ্ছে নিয়ে সম্রাট ফোন করল সুলগ্নাকে। বার দুই ফোন এনগেজড় আসার পরে পাওয়া গেল সুলগ্নাকে। কিন্তু ভাগ্য কোনোদিনই বোধহয় সম্রাটকে সাহায্য করতে ইচ্ছুক থাকেনা। সুলগ্না আজ ওর দাদুর স্বেচ্ছাসেবী সংস্থার ছেলেমেয়েগুলির আর শিক্ষক শিক্ষিকাদের দলের সাথে কোলাঘাটে পিকনিক করতে গেছে। পরে যেদিন আবার সুলগ্নার সাথে দেখা হবে সেদিনও কি আর সুলগ্নাকে সব কথা বলে ফেলার আগ্রহ আর মনের জোর থাকবে ওর? নিজের মনের ওপর নিজেরই ভরসা নেই সম্রাটের।

দিন তিনেক পরে সুলগ্নার সাথে কলেজের বাইরে দেখা করার সুযোগ হল সম্রাটের, গঙ্গার পাড়ে, বাবুঘাটে। আজ একটু অন্যরকম সেজেছে সুলগ্না। হলুদ পাতিয়ালা সালওয়ারের ওপর কমলা শর্ট কুর্তি, লম্বা চুলগুলো গোছা করে একটা রঙবিরঙ্গী সিফনের স্কার্ফ দিয়ে বাঁধা। কপালে একটা খুব ছোট্ট কালো টিপ। সুলগ্নার চোখের পল্লব এত ঘন আর লম্বা লম্বা যে কাজল না পরেও সবসময় ওর চোখ কাজলকালো দেখায়। মাথায় দিয়েছে হলুদ অমলতাস ফুলের এক লম্বা গোছা। সম্রাট

কয়েক মুহূর্ত চোখ ফেরাতে ভুলে গেল। লজ্জা পেয়ে সুলগ্না বলল, " ওমনি করে দেখছিস কেন? খুব বাজে দেখাচ্ছে আমায়? "

- " পাগলী দেখাচ্ছিস।"

- " এ মা! তাহলে ফুলগুলো খুলে ফেলি। " বলেই নিজের চুলের দিকে হাত বাড়ালো সুলগ্না।

- " না থাক ওরা।" টপ করে সুলগ্নার হাত টেনে নামালো সম্রাট। বলতে চাইছিল 'পাগল করে দেবার মত সুন্দরী দেখাচ্ছিস। ' কিন্তু এত কথা সম্রাট বলে উঠতে পারেনা। সুলগ্না বলল, " কি রে সারি সারি খাবার দোকান দেখেও আজ তোর ক্ষিদে পাচ্ছে না বুঝি! '

- " পাচ্ছে তো!' সম্রাট এগোতে এগোতে বললো। " চল আজ পাওভাজি খাই।" খাওয়া শুরু করেই সুলগ্না ঝালে হুসহাস করতে করতে নিজের প্লেট টা সম্রাটের দিকে এগিয়ে দিয়ে বলল, " ইস! এত ঝাল খাস কি করে রে? আমার দ্বারা হবেনা। তার চেয়ে তুই খাওয়া শেষ কর, আমরা বোটিং করব। "

- " বোটিং! সাঁতার জানিস? বোট উল্টে জলে পড়ে গেলে কে বাঁচাবে? "

- " কেন? তুই আছিস তো! ঠিক বাঁচাবি আমায় জানি। "

- " কি করে জানলি যে আমি সাঁতার জানি?"

- "হুঁ, বড়লোকের ছেলেরা সব শেখে, সাঁতার, টেনিস, ক্রিকেট গীটার স-ব।"

সাঁতার অবশ্য শিখেছে সম্রাট ক্লাবের সুইমিং পুলে। বোটে বসে খানিকটা যাবার পর সম্রাট ভাবল আজ কি সুলগ্নাকে বলবে ও মায়ের ব্যাপারে? কিন্তু মায়ের পরিস্থিতি বোঝাতে গেলেই অবধারিত ভাবে

বাবার ব্যাপারেও অনেক কথা বলতে হবে সুলগ্নাকে। ওই সব মন খারাপ করা কথাগুলো তুলে আজকের এই সুন্দর সন্ধ্যেটাকে নষ্ট করতে মন চাইল না সম্রাটের।

উতল হাওয়ায় সুলগ্নার চুল উড়ছে, কিছুতেই আর স্কার্ফের বাঁধনে থাকতে চাইছেনা। হলুদ অমলতাস ফুলের পাঁপড়িগুলো ওর কাঁধে গলায় কোলের ওপর ঝরে পড়ছে ঠিক যেন পুষ্পবৃষ্টির মত। সম্রাট উদাত্ত গলায় গান ধরল- " তোমার খোলা হাওয়া লাগিয়ে পালে, টুকরো করে কাছি আমি ডুবতে রাজী আছি......। "সুলগ্নার চোখ আবেশে বুজে এল। গান শেষ হলে সুলগ্না বলল, " এত ভালো গাস তুই! কই কলেজ ফেস্টে তো একবারও গাসনি!"

- " দূ-র আমার ওসব ভালো লাগেনা।আমি নিজের মনে গাই। তুই শোনা এবার একটা গান। "

- "আমি! আমাকে দেখে তোর তানপুরা ধরে গান গাওয়া টাইপ মেয়ে বলে মনে হয়? ছোটোবেলায় মা আমাকে গান শেখানোর জন্য প্রচুর চেষ্টা, প্রচুর সময় নষ্ট করেছিল জানিস? আমিও বেশ খানিকটা কসরত করেছিলাম যার নেট রেজাল্ট মায়ের হারমোনিয়াম টা বেসুরো হয়ে গেলো। শেষে রেগেমেগে মা হারমোনিয়ামটাই বেচে দিয়েছে। আচ্ছা তুইই বল মেয়ে হলেই তাকে গান জানতে হবে এমন নিয়ম কে কবে কোথায় লিখে গেছে? বরং আমি নাচতে ভলোবাসি।"

- " সর্বনাশ! নাচলে এখনই বোট উল্টে দুজনেই জলে পড়ব! সে না হয় আমি তোকে জল থেকে উদ্ধার করে বাঁচিয়ে নেব। কিন্তু তোর এত সাজগোজ সব জলে যাবে!" ছদ্ম ভয়ে বলল সম্রাট। সুলগ্নাও হেসে উঠল সম্রাটের মুখভঙ্গি দেখে, বললো, "আমি সত্যিই পাগলী নই রে যে বোটের ওপর নাচব! বাই দ্য ওয়ে, এই রবিবার কিন্তু দাদুর ওখানে বাচ্চারা বসন্তোৎসব করছে, দাদু তোকেও যেতে বলেছে সেদিন।"

- "এই রে ! দাদুকেও আমার কথা বলেছিস নাকি! " সম্রাট বিব্রত হয়ে বলল।

- " আমার সব বন্ধুদের কথাই তো দাদু, দাদা আর মা জানে। তুই কিন্তু গান গাইবি সেদিন। আমার নাচ ও থাকবে। আমি বাচ্চা গুলোকে বিহু নাচ শিখিয়েছি, সেদিন ওরা নাচ দেখাবে। অন্যান্য টিচাররাও গান কবিতা কিছু না কিছু করবে। তারপর সবাই মিলে একসাথে খাওয়াদাওয়া,দারুন মজা হবে। তুই কিন্তু সেদিন না আসার কোনো এক্সকিউজ দিবিনা, আগেই বলে রাখলাম। "

সম্রাট ভাবল সুলগ্না ওর জীবনে না এলে কি এমন হালকা ফুরফুরে সোনার আলোয় ভেসে যাওয়া দিনগুলোর সাথে ওর পরিচয় হবার সুযোগ হত? মুখে বলল, "আসব, খাওয়াদাওয়ার ব্যাপার আছে যখন তখন তো যেতেই হবে। "

- " ইস! হ্যাংলারাম একটা! "

- "রাম হ্যাংলা ছিল বুঝি? রামায়নে তেমন কিছু পড়িনি তো!"

- " ধ্যুত! তুই একটা যা তা!"

সুলগ্নার সাথে থাকলে কোথা দিয়ে যে সময় কেটে যায় বুঝতে পারে না সম্রাট । গোধুলির আলো মাখা সুলগ্নাকে রূপকথার রাজকুমারীর মতই লাগছিল ওর। সোনা গলানো গঙ্গার জলে বোটের মাঝির বৈঠার ধাক্কায় ছোটো ছোটো ঢেউ উঠে ঝিলমিল করছিল। ওরা দুজনেই মুগ্ধ চোখে সেদিকে কিছুক্ষন তাকিয়ে ছিল। হঠাৎ সম্বিত ফিরে পেয়ে সুলগ্না বলল, " ইস! বড্ড দেরী হয়ে গেছে, নৌকা ঘোরাতে বল। বাড়ি ফিরতে হবে তো। " বাড়ি ফেরার জন্য সম্রাট কোনোদিনই তাগিদ অনুভব করেনা। তবে সামনেই ফিফথ সেমিস্টারের পরীক্ষা, তাই এবার একটু পড়াশোনা নিয়ে বসতেই হবে। পড়াশোনায় কখনও ফাঁকি

দেয় না সম্রাট। ও জানে লেখাপড়া শেষ করে আগে একটা খুব ভালো চাকরী পেতে হবে ওকে। আর তারপর মাকে নিয়ে এই বাড়ি ছেড়ে একটা অন্য শহরে গিয়ে থাকবে সম্রাট। সম্পূর্ণ অন্যরকম একটা পরিবেশ পেলে কি আগের সব কথা ভুলে আবার নতুন ভাবে বেঁচে ওঠার ইচ্ছে জাগবে মায়ের মনে? ওর সেই নতুন জীবন যাত্রায় সুলগ্না কি সঙ্গী হবে ওর? এমন কত প্রশ্নেরই যে উত্তর জানা নেই সম্রাটের!

সেদিন হসপিট্যালে ঢোকার প্রায় সঙ্গে সঙ্গেই অস্মিতের সিনিয়র ডাঃ প্রতিম বাসু "আমার অফিসে এসো,জরুরী কথা আছে" বলে ফোন করে ওকে ডেকে পাঠালেন। অস্মিত ভাবল রাতে এ্যাডমিট হওয়া কোন পেশেন্টের হয়তো কিছু সীরিয়াস কন্ডিশন নিয়ে অস্মিতের সাথে কিছু আলোচনা করতে চান ডাঃ বাসু। তাই আর সময় নষ্ট না করে ডাঃ বাসুর অফিসে ঢুকলো অস্মিত। ওকে ঢুকতে দেখেই হাসিমুখে ডাঃ বাসু বললেন, "আরে এসো অস্মিত, আই হ্যাভ আ গুড নিউজ ফর য্যু। দিল্লীতে একটা মেডিক্যাল প্রজেক্ট শুরু হতে চলেছে 'রুরাল উওমেন্স হেল্থ এন্ড হাইজিন' এর ওপর। এখান থেকে আমি তোমার নাম সাজেস্ট করেছি। ছ'মাসের প্রজেক্ট। তোমাকে এখন ছ'মাস দিল্লী তে থাকতে হবে। ওরা তোমার থাকার ব্যবস্থা করে দেবে। "

- " কিন্তু স্যার আমি এতোদিনের জন্য এখান থেকে চলে গেলে আমার এখানকার সন্ধ্যেবেলার দাতব্য চিকিৎসালয়ের কি হবে?"

- " আরে সে আমি দেখছি, টেম্পোরারিলি অন্য কোন জুনিয়র ডাক্তারকে দিয়ে এই কয়েকমাস কাজ চালানো যায় কিনা। আর তাছাড়া তেমন এমার্জেন্সী কেস হলে আমি তো আছিই। তুমি বুঝতে পারছনা অস্মিত এই প্রজেক্টটাতে কাজ করে এলে তুমি আরো অনেক ভালোভাবে এখানকার পেশেন্টদের চিকিৎসা করতে পারবে। তুমি আর ডিলে কোরোনা। দিল্লী যাবার জন্য এখনই তৈরি হতে শুরু করো। টিকিটের ব্যবস্থা আমি করছি। "

- " ও কে স্যার, আমাকে তাহলে একবার চট্ করে বাড়ি থেকে ঘুরে আসতে হবে। এতোদিনের জন্য টানা কলকাতার বাইরে থাকব তো, তাই। "

- " ঠিক আছে ,তুমি তাহলে কালই কলকাতা চলে যাও, আমি দেখি এখানে তোমার জায়গায় কাকে চার্জ দেওয়া যায়। "

সব কথা শুনে মধুরা আর অতীন খুব খুশী হলেন। মধুরা বললেন, "গাঁয়ে থেকে থেকে আমার ফর্সা ছেলেটা কেমন কালিবর্ণ হয়ে গেছে। যাক, ক'মাস শহরের জল হাওয়ায় যদি ছেলেটার চেহারাটা একটু ফেরে।" সুলগ্না বলল, " দাদা দিল্লী থেকে হয় দিল্লী কা লাড্ডু নয় তো দিল্লীওয়ালী - যে কোন একটা অবশ্যই আনবি। "

- " কোনোটাই আনবনা রে, দিল্লীওয়ালী তো নয়ই, দিল্লী কা লাড্ডু খেয়েও বাড়ির কাউকে পস্তাতে হবেনা। "

ওদের ঠাম্মু বললেন, "বৌমা,বুবানটার জন্য বেশী করে নারকেল নাড়ু কুচো নিমকি গজা সব বানিয়ে দিও। খোট্টাদের জায়গায় কি খেতে পাবে না পাবে কে জানে! "

ঠাম্মুর মতে বাংলার বাইরের সব জায়গাই খোট্টাদের দেশ, আর তারা কোনো সুখাদ্য খায়না।

দুদিন পরেই অস্মিত দিল্লীর উদ্দেশ্যে বেড়িয়ে পড়লো, যাবার আগে কমলা কে ডেকে বলল, "আমি ফিরে এসে যেন দেখি তোমার পড়াশোনা অনেকটা এগিয়ে গেছে।" সুলগ্না বলল, "হ্যাঁ রে দাদা,ও বেশ ইনটেলিজেন্ট, আমি তো ভেবেছিলাম ওকে বুঝি অ আ ক খ এ বি সি ডি থেকে শেখানো শুরু করতে হবে। কিন্তু ও বলল যে ওদের গ্রামের স্কুলে নাকি ও ক্লাস সেভেন পর্যন্ত পড়েছে। " অস্মিত বলল, "আরে তাই নাকি! পড়াশোনা ছাড়লে কেন? বিয়ে হয়ে গেল বলে?"

কমলা মাথা নীচু করে জানালো যে ঠিক তা না, বিয়ের বেশ কিছু আগেই পড়া ছাড়তে হয়েছে ,কারন ওর রুগ্ন মা আরও বেশী অসুস্থ হয়ে পড়ায় ওর ঘাড়েই সংসারের সমস্ত কাজ আর রান্নাবান্নার দায়িত্ব এসে পড়েছিল। তাই অবধারিতভাবেই কমলার স্কুল যাওয়া বন্ধ হয়ে যায়। সুলগ্না বলল, "আচ্ছা কমলা কতবার বলেছি না যে সবসময় মাথা নীচু করে কথা বলবেনা। যারা দোষ করে তারা মাথা নীচু করে, তুমি তো কোনো দোষ করনি। "অস্মিত বলল, " হ্যাঁ রে সু, কমলার টোটাল পার্সোনালিটি ডেভেলপমেন্টের দরকার। তুই খুব ভালো এগোচ্ছিস ওকে নিয়ে। অলরেডি ওর চোখ মুখ থেকে আতঙ্ক আর ভয়ের ভাবটা কেটে গেছে। "

সুলগ্না বলল, " হ্যাঁ রে, আজকাল আবার পড়া শেষ করে মায়ের কাছে রান্নাও শিখছে।"

- " তোর জন্য সিরিয়াসলি দিল্লী থেকে কি আনব বল সু," অস্মিত জিজ্ঞাসা করল। সুলগ্না হেসে বলল, "বৌদি"।

-" তাকে দিল্লী থেকে আনলে ঠাম্মু আমাকে আর এ বাড়িতে ঢুকতে দেবেনা। যাকগে আমার ফ্লাইট এবার আমাকে ছাড়াই উড়ে যাবে। মা বাবা ঠাম্মু দাদুর ঠিকমতো দেখাশোনা করিস। "

অস্মিত চলে যাবার পরে সপ্তাহ কয়েক কেটে গেল। সুলগ্না আর সম্রাট দুজনেই পরীক্ষার পড়া নিয়ে ব্যস্ত থাকায় বেশ কিছুদিন ওদের কলেজে ছাড়া আর বাইরে দেখা করা হয়ে ওঠেনি। পরীক্ষা শেষ হবার পরেও বেশ গরম পড়ে যাওয়ায় নেহাত দরকার না থাকলে সুলগ্না বাড়ির বাইরে বেড়োয় না আজকাল। ফোনেই গল্প চলে সম্রাটের সাথে। কিন্তু পরপর দুদিন সম্রাট কে ফোন করে হয় এনগেজড় না হয় সুইচড অফ পাচ্ছে সুলগ্না। নিজেও ফোন করেনি সম্রাট । ব্যাপারটা কি! সম্রাট তো ঠিক এরকম করার মত ছেলে নয়! তবে কি ও সুলগ্নাকে

না জানিয়েই কলকাতার বাইরে গেছে? ওকে না জানিয়ে যাবার ব্যাপারটাও ঠিক বিশ্বাসযোগ্য লাগলো না সুলগ্নার। ওদের বাড়িতে একবার গিয়ে দেখবে? কিন্তু সম্রাট তো এখনও পর্যন্ত ওদের বাড়ির ঠিকানা জানায়নি, কোনদিন ওদের বাড়িতে যাবার জন্য বলেওনি সুলগ্নাকে। ভাবতে ভাবতেই আরও দুদিন কেটে গেল।

হঠাৎ পঞ্চম দিনে সকালে সুলগ্নার ফোন টা ধরল সম্রাট। সুলগ্নার কিছু বলার আগেই সম্রাট বলল, " আমি খুব বিপদের মধ্যে ছিলাম রে, মা ভীষন অসুস্থ, আজ সকালে ডাক্তার বললেন মা আপাততঃ আউট অফ ডেঞ্জার। এই চারদিন মায়ের কথা ছাড়া আর কিছু ভাবতে পারিনি আমি।" সুলগ্না অবাক হয়ে বলল, " সে কি! এত কিছু হয়ে গেছে আর আমাকে কিছুই জানাসনি তুই! কোন হসপিট্যালে আছেন কাকিমা?" সম্রাট নার্সিংহোমের নাম জানাতেই সুলগ্না বলল, " আমি এক্ষুনি আসছি, তুই একটু ওয়েট করিস আমার জন্য।" নার্সিংহোমের গেটের কাছেই দাঁড়িয়ে ছিল সম্রাট। সুলগ্না পৌঁছাতেই বলল, "মাকে এখনো আই সি ইউ তেই রাখা হয়েছে। খুব অল্প সময়ের জন্য দেখা করতে দিচ্ছে। আমি চারদিন ধরে এখানেই বসে কাটাচ্ছি সারাদিন, দিনে একবার শুধু বাড়িতে যাই স্নান করার জন্য। " সুলগ্না দীপিকা কে দেখে এসে বলল "কাকিমাকে তো ভীষন ফ্যাকাসে দেখাচ্ছে, কি হয়েছে কাকিমার? কাকিমার হাতে ব্যান্ডেজ কেন? পড়ে গিয়েছিলেন নাকি? " সম্রাট বলল, "সে অনেক কথা। সুলগ্না তোকে আমার অনেক কথা বলার আছে। জানিনা কোথা থেকে শুরু করব। এ্যাকচুয়্যালি মাই মম্ ট্রায়েড টু কমিট স্যুইসাইড। " ভীষন রকম ঘাবড়ে গিয়ে সুলগ্না বলল, " সে কি! কেন? "

সম্রাট একটু একটু করে সব ঘটনাটা বলল, কেমন করে সেদিন দুপুরে ও হঠাৎ সাবুমাসীর ফোন পেয়ে কোনরকমে বাড়ি পৌঁছে মাকে অর্ধমৃত অবস্থায় নার্সিংহোমে এনে এ্যাডমিট করে। বাবার পরিচয়

দেওয়াতে কোনরকমে পুলিশি ঝামেলা এড়িয়ে দীপিকার চিকিৎসা শুরু হয়েছিল। সেদিন সকাল থেকে কি করবে ভেবে না পেয়ে দুপুরে সম্রাট একটা সিনেমা দেখেই টাইম পাস করবে ভেবেছিল। সিনেমা শুরু হবার আধঘন্টা পরে হঠাৎ সাবুমাসী ফোন করে জানায় যে দীপিকা নিজের কজির শিরা কেটে প্রচুর রক্তপাত হয়ে অজ্ঞান হয়ে গেছে। সম্রাট যেন যত তাড়াতাড়ি সম্ভব বাড়ি ফিরে মাকে হসপিট্যালে নিয়ে যায়। সম্রাট এক মূহূর্তও দেরী না করে অ্যাম্বুলেন্সকে খবর দিয়ে বাড়ি পৌঁছায়। সেই থেকে চারদিন ধরে যমে মানুষে টানাটানি চলেছে।

সাবুমাসীর থেকে কিছু কথা শুনে মায়ের হঠাৎ এমন সাংঘাতিক ডিসিসন নেবার কারন টা আন্দাজ করতে পেরেছে সম্রাট। সাবুমাসী বলেছিল যে সেদিন বাড়ির সব কাজ সেরে সাবুমাসী একবার নিজের বাড়ি থেকে ঘুরে আসবে ভেবেছিল। সাবুমাসীর কাছে বাড়ির একটা চাবি থাকে সবসময়। সাবুমাসীর বেড়োনোর ঠিক আগটা দিয়েই সেদিন হঠাৎ এক ভদ্রমহিলা দীপিকার সাথে দেখা করতে আসেন। দীপিকা কারোর সাথেই দেখা করেননা জানাতে সেই ভদ্রমহিলা জানিয়েছিলেন যে দীপিকার সাথে তার নাকি এ্যাপয়েন্টমেন্ট আছে। সাবুমাসী ভদ্রমহিলাকে ড্রয়িংরুমে বসিয়ে দীপিকাকে সব কথা জানাতে দীপিকা বলেছিলেন,

"তুমি বাড়ি থেকে ঘুরে এসো, আমি ততক্ষণে ওঁর সাথে কথা সেরে নিই।" খানিকক্ষণ পরে সাবুমাসী সম্রাটদের বাড়ি ফিরে গিয়ে দেখে ওদের বাড়ির গেট আর সামনের দরজা হাট করে খোলা, ড্রয়িংরুমেও কেউ বসে নেই। আতঙ্কিত হয়ে সাবুমাসী দীপিকার ঘরে ছুটে গিয়ে দীপিকাকে ওই অবস্থায় দেখে আগে সম্রাটের বাবাকেই ফোন করার চেষ্টা করে। তাকে ফোনে না পেয়ে সম্রাটকে সব জানায়। চারদিনের মানসিক ও শারীরিক ঝঞ্ঝায় বিধ্বস্ত সম্রাট ধীরে ধীরে সুলগ্নাকে সংক্ষেপে ওর বাবা মায়ের ব্যাপারে সব কথাই জানায়।

- " তার মানে ওই ভদ্রমহিলাই কাকিমাকে এমন কিছু কথা বলেছেন যার জন্য কাকিমা এমন ড্র্যাস্টিক একটা ডিসিসন নিয়েছেন, " ক্ষুব্ধ সুলগ্না বলল, "ওই মহিলার ব্যাপারে তোর পুলিসকে সব জানানো উচিত সম্রাট।"

- "আগে মা সম্পূর্ণ সুস্থ হয়ে উঠুক তারপর যা করনীয় তা করব," বললো সম্রাট, "মাকে সুস্থ করে তুলতে আমার তোর কাছ থেকে হেল্প লাগবে রে সুলগ্না। আমার মাকে তুই সুস্থ করে তোল, তারপর তুই যদি আমার জীবন থেকে দূরে চলে যাস আমি তোকে আর বিরক্ত করবনা।"

সুলগ্না অবাক হয়ে সম্রাটের মুখের দিকে তাকালো। কদিনের বিপর্যয়ে সম্রাটের মাথার ঠিক নেই। উল্টোপাল্টা বকছে, ভাবলো সুলগ্না। বলল, " তুই ভীষন টায়ার্ড হয়ে আছিস, বাড়ি গিয়ে একটু ঘুমো। আমি সন্ধ্যে পর্যন্ত থাকবো এখানে। মাকে বলেই এসেছি। তেমন জরুরী দরকার পড়লে ডাকব তোকে।"

সম্রাট বলল, " বাবা হয়তো সন্ধ্যেবেলায় আসবে মা কে দেখতে।"

" সে ঠিক আছে, তুই এখন বাড়ি যা তো, বললাম তো আমি থাকব এখন এখানে, " বলে একরকম জোর করেই বাড়ি পাঠালো সম্রাট কে সুলগ্না । তারপর সম্রাটের বলা সব কথাগুলোকে আবারও মাথার মধ্যে নাড়াচাড়া করতে করতে ভাবলো এমনও হয়! কি অদ্ভুত!

আজ কতদিন হয়ে গেল বুবানটাকে দেখেননি, দুপুরে খাওয়াদাওয়ার পর একটা গল্পের বই নিয়ে বিছানায় শুয়ে ভাবছিলেন মধুরা। আগে তাও প্রত্যেক শনিবার রাতে, না হলে রবিবার সকাল সকাল বাড়িতে আসত বুবান। দিল্লী চলে যাবার পর এখন শুধু ফোনে মাঝে মাঝে কথা বলেই সন্তুষ্ট থাকতে হয় মধুরাকে। অসহ্য গরম বেড়েছে। সাইনাসের কষ্ট বেড়ে যায় বলে মধুরা বেশীর ভাগ সময় ঘরের এ সি বন্ধ রাখেন। বই পড়তে ভাল লাগছিল না। ঘুমও আসছিলনা মধুরার। মিন্টি কলেজে। ইদানীং অতীনের ব্যবসার কাজ বেড়েছে বলে বাড়িতে দুপুরে খেতে আসা বন্ধ করেছেন। ব্রেকফাস্ট খেয়েই বেড়িয়ে পড়েন, ফিরতেও একটু দেরী হচ্ছে আজকাল। দুপুরের লাঞ্চ টা মধুরা লাঞ্চবক্সে প্যাক করে দিয়ে দেন। কার্পেটের ব্যবসা অতীনের। শুরু থেকেই ব্যবসায় লক্ষী গণেশের কৃপা পেয়েছেন অতীন। এখন ব্যবসা বেশ বেড়েছে। প্রায়ই তাঁকে ব্যবসার কাজে উত্তরপ্রদেশের ভাদোই, রাজস্থানের বারমের, আর অবশ্যই কাশ্মীরেও দৌড়াতে হয়। শ্বাশুড়িমা এই সময়টা একটু ঝিমোন। কমলা শ্বাশুড়িমায়ের ঘরে দুপুরে বসে সুলগ্নার দেওয়া টাস্ক সেরে রাখে। বিছানায় শুয়ে এপাশ ওপাশ করছিলেন মধুরা, এমন সময় হঠাৎ জানালা দরজায় হুড়ুম দারুম আওয়াজ তুলে প্রচণ্ড বেগে ঝড় উঠল। এই বছরের প্রথম কালবৈশাখী! মধুরা তাড়াতাড়ি বিছানা ছেড়ে নামতে নামতেই বারান্দা দিয়ে কমলাকে ছুটে ছাদের সিঁড়ির দিকে দৌড়াতে দেখলেন। ছাদে মেলা শুকনো কাপড় গুলো তুলে আনতে দৌড়ালো। মেয়েটা নিংশব্দে সারা বাড়ির কাজ করে বেড়ায়। বারন করলেও শোনেনা। কখন যে একটু

একটু করে মধুরার বেশীরভাগ কাজই কমলা নিজের কাঁধে তুলে নিয়েছে মধুরা বুঝতেই পারেননি। মাঝে মাঝে নকল বকা দেন মধুরা, "তুই আমার অভ্যেস খারাপ করে দিচ্ছিস রে কুমু! তুই যদি কখনও এ বাড়ি ছেড়ে চলে যাস তখন ওই সব কাজ আবার করতে আমার যে ভীষন কষ্ট হবে রে! "

- " তোমাকে ছেড়ে আমি আর কোথাও যাবনা মা। আমাকে তুমি এবাড়ি থেকে তাড়িয়ে দিওনা। মাঝে মাঝে খালি বুড়ো বাপটার কথা মনে পড়ে, দেখতে ইচ্ছে করে।" বলেই জিব কাটে কমলা। সুলি দিদি কতবার শিখিয়েছে যে 'বাপ' বলতে নেই, 'বাবা' বলতে হয়। তবু এখনও মুখ ফসকে বেড়িয়ে যায়। মধুরা বললেন, " আর তোর মাকে দেখতে ইচ্ছে করেনা বুঝি? "

- " মা আর ছোটো ভাই টা তো আমার বিয়ের আগের বছরই টাইফয়েডে ভুগে মারা গেল। তাই তো বাবা আমার সাত তাড়াতাড়ি বিয়ে দিল। দুটো পেটের খাবার জোটানোও বাবার পক্ষে মুশকিল হয়ে উঠেছিল। "

কমলা শুকনো কাপড়গুলো নিয়ে মধুরার ঘরে ঢুকতে না ঢুকতেই করকরাত আওয়াজে পরপর ক'টা বাজ পড়ে বৃষ্টি শুরু হল আর তার সাথে ধেয়ে এল প্রাণজুড়ানো ঠান্ডা হাওয়া। কমলা মধুরার ঘরের জানালা বন্ধ করেই ছুটলো বাকী সব ঘরের জানালা বন্ধ করতে। নিশ্চিন্ত মধুরা গান ধরলেন- ' এমন দিনে তারে বলা যায়, এমন ঘন ঘোর বরিষায়......।' কখন নিঃশব্দে কমলা এসে মধুরার পাশ ঘেঁষে দাঁড়িয়েছিল বুঝতে পারেননি তিনি। মগ্নতা কাটলো কমলার কথায়, "এটা রবি ঠাকুরের গান, তাই না মা?"

- " বাঃ তুই তো অনেক কিছুই জানিস!" সত্যিই অবাক হলেন মধুরা। " কে শেখালো তোকে এসব? "

- " আমাদের ইস্কুলে... মানে স্কুলে তো পঁচিশে বৈশাখের দিন রবি ঠাকুরের পুজো হত। তখন একজন দিদিমনি আমাদের কয়েকজন মেয়েকে রবি ঠাকুরের অনেক গান শেখাতেন। আমার তো সব ঠাকুরের পুজোর চেয়ে রবি ঠাকুরের পুজোতেই বেশী আনন্দ হত।" লজ্জা পেয়ে বলল কমলা।

- " ও মা! তাই নাকি! তুই গান গাইতে পারিস! বেশ। আজ থেকেই আমি তোকে গান শেখাব। মিন্টিটা তো কিছুতেই শিখলনা। এখন মুখে মুখে শেখাই। তারপর মিন্টির বাবাকে বলব তোর জন্য হারমোনিয়াম কিনে আনতে ।"

- " না না মা, আমার জন্য এমনিই তোমাদের কত খরচা বেড়ে গেছে, আর হারমোনিয়াম কিনতে বোলোনা।"

- " বড্ডো জমা খরচের হিসেব রাখতে শিখেছিস দেখছি পাকা মেয়ে! আচ্ছা রোজ একটা করে গান শোনাস আমাকে, তাহলেই খরচা উসুল হয়ে যাবে। " মৃদু হেসে বললেন মধুরা।

সন্ধ্যেবেলায় বাড়ি ফিরে মায়ের এই নতুন আবিস্কারের গল্প শুনে সুলগ্না বলল, "যাক বাবা, বাঁচা গেল, এতদিনে মায়ের আমাকে গান না শেখাতে পারার আফশোষটা যাবে। তবে কমলা যা কিছুই করো না কেন সেটা মনপ্রাণ দিয়ে করবে। তবেই সে কাজে তোমার মাথা উঁচু হবে। "

মধুরা বললেন, "উঃ! এই সেদিনের ছোট্টো মেয়েটা আমার কেমন দিদিমনির মত জ্ঞান দিতে শিখে গেছে! হ্যাঁ রে, আজ বৃষ্টিতে ভিজিসনি তো? "

সুলগ্না বললো, "আশ্চর্য! জানো মা, আজ আমাদের কলেজেও একটা রুমে নাচগানের আসর বসেছিল বৃষ্টির বহর দেখে।

রবীন্দ্রনাথের গান। আর আমিও নাচলাম একটু। আচ্ছা মা, প্রথম বৃষ্টি পড়া দেখলেই আগে আমাদের ওই দাড়িওয়ালা বুড়োর গানই মনে পড়ে, তাই না? "

মধুরা শুধু হেসে বললেন, " রবীন্দ্রনাথ তো চির নবীন! "

মা আর কমলার সাথে খানিকটা গল্প করে ঠাম্মুর ঘরে গেল সুলগ্না। ঠাম্মুর গলা জড়িয়ে খুব খানিকটা আদর করে আবদার ধরল সুলগ্না, "সেই ছোট্টো বেলার গল্পটা আজ আবার বল না ঠাম্মু, সেই 'কুঁচবরণ কন্যার মেঘবরণ চুল' গল্পটা।" সুলগ্নার জন্মের সময় থেকেই ওর টুকটুকে ফর্সা গায়ের রঙ আর মাথা ভরা কালো রেশমী চুল দেখে ওর ঠাম্মু ছোটো বেলা থেকে ওকে বেশীর ভাগ সময় এই গল্পটাই শোনাতেন। দিনের পর দিন এই গল্পটা শুনিয়েই সুলগ্নার ঠাম্মু আশালতা ওকে খাওয়াতেন, ঘুম পাড়াতেন। এই গল্পটা শোনা সুলগ্নার কাছে একটা নেশার মত হয়ে উঠেছিল। এখনও বিশেষ বিশেষ দিনে তাই এটাই আশালতার কাছে তাঁর নাতনীর প্রিয় আবদার। আশালতা সুলগ্নার নাক টা ধরে নেড়ে দিয়ে বললেন, " দাঁড়া না,তোর ফুলশয্যের দিন সারারাত তোকে আমি এই গল্পটাই বলব, তখন যদি ঠাকমা বুড়িকে ঘর থেকে তাড়াস তো ডাইনি বুড়ির মত তোর চুল কেটে দেব।" বলেই ফোকলা দাঁতে হাসতে লাগলেন আশালতা। আর সুলগ্না চেঁচিয়ে বলল, "ভালো হবে না বলে দিচ্ছি ঠাম্মু, আমার বোঁচা নাকটাকে চেপটে আরও বোঁচা করে দিলে! আর তোমার নাতজামাই জুটবে না দেখো।" আশালতা এবার ওর কান মুলে দিয়ে বললেন, "ওরে আমার ঠাকমা সোহাগীরে, ঠাকমার নাতজামাইয়ের চিন্তায় তো দেখি মেয়ের ঘুম গেল! "

মধুরা পাশের ডাইনিং হল থেকে ডাক দিলেন, " সবাই জলদি এসে খেতে বসে পড়। গরম খিচুড়ি বেগুনি আর ডিমভাজা কিন্তু ঠান্ডা

হয়ে যাবে।" সুলগ্না বলল, "ইস! দাদাটা খিচুড়ি পেলে আর কিছু চায়না, দাদা মিস করল আজকের এই ওয়েদারের সাথে জমজমাটি খিচুড়ি।"

- " কিচ্ছু মিস করছেনা বুবান," বললেন মধুরা, "দিল্লীতে এখন সাংঘাতিক গরম। ওখানে একটুও বৃষ্টি হয়নি আজ। টিভির নিউজে দেখলাম । তোরা খেতে বসতো এখন। কষ্ট করে রান্না করলাম, ঠান্ডা করিসনা।"

ডিনার সেরে নিজের রুমে গিয়ে সম্রাট কে ফোন করল সুলগ্না,

"সরি রে, আজ বিকেলে ঝড়বৃষ্টির জন্য নার্সিংহোমে কাকিমাকে দেখতে যেতে পারিনি।কেমন আছেন এখন কাকিমা?" সম্রাট জানালো যে দীপিকা এখন অনেকটাই সুস্থ তাই আরেকদিন সুপারভিসনে রেখে দীপিকাকে বাড়িতে নিয়ে আসার পারমিশন দেবেন ডাক্তার। অনেকটা রিলিভড হল সুলগ্না। বলল, " কাল বিকেলে আমি যাব নার্সিংহোমে। কাল আমার সাথে আলাপ করিয়ে দিস কাকিমার। সেদিন তো কথা বলার কন্ডিশনে ছিলেননা কাকিমা। আর তুইও এবার একটু ভালো করে ঘুমো, অনেকদিন ঘুমোসনি। "

প্রথম দিন নার্সিংহোমে গিয়ে সন্ধ্যেবেলার ভিজিটিং আওয়ারের প্রায় শেষের দিকে সুলগ্না যখন বাড়ি ফেরার কথা ভাবছিল, তখনই ডাঃ প্রসূন মিত্রের সাথে দেখা হয়ে গিয়েছিল ওর। তার বেশ কিছুক্ষন আগেই সম্রাটও এসে গিয়েছিল। সম্রাট যথাসম্ভব সংক্ষেপে ওর বাবার সাথে আলাপ করিয়ে দিয়েছিল সুলগ্নার, ' সুলগ্না আমার কলেজের বন্ধু' বলে। আর বিশেষ কথা হয়নি সুলগ্নার সম্রাটের বাবার সাথে। সুপুরুষ লম্বা চওড়া সৌম্যকান্তি পলিশড ডাঃ মিত্রকে দেখে সম্রাটের বলা কথাগুলোর সাথে ওঁকে মেলাতে কষ্ট হচ্ছিল সুলগ্নার। বেশ দেরী হয়ে গিয়েছিল বলে আর কিছু কথা না বাড়িয়ে সম্রাটের মাকে দেখতে চলে গিয়েছিল সুলগ্না। বাড়ি ফেরার পর মধুরা সম্রাটের মায়ের কি হয়েছে

জিজ্ঞাসা করাতে কে জানে কেন সেই প্রথম বোধহয় মাকে মিথ্যে বলেছিল সুলগ্না, "কাকিমা বাথরুমে পড়ে গিয়ে অজ্ঞান হয়ে গেছিলেন।"

আসলে সম্রাটের বাবা মায়ের সম্বন্ধে বলা কথাগুলো তখনও ঠিকভাবে আত্মস্থ করতে পারেনি সুলগ্না। মাকে বোঝাতে গিয়ে আরও জগাখিচুড়ি পাকিয়ে যাবে, ভেবেছিল ও। পরে ভেবে ঠিক করা যাবে এই ব্যাপারটা নিয়ে, আগে তো কাকিমা সম্পূর্ণ সুস্থ হয়ে উঠুন। ওঁর মানসিক ভাবে সম্পূর্ণ সুস্থ হয়ে ওঠার ব্যাপারে কিভাবে ও সম্রাটকে সাহায্য করতে পারে তাও বুঝে উঠতে পারছিলনা সুলগ্না। যাকগে, হয়তো সময় এবং পারিপার্শ্বিকতাই সুলগ্নাকে পথ দেখাবে। এটা ভেবে নিতেই দুচোখ জুড়ে ঘুম নেমে এল সুলগ্নার।

কাল সারারাত থেকে থেকে বেশ জোরেই বৃষ্টি হয়েছে। মাঝরাতে কখন যে মধুরা এসে ওর গায়ে একটা হালকা নরম কুইল্ট চাপা দিয়ে গেছেন জানতেই পারেনি সুলগ্না। ভোরের দিকে ওটাতেই নিজেকে আস্টেপৃষ্টে জড়িয়ে গভীর ঘুমে ডুবে ছিল ও। সকালের দিকে বৃষ্টি কমতে কমলা এসে ওর ঘরের জানালাগুলো খুলে দিয়ে গেছে। ঘুম ভাঙতে জানালা দিয়ে দেখলো সুলগ্না আকাশ তখনও বেশ থমথমে হয়ে আছে। বিছানা ছেড়ে নামতে নামতে আজ কলেজে না যাবার সিদ্ধান্ত নিল সুলগ্না। কালকের মত আজও নিশ্চয়ই খুব কম স্টুডেন্টস যাবে কলেজে আর ক্লাসের বদলে নিছক আড্ডা হবে আজকেও। তার চেয়ে আজ বাড়িতে বসে মা ঠাম্মু আর কমলার সাথে বরং আড্ডা দেওয়া যাবে, ভাবল সুলগ্না। ওকে নিজের ঘর ছেড়ে বেড়াতে দেখে মধুরা সুলগ্নাকে শুনিয়ে শুনিয়ে কমলা কে বললেন, "কি রে কুমু, আজ সকালে ডালপুরি বানানো শিখবি নাকি?"

- " মা প্লীজ, রোজ এইসব খাইয়ে খাইয়ে আমাকে মোটু করেই ছাড়বে তুমি দেখছি, আমি চেষ্টা করলেও স্লিম থাকতেই পারবোনা", সুলগ্না ব্যাজার মুখে বললো।

- " কুমু রে, আমাদের খাটনি কমে গেল, একজন তো বলেই দিলেন ডালপুরি খাবেন না। এবার সেই একজন যদি দু-তিন বছর পর বুবানের মত কলকাতার বাইরে চাকরী করতে যান, আর ছুটিতে এসে 'ডালপুরি' খাব বলে বায়না করেন তখন কিন্তু আমরা এসব ভালো ভালো জিনিস আর বানাবো না কেমন? " মধুরা মুখ টিপে হেসে বললেন।

- " আরে! আমি কখন বললাম ডালপুরি খাবনা! সারা বাড়ি ডালপুরি খাবে আর আমি বুঝি শুধু দেখব? শেষে বাড়িশুদ্ধ সবার পেট খারাপ হবে! এটা হতে দেওয়া যায়না। তুমি ফটাফট ডালপুরি ভাজো মা, আমি এক্ষুনি ফ্রেশ হয়ে আসছি। " মধুরা ছদ্ম চিন্তিত মুখে বললেন , "কিন্তু মিন্টি, একদিন খেলেও যদি তুই মোটা হয়ে যাস? তখন আমাকে দোষ দিসনা কিন্তু। " সুলগ্না পেছন থেকে মধুরাকে জড়িয়ে ধরে বলল, " আচ্ছা বাবা, আমার ঘাট হয়েছে বলা, খুউব ক্ষিধে পেয়ে গেছে,ডালপুরির ক্ষিধে, তাড়াতাড়ি বানাও মা। "

দুপুরের দিকে আকাশ পরিস্কার হয়ে মিঠে রোদ উঠল। সুলগ্না কমলা কে ডেকে বলল, "তাড়াতাড়ি তৈরি হয়ে নাও কমলা, তোমাকে নিয়ে আজ দাদুর ওখানে যাব। এবার থেকে মাঝেমাঝে ওখানে গিয়ে তুমি কম্পিউটার শিখবে। আরো অনেক কিছুই শিখতে পারো। প্রথমে আমি কয়েকবার তোমাকে সঙ্গে করে নিয়ে যাব। তারপর বাসে অটোতে যাতায়াত আর রাস্তাঘাট তোমার একটু সড়োগড়ো হয়ে গেলে তুমি নিজেই যেতে পারবে। ওখানে নিয়মিত গেলে তোমার পড়াশোনা আর বাকি সব কিছুতেই খুব তাড়াতাড়ি উন্নতি হবে। তাছাড়া সারাদিন

এইভাবে বাড়ির ভেতরে বসে থাকাটাও কোনো কাজের কথা নয়। বাইরের জগতের সাথেও এবার তোমার পরিচিতি বাড়ানো উচিত।" মধুরা বললেন, " একদম ঠিক বলেছিস রে মিন্টি, সারাদিন ধরে বাড়িতে বসে আমাদের বুড়োদের সাথে কথা বলে বলে কুমু নিজেও বুড়োটে হয়ে যাবে। ওর সমবয়সীদের সাথে ওর একটু মেশা দরকার।"

সুলগ্না আর কুমু বেড়িয়ে যাবার পর মধুরা বিছানায় শুয়ে একটা বাংলা পত্রিকা নিয়ে পাতা ওলটাতে ওলটাতে ভাবলেন অনেকদিন সম্রাট আসেনি এ বাড়ি, ওর মা এখন কেমন আছেন কে জানে! একদিন সম্রাটের মাকে দেখতে যাবেন,ভাবলেন মধুরা।

মধুসূদন চৌধুরীর সংস্থায় পৌঁছে সুলগ্না সকলের সাথে আগে কমলার পরিচয় করিয়ে দিল। বলল, "এখন থেকে কমলা কিন্তু মাঝেমাঝেই এখানে আসবে পড়াশোনা করতে। একটু রাস্তাঘাট চিনে গেলেই রোজ আসবে সকালে। কমলা তুমি এখানে আজ দেখো ওদের কাছ থেকে কি শিখতে পারো, আমি নার্সিংহোম থেকে ফেরার পথে তোমাকে নিয়ে বাড়ি ফিরব। "

মধুসূদন বাবু বললেন, " কি কমলা? আজ তোমার কম্পিউটারে হাতেখড়ি হবে নাকি? " কমলাকে বেশ উৎসাহের সাথে ঘাড় হেলাতে দেখে নিশ্চিন্ত হয়ে সুলগ্না বেড়িয়ে পড়ল। নার্সিংহোমের গেটেই সম্রাট সুলগ্নাকে মিট করে ওকে নিয়ে গেল দীপিকার কেবিনে। দীপিকাকে গতকাল থেকে সিংগল বেডের কেবিনে সিফট করানো হয়েছে। সুলগ্না ভেতরে ঢুকে দেখল দীপিকা জানালা দিয়ে দূর আকাশের দিকে তাকিয়ে আছেন। দেখে ভালো লাগলো যে দীপিকার দুই হাত থেকেই ব্লাড আর স্যালাইনের চ্যানেল গুলো খুলে দেওয়া হয়েছে। ভীষন ফ্যাকাসে, প্রায় সাদাটে হয়ে যাওয়া দীপিকার মুখের মধ্যে প্রকট হয়ে আছে বড় বড় টানা চোখ, পাতলা, একটু বেশীই উঁচু হয়ে থাকা নাক।

চোয়ালের আর কন্ঠার হাড় গুলো মাথা উঁচিয়ে নিজেদের জাহির করছে। এখন প্রায় সরু হয়ে যাওয়া মুখের সেপ কোনো এক সময় পান পাতার মত ছিল তা বোঝা যাচ্ছে। দরজা খুলে ওরা রুমে ঢোকার পরও দীপিকা ওদের উল্টোদিকের জানালার দিকেই তাকিয়ে ছিলেন। সম্রাট বলল, " মা দেখো, আজ কে এসেছে তোমার কাছে। সেদিন বলেছিলাম না আমার বন্ধু সুলগ্নার কথা। " খুব ধীরে মাথা ঘুরিয়ে সুলগ্নার দিকে তাকিয়ে অল্প হাসলেন দীপিকা, বললেন, " বসো" । সম্রাট দীপিকার মাথার চুলে আঙুল চালাতে চালাতে বলল, " আজ কেমন আছ মা? '

- " আমাকে কেন এখানে নিয়ে এলি সমু? আমাকে তো কেউ চায়না।" প্রায় ফিসফিস করে বললেন দীপিকা।

সম্রাট দীপিকার কানের কাছে মুখ নিয়ে গিয়ে বলল, " কে বলেছে তোমাকে এইসব বাজে কথা? আমি যে তোমাকে এত্ত ভালোবাসি সেটা বুঝি কিছু নয়! " সুলগ্না একটু এগিয়ে এসে বলল, " আমিও তোমাকে খুব ভালোবাসি কাকিমা।" দীপিকা মুখে হাসি টানার চেষ্টা করলেন, বললেন, "কেন? সমুকে ভালোবাসো তাই?"

লজ্জা পেয়ে সুলগ্না বলল, " না না.. "

-" কি না না? ভালো বাসোনা? "

- " না মানে..... "

- " ভালোবাসো, কিংবা ভালোবাসোনা। এর মাঝামাঝি আর কিছু নেই। ভালোবাসা থাকলে খুব ভালোবাসা থাকে, না থাকলে কিচ্ছু থাকেনা। শুধু থাকে শূন্যতা। আর কিছু না, কেউ না, কেউ না। " সম্রাট ভীষন অবাক হল। ও আগে কোনোদিন ওর মাকে একসাথে এত কথা, এমন কথা বলতে দেখেনি। সুলগ্না এবার দীপিকার ডানহাতটার ওপর হালকা চাপ দিয়ে বললো, " বাসি, খুব ভালোবাসি, তোমাকেও

কাকিমা, বাসতে দেবেনা তোমায় ভালো? " এবার একটু অবাক হয়ে সুলগ্নার দিকে পূর্ণ দৃষ্টিতে তাকালেন দীপিকা। তারপর খুব আস্তে প্রায় না শোনা যাবার মত আওয়াজে বললেন,

"বাসবে ভালো, তুমি তো ওর মত নও।"

সম্রাট জিজ্ঞাসা করল, " মা, কার মত নয় সুলগ্না? বাবার মত? " দীপিকা বললেন, "না,ওই যে ওর মত। " বলেই চোখ বন্ধ করে বললেন, " খুব ঘুম পাচ্ছে। " সুলগ্না বলল, "থাক আর কথা বলাস না কাকিমাকে। খুব ক্লান্ত হয়ে গেছেন।" সম্রাট বলল, " হ্যাঁ রে, মা যে কবে শেষ এত কথা একসাথে বলেছিল আমি তো মনেই করতে পারছিনা। আমি ভাবতাম মা বোধহয় ধীরে ধীরে কথা বলতেই ভুলে যাবে। হয়তো তোকে দেখে মায়ের ভালো লেগেছে। " সুলগ্না নীচুস্বরে বলল, "জোরে কথা বলিস না, কাকিমা একটু ঘুমোক, সুস্থ হবেন তাডাতাড়ি।" এরপর ওরা খানিকক্ষণ নীচু গলায় কথাবার্তা বলল। ভিজিটিং আওয়ার শেষ হয়ে যাওয়ায় একজন নার্স এসে ওদের কে বাইরে যাবার জন্য অনুরোধ জানালো।

নীচে নেমে এসে সম্রাট বলল, "চল, এখানেরই ক্যান্টীনে একটু চা খাই।"চা খেতে খেতে সম্রাট জানালো,

" জানিস, সেই তোর সাথে এখানে বাবার যেদিন দেখা হল তারপর থেকে বাবা আর একদিনও মাকে আর দেখতে আসেনি। " সুলগ্না বলল, "ব্যস্ত আছেন নিশ্চয়ই , তাতে কি? তুই তো আছিস! "

- " সে তো আছিই, তবুও ,জানিস বাবা দেখতে এলে মায়ের মুখটা কেমন জ্বলজ্বল করে উঠত।" বলল সম্রাট।

- " কাকিমা বোধহয় এখনও কাকুকে ভীষন ভালবাসেন। "

- "জানিনা, মা যে কেন বোঝেনা!"

- "তুই এসব নিয়ে আর ভাবিস না রে সম্রাট। তার চেয়ে বরং সেদিনের ওই মহিলার আইডেনটিটি খোঁজার চেষ্টা কর। উনি নিশ্চয়ই কাকিমাকে এমন কিছু বলেছেন বা ভয় দেখিয়েছেন তাই আজ কাকিমার এই অবস্থা। ওর পরিচয় জানতে পারলে আমরা ইন ফিউচার প্রিকশনারি মেজার্স নিতে পারব। তা না হলে উনি আবার কাকিমাকে ডিসটার্ব করতে পারেন যেটা একেবারেই কাম্য নয়। "

- " আমি মায়ের কাছে দু-তিন বার ওই মহিলার কথা তুলেছিলাম,কিন্তু মা তো যেন বুঝতেই পারছেনা যে কার কথা জিজ্ঞাসা করছি। শেষে সাবুমাসীর হেল্প নিলাম। সাবুমাসী বলল যে ওই মহিলা নাকি বেশ লম্বা চওড়া, ঘাড় পর্যন্ত বাদামী রঙের চুল, মুখে ছিল খুব চড়া মেকআপ। সাবুমাসীর মতে দুপুর বেলায় নাকি এত মেকআপ সিনেমার নায়িকারাও করেনা, যাত্রাদলের নায়িকারা হয়তো করতে পারে। "

- " তবে কি ভদ্রমহিলা নিজের আসল মুখশ্রী ঢাকার জন্যই এত চড়া মেকআপ নিয়েছিলেন? যাতে ওঁর পার্সোনালিটির আর সব কিছু ছাপিয়ে ওঁর মুখের মেকআপের কথাটাই সবার মনে থাকে? "

- " বাঃ! তুই তো দেখছি পাকা ডিটেকটিভদের মতই কথাবার্তা বলছিস। আচ্ছা এমনও তো হতে পারে যে কোন পুরুষই মহিলা সেজে এসেছিল। সাবুমাসী বলেছে খুব লম্বা চওড়া মহিলা। কোনো পুরুষকে মহিলার সাজ নিতে হলে একটু বেশী মেকআপের সাহায্য নিতে হবে।"

- " সে ক্ষেত্রে গলার স্বর টা একটা ভাইটাল ক্লু। এব্যাপারে সাবুমাসী কিছু বলেছিল কি? "

- " হ্যাঁ, সাবুমাসী বলেছিল অবশ্য যে ওই মহিলা একটু ঘড়ঘড়ে গলায় ভাঙা ভাঙা বাংলা, ইন ফ্যাক্ট হিন্দি মেশানো বাংলায় কথা বলেছিলেন।"

- "হুঁ, তার মানে মহিলা বা পুরুষ, যেই হন না কেন, বাঙালি নন, এরকম একটা ইমপ্রেশন দেবার চেষ্টা করা হয়েছে। বা হয়তো সত্যিও অবাঙালী হতে পারেন। আচ্ছা পুলিশের কোন ঝামেলা হয়েছিল কি?"

- "না রে, সেই প্রথম দিনই যা পুলিশ এসে আমাকে বাবাকে আর সাবুমাসীকে বেশকিছু জিজ্ঞাসাবাদ করেছিল, মা তো কথা বলার কন্ডিশনে ছিলনা, তাই মাকে ডিসটার্ব করেনি। বলেছিল পরে এসে মায়ের সাথে কথা বলবে। তবে তার পর তো আর একদিনও পুলিসকে আসতে দেখিনি এখানে। হয়তো বাবা নিজের প্রভাব খাটিয়ে ব্যাপারটাকে ধামাচাপা দিতে পেরেছে। "

- "প্রথম দিন পুলিস এসেছিল? কিভাবে খবর পেল? "

- "আরে সেদিন মাকে ওই অবস্থায় দেখে, বাবাকে ফোনে না পেয়ে, আর আমার আসতে দেরী হচ্ছে দেখে সাবুমাসী ভয় পেয়ে আর দুশ্চিন্তায় আমাদের পাশের বাড়ির জ্যেঠুকে ডেকে এনেছিল। ওঁর কাছ থেকেই হয়তো পাড়ার আরো কিছু লোক জানতে পারে ঘটনাটা। তাদেরই মধ্যে হয়তো কেউ পুলিশে খবর দিয়ে থাকতে পারে। আফটার অল বাবার অ্যামোরাস নেচার অনেকেরই অজানা নয়। "

- "হুঁ, বুঝলাম। এখন তবে তুই কি করবি ভাবছিস?"

- " আগে মাকে বাড়িতে নিয়ে গিয়ে আরও একটু সুস্থ করে তুলি। তারপর এই সব নিয়ে ভাবব। বাবাকে বলে মায়ের জন্য বাড়িতে রাতে থাকার জন্য একজন নার্সের ব্যবস্থা করেছি।সন্ধ্যেবেলায় নার্সের আসার আগে পর্যন্ত সাবুমাসী থাকবে বলেছে। "

- " এটা তুই খুব ভালো ব্যবস্থা করেছিস। যাক, অনেক দেরী হয়ে গেল। আমাকে আবার কমলা কে নিয়ে বাড়ি ফিরতে হবে। তুইও বাড়ি যা, কাল কলেজে দেখা হবে। "

সুলগ্না চলে যাবার পর সম্রাটও বাড়ির দিকে রওনা দিল। আজ আর অন্য কোথাও যেতে ইচ্ছে করছে না। ওই মহিলার সম্বন্ধে সুলগ্নার বলা কথাগুলো বেশ ডিসটার্বিং। সাবুমাসীকে আরও কিছু কথা জিজ্ঞাসা করা দরকার, ভাবলো সম্রাট।

(৭)

লেক রোডে সুলগ্নাদের দোতলা বাড়িটার সামনে পেছনে খুব একটা বেশী জায়গা নেই। দুদিকে অল্প জায়গায় কিছু বোগনভেলিয়া, মুসান্ডা, জবা, রঙ্গন, মাধবীলতা, এ্যালামেন্ডা আর ঝাউ গাছ বেশ বড় হয়ে দোতলার জানালার কাছাকাছি পৌঁছে গেছে। সামনের গেটের ওপর একটা লতানে জুঁই গাছ এখন ফুলে ফুলে ভরে উঠেছে আর সুগন্ধ ছড়াচ্ছে। বাড়িটার একতলায় ড্রয়িংরুম, ডাইনিংস্পেশ, আশালতার আর সুলগ্নার ঘর ,দুটো বাথরুম কিচেন আর ঠাকুর ঘর। দোতলায় একটা হলঘরের গা ঘেঁষে পাশাপাশি একটা মধুরা অতীনের, আর একটা অস্মিতের বেডরুম। আর একটা গেস্ট রুম। দুটো বেডরুমেই এ্যাটাচড বাথরুম আছে। আর আছে হলঘর সংলগ্ন আরেকটা কমন বাথরুম। অস্মিতের বেডরুম সংলগ্ন একটা ব্যালকনি, আর মধুরার ঘরের লাগোয়া আছে একটা ছোটো খোলা ছাদ। এই ছাদটুকুতেই মধুরার ফুলেদের রাজত্ব। কতরকম ফুলই যে ফোটান মধুরা এখানে সারা বছর ধরে! একজন মালি অবশ্য আসে মাসে দুবার গাছগুলোকে বিশেষ দেখাশোনার জন্য। কিন্তু ফুল ফোটানোর কৃতিত্ব সম্পূর্ণ মধুরার। সকালে বাড়ির কাজ সেরে রোজই এই ছাদে বেশ কিছুটা সময় কাটান মধুরা। এখন কমলাও এখানে নানান কাজে সাহায্য করে মধুরাকে।

আজ সকালে এই ছাদ থেকেই মধুরা লক্ষ করলেন একটি ছাপোষা ধরনের লোক রাস্তার ওপারে দাঁড়িয়ে এই বাড়িটার দিকেই তাকিয়ে আছে। মনে পড়ল কাল বিকেলেও যেন জানালা দিয়ে এই লোকটাকেই দাঁড়িয়ে থাকতে দেখেছিলেন। মধুরার বুকের ভেতরটা কে জানে কেন

হঠাৎ ছ্যাঁত করে উঠল। বুবানটা এখন দিল্লি তে। এদিকে অতীনও ব্যবসার কাজে তিনদিন হল রাজস্থানে গেছেন। কমলাকে ডেকে বললেন, - "তুই নীচে যা। আর দেখিস কেউ বেল বাজালেই ফট করে যেন দরজা খুলে দিসনা। বেল বাজলে আগে আমাকে ডাকবি।"

কমলা অবাক হয়ে বলল, " কি হয়েছে মা?"

- "কিছুনা। তুই নিচে যা। জানালা দিয়ে বাইরে দেখতে যাসনা এখন। কে জানে কি বিপত্তি আছে আবার কপালে!" চিন্তিত মুখে বললেন মধুরা। কমলা আর কথা না বাড়িয়ে নীচে চলে গেল। খানিকটা পরে লোকটি চলে যাওয়াতে মধুরাও নীচে নেমে এলেন। দেখলেন সুলগ্না কলেজ যাবার জন্য তৈরি। মধুরাকে দেখে বলল, " আজ আমার বেশী ক্লাস নেই। কলেজ যাবার সময় কমলাকে কি দাদুর ওখানে ছেড়ে দিয়ে যাব? ফেরার সময় একেবারে ওকে নিয়েই ফিরব। তাহলে কমলাকেও খেয়ে রেডি হয়ে নিতে হবে। " মধুরা বললেন, "নাহ্ আজ থাক আজ বরং তুই ওকে বাড়িতেই কিছু টাস্ক দিয়ে যাস। কাল পরশু সুবিধে মতন যাবে না হয়। " সুলগ্না কলেজে যাবার পথে ভাবছিল যে সম্রাটের মায়ের ব্যাপার টা মাকে আগে বলবে, না কি দাদাকে। দাদাকে বললে অবশ্য সম্রাটের মাকে ঠিকমতো ডীল করার ব্যাপারে খানিকটা হেল্প পাওয়া যেতে পারে। অন্যদিকে মা আবার সব কিছু শুনে হঠাৎ টেনশন না শুরু করে দেয়। দাদাকেই আগে বলা বেটার। ভাবল আজ রাতেই দাদার সাথে এ ব্যাপারে কথা বলবে। ভ্যাপসা গরমে ইদানীং কলেজে গিয়ে ক্লাস করতেও ইচ্ছে করেনা, আড্ডাও জমেনা তেমন। সম্রাট ও কদিন ধরে ক্লাসে বেশ ইরেগুলার। যেদিন কলেজে আসে সেদিনও বেশ আনমনা থাকে। কাকিমার এই এ্যাটেম্পট টু সুইসাইড টা ওকে বেশ দুশ্চিন্তায় ফেলেছে, বোঝাই যাচ্ছে।

কলেজে পৌঁছেই দেখল যে সম্রাট খুব উত্তেজিত মুখে গেটের কাছে যেন ওর প্রতীক্ষাতেই দাঁড়িয়ে আছে। ওকে দেখে বলল, " ক্লাসের পর লেকের ধারে মিট করবি। খুব দরকারি কথা আছে। এখন ক্লাসে যাচ্ছি।" সুলগ্নাও ঘাড় নেড়ে নিজের ক্লাসের দিকে দৌড়ালো, দেরী হয়ে গেছে আজ কলেজে পৌঁছাতে। পরপর তিনটে ক্লাস সেরে বেড়িয়ে এসে সুলগ্না সম্রাট কে কলেজের কোথাও দেখতে পেলোনা। ফোন করতে সম্রাট জানালো যে ও অলরেডি লেকের দিকে রওনা দিয়েছে, সুলগ্না যেন ওখানেই চলে আসে। সুলগ্না বুঝলো যে সম্রাট ভীষনই অস্থিরতার মধ্যে আছে।

লেকের ধারে পৌঁছে দূর থেকে সুলগ্না দেখল সম্রাট হাতে জ্বলন্ত সিগারেট নিয়ে পায়চারী করছে। সুলগ্নাকে কাছে আসতে দেখে সিগারেট টা নিভিয়ে ছুঁড়ে ডাস্টবিনে ফেলল। তারপর সুলগ্না কিছু বলার আগেই ওর দিকে একটা লম্বা সাদা খাম বাড়িয়ে দিল। সুলগ্না অবাক হয়ে জিজ্ঞাসা করল, "কি এটা?"

সম্রাট বলল, "খুলে দ্যাখ।" সুলগ্না খামের ভেতর থেকে একটা সাদা বড় কাগজ টেনে বের করল, খুলে দেখল কাগজটার ঠিক মাঝখান বরাবর বোল্ড লেটারে বাংলাতে কোনো সম্বোধন ছাড়াই লেখা আছে- "এই বাড়িটার থেকে এবং ডাঃ প্রসূন মিত্রের জীবন থেকে বেড়িয়ে যান। আপনার ভবিষ্যত জীবনের সুরক্ষা ও সুখসুবিধার সব ব্যবস্থা করা হবে।"

- "এ কি! এ তো পুরোপুরি হুমকি চিঠি! কোথায় পেলি এটা?" সুলগ্না ভীষন উত্তেজিত গলায় বলল।

- "আমাদের লেটার বক্সে রাখা ছিল। আমাদের পুরোনো বাড়ি, গেটের কংক্রীট পিলারের গায়েই ফিক্সড লেটার বক্স আছে। বহুকাল চিঠিপত্র আসেনা শুধু ইলেকট্রিক বিলস আর টেলিফোনের বিলস ছাড়া।

তাই আজকাল রেগুলার লেটারবক্স খোলাই হয়না। কিন্তু এই খামটার মাথাটা বেরিয়ে ছিল লেটার বক্সের ফাঁক দিয়ে। ভাগ্যি ভালো আজ সকালে কলেজে বেড়োনোর সময় আমার চোখে পড়ে। আমি বেড়িয়ে যাবার পরে যদি আসতো চিঠিটা আর সাবুমাসীর হাতে পড়তো তাহলে তো সাবুমাসী সোজা মায়ের হাতেই দিত চিঠিটা। কারন বাবা তো অনেক সকালেই বেরিয়ে গেছে। মা এই চিঠিটা পড়লে কি যে হত ভাবতেই পারছিনা।" খুব দুশ্চিন্তাগ্রস্ত মুখে বলল সম্রাট।

- " কিন্তু খামটার ওপর কোনো নাম ঠিকানা বা পোস্টাল স্ট্যাম্প ও নেই। বোঝাই যাচ্ছে কেউ এসে হাতে করে লেটারবক্সে ঢুকিয়ে দিয়ে গেছে। আমার সেদিন ও মনে হচ্ছিল ওই অজানা আগন্তুক নিশ্চয়ই কোন খারাপ উদ্দেশ্য নিয়েই তোদের বাড়িতে ঢুকে কাকিমাকে খুব খারাপ কিছু বলে গেছিল। উদ্দেশ্য সফল হয়নি দেখে এখন আবার ভয় দেখিয়ে চিঠি দিচ্ছে। কিন্তু ব্যাপারটা একটু অ্যামেচারিসলি করছে রে। যে বা যারা করছে তারা প্রফেশনাল ক্রিমিন্যাল নয় সেটা বোঝাই যাচ্ছে। তবে আমার মনে হয় তোর এই ব্যাপারটা কাকুকে জানানো উচিত।"

- " বাবা কে! বাবা নিজেই এই সবের পেছনে আছে কিনা কে জানে? "

- " ডোন্ট বি চাইল্ডিশ সম্রাট। কাকুর যদি তেমন কিছু করার ইচ্ছে থাকতো তাহলে এত বছর ওয়েট করতেন না। অনেক আগেই অনেক কিছু করতে পারতেন। বাই দ্য ওয়ে, কাকু কখনও কাকিমাকে ডিভোর্সের ব্যাপারে চাপ দিয়েছেন বলে কি তুই শুনেছিস?"

- " নাঃ, এরকম কোনো কিছু অন্ততঃ আমার কানে আসেনি। "

- " যাই হোক, আমার মনে হয় তুই কাকুকে সব বল। আর সাবুমাসীকেও সাবধান করে দিস যেন কোন চিঠি বা অন্য কোন

প্যাকেজ সোজাসুজি কাকিমার হাতে না দিয়ে তোকে আগে জানায়। আর কোন অচেনা পুরুষ বা মহিলা কাউকেই যেন অন্ততঃ তোকে না জানিয়ে কাকিমার সাথে দেখা না করায়।"

- " হ্যাঁ, চিঠিটা পড়ার পরেই আমি ফোন করে সাবুমাসীকে এরকমই ইনস্ট্রাকসনস দিয়ে রেখেছি। "

- " আচ্ছা সম্রাট আমি কি দাদাকে কাকিমার ব্যাপারে সব কথা জানাতে পারি? হয়তো দাদা কোনভাবে হেল্প করতে পারে। "

- " হ্যাঁ, আমি নিজেও ভাবছিলাম অস্মিতদার সাথে মায়ের ব্যাপারটা নিয়ে আলোচনা করব। কারন আমার মনে হচ্ছে ব্যাপারটা আমার হাতের বাইরে চলে যাচ্ছে। তুই বরং আজই অস্মিতদাকে ফোনে সব জানা। দ্যাখ হয়তো কোনো সমাধানের রাস্তা দেখাতে পারে।" বলল সম্রাট।

বাড়ি ফেরার পর ফ্রেশ হতেই মধুরা জলখাবারের প্লেট হাতে নিয়ে সুলগ্নার ঘরে এলেন। সুলগ্না খাওয়া শুরু করতে চিন্তিত মুখে মধুরা সকালে এবং আগের দিন বিকেলেও ওই অচেনা লোকটিকে ওদের বাড়ির দিকে তাকিয়ে উল্টোদিকের রাস্তায় দাঁড়িয়ে থাকার কথাটা সুলগ্নাকে জানালেন। সুলগ্না বলল, " মা আমি আগেও অনেককে দেখেছি এই রাস্তা দিয়ে যেতে যেতে তোমার ছাদের সুন্দর বাগানের দিকে তাকিয়ে থাকতে। তেমনই কেউ হবে বোধ হয়।"মধুরা বললেন, " কিন্তু ওই লোকটা তো দাঁড়িয়ে তাকিয়ে ছিলো। "

- " আচ্ছা বাবা! আজ আমি দাদাকে ফোন করব একটু পরে। তখন দাদাকে সব জানাবো। দেখি দাদা কি করতে বলে। " সুলগ্না হেসে বললো।

- " হ্যাঁ, তাই জানাস। তোর বাবাও এখন বাড়িতে নেই। কিছু বিপদ হলে মুশকিলে পড়ব।"চিন্তিত মুখে বললেন মধুরা। সুলগ্না মাকে জড়িয়ে ধরে আদর করে বলল, " ওহ কাম অন মা, দাদা আর বাবা নেই তো কি হয়েছে? আমি তো আছি। আমি সব সামলে নেব।"

রাতে ডিনারের পর অস্মিতকে ফোন করে সুলগ্না সব কথা জানালো। সব শুনে অস্মিত কমলার ব্যাপারে একটু সাবধানে থাকতে বললো সুলগ্নাকে, বাইরে বেড়িয়ে কোনো অজানা অচেনা লোকের সাথে কথা না বলতে ও আপাততঃ কমলাকে একা বাইরে না ছাড়তেও বললো। আবারও যদি এরকম কোনো অচেনা লোককে ওদের বাড়ির দিকে লক্ষ্য রাখতে দেখা যায় তাহলে যেন সঙ্গে সঙ্গেই অস্মিতকে জানানো হয় এমন নির্দেশও দিল। সম্রাটের মায়ের ব্যাপারে সব কথা শোনার পর অস্মিত বললো যে হুমকি চিঠির কথা অতি অবশ্যই সম্রাটের বাবাকে এখনই জানানো উচিত। তারপর উনি যদি মনে করেন তাহলে পুলিশি ব্যবস্থা নিতে পারেন। আর বললো যে সম্রাটের মায়ের মানসিক স্বাস্থ্যের উন্নতির জন্য ওঁকে মাঝেমাঝেই ওই বাড়ির বাইরে কোন আনন্দমুখর পরিবেশের মধ্যে নিয়ে গিয়ে কিছু সময় কাটানো উচিত। দরকার পড়লে অস্মিতের এক বন্ধু সাইকিয়াট্রিস্টের সাথে কনসাল্টেশনের ব্যবস্থাও করে দেবে অস্মিত। তবে এই ব্যাপারে হয়তো বেশী হেল্প করতে পারবে সম্রাট নিজে এবং কিছুটা হয়তো সুলগ্নাও।

দাদাকে সব কথা জানানোর পর মনটা অনেক হালকা হল সুলগ্নার। ভাবলো এবার একটু মায়ের হেল্প ও নিতে হবে। কাল কলেজ থেকে ফেরার পর মাকে সব কথা জানাবে স্থির করল সুলগ্না। মায়ের মধ্যে অদ্ভুত সুন্দর আর সহজ একটা সেন্স অফ হিউমার আছে। খুব সহজেই মা খুব গম্ভীর রাগী মানুষকেও হাসিয়ে তার মন হালকা করে দিতে পারে। আর পারে সরল ভালোবাসায় সবার মনকে ভরিয়ে

তুলতে। তাছাড়া মা আর কাকিমা প্রায় সমবয়সী হওয়ায় হয়তো ওদের মধ্যে একটা সুন্দর বন্ধুত্বের সম্পর্ক গড়ে উঠলেও উঠতে পারে। আর সেটাই কাকিমার জন্য টনিকের মত কাজ করবে। কাকিমা খুব লোনলি, কোন একজন সহমর্মি বন্ধুর কাছে কাকিমার নিজের মনকে হালকা করাটা খুবই জরুরী। আর এই ব্যাপারে মাকে ছাড়া আর কারোর কথা ভাবতে পারলোনা সুলগ্না। সম্রাট টা এত চাপা স্বভাবের যে না জিজ্ঞাসা করলে ও নিজের বা নিজের ফ্যামিলির সম্বন্ধে কোনো কথাই জানায় না। সম্রাটের কোনো মাসি পিসি মামা মামী বা সম্রাটের মায়ের কোনো বান্ধবী আছে কিনা তাও জানতে হবে। হয়তো তাদের কাছ থেকেও কিছু হেল্প পাওয়া যেতে পারে।

সারাদিনে এত কিছু ঘটনার ঘনঘটায় খুব ক্লান্ত লাগছিল সুলগ্নার। অনেক ক্ষন বিছানায় শুয়ে এপাশ ওপাশ ছটফট করে একটু বেশী রাতেই ঘুম এলো সুলগ্নার। তাই সকালেও দেরী করে ঘুম ভাঙলো। দেরীতে ওঠায় তাড়াহুড়ো করে কলেজের জন্য রেডি হতে গিয়ে আগের দিনের সব কথা মন থেকে প্রায় মুছেই গেল। কলেজেও প্রচুর ক্লাস গ্রুপ ডিসকাসন ইত্যাদিতে সারাদিন কেটে গেল। সন্ধ্যেতে বাড়ি ফিরে ফ্রেশ হতেই মধুরা হঠাৎ নিজেই আজ সম্রাটের মায়ের খবর জিজ্ঞাসা করলেন। সুলগ্না বললো, "তোমাকে আমি সেদিন একটা কথা সত্যি বলিনি মা, তুমি ভয় পেয়ে যাবে বলে। সম্রাটের মা পড়ে গিয়ে অসুস্থ হননি।"

একে একে সব কথাই খুলে জানালো মধুরাকে সুলগ্না। সব শুনে মধুরা মর্মাহত হয়ে বললেন, " কি আশ্চর্যজনক ব্যাপার! একজন হার্ট সার্জন দিনের পর দিন মানুষের হৃদয় কাটাছেঁড়া করতে করতে এতটাই হৃদয়হীন হয়ে পড়লেন যে নিজের স্ত্রীর হৃদয়টাকেই অসুস্থ করে তুললেন!" সুলগ্না বললো, "মা তুমি একদিন কাকিমাকে দেখতে যাবে বলেছিলে, সত্যিই যাবে? " মধুরা বললেন, "যাওয়া তো উচিত

একবার, ওঁর এত অসুস্থতার কথা শুনেছি যখন। " সুলগ্না মধুরাকে দীপিকার অসুস্থতার কথা সব জানালেও সেদিনের অচেনা আগন্তুক মহিলার কথা আর হুমকি চিঠির কথাটা আপাততঃ জানায়নি, মধুরা খুবই দুশ্চিন্তায় পড়বে, এই ভেবে। এমনিতেই কমলার কথা ভেবে বেশ চিন্তায় আছেন মধুরা। আর চিন্তা বাড়িয়ে কাজ নেই, ভাবল সুলগ্না।

সম্রাটকে ফোন করে মধুরা দীপিকাকে দেখতে যেতে চান জানানোয় সম্রাট বললো , "একটা কাজ করা যায়। সামনের রবিবার আমি, তুই, মা, কাকিমা আর কমলা - সবাই মিলে একটা পিকনিক করা যায়।" সুলগ্না বলল, " এই গরমে পিকনিক! পাগল নাকি তুই! " সম্রাট বললো, " তোকে তো বলাই হয়নি, দমদমের মতিঝিলে আমার দাদুর একটা বাগানবাড়ি আছে। মা দাদুর একমাত্র সন্তান আর আমি দাদুর একমাত্র নাতি, সেই সুবাদে দাদু ওই বাড়িটা উইল করে আমার নামে লিখে দিয়ে গেছেন। দাদু দিদিমার অবর্তমানে সেই বাড়ি এখন বন্ধ থাকলেও ও বাড়ীর কেয়ারটেকার বরেন মামা প্রতি সপ্তাহে সেই বাড়ি ঝাড়পোছ করে সুন্দর করে গুছিয়ে রাখেন। ওবাড়িতে বসবাসের জন্য প্রয়োজনীয় সব কিছুরই ব্যবস্থা আছে। তাই ওই বাড়িতেই পিকনিক টা করা যেতে পারে। বরেন মামাকে শুধু আগে ফোন করে বলে দিলেই হবে। উনি বাজার হাট করে রান্নাবান্নার সরঞ্জাম সব রেডি রাখবেন। এমনকি রান্নার লোককেও খবর দিয়ে আনিয়ে রাখবেন।" সব শুনে সুলগ্না হেসে বললো, " ইস তুই কি বড়লোক রে! এই বয়সেই তুই একটা রেডিমেড বাগানবাড়ির মালিক হয়ে বসে আছিস! কি মজা! আগে কখনও বলিসনি তো!"

- " এটা আবার বলার মতন কি হল!" বিব্রত হয়ে বললো সম্রাট, "আগে কোনোদিন বলার সুযোগই হয়নি। "

সুলগ্না বললো, " ও কে, ডান, মা আর কাকিমা রাজি হয়ে গেলে এই রবিবার বাগানবাড়িতে পিকনিক।"

মধুরাকে রাজী করাতে খুব একটা অসুবিধে হল না সুলগ্নার। এমনিতেই মধুরা সবসময় হৈ হৈ করে আনন্দে মেতে থাকতে ও মাতিয়ে রাখতে ভালবাসেন। আর এই সুযোগে সম্রাটের মায়ের সাথে বেশ ভালোভাবে আলাপ হয়ে যাবে, ভাবলেন মধুরা। কমলা তো পিকনিকের নাম শুনেই বেজায় খুশী। সম্রাটের চিন্তা ছিল দীপিকাকে নিয়ে। কিন্তু বহুদিন পরে নিজের বাপের বাড়িতে যাবার ও বেশ কিছুটা সময় সেখানে কাটাবার প্রস্তাবে উৎসাহিত হলেন দীপিকা। সর্বোপরি সুলগ্না মেয়েটিকেও বেশ লেগেছে দীপিকার। কিছুদিনের ভালোমত যত্নে দীপিকার চেহারার মধ্যে পুরোনো দিনের লাবন্য অনেকটাই ফিরে এসেছে। মা রাজী হওয়ায় সম্রাট হাঁফ ছেড়ে বাঁচল।

রবিবার বেশ সকাল সকাল বেড়িয়ে পড়া গেল সবাই মিলে। সম্রাটদের বড় গাড়িটা এসে মধুরা, সুলগ্না আর কমলাকে তুলে নিল। আশালতাকেও সঙ্গে নিতে চেয়েছিল ওরা। কিন্তু আশালতা কোমরের ব্যাথায় খুবই কাবু থাকায় ওদের সঙ্গী হতে রাজী হলেন না।

বাগানবাড়িতে পৌঁছে বাড়ির আর বাগানের সামনের সৌন্দর্য্য দেখেই অবাক হয়ে গেলেন মধুরা। সামনে একটা সবুজ ঘাসের লনকে ঘিরে অনেক বাহারি পাতা আর ফুলের গাছ। বড় লোহার ডিজাইন করা গেটের ওপর দুদিক থেকে লাল আর হলুদ দু রঙের বোগনভেলিয়া এসে মাঝখানে মিশে গিয়ে এক অপরূপ রংবাহারের সৃষ্টি করেছে। বাউন্ডারী ওয়াল বরাবর বাড়ির চারদিক ঘিরে পাম আর ঝাউ গাছের সারি। বাড়ির গেট দিয়ে ঢুকেই মাঝের গোলাকার সবুজ লনটা ঘিরে ড্রাইভ ওয়ে। লনের ধার বরাবর নানা রঙের ফুলগাছের ঝাড়। বাড়ির বাঁ দিকে বাড়ীর লাগোয়া বেশ বড়সড় গ্যারাজ। বাড়ির ভেতরে ঢুকে সবার আগে

চোখে পড়ে হলঘরের সব দেওয়ালে সুন্দর সুন্দর অয়েল পেইন্টিং। সম্রাট জানালো যে বেশীর ভাগ ছবিই ওর দাদুর আঁকা। তবে কিছু বিখ্যাত পেইন্টার এর কয়েকটা বিখ্যাত ছবিও দাদু কালেক্ট করে ছিলেন। উনি যে খুবই সৌখিন মানুষ ছিলেন তা বাড়ির সবকটি ঘরের সাজসজ্জা তে প্রকাশ পাচ্ছে। মধুরা আশ্চর্য হলেন দেখে যে বেশ কয়েক বছর বাড়িতে কেউ না থাকলেও বাড়ির প্রতিটি জিনিষে যত্নের ছাপ স্পষ্ট। বাড়ির পেছন দিকের বাগান পেরিয়ে একটু এগোলে একটা ঘাট বাঁধানো টলটলে জলের পুকুর। আর তার পর ওই বাড়ির পেছন দিকের বাউন্ডারি ওয়াল।ওদের কেয়ার টেকার বরেন বাবু সম্রাটকে বললেন, "সম্ুবাবা, আজ কিন্তু সকাল সকাল পুকুরে জাল ফেলিয়ে মাছ তোলা হয়েছে। আপনারা ফ্রেশ হয়ে নিলে গরম গরম মাছভাজার সাথে কফি হয়ে যাক আগে। তারপর লাঞ্চ।" গরম মাছভাজার কথা শুনেই সুলগ্না উত্তেজিত হয়ে বলল, "বাঃ! দারুন ব্যাপার তো! লাঞ্ছের মেনুটাও খুব জানতে ইচ্ছে করছে কাকু। " বরেন বাবু হেসে ফেললেন, বললেন, "বেশী কিছু নয়,পুকুরে জাল ফেলা হয়েছে, তাই বড় মাছের সাথে অনেক ছোটো মাছও উঠেছে। পেঁয়াজ কুচি আর কাঁচালঙ্কা দিয়ে রাঁধা মুসুরির ডালের সাথে ওই ছোটো মাছভাজা, কুচোচিংড়ির বড়া, ধনেপাতা দিয়ে দুধ লাউ,কাতলা মাছের মাথা দিয়ে মুড়িঘন্ট, দইমাছ, কচি পাঁঠার ঝোল চাটনী আর পায়েস। " মধুরা তো মেনু শুনেই চোখ কপালে তুলে বললেন, " সর্বনাশ! এত খাবার কে খাবে? " দীপিকা হেসে বললেন, " আমি আসবো শুনলেই বরেনবাবু এরকম পাগলের মত রান্নার ব্যবস্থা করেন। আর আজ তো তুমি আর সুলগ্না দুজনেই এসেছ। আজ তো স্পেশাল ব্যাপার। " এখানে আসার পথে গাড়িতে মধুরা দীপিকার সাথে বেশ ভাব জমিয়ে নিয়েছেন এবং শর্ত দিয়েছেন যে নতুন পাওয়া বন্ধু যদি আপনি আজ্ঞে করে তাহলে মাঝরাস্তায় গাড়ি থামিয়ে ট্যাক্সি নিয়েই মধুরা বাড়ি ফিরে যাবেন।

দীপিকা মধুরার সাথে কথা বলতে বলতে ভাবছিলেন যে এমন খোলামনের হাসিখুশি আর রসিক মানুষের সাথে কিছুক্ষন থাকলে বোধহয় সবারই মন নিমেষে হালকা ফুরফুরে হয়ে যায়। ভীষন ভালো লাগছিল দীপিকার। মনে হচ্ছিল চোখের সামনে থেকে কেউ যেন একটা ভারী কালো পর্দা একটু একটু করে সরিয়ে নিয়ে যাচ্ছে। সম্রাট তো মাকে এরকম হাসিখুশি দেখে খুব খুশি। মাথার ওপর থেকে চিন্তার বোঝা এক ঝটকায় অনেকখানি নেমে গেল। ভাবল ভাগ্যি পিকনিকের কথাটা মাথায় এসেছিল!

দুপুরের খাওয়াদাওয়ার পর মধুরা গান শোনালেন। সম্রাট বলল, "কাকিমার গলার আওয়াজ এখনও কি অপূর্ব!" বরেন বাবু বললেন, "সম্রাবাবা,তুমি তো তোমার মায়ের গান বোধহয় শোনোনি , বিয়ের আগে কি ভালোই যে গাইতেন! যখন রেওয়াজে বসতেন তখন আমরা সবাই কাজ ফেলে গান শুনতে বসে যেতাম।" সুলগ্না বলল, "রান্নামাসি কিন্তু সব কটা পদ ই অসাধারণ বানিয়েছে। আমার পেট ভরে ফেটে যাবার জোগাড়, কিন্তু মন এখনও ভরেনি।" সুশীলা রান্নাঘর থেকে চেঁচিয়ে বলল, "কিছুই তো খেলেনা তোমরা দিদি, কত খাবার বেঁচে গেছে। আমি সব খাবার দুই বাড়ির জন্যই আলাদা করে প্যাক করে দেব। বাড়ি গিয়ে ফ্রিজে রেখে দিও। আবার কাল খেয়ো। আজ কিন্তু সবাই রাতের খাওয়া এখানে খেয়ে যাবে। রাতে লুচি ছোলার ডাল বেগুন ভাজা চিকেন কারি আর পুডিং বানাচ্ছি।" সুলগ্না হাসতে হাসতে বলল, "তাহলে তো সুশীলা মাসি রাতের বিছানাটাও করে রেখো। এত খেয়ে তো আর নড়ার ক্ষমতা থাকবেনা।" কমলা রান্নাঘরে সুশীলাকে রান্নায় হাতেহাতে সাহায্য করছিল, বলল, "তুমি এই কথা বলছ দিদি? সুশীলাদি তো বিকেলের চায়ের সাথে ডিমের চপ ভাজবে বলে সব রেডি করে রেখেছে।" মধুরা মজা করে বললেন, "চল দীপিকা, আমরা

তাহলে তোমাদের পুকুরের চারপাশে কয়েক পাক ঘুরে দুপুরের খাবারটা হজম করে আসি। "

দীপিকা হেসে বললেন, " এই গরমে আর পুকুরপাড়ে ঘুরতে হবে না। তার চেয়ে চল দোতলায় আমাদের ঘরগুলো সব ঘুরিয়ে দেখাই।"

হাসিগল্পে হৈ হৈ করে একটা সুন্দর দিন কেটে গেল। ফেরার পথে সম্রাট ভাবছিল মা কি কেয়াতলার বাড়িতে ঢুকে আবার আগের মত নিরানন্দ মনমরা হয়ে যাবে? সুলগ্নাকে ফিসফিস করে বলল, "আমরা সবাই কি এরকম মাঝেমাঝে কিছুটা সময় একসাথে কাটাতে পারিনা?" সুলগ্না বলল, "নিশ্চয়ই পারি রে সম্রাট। অন্ততঃ যতদিন না পরীক্ষার প্রেসার ঘাড়ে এসে পড়ছে।" মধুরা দীপিকাকে বললেন, " এবার কিন্তু আমাদের ছোট্টো বাড়িতে সবাই মিলে একদিন জমিয়ে আড্ডা বসবে।" সম্রাট অবাক হয়ে শুনল দীপিকা বলছেন, "কবে ডাকবে বল, পৌঁছে যাব তোমার বাড়ি।" সুলগ্না আর সম্রাট চোখাচোখি করে মুখ টিপে হাসল। সম্রাট ভাবল অর্ধেক যুদ্ধ জেতা হয়ে গেল ওর।

ডাঃ প্রসূন মিত্র মোবাইলটা কান থেকে নামিয়ে খুব ধীরে সামনের টেবলের ওপর রাখলেন। ঘরে এসি চলার মৃদু গুঞ্জন ছাড়া আর কোনো আওয়াজ নেই। বিড়বিড় করে বললেন, " সো য়্যু আর আপটু সাম মিসক্রিশন! ওয়েল, লেট মী সী হাউ নীটলি আই ক্যান হ্যান্ডেল দিস। টাইম ফর য়্যু টু গেট আ লেসন।" ঠান্ডা ঘরে বসেও প্রসূনের কপালে বিন্দু বিন্দু ঘাম জমেছে। নাকের পাটা সামান্য স্ফূরিত। বুকের মধ্যেও একটা অস্বস্তি টের পেলেন। প্রেসার টা কি বাড়ল আবার? ভ্রূ কুঞ্চিত হল একটু। আজ প্রেসার টা একবার চেক করে নেওয়া দরকার, ভাবলেন প্রসূন। ইন্টারকম ফোন টা তুলে এ্যাসিস্ট্যান্ট সার্জন ডাঃ নির্মল ভাদুড়ি কে ডাকলেন প্রসূন। দু মিনিটের মধ্যেই দরজা ঠেলে ঢুকলেন ডাঃ ভাদুড়ি। প্রসূন ক্লান্ত স্বরে জিজ্ঞাসা করলেন, " আজ কোনো ওটি আছে নির্মল?" নির্মল বললেন, " না স্যার, আজ একটাও ওটি নেই। আরন্ট য়্যু ফীলিং ওয়েল স্যার? য়্যু আর লুকিং ভেরী টায়ার্ড। শরীর ভালো না লাগলে আজ বাড়ি গিয়ে রেস্ট নিন বরং। আমি এদিকটা আজ সামলে নেব।" প্রসূন বললেন, "হ্যাঁ, পরপর কদিন খুবই হেকটিক গেল। আজ তাহলে বাড়িই চলে যাই। কোনো এমার্জেন্সী হলে আমায় খবর দিও। বাড়িতেই থাকব। আর হ্যাঁ, আমার প্রেসার টা একবার চেক করানো দরকার। কাউকে একটু পাঠিয়ে দিও।"

-"আমি এক্ষুনি পাঠিয়ে দিচ্ছি স্যার, " বলে নির্মল বেড়িয়ে গেলেন।

বাড়ি ফিরে এসে সিঁড়ি দিয়ে দোতলায় উঠতে উঠতে প্রসূন দীপিকাকে বেশ সাজগোজ করে ব্যস্ত হয়ে কোথাও বেড়ানোর জন্য

নেমে আসতে দেখলেন। অবাক হয়ে বললেন, " কি ব্যাপার? কোথাও যাচ্ছ নাকি?" দীপিকা প্রসূনের দিকে না তাকিয়েই বললেন, " হ্যাঁ, একটু কাজ আছে বাইরে। " আর কিছু না বলে নীচে নেমে দরজা দিয়ে বেড়িয়ে গেটের দিকে এগিয়ে গেলেন। প্রসূনকে এই অসময়ে বাড়িতে ফিরতে দেখেও দীপিকা কোনো প্রশ্ন করলেন না দেখে প্রসূন একটু থমকালেন। বুকের ভেতর টা কি একটু চিনচিন করে উঠল? কিন্তু পরমূহূর্তেই মনে পড়ল বিয়ের পর থেকে অনেক দিন পর্যন্ত দীপিকা যখন খুব আগ্রহ নিয়ে প্রসূন কখন বাড়ি ফিরবেন জানতে চাইতেন তখন প্রসূন সবসময় নিরাসক্ত এবং একটু বিরক্ত হয়েই বলতেন তাঁর বাড়ি ফেরার সময় নিয়ে ভাবনাচিন্তা করে দীপিকা যেন নিজের সময় নষ্ট না করেন। প্রসূন এই ব্যাপারে সম্পূর্ণ স্বাধীনতা প্রেফার করেন। তবে কি দীপিকার আজকের এই নির্বিকার ভাব দেখে ছোট্টো একটু কষ্ট পাওয়াটা প্রসূনের বয়স বাড়ার লক্ষ্মন? হেসে ফেললেন প্রসূন। নাঃ, এসব তুচ্ছ সেন্টিমেন্ট ডাঃ প্রসূন মিত্রকে মানায় না। তবে ইদানীং দীপিকার পার্সোনালিটিতে হঠাৎ বেশ পরিবর্তন লক্ষ্য করছেন প্রসূন। সেই সারাক্ষণ দুশ্চিন্তাগ্রস্ত সদা বিষন্ন উদাস উদ্ভ্রান্ত দীপিকা যেন হঠাৎ কোন জাদুমন্ত্র বলে এক অন্য মানুষ হয়ে উঠেছেন। প্রসূনের আসা যাওয়া, বাড়িতে থাকা না থাকা যেন দীপিকার মনে আর কোনো ভাবান্তর আনে না। নিজের অজান্তেই ডান হাত দিয়ে বুকের বাঁ দিকটা চেপে ধরলেন প্রসূন দু এক মূহর্ত। তারপরে সম্বিত ফিরে পেয়ে ভাবলেন, এসব আজেবাজে চিন্তা নিশ্চয়ই সকালের ওই ফোন কল টা পাওয়ার রেজাল্ট। নিজের ঘরের কাছাকাছি পৌঁছে সাবুকে ছাদের সিঁড়ি দিয়ে নেমে আসতে দেখলেন প্রসূন। বললেন, "আমি আজ দুপুরে হালকা লাঞ্চ খাব। তারপর রেস্ট নেব একটু। ল্যান্ডলাইনে কোন ফোন এলে বিশেষ এমার্জেন্সী না থাকলে আমাকে ডাকবেনা। " সাবু একটু অবাক হয়ে বললো, "দাদাবাবু, তোমার কি শরীর খারাপ? কাউকে কি

খবর দেব? " প্রসূন ব্যস্ত হয়ে বললেন, " না না, আমি ঠিক আছি, জাস্ট একটু রেস্ট নেব। তুমি তোমার কাজ কর। কাউকে ডাকতে হবে না। " একবার ভাবলেন সাবুকে জিজ্ঞাসা করবেন দীপিকা কোথায় গেছেন ও জানে কিনা। কিন্তু এতবছর ধরে দীপিকার প্রতি এত নিরাসক্ত থাকার পর তার সম্বন্ধে এই কৌতূহল প্রদর্শন খুবই হাস্যকর হবে ভেবে বিরত হলেন। নিজের ঘরে ঢুকে প্রথমে টেবলের ওপর ঢাকা দিয়ে রাখা গ্লাসের জল টা এক নিঃশ্বাসে খেয়ে শেষ করলেন। তারপর বিছানার পাশে রাখা রিক্লাইনারে শরীরটা সম্পূর্ণ ছেড়ে দিয়ে চোখ বন্ধ করলেন প্রসূন।

প্রেসার টা বেশ খানিকটা বেড়েছে। হয়তো একটু বেশীই দৌড়াচ্ছেন। জীবনের দৌড়ে তবে কি এবার একটু লাগাম টানা দরকার? জীবনের কথা বলা যায়না, কবে কখন হুট করে থেমে যাবে তার কোনো ঠিক নেই। সময় থাকতে সাবধান হওয়া ভালো, ভাবলেন প্রসূন। বন্ধ চোখের পর্দার ওপর দিয়ে অনেক মুখের ছবি, অনেক ঘটনার দৃশ্য পরপর দ্রুত ভেসে যেতে লাগলো। সম্পর্ককে প্রসূন কোনো দিনই কোনো গুরুত্ব দেননি। সেই প্রথম যৌবনের শুরুর দিনগুলো থেকে একের পর এক, কখনও বা একসাথেই অজস্র বান্ধবীর সংসর্গ উপভোগ করেছেন প্রসূন। তার মধ্যে বেশ কয়েকজন এসেছিলেন সত্যিকারের সম্পর্ক গড়ে তোলার ইচ্ছে নিয়ে। কাউকেই কোনোদিন সিরিয়াসলি নেননি প্রসূন। ওরা যেন সবাই ছিল তাঁর খেলাঘরের সাথী। খেলা ফুরালে সঙ্গী বদল। মনের আদান প্রদানের দরজা তিনি সচেতন ভাবে বেশ শক্ত করে বন্ধ করে রেখেছিলেন। এমন কি নিজের সন্তানের সাথেও চেষ্টার্জিত একটা দূরত্ব বজায় রেখেছেন বরাবর। আজ তবে এত বছর পর হঠাৎ কেন তাঁর উষ্ণ কপালের ওপর কারোর কোমল শীতল স্পর্শ পাবার জন্য মন ব্যাকুল হল? নাহ্, এসব কিছু নয়, সাময়িক ক্লান্তি আর একটু দুশ্চিন্তার ফল

এগুলো, ভাবলেন প্রসূন। এসব দুর্বলতাকে প্রশ্রয় দেওয়া মানেই বুড়িয়ে যাওয়া। এভারগ্রীন ডাঃ প্রসূন মিত্রকে যা একেবারেই মানায়না। চুলের মধ্যে দিয়ে খানিকক্ষণ আঙুল চালিয়ে ভাবনাগুলোকে দূরে সরানোর চেষ্টা করলেন প্রসূন। চোখের সামনে ভেসে উঠল হঠাৎ বদলে যাওয়া অবিশ্বাস্য রকমের আত্মবিশ্বাসপূর্ণ দীপিকার মুখ। দীপিকার মধ্যে হঠাৎ এই পরিবর্তন কিভাবে এল? কার হাত ধরে এল? তবে কি এত বছর পর দীপিকা তার মনের মত সঙ্গী খুঁজে পেয়ে গেছে? বুকের ভেতরে আবারও একটা পিন ফোটানোর মত অনুভূতি হল প্রসূনের। এসব আবার কি! তিনি তো বরাবর নিজের এবং সবার ব্যক্তিগত স্পেসের পক্ষেই মত পোষন করে এসেছেন। দীপিকা যদি সাবলম্বী হয়ে বাঁচতে শিখে যায় তবে তো প্রসূনের নিশ্চিন্ত হবারই কথা। তবু কেন কে জানে বুকের ভেতরের চিনচিনে অনুভূতি টা প্রসূনকে ডিসটার্ব করেই চলল।

দীপিকার এ্যাটেম্প্ট টু সুইসাইডের ঘটনায় প্রসূন বেশ বড় একটা ধাক্কা খেয়েছেন। বেশ তো চলছিল এতদিন। দীপিকার সারাক্ষণ এই মন খারাপ করে থাকার ব্যাপারটা প্রসূনের মনে কোনোদিনই কোন অপরাধ বোধের সৃষ্টি করেনি। বরং ওটাকে দীপিকার প্রসূনকে নিয়ে বাড়াবাড়ি রকমের পসেসিভনেস বলেই মনে হত, যেটা প্রসূনের একেবারেই সহ্য হত না। প্রসূন নিজের ব্যক্তিগত ব্যাপারে কারোর নাক গলানোকে কোনোদিন কোনো প্রশ্রয় দেননি। কিন্তু এত বছর পর হঠাৎ দীপিকার সুইসাইড করার চেষ্টা এবং পরে সম্রাটের কাছ থেকে একজন অজানা অদ্ভুতদর্শন মহিলার বাড়িতে এসে দীপিকাকে মিট করা, আর তার ও পরে ওই হুমকি চিঠি আসার ঘটনা গুলো শুনে বেশ দুশ্চিন্তায় পড়েছিলেন প্রসূন। আর আজ যা হল সেটাকে ব্ল্যাকমেইলিংয়ের আগের স্টেজ বলেই ধরা যায়। সকালে ফোন টা কে করেছিল সেটা প্রসূন ঠিক ধরতে পারেননি। ইন ফ্যাক্ট ফোনের

অপরপ্রান্তের কণ্ঠস্বর কোন নারীর না পুরুষের সেটাও ঠিক বুঝে উঠতে পারেননি প্রসূন। কিছু কিছু পুরুষের কণ্ঠস্বর একটু পাতলা মেয়েলি ধাঁচের হয়। সেরকম ই শোনাচ্ছিল। আবার কোন মহিলা চেষ্টা করে একটু ভারী পুরুষালি গলাতেও কথা বলে থাকতে পারে। এই ব্যাপারটাই দুশ্চিন্তায় ফেলেছে প্রসূনকে। শত্রুকে চিনতে না পারলে কার সাথে যুদ্ধ টা হবে? ছায়ার সাথে তো আর লড়াই করা যায়না! প্রসূন স্থির করে উঠতে পারলেন না যে কার সাথে এই ব্যাপারে কনসাল্ট করবেন আগে, পুলিসের সাথে না কি কোন ভালো উকিলের সাথে? নিজের জায়গাটা ঠিকঠাক রাখার জন্য কোনো একটা ব্যবস্থা তো নিতেই হবে। যতদূর মনে পড়ে প্রসূনের, কোথাও কোনো কংক্রিট প্রমান রেখে কোনো কাজ করেননি তিনি। তবুও কেউ কিভাবে সাহস পেল তাঁকে ভয় দেখাতে সেটা ভেবেই অবাক হলেন প্রসূন। তবে দীপিকার ব্যক্তিত্বে হঠাৎ আসা এই পসিটিভিটি দেখে প্রসূন একটু রিলিভড ফীল করছেন এখন। চট করে দীপিকা আবার ও কোন আত্মঘাতী প্রচেষ্টায় সামিল হবেনা বলেই মনে হচ্ছে। আগের বারের ঘটনাটাকে অনেক কাঠখড় পুড়িয়ে সামলাতে হয়েছে প্রসূনকে। এখন থেকে আরও একটু চোখ কান খোলা রেখে চলতে হবে, ভাবলেন প্রসূন। মনে পড়ল সুদীপ বোসের কথা। প্রসূনের পেশেন্ট। পেশায় হাইকোর্টের উকিল। বেশ দুঁদে উকিলই বলা যায়। ভালো পসার। বছর দুই আগে অল্প সময়ের ব্যবধানে দু বার হার্ট এ্যাটাক হয়ে গেছে ওঁর। যদিও কোনোটাই খুব মেজর হয়নি। তবুও হার্টে বেশ কিছু ব্লক থাকায় তিনটে আর্টারিতে স্টেন্ট বসাতে হয়েছে। তার পর থেকেই উনি নিয়মিত প্রসূনের পার্সোনাল ক্লিনিকে এসে চেকআপ করিয়ে যান। উকিল মানুষ, এমনিতেই একটু বেশী কথা বলেন, তার ওপর উনি বেশ মিশুকে। সেরকম দরকার পড়লে সুদীপ বোসের সাথেই আলোচনা করবেন ভাবলেন প্রসূন।

সাবু এসে জানালো ডাইনিং টেবলে খাবার দিয়েছে। খেতে বসে প্রসূন সাবুকে জিজ্ঞাসা করলেন দীপিকা কখন বাড়িতে ফিরবেন কিছু জানিয়ে গিয়েছেন কিনা? সাবু নির্লিপ্ত মুখে বলল, "বৌদি তো রোজই এই সময় বেড়িয়ে যায় এখন। ফিরতে ফিরতে সন্ধ্যে, এমনকি কোনোকোনো দিন রাত ও হয়ে যায়।"

- " সে কি! আর খাওয়াদাওয়া? সেটা কখন কোথায় করে? " অবাক হয়ে বললেন প্রসূন।

-" সে তো বৌদি যেখানে পড়াতে যায়, সেকেনেই দুপুরে খাওয়াদাওয়া করে। আমাকে বলেছে। তবে সন্দি বেলায় কি করে, কোতায় যায়, কোতায় খায় তা আমি বলতে পারবনিকো। সন্দি বেলায় তো আমিও বাড়ি চলি যাই। "

ভীষন রকম অবাক হলেন প্রসূন। এই তো কয়েকমাস আগের কথা, ভালো করে কারোর সাথে কথাই বলত না দীপিকা। আর এখন কোথাও পড়াতে যাচ্ছে! সেখানেই দুপুরের খাওয়া! কি সেই জায়গা যেখানে গিয়ে দীপিকার মধ্যে এত অল্প সময়ে এত পরিবর্তন হল? যাকগে, যা হয়েছে ভালোই হয়েছে। অন্ততঃ কেউ হয়তো আর দীপিকাকে কেন্দ্র করে প্রসূনকে ব্ল্যাকমেইলের চেষ্টা করতে পারবেনা বোধহয়। কারন যেটুকু বোঝা যাচ্ছে দীপিকা প্রসূনের ব্যাপারে বেশ নির্বিকার হয়ে গেছেন।

দুপুরের খাওয়ার পর একটু ঘুমোবার চেষ্টা করলেন প্রসূন। কিন্তু মাথার মধ্যে অজস্র চিন্তার আনাগোনা প্রসূনের চোখ থেকে ঘুমকে দূরেই রাখলো। এভাবে সারাদিন বাড়িতে বসে সময় নষ্ট করার কোনো মানেই হয়না, সন্ধ্যে বেলায় ক্লিনিকে যাবেন, স্থির করলেন প্রসূন। তারপর ক্লাবে গিয়ে খানিকটা সময় কাটালেই এইসব আজেবাজে চিন্তা মন থেকে মুছে যাবে। এটা ভেবেই প্রসূন একটু চনমনে হয়ে উঠলেন।

দীপিকার চোখের সামনে যেন একটা নতুন জগত খুলে গেছে। কোনো একজন মানুষের কাছ থেকে কোনো ভালোবাসা, গুরুত্ব, সহমর্মিতা পাওয়া না পাওয়ার আনন্দ বা কষ্টের বাইরেও যে এই পৃথিবী থেকে আরও অনেক কিছু পাওয়ার থাকতে পারে, বা আরও অনেক কে অনেক কিছু দেওয়ার মাধ্যমে নির্মল আনন্দ পাওয়া যেতে পারে সেটা মধুরার সাথে পরিচয় না হলে কোনওদিন উপলব্ধি করতে পারতেন না দীপিকা। এই সুন্দর পৃথিবী যেন তার সমস্ত রূপ রস গন্ধ বর্ণ স্পর্শ নিয়ে এক নতুন অপরূপ রূপে ধরা দিয়েছে দীপিকার কাছে। শুধু একার হয়ে বাঁচার মলিনতা আর গ্লানির হাত থেকে মধুরাই বাঁচিয়েছেন দীপিকাকে। এখন মধুসূদন বাবুর প্রতিষ্ঠান 'সূর্যকিরণ' এ ছেলেমেয়েদের কে পড়ানোর সাথে সাথে গান শেখানোও শুরু করেছেন দীপিকা। মাঝেমাঝে সন্ধ্যে বেলায় মধুরাও এসে গান শেখানোর ক্লাসে যোগ দেন। তবে মধুরাকে সংসারের দায়িত্ব, বিশেষত আশালতার দায়িত্ব বেশ অনেকটাই নিতে হয় বলে তার এখানে আসাটা একটু অনিয়মিত। কিন্তু দীপিকা এখানে একদিন ও কোনো কারনে না আসতে পারলে তার মন অস্থির হয়ে ওঠে। দীপিকার সব থেকে বেশী ভালো লাগে এখানে সকলের সাথে একসাথে বসে পংক্তিভোজনের ব্যাপারটা। একসাথে অনেকের সঙ্গে বসে খেলে যে খুব সাধারণ খাবারও অসাধারণ হয়ে উঠতে পারে সেই উপলব্ধিও প্রথম হল দীপিকার। জীবন যাপনের মানেটাই বদলে গেছে, বেঁচে থাকার ইচ্ছেটা নতুন করে মনের ভেতর বাসা বাঁধছে। মধুরাই শিখিয়েছেন দীপিকাকে যে, অন্যের অবহেলা অসম্মান সহ্য করে নয়, নিজেকে ভালবেসে

সম্মান করে মাথা উঁচু করে বাঁচতে হয়। যে নিজেকে ভালোবাসেনা সে অন্যদেরকেও ভালোবাসতে পারেনা। মাঝেমাঝে 'সূর্যকিরণ'-এর ক্লাসের শেষে মধুরার সাথে দেখা করতে ওদের বাড়িতে চলে যান দীপিকা। কোনদিন বা সম্রাট আর সুলগ্না কলেজ ফেরত 'সূর্যকিরণ' এ এসে দীপিকাকে নিয়ে একসাথে কোথাও গিয়ে বেড়িয়ে আসে, কখনও কোনো পার্কে গিয়ে বসা হয়, আড্ডা হয়, কখনও কোনো ভালো সিনেমা দেখা বা রেস্টুরেন্টে বসে কিছু খাওয়াদাওয়া করা হয়। কখনও বা গড়িয়াহাটে গিয়ে বা কোনো শপিং মলে গিয়ে টুকিটাকি কেনাকাটা বা নিছকই উইনডো শপিংয়ে সময় কাটানো। দিনগুলো হালকা হাওয়ায় ভর করে যেন উড়ে যাচ্ছে মনে হয় দীপিকার। এখন আর রাতেও বিছানায় শুয়ে এপাশ ওপাশ করে মাঝরাত পর্যন্ত ঘুমের সাধ্যসাধনা করতে হয়না দীপিকাকে। বালিশে মাথা দিলেই দুচোখ জুড়ে ঘুম নেমে আসে।

সেদিনও সুলগ্না আর সম্রাট এসে দীপিকাকে নিয়ে লেকের ধারে গিয়ে বসেছিল। বিকেল তখনও বুড়িয়ে যায়নি, বেশ উচ্ছল যুবতীর মত ঝলমল করছিল। ওরা যেদিকটায় বসে ঝালমুড়ি খাচ্ছিল তার খানিকটা দূরেই কিছু স্বাস্থ্যসচেতন পুরুষ ফ্রীহ্যান্ড ব্যায়াম করছিলেন। তাদের মধ্যে বেশীরভাগই মধ্যবয়সী হলেও দু চারজন যুবকও ছিল, খেয়াল করেছিলেন দীপিকা। মুখনিচু করে খেতে খেতে আড্ডা চলছিল ওদের। হঠাৎ একটা মোটামুটি বড় সাইজের নুড়ি পাথর সুলগ্না আর দীপিকার মাথার মাঝখানের স্বল্প ফাঁক দিয়ে তীব্রবেগে এসে ওদের বেঞ্চের পেছন দিকে সবুজ হেজের ওপরে গিয়ে পড়ল। ভীষন রকম চমকে গিয়ে তিনজনেই এদিক ওদিকে তাকিয়ে বোঝার চেষ্টা করল পাথরটা ঠিক কোন দিক থেকে এসেছে বা কে ছুঁড়েছে। কিন্তু অনেকটা দূর পর্যন্ত লক্ষ্য করেও ওরা কোনও বাচ্চাছেলে মেয়েকে বা কোনো পাগল জাতীয় মানুষকে দেখতে পেলোনা। মনে হল ব্যায়ামরত

মানুষগুলোর দিক থেকেই পাথরটা ছোঁড়া হয়েছে ওদের তিনজনের মধ্যে কোনো একজনকে লক্ষ্য করে। লক্ষভ্রষ্ট না হলে যে কোনো একজনের মাথা বা কপাল যে বেশ ভালো রকমই জখম হত তাতে কোনো সন্দেহ নেই। কিন্তু ওদের মধ্যে কাউকে কেউ কেনই বা এভাবে আঘাত করার চেষ্টা করবে! হঠাৎ বিদ্যুৎচমকের মত মনে হল সম্রাটের তবে কি কেউ আবার মাকেই টার্গেট করেছে! এই লেকের ধারে সম্রাট আর সুলগ্না বেশ কয়েকবারই এসে বসে বেশ কিছুক্ষন সময় কাটিয়ে গেছে। তবে কি কেউ ওদেরকে ফলো করে নিয়মিত? আবার তাকিয়ে দেখল দূরের ব্যায়ামকারীরা নির্বিকার মুখে ব্যায়াম করে চলেছে। বিকেলের আলো বেশ কমে আসায় এত দূর থেকে কারোর মুখের ভাবে কোনো পরিবর্তন বুঝতে পারলনা সম্রাট। সুলগ্না বেশ ভয় পাওয়া গলায় বলল, "এক্ষুনি এই জায়গাটা ছেড়ে বেড়িয়ে যাওয়া উচিত আমাদের। কে জানে আরো কোনো বিপদ আসতে পারে কিনা! সন্দ্যে নামার আগেই গেটের বাইরে বেড়িয়ে যাই চল সম্রাট।" সম্রাট বললো, "ভাগ্যিস মা আজকে বাড়ির গাড়িটা নিয়ে এসেছে। সুলগ্না আগে তোকে বাড়িতে নামিয়ে আমরা বাড়ি ফিরব। "

গাড়িতে বসে দীপিকা কেমন একটা অদ্ভুত ভারী গলায় বললেন, " সেদিন দুপুরে রত্না সেন আমাকে বলেছিলেন যে আমার এই ভালোবাসাহীন বিশ্রী কুৎসিত জীবনটাকে শুধু শুধু বয়ে বেড়ানোর ফলে আমার আর প্রসুনের দুটো জীবনই বৃথা নষ্ট হচ্ছে। আমার নাকি উচিত হয় প্রসুনের জীবন থেকে নয়তো নিজের জীবন থেকেই বেড়িয়ে যাওয়া। " সম্রাট প্রচণ্ড রেগে গিয়ে বলল, " কে না কে এসে তোমাকে কিছু বলে গেল আর ওমনি তুমি আর কোনো কিছু চিন্তা না করেই যা খুশী তাই করে বসলে! " সুলগ্না সম্রাটের হাতের পাতায় মৃদু চাপ দিয়ে চোখের ইশারায় সম্রাট কে উত্তেজিত হতে বারন করল। ফিসফিস করে বলল, "এক্ষুনি তোদের বাড়ির দিকে যাসনা। আমাদের বাড়িতে একটু

বসে তারপর বাড়ি ফিরিস। কাকিমার নার্ভের ওপর যথেষ্ট চাপ পড়েছে। সেই বিশ্রী দিনের কথাটা আবার মনে পড়েছে। মায়ের সাথে একটু গল্প করে কাকিমার মনটা একটু ঠিক করিয়ে নেওয়া দরকার। আর বলা যায়না কেউ যদি আবারও আঘাত করার কথা ভেবে ওয়েট করে কিছুক্ষণ, তাকেও এ্যাভয়েড করা যাবে। " সম্রাট বলল, " মনে হচ্ছে ঠিক আঘাত করা নয়, ভয় দেখানোটাই কালপ্রিটের উদ্দেশ্য ছিল। ঠিক আছে, তোদের বাড়িতে খানিকটা বসেই যাই। "

মধুরা সব শুনে বেশ চিন্তিত হয়ে বললেন, " আমার তো মনে হয় সম্রাট তোমাদের এবার একটু পুলিশের হেল্প নেওয়া দরকার। "

সম্রাট বললো, " হুঁ, আমারও তাই মনে হচ্ছে। দেখি আজ বাবার সাথে আলোচনা করব। কারন মাকে তো আর বাড়িতে লুকিয়ে রাখতে পারব না, আর তাছাড়া,মা তো অনেক সময় একা বাইরে যাতায়াত করে। তখন যদি কিছু হয় তো কে সামলাবে? " মধুরা সম্রাট আর দীপিকাকে রাতের খাওয়া খাইয়েই ছাড়লেন। বাড়ি ফেরার পথে রাস্তায় আর কোনো অবাঞ্ছিত ঘটনা ঘটেনি সেদিন। দীপিকা সেদিন বেশ খানিকটা রাত জেগে কাটালেন। ভেবে পাচ্ছিলেননা যে ওঁর এই সাদামাঠা জীবন টা কেনই বা কারোর জন্য এত বিরক্তিকর হয়ে উঠেছে। ও তো কারোর কোনো ক্ষতি করেনি। তবে কি প্রসূনই দীপিকার বেঁচে থাকাটা আর পছন্দ করছে না? কিন্তু কথাটা মাথায় আসার সাথে সাথেই বের করে দিলেন দীপিকা। প্রসূন চাইলেই এখন দীপিকা ডিভোর্স দিয়ে দিতে পারেন। প্রসূনকে জোর করে নিজের জীবনের সাথে বেঁধে রাখার সমস্ত ইচ্ছেই শেষ হয়ে গেছে ওর। প্রসূনের সাথে এবার কথা বলতে হবে এই ব্যাপারে, ভাবলেন দীপিকা। একা বাঁচতে শিখে গিয়েছেন দীপিকা। আর যে সন্তানকে এত বছর এত অবহেলা করেছেন সেই সম্মুই তার হৃদয়ের সর্বটুকু ভালোবাসা নিয়ে মায়ের পাশে এসে দাঁড়িয়েছে। সম্মু আর সুলগ্নাকে নিয়েই বাকি

জীবনটা কেটে যাবে দীপিকার, উপরি পাওনা মধুরার মত মিষ্টি বন্ধু। নিজের অজান্তেই ঘুম এসে দুচোখ বন্ধ করে দিল দীপিকার।

ভোরের দিকে শরীরে ভয়ঙ্কর যন্ত্রণা অনুভব করে ঘেমে নেয়ে ঘুম ভাঙলো। গলায় হাত বোলালেন দীপিকা। মনে হচ্ছিল কেউ যেন গলা টিপে ধরেছে। উঃ কি ভয়ঙ্কর স্বপ্ন! বেডসাইড টেবলে চাপা দিয়ে রাখা জলের গ্লাস টা নিয়ে ঢকঢক করে সবটুকু জল খেয়ে শেষ করলেন। তারপর সামনের দেওয়ালে লাগানো ইলেকট্রনিক ঘড়িতে সময় দেখে বুঝলেন সবে ভোর চারটে। আর কি ঘুম আসবে? কিন্তু এখন উঠে কিছু করার নেই ভেবে আবার বিছানায় পাশ ফিরে শুলেন।আর কি আশ্চর্য! একটু পরে ঘুমিয়েও পড়লেন দীপিকা।

সকালের চা পর্ব সারা হলে মধুরা ছাদে গিয়ে বেশ খানিকটা সময় টবের গাছপালাগুলোর পরিচর্যা করেন রোজ। মধুরার মনে হয় গাছগুলো যেন ওর হাতের স্পর্শ পাবার জন্য রোজ হাপিত্যেশ করে বসে থাকে। ও এসে ছুঁয়ে দিলেই সব গাছগুলো কেমন আনন্দে দুলে দুলে ওঠে। মধুরা মাঝে মাঝে গাছগুলোকে আদর করে খানিকটা গল্পও করে নেন। আজকাল বেশ সকাল সকালই রোদ খুব চড়া হয়ে ওঠে, তাই ইদানীং সকালে বেশীক্ষণ ছাদে থাকতে পারেননা মধুরা, ঘেমে নেয়ে একশা হয়ে ওঠেন। গরমে ভারী কষ্ট হয় মধুরার। কলকাতার শীতকালটা ভারী আরামের মনে হয়। ছাদ আলো করে কত রঙবেরঙের ফুল ফুটে থাকে। কিছু কিছু পাখিও আসে সেইসময়। ওদের দেখে দেখেই কত সময় কেটে যায়। নীচে নেমে আসার সময় সিঁড়ির মুখে কুমুকে তরবড়িয়ে ওপরে উঠে আসতে দেখলেন। মুখটা কেমন আতঙ্কে ফ্যাকাসে হয়ে গেছে। অবাক হয়ে জিজ্ঞাসা করলেন মধুরা, " কি রে অমন করে দৌড়াচ্ছিস কেন? কি হল আবার? " কুমু কোনরকমে বলতে পারল, " সে এসেছে। "

- " সে মানে কে? তোর স্বামী? কোথায় এসেছে? আমাদের বাড়িতে? দরজা কেন খুললি? "

- " হ্যাঁ, সেই, বাড়িতে ঢোকেনি। আমি সামনের ঘরের জানলা দিয়ে দেখলাম রাস্তার ওপারে দাঁড়িয়ে এ বাড়ির দিকে তাকিয়ে আছে। মা আমি আর ওর কাছে ফিরে যাবনা। আমাকে তুমি ওর হাতে তুলে দিও না," বলেই হাউমাউ করে কেঁদে ওঠে কমলা।

- " আরে কি মুশকিল দেখো দেখি! এত কাঁদলে হবে? সে তো আর ঘরে ঢুকে এসে কিছু বলেনি এখনও। তুই এখানেই দাঁড়া, আমি দেখে আসি আগে কি ব্যাপার, " মধুরা ড্রয়িংরুমের দিকে এগোতে এগোতে বললেন।

- " তুমি কিন্তু দরজা খুলো না মা, বাড়িতে ঢুকে হুজ্জতি করলে আমরা সামলাতে পারবনা। বাড়িতে এখন পুরুষমানুষও কেউ নেই। সুলগ্না দিদিও একটু আগে কলেজে বেড়িয়ে গেল, " ভীষনই সন্ত্রস্ত গলায় বলল কমলা।

ততক্ষণে মধুরা ড্রয়িংরুমের জানালা দিয়ে বাইরের রাস্তার দিকে এদিক ওদিক ঝুঁকে অনেক দেখার চেষ্টা করলেন। কিন্তু কাউকেই ওদের বাড়ির দিকে তাকিয়ে দাঁড়িয়ে থাকতে দেখতে পেলেননা । খানিকটা আশ্বস্ত হয়ে বললেন, " দূর! তুই কি দেখতে কি দেখেছিস! কেউই তো নেই।" কমলাও এবার এগিয়ে এসে একবার জানালা দিয়ে দেখার চেষ্টা করল। তারপর একটু দ্বিধাগ্রস্ত ভাবে বলল, " কিন্তু আমি যে দেখলাম! " মধুরা বললেন, " হয়তো তুই ভুল দেখেছিস, কিংবা হয়তো সে সত্যিই এসে থাকতে পারে। আজ একা এসে দেখে গেছে। কিন্তু কুমু ,সত্যিই যদি তোর স্বামী দলবল নিয়ে এসে তোকে বাড়ি ফিরিয়ে নিয়ে যাবার দাবী করে তাহলে আমরা কি আটকাতে পারব? হাজার হোক, তুই তার বিয়ে করা বউ। আর তোর ওপরে তোর স্বামী শাশুড়ি যে মানসিক আর শারীরিক অত্যাচার করত তারও তো এখন আর কোনো প্রমান নেই। সেই সময় পুলিশে তো কোন রিপোর্ট করা হয়নি। তোকে মৃত্যুর হাত থেকে বাঁচানোর প্রাণপণ লড়াইয়ের সময় বুবানের তো মনেই আসেনি পুলিশের কাছে রিপোর্ট করানোর কথা। আর তারপরেই তো তুই এখানে চলে এলি। এখন বুবান দিল্লি তে। কিছু হাঙ্গামা হলে কে যে সামলাবে কে জানে!"

- " আমি তোমাদেরকে খুব বিপদে ফেলে দিয়েছি মা, তেমন উৎপাত করলে আমি না হয় তার সাথে গ্রামেই ফিরে যাব। কিন্তু তোমাদের ওপর কোনো আঁচ আসতে দেবনা," বলতে বলতে কেঁদেই ফেলল কমলা। মধুরা কমলাকে বুকে জড়িয়ে ধরে বললেন, " দূর বোকা মেয়ে। এত আর চিন্তা করতে হবে না তোকে এখন। তেমন পরিস্থিতি হলে দেখা যাবে কি করা যায়। আমি বুবানকে সব জানিয়ে রাখব। দেখি ও কি বলে। "

আশালতার শরীরটাও ইদানীং খুব একটা ভালো যাচ্ছেনা। রাতের দিকে হাঁপানীর টান ওঠায় ভালো করে ঘুমোতে পারেননা। তাই প্রায় সারাদিনই ঝিমোতে থাকেন। অতীন এখন দুপুরে বাড়িতে খেতে আসেন। মধুরা কমলাকে নিয়ে রান্নাঘরে দুপুরের খাবারের আয়োজনে ব্যস্ত হয়ে পড়লেন।

মধুরাদের পাড়ার বেশ কিছু মহিলারা মিলে একটা 'আড্ডাঘর' গড়ে তুলেছেন। মাসে একবার করে একেকজনের বাড়িতে আড্ডা গান বাজনা আর খাওয়াদাওয়ার আসর বসে। মূলতঃ এটা ওদের পাড়ার মহিলাদের নিয়ে শুরু হলেও এখন অনেকেই পাড়ার বাইরে থেকেও আসেন। কারোর আত্মীয়া বা নিজস্ব বন্ধুও ওদের মুখে এই আড্ডাঘরের জমজমাটি আড্ডার গল্প শুনে এখানে জয়েন করার ইচ্ছে প্রকাশ করেছেন। এভাবেই দিন দিন ওদের আড্ডাঘরের সদস্যা সংখ্যা বেশ বেড়ে উঠেছে। মধুরা ভাবলেন দীপিকাকেও ওদের আড্ডাঘরের সদস্যা করে নেবেন। এবারের আড্ডায় কমলার প্রসঙ্গ তুলবেন ভাবলেন মধুরা। ওদের আড্ডাঘরের কয়েকজন সদস্যা এদিকে ওদিকে নানান সমাজসেবামূলক কাজ করে থাকেন। বিশেষত দুঃস্থ ও অত্যাচারীত মহিলাদের সাহায্যার্থে ওঁরা নানারকম কর্মশালার আয়োজন করেন। কমলার ব্যাপারে হয়তো ওদের মধ্যে কেউ কোনো

সুপরামর্শ দিলেও দিতে পারেন ভেবেই অনেকটা নিশ্চিন্ত অনুভব করলেন মধুরা।

দুপুরে খেতে বসে অতীন বললেন, "ভাবছি এবার তিনতলাটা কমপ্লীট করে ফেলব। বুবানটার এবার বিয়ে দিতে হবে তো নাকি? এবার পরপর বেশ কয়েকটা বড় কাজের কন্ট্রাক্ট পাওয়ায় হাতে কিছু টাকাপয়সা এসেছে।" মধুরা একটু আদুরে গলায় বললেন, "তার আগে আমরা কোনো হিল স্টেশনে বেড়াতে যাই চলো সবাই মিলে।"

- "সে তো যাওয়াই যায়, কিন্তু মাকে কোথায় রেখে যাব?" চিন্তিত মুখে বললেন অতীন।

- "মাকে রেখে যাব কেন? সঙ্গে নিয়েই যাব। মা ঘোরাঘুরি না করতে পারলে হোটেলের রুমে রেস্ট নেবেন। রুম থেকেই পাহাড়ী দৃশ্য দেখে মায়ের ভালো লাগবে। এখানে তো একঘেয়ে জীবন। আমি ঠিক মাকে রাজী করিয়ে নেব। আর দেখি যদি সম্রাট আর দীপিকাও যেতে রাজী হয় আমাদের সাথে, তাহলে তো দারুন মজা হবে।" খুব উৎসাহের সুরে বললেন মধুরা। অতীন খেয়ে উঠে হাত ধুতে ধুতে বললেন, "দ্যাখো তাহলে কথা বলে। সবাই রাজী হলে টিকেটস আর হোটেল বুকিংয়ের ব্যবস্থা করতে হবে।" এই খুশির মূহূর্তে আর কমলার স্বামীর এসে ওদের বাড়ির ওপর নজর রাখার কথাটা অতীনকে বলে উঠতে পারলেন না মধুরা। ভাবলেন পরে একসময় সুবিধেমত বললেই হবে। আপাততঃ বেড়াতে যাবার আনন্দেই মশগুল হয়ে উঠলেন মধুরা। ভাবলেন আজই দীপিকাকে ফোন করে সব জানাবেন।

দীপিকার বাবা মারা যাবার আগে তাঁর জমানো সমস্ত টাকাপয়সা এবং তাঁর গল্ফ গ্রীনের বড়সড় ফ্ল্যাট টা উইল করে দীপিকাকেই দিয়ে গেছেন। শুধু মতিঝিলের বাগানবাড়ি টা সম্রাটের নামে লিখে গেছেন। গল্ফগ্রীনের ফ্ল্যাটটা আপাততঃ ভাড়াতে দেওয়া আছে। সেই ফ্ল্যাটের

ভাড়া আর ব্যাংকে ফিক্সড ডিপোজিটের ইন্টারেস্ট মিলিয়ে দীপিকার নিজস্ব আয় কিছু কম নয়। কিন্তু এতদিন জাগতিক এইসব কিছুর থেকেই তিনি মুখ ফিরিয়ে ছিলেন। বরেন বাবুই সব কিছুর দেখাশোনা করতেন এতদিন। এখন সম্রাট বড় হয়ে ওঠায় সম্রাট কে একটু একটু করে সব দায়িত্ব বুঝিয়ে দেবার জন্য দীপিকা বরেন বাবু কে কয়েকবার অনুরোধ করেছেন। সম্রুর আর বরেনবাবুর সময় সুযোগের গরমিলের জন্যই বোধ হয় এই জরুরী কাজটা এখনও সম্পন্ন হয়ে ওঠেনি। দীপিকা ইদানিং হঠাৎ যেন তাঁর নিজস্ব অর্থের মূল্য বুঝতে পেরেছেন। এখন তিনি প্রত্যেক মাসেই 'সূর্যকিরন'-এর উন্নতিমূলক নানান কাজে কিছু কিছু অর্থ ব্যয় করা শুরু করেছেন। এটুকু করে তিনি মানসিক ভাবে এক পরম প্রশান্তি অনুভব করেন। বেঁচে থাকাটা ধীরে ধীরে অর্থবহ হয়ে উঠছে দীপিকার কাছে।

সন্ধ্যে বেলায় মধুরার ফোনে বেড়াতে যাবার প্রস্তাব পেয়ে দীপিকা একটু বিভ্রান্ত হলেন। বিয়ের পর প্রথম দিকে কয়েক বার প্রসূনের সাথে কিছু জায়গায় বেড়াতে গেছিলেন দীপিকা। কিন্তু তারপর তাঁর জীবনটাই এমন একটা ঘুর্ণীঝড়ের মধ্যে পড়ে গেল যে বিবাহিত জীবনের সমস্ত মধুর স্মৃতিই যেন এক নিমেষে ভয়ঙ্কর তিক্ত হয়ে উঠল দীপিকার কাছে। বঞ্চনা আর অপমানের কালিমায় কালো হয়ে গেল সব স্মৃতি। তারপর থেকে এই বাড়িটার চার দেওয়ালের মধ্যেই বন্দী করে নিয়েছিলেন নিজেকে। এই তো সবে কয়েক মাস হল বাড়ির বাইরে পা বাড়ানো শুরু করেছেন। তাই বেড়াতে যাবার নামে একটা মিশ্র প্রতিক্রিয়া হল তার মনের মধ্যে। , 'একটু ভেবে জানাবেন' এটুকুই শুধু বলতে পারলেন মধুরাকে আপাততঃ। মধুরা তাতেই খুশী। ধরেই নিলেন দীপিকাকে রাজী করাতে বেশী বেগ পেতে হবেনা। মিন্টি আর সম্রাট তো বেড়াতে যাবার কথা শুনেই নেচে উঠেছে। আর বেচারা কমলা তো তার গ্রামের বাড়ি ছেড়ে কলকাতায় আসতে পেরেই

নিজেকে দারুন ভাগ্যবতী ভাবতে শুরু করেছিল। পাহাড় সম্বন্ধে তার যেটুকু ধারণা তা ওই পড়ার বইয়ের পাতায় ছবি দেখেই। সত্যিকারের একটা আস্ত পাহাড় নিজের চোখে দেখলে কেমন লাগবে তা বুঝেই উঠতে পারলনা কমলা। আশালতাও বেড়াতে যাবার কথা শুনে বেশ খুশী হয়ে উঠলেন। মনে মনে বেড়াতে যাবার প্রস্তুতি শুরু করে ফেললেন মধুরা।

গাড়িটা ক্লিনিকের পাশের গলিতে পার্ক করে গাড়ি থেকে নেমে ক্লিনিকের দিকে এগোনোর সময়ে পিঠের দিকে একটা অদ্ভুত অনুভূতি টের পেলেন প্রসূন। নিজের অজান্তেই পেছন ফিরে তাকিয়ে দেখলেন অদূরে একটা বড় গাছের গায়ে ঠেস দিয়ে একটি বছর চল্লিশের লোক তাঁরদিকে একদৃষ্টে তাকিয়ে আছে। শরীরে কেমন একটা অস্বস্তি অনুভব করলেন প্রসূন। লোকটিকে কি চেনেন তিনি? তাঁর কোনো পেশেন্ট? কিন্তু ওভাবে তাকিয়ে আছে কেন? তিনি তাকানোর পরেও চোখ সরালোনা লোকটা। কিছুক্ষন দেখার পর লোকটাকে চেনা চেনা লাগলো প্রসূনের। কোথাও দেখেছেন নিশ্চয়ই। ভ্রু কুঁচকে ভাবার চেষ্টা করলেন একটু। কিন্তু লোকটা সেই মূহুর্তে উল্টোদিকের রাস্তা ধরে চলে গেল। মনের মধ্যে একটা অদ্ভুত অস্বস্তি নিয়ে ক্লিনিকে ঢুকলেন প্রসূন। ভাবলেন সন্ধ্যার আলোআঁধারি তে চোখও কি ধোঁকা খেল! ওই লোকটাকে চেনা চেনা কেন লাগল, কেনই বা লোকটা ওর দিকে অমন ভাবে তাকিয়ে ছিল বুঝে উঠতে পারছিলেন না প্রসূন। সাম্প্রতিক কালে কিছু অদ্ভুত ঘটনা ঘটে যাওয়ায় কি সবকিছুকেই তিনি একটু সন্দেহের চোখে দেখছেন? একটু পরেই অবশ্য রোগীর ভিড়ে এসব কথা ভুলে গেলেন প্রসূন। কিন্তু বাড়ি ফেরার পথে আচমকা চোখের সামনে ভেসে উঠল একটা মুখ। পারমিতা, পারমিতা দত্ত। বছর চল্লিশ বিয়াল্লিশ বয়স ছিল। হঠাৎ এসেছিল প্রসূনের জীবনে। প্রসূনের থেকে অনেকটাই ছোটো। আর মনের দিক থেকে আরো বেশী ছেলেমানুষীতে ভরা। একটু বেশীই রোমান্টিক মনের মেয়ে। প্রসূনের মধ্যে কি দেখেছিল কে জানে? খুব বেশী ঘনিষ্ঠ হয়ে ওঠার খেলায় মেতেছিল,যেটা প্রসূনের একেবারেই অপছন্দের ব্যাপার। অনেক বোঝানোর চেষ্টা করেছিলেন

প্রসূন। মেয়েটির মধ্যে একটা অদ্ভুত ছেলেমানুষী সৌন্দর্য ছিল যেটা আকর্ষণ করত প্রসূনকে। তাই অত সহজে ঝেড়ে ফেলতে পারেননি মেয়েটিকে। সম্পর্ক টা একটু বেশীই এগিয়ে ছিল। বেশ কয়েকবার কলকাতার বাইরে এখানে ওখানে রিসর্টে কয়েকদিন করে কাটিয়েছেন প্রসূন মেয়েটিকে নিয়ে। কিন্তু তারপরেই এল বিপত্তি। মেয়েটি প্রসূনকে বিয়ে করার জন্য একেবারে পাগল হয়ে উঠেছিল। কিছুতেই ওকে বোঝানো যাচ্ছিলনা যে প্রসূন বিবাহিত, আর স্ত্রীর সাথে তেমন কোন আন্তরিক সম্পর্ক না থাকলেও নিজের স্ত্রীকে ডিভোর্স দেবার কোনরকম ইচ্ছেই প্রসূনের ছিলনা। আসলে জীবনে বেশী কমপ্লিকেশন পছন্দ নয় প্রসূনের। কাজ আর আনন্দ নিয়ে ভেসে ভেসে বেড়ানোর মধ্যে জীবনটা দিব্যি কাটছিল তাঁর। এরমধ্যে ডিভোর্স নতুন বিয়ে এসব ঝুটঝামেলার কথা ভাবতেই পারেননা তিনি। দীপিকা বিষন্নতার ঘেরাটোপে বন্দী করে নিয়েছিলেন নিজেকে। স্বামীর প্রবঞ্চনার বিরুদ্ধে তেমন করে কোনো প্রতিবাদ বা বিদ্রোহ করেননি কোনোদিন। প্রচণ্ড অভিমানে অপমানে সংসার থেকে মুখ ফিরিয়ে নিয়েছিলেন। তাই প্রসূনের নিজের ইচ্ছেখুশি মত জীবনযাপনে কোনো অসুবিধেই হচ্ছিলনা এতদিন। পারমিতার এই হঠাৎ আবদারে তাই যারপরনাই বিরক্ত হয়েছিলেন প্রসূন। কারোর সাথে কোনরকম সম্পর্ক গড়ে তোলার ধাতই নেই প্রসূনের। তাই পারমিতা তাঁকে বিয়ের জন্য জোড়াজোড়ি করতে শুরু করায় তাকে বেশ কিছু টাকাপয়সা দিয়ে পরিত্রাণ পাবার চেষ্টা করেছিলেন প্রসূন। কিন্তু অবাক কাণ্ড, এই প্রস্তাব দেবার পরেই পারমিতা প্রসূনের জীবন থেকে হঠাৎ একেবারে অদৃশ্য হয়ে গিয়েছিল। ঘাম দিয়ে জ্বর ছেড়েছিল প্রসূনের। তারপর পারমিতাকে ভুলতে বেশীদিন সময় লাগেনি প্রসূনের। তাঁর জীবনে তখন অন্য নারীর প্রবেশ ঘটে গেছে। পারমিতা পর্বের মাস কয়েক পর আজ সন্ধ্যায় ক্লিনিকের সামনে গাছের পাশে দাঁড়িয়ে থাকা ওই লোকটিকে দেখে প্রসূনের হঠাৎ পারমিতার কথা মনে পড়ে গেল। পারমিতার মুখের সাথে ওই লোকটির মুখের অদ্ভুত মিল। কিছুতেই

আর মন থেকে ঝেড়ে ফেলা গেল না ওই লোকটিকে। লোকটির গভীর শীতল দৃষ্টির কথা মনে পড়ে প্রসূনের শিড়দাঁড়া দিয়ে একটা হিমেল স্রোত বয়ে গেল। এবার তো কোনো পেশাদার মানুষের সাহায্য নিতেই হবে,ভাবলেন প্রসূন। উকিল নয়, কোনো প্রাইভেট গোয়েন্দার সাথে যোগাযোগ করবেন এবার, স্থির করলেন প্রসূন। আজ আর ক্লাবে যেতে ইচ্ছে করেনি প্রসূনের। মনটা যেন ঘরের দিকেই টানছিল। ঘর? ঘরকে কোন দিন ঘরের মর্যাদা দিয়েছেন প্রসূন? সেই প্রথম কয়েকটা বছর, যখন সুন্দরী দীপিকা ছিল উজ্জ্বল,উচ্ছল নয়, কিন্তু প্রাণচঞ্চল। তখন কিছুদিন কাজের শেষে বাড়ি ফেরার তাড়া অনুভব করতেন প্রসূন। কিন্তু সেসব দিনের আকর্ষণ খুব তাড়াতাড়ি ফুরিয়ে গিয়েছিল প্রসূনের মনে। দীপিকার সৌন্দর্য ছিল একটু অজাগতিক। নীল সমুদ্রের উচ্ছাস ছিল না, গভীর হ্রদের স্থিরতা ছিল। ভালবাসায় টলটল করত তার চোখদুটি, কিন্তু শরীরী বিভঙ্গে আবেদন জানানোর চেষ্টা ছিলনা। প্রথম দিকে প্রসূন নতুন সংসার সাজানোর জন্য ইচ্ছেমত সৌখিন জিনিস এনে বাড়িতে স্তূপীকৃত করতেন। আর দীপিকা সেইসব জিনিস সারা বাড়িতে সঠিক জায়গা খুঁজে খুঁজে স্বযত্নে নিজের হাতে সাজিয়ে রাখতেন। বাড়িটা খুব তাড়াতাড়ি স্বর্গের রূপ নিচ্ছিল। কিন্তু ঘরের শান্ত নিবিড় পরিবেশে ততোধিক শান্ত স্ত্রীর বাহুবন্ধনে বাঁধা পড়ে থাকা বেশীদিন সহ্য হলনা প্রসূনের। খুব দ্রুত আকর্ষণ হারাতে লাগলেন তিনি গৃহ আর গৃহিণী, দুইয়ের প্রতিই। দীপিকা ঠিক বুঝে উঠতে পারতেন না কেন দিনদিন প্রসূনের বাড়িতে থাকার সময়টা কমে আসছিল। তখনও তিনি সংসারটাকে নিখুত সুন্দর করে তোলার কাজেই নিজেকে ব্যস্ত রাখতেন। বিয়ের পাঁচ বছর পর হঠাৎ দীপিকার মনে হয়েছিল তাদের জীবনে একটি সন্তান এলে হয়তো প্রসূনকে আবার একটু গৃহমুখি করা যাবে। তাই প্রসূনের অনীহা সত্ত্বেও দীপিকা সন্তানের স্বপ্ন দেখা শুরু করে ছিলেন। সে স্বপ্ন পূরণ ও হোলো। আর তার পরই এল সেই সর্বনাশা দিন। প্রসূনের আসল স্বভাব এবং চরিত্র সম্বন্ধে সব জানতে পারলেন দীপিকা। তারপর থেকে প্রসূনের আর দীপিকার দিনরাত যে

যার নিজের কক্ষপথে ঘোরা শুরু করেছিল। প্রসূনের জীবন ক্রমাগত উদ্দাম হয়ে উঠছিল, আর দীপিকার জীবন শ্রান্ত, অবসন্ন।

আজ এত বছর পরে বাড়ি ফেরার তাগিদ অনুভব করে প্রসূন নিজেই অবাক হলেন। শ্রান্তি এবং বোধহয় কিছু হারানোর ভয় এসে অজান্তে প্রসূনের মনে বাসা বেঁধেছে। যদিও প্রসূন নিজের মনের কাছে তা স্বীকার করতে একেবারেই রাজী নন। নামকরা কার্ডিয়াক সার্জন হবার মাসুল হল অত্যধিক স্ট্রেস, ভাবলেন প্রসূন, একটু বিশ্রামের প্রয়োজন কদিন, ব্যস তাহলেই সব ঠিক, প্রসূন আবার নিজের জীবনের ছন্দ খুঁজে পেয়ে যাবেন।

বাড়ি ফিরে দীপিকাকে দেখে প্রসূন বললেন, " ডিনার খাব আজ বাড়িতে, কিছু আছে? " দীপিকা নিরাসক্ত মুখে বললেন, "হ্যাঁ, আছে তো অনেক কিছুই ফ্রীজে, আমার ডিনার হয়ে গেছে, তোমার যা খেতে ইচ্ছে হয় ফ্রীজ থেকে নিয়ে মাইক্রোওয়েভ আভেনে গরম করে খেয়ে নিও।" বলে নিজের ঘরের দিকে এগিয়ে গেলেন। প্রসূন সত্যিই অবাক হলেন। এই তো কিছুদিন আগেই প্রসূনকে সামনে দেখলেই দীপিকার চোখ দুটো উজ্জ্বল হয়ে উঠত। এই ক'দিনে তার জীবনে কি এমন পরিবর্তন ঘটল যে প্রসূনের বাড়ি ফেরা, নিজের মুখে খেতে চাওয়া সত্ত্বেও দীপিকা এমন নির্বিকার থাকতে পারল! ধুস! বাড়ি ফেরাই ভুল হয়েছে! ক্লাবে গেলেই ভালো হত। খাবার ইচ্ছেটা সম্পূর্ণ চলে গেল প্রসূনের। সোজা নিজের রুমে গিয়ে চটজলদি ফ্রেশ হয়ে বিছানায় শরীরটা ছেড়ে দিলেন। একটু পরে ঘুমও এসে গেল।

পরদিন হাসপাতালে পৌঁছে আগে ডাঃ ভাদুড়ি কে ডেকে পাঠিয়ে একজন ভালো প্রাইভেট ডিটেকটিভের সন্ধান দিতে বললেন প্রসূন। ডাঃ ভাদুড়ি অবাক হবার ভান করে বললেন, " আপনার আবার হঠাৎ ডিটেকটিভের কি প্রয়োজন পড়ল স্যার?" প্রসূন অসহিষ্ণু গলায় বললেন, "আছে আছে, দরকার আছে। আমার ওয়াইফের ওপর বেশ

কয়েকটা হামলা হয়েছে, হুমকি চিঠিও দেওয়া হয়েছে, আমাকেও বোধহয় কেউ ফলো করছে। এসবের একটা হেস্তনস্ত হওয়া দরকার।"

ডাঃ ভাদুড়ি এবার সত্যিই অবাক হয়ে বললেন, "আরে! তাই নাকি? কবে থেকে হচ্ছে এসব? আগে বললননি তো স্যার!"

- "আগে এতটা গুরুত্ব দিইনি। কিন্তু এখন দেখছি এগুলো ক্রমাগত বেড়ে চলেছে।"

- "আচ্ছা আচ্ছা আমি আজই খোঁজ নিচ্ছি, আপনি চিন্তা করবেন না স্যার, মনে হয় না বাড়াবাড়ি কিছু হবে।"

চলে যাবার সময় ডাঃ ভাদুড়ির মুখে সূক্ষ্ম একটা ব্যঙ্গের হাসি খেলে গেল। মনে মনে ভাবলেন.. যতই তোমার ঘুড়ির সুতোয় মাঞ্জা দেওয়া থাকনা কেন একদিন সে সুতোয় ঢিলা পড়বে, আর মুক্ত আকাশে ওড়া তোমার পরকিয়ার ঘুড়ি ভোকাট্টা হয়ে গোঁত্তা খেয়ে মুখ থুবড়ে মাটিতে পড়ে ধূলোয় গড়াগড়ি খাবে....। আসলে ডাঃ প্রসূন মিত্রের নিজের ডাক্তারি পেশায় এবং মহিলাসংক্রান্ত ব্যাপারে অবিশ্বাস্য সাফল্য তাঁর অনেক সহকর্মী এবং বন্ধুর মধ্যেই ঈর্ষার সঞ্চার করেছিল। হয়তো অনেক পুরুষই মনে মনে ডাঃ প্রসূন মিত্রের মত জীবনযাপনের ইচ্ছে পোষন করেন। কিন্তু প্রসূনের মত ভাগ্য এবং সাহস হয়তো তাদের নেই। হাতিকে কাদায় পড়তে দেখে অনেকের মত ডাঃ ভাদুড়ি ও মনে মনে একটু খুশি হলেন। তবে মিসেস মিত্রের কথা আলাদা। ওঁর ওপর যদি সত্যিই কোনো হামলা হয়ে থাকে তাহলে সেটা মেনে নেওয়া যায়না। কার দোষের ফল কে ভোগ করে! একটা দীর্ঘশ্বাস ফেললেন ডাঃ ভাদুড়ি।

স্নান সেরে বেড়িয়ে এসে মোবাইলে সম্রাটের তিনটে মিসড কল দেখতে পেল সুলগ্না। ফোন ব্যাক করতেই সম্রাট সোজাসুজি বলল,

" চল সু কোথাও যাই। "

- " এই গরমে কোথায় যাব! "

- " ধুস! গরম পড়েছে বলে কি ঘরে বন্দী হয়ে থাকব নাকি! আর তাছাড়া আজ সকাল থেকে মেঘলা হয়ে ওয়েদার দারুন হয়ে আছে। কলেজও বন্ধ, কতোদিন তোর সাথে দেখা হয়নি, আড্ডা হয়নি। "

সম্রাটের গলায় ওর স্বভাববিরুদ্ধ আবেগের ছোঁয়া দেখে সুলগ্নার ভালো লাগলো। বলল, ".কোথায় যাবি বল।"

- " চল ডায়মন্ড হারবারে যাই। "

সুলগ্নার মুখ থেকে আবার বেড়িয়ে এল - " এই গরমে ডায়মন্ড হারবার! "

সম্রাট এবার রাগত গলায় বলল " তুই কবে থেকে এমন পর্দানশীন হলি রে? গরমকালে গরম থাকবে, তাই বলে মানুষ বাইরে বেড়োবে না! আমি কিচ্ছু শুনছিনা। আমরা ডায়মন্ড হারবার যাচ্ছি, ব্যস। আমি আসছি এক্ষুনি। তুই চটপট রেডি হয়ে নে। "

সুলগ্না কিচেনে গিয়ে মায়ের গলা জড়িয়ে ধরে ডায়মন্ড হারবার যাবার পারমিশন আদায় করল। মধুরা বললেন, " কিন্তু আমি যে সকাল থেকে খেটেখুটে এত রান্না করলাম সেগুলোর কি হবে? " সুলগ্না বলল,

"সেই তো! সারাবাড়ি তো মাটনকারির গন্ধে ম ম করছে। আমি একটু টেস্ট করি? " মধুরা বললেন, "আমি চট করে ফ্রায়েড রাইস বানিয়ে মাংসর সাথে প্যাক করে দিচ্ছি তোদের দুজনের জন্য। " সুলগ্না মধুরাকে জড়িয়ে ধরে বলল, " রাতে খাব মা আরাম করে। এখন প্যাক করে দিলে খাবার সময় ঠান্ডা হয়ে যাবে। বাইরে অনেক খাবার পাওয়া যায় মা। ডোন্ট ওরি।"

সম্রাট এসে কিন্তু বলল, "আমি এখনই আগে কাকিমার হাতের রান্না গরম গরম মাংস ভাত খাব, তারপর যেখানে যাবার যাব। আমি এ জিনিস ছেড়ে কোথাও যাচ্ছিনা। "

সুলগ্না হেসে বলল, "কি ভয়ঙ্কর রকমের পেটুক রে তুই! এই তো একটু আগে ফোনে আমাকে তাড়া দিচ্ছিলি। আর এখন মাংসর গন্ধে তোর প্রাণ আনচান করে উঠল! " সম্রাট হেসে বলল, " এমন খাবার রাতের জন্য তোর মত বোকারাই ফেলে রাখতে পারে।"

মধুরা ওদের দুজনের জন্যই প্লেট সাজিয়ে খাবার বেড়ে দিলেন। ভাত ডাল পোস্তার বড়া কুচো চিংড়ি দিয়ে আলুপটলের দম মাংস আর কাঁচা আমের চাটনি। সম্রাট পরম তৃপ্তি সহকারে খেতে খেতে বলল, " কাকিমা, কি করে যে তুমি এত সকাল সকাল এত রকম টেস্টি খাবার বানিয়ে ফেল কে জানে। মাকেও একটু শিখিয়ে দিও তো। সাবুমাসীর হাতের একই রকম রান্না সেই ছোটোবেলা থেকে খেয়ে খেয়ে জিভে চড়া পরে গেছে। " মধুরা সস্নেহে সম্রাটের প্লেটে আরও মাংস তুলে দিলেন। সুলগ্না হেসে বলল, " উফ! রাক্ষসের মত হাঁউমাউ করে খাচ্ছিস তুই! আস্তে খা। তোর প্লেটের খাবার পালিয়ে যাবেনা।" সম্রাট অবশ্য ওর কথায় কোনো পাত্তা না দিয়ে মনোযোগ দিয়ে খাওয়া শেষ করল।

বাইরে বেড়িয়ে এসে সুলগ্না দেখল সম্রাট নিজেই ড্রাইভারের সীটে বসেছে। একটু অবাক হয়ে বলল, " কি রে? আজ মনোজ দা নেই? "

সম্রাট গাড়িতে স্টার্ট দিতে দিতে বলল, "পাগল নাকি! আজকেও ড্রাইভার নিয়ে যাব! কাবাব মে হাড্ডি হয়ে যাবে পুরো। এতটা দূরের রাস্তা, মনোজদার সামনে তোর সাথে মেপে মেপে কথা বলতে পারবনা বস্।" সুলগ্না হেসে ফেলে বলল, " মতলব টা কি বলতো তোর? আজ কি আমার কাছে প্রেমভিক্ষা করবি তুই? "

সম্রাট একটা ছোট্টো হুইসিলের আওয়াজ করে বলল, " আমি সম্রাট, ভিক্ষা চাইনা। ভালোবাসার বদলে ভালোবাসা দাবী করব। " কপট ভয় দেখিয়ে সুলগ্না বলল,

" ব্যাপারটা কি! আজ সম্রাট দারুন মুডে আছেন দেখছি । আমি অবলা নারী, কোনো বিপদে পড়ব না তো! " সম্রাট ঝুঁকে সুলগ্নার জন্য গাড়ির দরজাটা খুলে দিয়ে বলল,

" সম্রাট থাকতে সম্রাজ্ঞীর গায়ে কোন আঁচ লাগবেনা।"

- "তবে আর কি! ওড়া আজ তোর পক্ষীরাজ।" খোলা চুলের রাস সামলে গাড়িতে বসতে বসতে বলল সুলগ্না। সম্রাট গাড়ি চালাতে চালাতে আড়চোখে সুলগ্নাকে দেখে বলল,

" উড়ন্ত এলোমেলো চুলে তোকে দারুন দেখায় রে। " লজ্জা পেয়ে সম্রাটের পিঠে একটা ছোটো কিল বসালো সুলগ্না। সম্রাট গাড়ি চালাতে চালাতে নীচু গলায় গান ধরল .... 'এই পথ যদি না শেষ হয় তবে কেমন হত তুমি বলোতো...... ' তারপর সুলগ্নার দিকে তাকিয়ে হেসে বললো, " বললি না তো 'তুমিই বল'?" সুলগ্না মুখভঙ্গি করে বলল, "পারলাম না। কত ন্যাকামী করবি রে আর!" সম্রাট আবার গান ধরল... ' আজ ম্যায় উপর, আসমি নীচে'... সুলগ্না হেসে ফেলে বলল , " সম্ দেখে গাড়ি চালা বাবু, বেশী উড়িস না। আমাকে ওয়ান পিসে বাড়িতে ফেরত দিয়ে যাস। নাহিলে আমার আর বিয়ে হবে না। " সম্রাট এবার গম্ভীর

হয়ে বলল, "আমি আছি তো।" সুলগ্না মাথাটা হেলিয়ে দিল সম্রাটের কাঁধে। সম্রাট হেসে বলল,

" এরকম করলে সিওর এ্যাকসিডেন্ট করব। আমি বিশ্বামিত্র নই। " সভয়ে সোজা হয়ে বসল সুলগ্না। আর সম্রাট হা হা করে হাসতে লাগলো।

পৈলান পেরোতেই রাস্তার দুধারে সবুজের সমারোহে চোখ জুড়িয়ে গেল সুলগ্নার। সম্রাট একের পর এক গান গেয়ে চলেছে। হঠাৎ সুলগ্না সামনে দেখলো তিন চারটে ছেলে মেয়ে শুকনো, সরু সরু ডালপালা আঁটি করে বেঁধে মাথায় নিয়ে চলেছে। ওদের গাড়িটাকে আসতে দেখে রাস্তার একধার ঘেঁষে সরে দাঁড়িয়েছে। সুলগ্না বলল, " সম্ একটু গাড়িটা থামা না রে, ওই পুচকেগুলোর সাথে একটু কথা বলি।"

সুলগ্নার ব্যাগে সবসময়ই কিছু টফি চকলেট রাখাই থাকে। ও ব্যাগ থেকে বের করে ওদের হাতে টফি দিল। বাচ্চাগুলো খুব লাজুক মুখ করে টফিগুলো নিল। সুলগ্নাকে চমকে দিয়ে ওদের মধ্যে একটা ছেলে আবার তার হাফপ্যান্টের পকেট থেকে একটা ছোট্টো কাঁচা আম বের করে ওর হাতে দিল। সুলগ্না হেসে বললো, " আরেব্বাস! রিটার্ন গিফট! থ্যাংক য়্যু বন্ধু। তোমরা সবাই আমার বন্ধু। " ওরাও এবার সমস্বরে বললো, " থ্যাংক য়্যু দিদি।" সম্রাট বলল, "দারুন ব্যাপার তো! তোরা স্কুলে পড়িস? " ওরা একসাথে ঘাড় হেলিয়ে বলল, "হ্যাঁ।" সুলগ্না ওদের সবার গাল টিপে আদর করে দিয়ে বলল, "খুব মন দিয়ে পড়াশোনা করবি, কেমন?" সুলগ্না গাড়িতে গিয়ে বসতেই সবকটা বাচ্চা একহাতে মাথার বোঝা ধরে আরেক হাত নেড়ে টা টা করে দিল ওদের।

ডায়মন্ড হারবার পৌঁছানোর একটু আগেই আকাশ কালো মেঘে ঢেকে গেল, শোঁ শোঁ করে হাওয়ার বেগও বাড়তে লাগলো। সুলগ্না

আনন্দে হাততালি দিয়ে বলল, " কি মজা! আজ নদীর ধারে বৃষ্টিতে ভিজব। " সম্রাট বলল, " একেবারেই নয়, বৃষ্টি পড়লে একদম গাড়ি থেকে নামবিনা তুই। বৃষ্টিতে ভেজা জামাকাপড়ে আবার এতটা রাস্তা পেরিয়ে বাড়ি ফিরলে আর দেখতে হবে না, নির্ঘাত জ্বর বাধাবি। " সুলগ্না বলল, " ধুস! তুই বড্ডো বেরসিক!" সম্রাট হেসে বলল, "সে তুই যাই বলিস, তোকে নিয়ে বেড়িয়েছি, তোকে ঠিকঠাক বাড়িতে পৌঁছে দেওয়ার দায়িত্ব আমার। " বৃষ্টি অবশ্য ছিঁটেফোঁটাই হল। তবে বেশ ঝোড়ো হাওয়া চলায় চারদিক বেশ ঠান্ডা হয়ে গেল।

সম্রাট নদীর ধারে দাঁড়িয়ে বেশ গভীর গলায় বলল, "সু,তোর আর কাকিমার কাছে আমি খুব কৃতজ্ঞ আমার মাকে মায়ের মত করে আমার কাছে ফিরিয়ে দেবার জন্য। " সুলগ্না বলল, "প্লীজ সম্, এত গুরুগম্ভীর ভারী ভারী কথা বলিসনা। কাকিমা সুস্থ আর স্বাভাবিক হয়ে যাওয়ায় আমরা সবাই খুব খুশী। কিন্তু ওই অদ্ভুত ঘটনাগুলোর একটা সমাধান দরকার। কিছু ভেবেছিস এ ব্যাপারে?" সম্রাট বলল, "বাবাকে সব জানিয়েছি রে, দেখি বাবা কি করে। ছাড় এখন এসব কথা। এমন সুন্দর দিন, এমন সুন্দর জায়গা, এখন আর ওসব কথা ভাবতে ভালো লাগছে না। আচ্ছা বল বি টেক কমপ্লীট করার পর আমরা যদি আলাদা আলাদা শহরে চাকরী পাই তো কি করবি? " সুলগ্না বলল, " চেষ্টা করব একই শহরে চাকরী নেবার, তা না হলেও কিছুদিন পরে আবার একই শহরে চাকরী জোগাড় করে নেওয়া যায়। কিন্তু তার এখনও অনেক দেরী আছে, তুই তো দেখছি এখন থেকেই চিন্তায় পড়ে গেছিস। " সম্রাট একটু করুণ হেসে বলল, "আসলে আমার তো তেমন কোন ভালো বন্ধু নেই, তাই তোর থেকে দূরে থাকার কথা ভাবতে পারিনা। " সুলগ্না সম্রাটের একটা হাত নিজের হাতে নিয়ে বলল,

" আচ্ছা থাকবিনা তোর থেকে দূরে। নাউ চিয়ার আপ। যত আজেবাজে কথা ভাবিস। "

ওদের বাড়ি ফিরতে সন্ধ্যে আটটা বেজে গেল । মধুরা একটু ছটফট করছিলেন চিন্তায়। বললেন, " তোরা বৃষ্টিতে ভিজিসনি তো? " সুলগ্না বলল, "বৃষ্টি হল কোথায় মা? "

- " ওমা! এখানে তো রীতিমত শিলাবৃষ্টি হল রে! " বললেন মধুরা। সুলগ্না বলল, " যাঃ! আমি মিস করলাম।" কমলা হেসে বলল, "তুমি কিচ্ছু মিস করনি দিদি। খুউব মজা করেছ তা তোমার মুখ দেখেই বোঝা যাচ্ছে।" সুলগ্না বলল, " তা করেছি, পরের বার তোমাকেও নিয়ে যাব বুঝলে কমলা সুন্দরী?" কমলা রীতিমতো চোখ নাচিয়ে বলল - "আহা! মোটেই সেটি হচ্ছে না। তোমাদের দুজনের মাঝে আমি মোটেও ওই যে কি বলে কাবাবে হাড্ডি হতে যাব না।"

সুলগ্না চোখ কপালে তুললো- "আরে দাঁড়াও দাঁড়াও, তোমার তো দেখছি পড়াশোনায় দিব্যি উন্নতি হয়েছে! কাবাবমে হাড্ডি! এসব ও স্টকে ঢুকে গেছে!"

কমলা এবার তাড়াতাড়ি পালিয়ে রান্নাঘরে আশ্রয় নেওয়াই সমীচীন বোধ করল।

পলাশ মাথার ঝাঁকড়া চুলগুলোকে ডান হাতের মুঠোয় শক্ত করে চেপে ধরল। মাথাটা যন্ত্রনায় ছিঁড়ে পড়ে যাবে বলে মনে হচ্ছে। পকেট থেকে প্যাকেট টা বের করে একটা সিগারেট ধরিয়ে একটা দুটো টান দিয়েই মুখটা বিকৃত করে ছুঁড়ে ফেলে দিল সিগারেটটা। মুখটা এমনিতেই তেতো হয়ে আছে, আরও তেতো হয়ে গেল। স্মোক করতে ভালো লাগেনা পলাশের। তবু পকেটে সবসময় প্যাকেট রাখে ও। সেই কবেকার অভ্যেস। স্কুলের উঁচু ক্লাসের দিনগুলোর সময়ের কথা। ওর সিগারেট স্মোকিং ভালো লাগেনা শুনে বন্ধুরা ওকে নিয়ে যাচ্ছেতাই ভাবে হাসাহাসি করত। ওদের আজেবাজে রসিকতার মুখ বন্ধ করার জন্যই জোর করে সিগারেট খাওয়া ধরেছিল। প্যাকেটের বেশীরভাগ সিগারেটই বন্ধুদের কে বিলাতো তখন। এখন আর কাউকে ভয় পাওয়ার কিছু নেই। তবুও অভ্যেসটা রয়ে গেছে। কদিন ধরে ভেবে ভেবে কোনো কুল কিনারা পাচ্ছে না পলাশ। এমনিতে কোনো কারনে টেনশন হলে পলাশ সুরের মধ্যে নিজেকে ডুবিয়ে দিয়ে সবকিছু ভুলে থাকতে পারে বেশ কিছুটা সময়।

পলাশ কীবোর্ডিস্ট। একটা মিউজিকাল ট্রুপে কীবোর্ড বাজায়। যে কোনো গানের সুর ও খুব অল্প সময়ে কীবোর্ডে তুলে নিয়ে অবলীলায় বাজাতে পারে। ওর কীবোর্ডের সুরের মূর্ছনায় সবাই বুঁদ হয়ে থাকে। অনেক বড় বড় সঙ্গীতশিল্পী স্টেজে গান করার সময় কীবোর্ডিস্টের জায়গায় ওকেই খোঁজে।টেলিভিশনের অনেক প্রোগ্রামেও নামী শিল্পীদের সাথে প্রায়ই কীবোর্ড বাজাতে হয় ওকে। তাই কাজের অভাব পলাশের কোনোদিনই হয়না। কিন্তু কদিন ধরে

বোন্টুর শারীরিক অবস্থা খুবই খারাপের দিকে যেতে শুরু করেছে। আচরনের অস্বাভাবিকতা ও অসম্ভব রকমের বেড়ে গেছে। এখন ওকে বাড়িতে একলা রেখে বাইরে বেশীক্ষন কাজে আটকে থাকতে পারেনা পলাশ। তাই ইদানীং অনেক প্রোগ্রাম ছেড়ে দিতে হচ্ছে ওকে। বোন্টুর চিকিৎসার পেছনে ভালোই খরচা হয়। কলেজে পড়ার সময়ই পলাশের জীবনের সবচেয়ে কালো দিন এসে পড়েছিল হঠাৎ। বাড়ির গাড়িতেই এ্যাকসিডেন্টে একসাথে বাবা আর মাকে হারিয়েছিল পলাশ। ওর জীবনের বিপর্যয়ের দিনও শুরু হয়েছিল সেই দিন থেকে। বাবার ব্যাংকে যা টাকা জমানো ছিল তাই দিয়ে কোনোমতে নিজের আর বোনের কলেজের পড়া শেষ করতে পেরেছিল পলাশ। তারপরেই জীবিকানির্বাহ করার চিন্তায় রাস্তায় নামতে হয়েছিল ওকে। যা ছিল একান্তই সখ সেটাকেই পেশা হিসেবে গ্রহণ করতে হয়েছিল পলাশকে। সাধারণ গ্রাজুয়েটের জন্য চাকরীর অফার নিয়ে কেউ এগিয়ে আসেনা। খুব দ্রুত পলাশের মনের বয়স বাড়তে শুরু করেছিল। কিন্তু বোন ছিল চির ছেলেমানুষ। বাবা মায়ের আকস্মিক চলে যাওয়াতে ও যেন পলাশকেই আঁকড়ে ধরেছিল একমাত্র আপনজন হিসেবে। আত্মীয়স্বজন কেউই সেইসময় এগিয়ে আসেনি ওদের পাশে দাঁড়ানোর জন্য। অবশ্য বেশীদিন লাগেনি পলাশের সঙ্গীতজগতে নিজের পায়ের তলার মাটি শক্ত করতে।

স্বাচ্ছল্য না থাকলেও অভাব ছিল না ওদের ভাইবোনের সংসারে। কলেজে পড়তে পড়তেই প্রেমে পড়েছিল বোন। যেদিন প্রথম আলাপ করিয়ে দিয়েছিল বোন্টু, সেদিন রাজীব নামের ছেলেটাকে ভালোই লেগেছিল পলাশের। আরও ভালো লেগেছিল যখন ভদ্র শান্ত রাজীব একেবারে খালি হাতে বোন্টুকে বিয়ে করে নিয়ে গেল নিজের বাড়িতে। রাজীবেরও বাবা ছাড়া আর কেউ ছিল না। অনেক বছর পর পলাশের জীবনে খুশির জোয়ার এসেছিল। রাজীবের মোটর পার্টসের একটা

দোকান ছিল। মোটামুটি ভালোই চলত ওর ব্যবসা। রাজীব রবিবার দোকান বন্ধ রাখত। আর প্রায় প্রত্যেক রবিবারই বোন্টু আবদার করত পলাশকেও ওদের এখানে ওখানে বেড়ানোর সঙ্গী হবার জন্য। তবে বেশীরভাগ শনি রবিবারই পলাশের স্টেজ প্রোগ্রাম থাকত, তাই ওদের সঙ্গী হতে পারত না। কিন্তু যেদিন তিনজনে একসাথে বেড়াতে যেতে পারত সেদিন মন ভরে আনন্দ করায় কোনো কসুর রাখতো না রাজীব আর বোন্টু। এখন মাঝে মাঝে ভাবে পলাশ ভগবান বোধহয় ওর হাতে ভাগ্যরেখাটাই আঁকতে ভুলে গিয়েছিলেন। তাই এই সামান্য সুখটুকুও পলাশের কপালে বেশীদিন টিকলো না। ওদের বিয়ের তিন বছরের মাথায় ডেঙ্গু জ্বরে দশদিন যমে মানুষে টানাটানির পর রাজীব ছেড়ে চলে গেল ওদের। বোন্টুকে সামলানো অসম্ভব হয়ে উঠেছিল পলাশের কাছে। কিন্তু সময় বোধ হয় ক্রমে ক্রমে সব দুঃখের অনুভূতিকেই ভোঁতা করে দেয়।

রাজীবের মৃত্যুর খবর পেয়ে বোন্টুর কলেজের এক বান্ধবী সুমনা ওর সাথে দেখা করতে আসে। কলেজে বোন্টু রাজীব আর সুমনা খুব প্রিয় বন্ধু ছিল একে অপরের। সুমনা পড়াশোনায় ভালো ছিল। ফিজিক্সে পোস্ট গ্রাজুয়েশনের পর স্লেট পরীক্ষা দিয়ে খুব সহজেই একটা স্কুলে চাকরী পেয়ে গিয়েছিল সুমনা। বেশ ভালো বিয়ে হয়েছিল ওর একজন ডাক্তারের সাথে, বিয়ের দুবছরের মধ্যেই একটা ফুটফুটে ছেলের মাও হয়ে গেছিল সুমনা। রাজীব চলে যাবার পর বোন্টুর মানসিক বিধ্বস্ত অবস্থা দেখে সুমনা ছুটির দিনগুলোতে প্রায়ই ওর বাচ্চাটাকে নিয়ে এসে বোন্টুর সাথে কিছুক্ষন সময় কাটিয়ে যেত। ওদের সান্নিধ্য পেয়ে, বিশেষত সুমনার ছোট্টো ছেলেটাকে কাছে পেয়ে ধীরে ধীরে মানসিক সুস্থতা ফিরে পাচ্ছিল বোন্টু।

সুমনা নিজের ছেলেকে ওর নতুন পাওয়া মাসীর সাথে দিব্যি খেলায় মেতে থাকতে দেখে হঠাৎ একদিন একটা প্রস্তাব দিল। সুমনা

বোন্টুকে ওর ছেলের সারাদিনের দায়িত্ব নেবার জন্য অনুরোধ জানালো। কারন সুমনা এবং ওর ডাক্তার বরের, কারোরই ইচ্ছে ছিল না যে ওদের ছেলে কাজের লোকের কাছে মানুষ হোক। ওরা দুজনেই কাজে বেড়িয়ে যায়। তাই বাধ্য হয়েই এতদিন ছেলেকে দিনের বেশ কিছুটা সময় কাজের লোকের কাছেই রাখতে হচ্ছিল। ভালো পারিশ্রমিকের বিনিময়ে সুমনা ওদের অনুপস্থিতির সময়টুকু ওর ছেলের দেখাশোনার দায়িত্ব বোন্টুকে নিতে অনুরোধ জানালো। বোন্টুও একটা জীবন্ত মিষ্টি খেলনা পেয়ে খুব খুশী হল। সুমনা স্কুলে যাবার আগে ওর ছেলের খাবারদাবার জামাকাপড়সহ যাবতীয় প্রয়োজনীও জিনিস গুছিয়ে ব্যাগে ভরে বোন্টুর কাছে ছেলেকে ছেড়ে দিয়ে যেত। আবার স্কুল থেকে ফেরার পথে ছেলেকে নিয়ে বাড়ি যেত। পলাশও বোন্টুর জীবন আবার স্বাভাবিক ছন্দে ফিরছে দেখে স্বস্তির শ্বাস ফেলেছিল।

মাঝেমাঝে সুমনা বোন্টুকে সাথে নিয়ে কোথাও কোথাও বেড়াতেও যেত। পলাশ আপত্তি করেনি। মেয়েটা রোজ সারাদিন তো বাড়িতেই একলা কাটায়। যাক, একটু আনন্দ করুক। বেশ কয়েক বছর কেটে গেল এমনি করেই। সুমনার ছেলে টুবলাই,যার গালভরা পোশাকি নাম হল অগ্নিভ, দেখতে দেখতে পাঁচ বছরের হয়ে গেল। টুবলাইয়ের স্কুলে যাওয়া শুরু হতে বোন্টুর কাজ আর পারিশ্রমিক দুইই বাড়লো। সুমনা স্কুলে যাবার সময় টুবলাইকে একটা মন্টেসরী স্কুলে নামিয়ে দিয়ে যেত। দুঘন্টা পর বোন্টু ওকে স্কুল থেকে নিয়ে এসে নিজের কাছে রাখত।

কিছুদিন থেকে পলাশ লক্ষ্য করছিল বোন্টু যেন সারাদিন একটু বেশীই খুশী থাকে। বরাবর ছেলেমানুষী স্বভাবের বোন উচ্ছলতায় মেতে থাকতো ছোটোবেলা থেকেই। পলাশ তাই খুব বেশী আমল দেয়নি ওর আচরনের এই একটু ছোট্টো পরিবর্তনে। বরং কিছুদিন থেকে বোনের আবার বিয়ে দেবার কথাটাই ওর মাথায় ঘুরপাক

খাচ্ছিল। কিন্তু একেই বিধবা, তার মধ্যে আবার ওর বয়েসটাও ততদিনে বেশ খানিকটা বেড়ে গেছে। তাই ওর জন্য সঠিক পাত্র কোথায় পাবে সেটাই বুঝে উঠতে পারছিলনা পলাশ। ভাবছিল সুমনার সাথেই এ ব্যাপারে কথা বলবে। ওর আর ওর ডাক্তার বরের পরিচিতর সংখ্যা অনেক। ওরা যদি তেমন কোনো পাত্রের সন্ধান দিতে পারে। এমনিতে উচ্ছল উজ্জ্বল বোন্টুকে ওর বয়সের তুলনায় কমবয়সীই দেখায়। ইদানীং যেন দিনদিন আরও সুন্দরী হয়ে উঠছিল ও। মনের আনন্দ শরীরেও প্রভাব ফেলে,ভাবল পলাশ।

পলাশ নিজের বিয়ের কথা কোনো দিন ভাবেইনি। সত্যি বলতে কি বেশীরভাগ সময়ই মেয়েদের সাথে ওর খুব ভালো বন্ধুত্ব হয়ে যায়। কিন্তু তার বেশী কোনরকম সম্পর্কে এগোতেই পারেনা ও। মেয়েরাও যেন ওর মধ্যে এক সুন্দর দায়িত্বশীল বন্ধুকেই খুঁজে পায়। ওর সান্নিধ্যে ওরা কখনই অস্বাচ্ছন্দ্য অনুভব করে না। রিহার্সালের দিনগুলোতে ঘন্টার পর ঘন্টা পলাশের সামনেই ওরা নানারকম মেয়েলি রসিকতা করে হি হি করে হেসে গড়িয়ে পড়ে। পলাশকে ওরা ওদেরই মধ্যে একজন করে নিয়েছিল। বেশ কাটছিল দিনগুলো। সবাইকে কি আর বিয়ে করতেই হয়। ওরা দুই ভাইবোন না হয় বিয়ে না করেই হেসেখেলে জীবন কাটিয়ে দেবে। কিন্তু পলাশের ওপর বিধাতার মার যে আরও বাকি আছে তা জানতনা পলাশ।

মাস তিনেক আগের ঘটনা। একটা স্টেজ প্রোগ্রামের রিহার্সালে ছিল পলাশ। পরপর দুতিনবার ওর মোবাইল বেজে উঠেছিল। সাধারণত রিহার্সাল চলাকালীন পলাশ নিজের মোবাইল ভাইব্রেশন মোডে রাখে, আর খুব জরুরী ফোন না হলে রিসিভ করে না। কিন্তু বারবার ফোন আসায় বাধ্য হয়েই বাজানো থামিয়ে মোবাইল টা পকেট থেকে বের করে পলাশ দেখল সবকটাই সুমনার কল। একটু অবাক হল। এসময় তো সুমনার নিজের স্কুলে থাকার কথা। তাছাড়া বোন্টুকে

ফোন না করে পলাশ কে করেছে কেন? মনটা কেন যেন কু ডাকলো। বাকী সঙ্গীদের কিছুক্ষন রিহার্সাল বন্ধ রাখতে বলে বারান্দায় বেড়িয়ে এসে সুমনা কে ফোন করল পলাশ। একটা রিং যেতেই ফোন টা ধরল সুমনা এবং বেশ আশংকিত গলায় জানালো যে টুবলাইয়ের স্কুলের ছুটির সময় হঠাৎ সুমনা টুবলাইয়ের স্কুল থেকে ফোনে ডাক পেয়ে কোনরকমে স্কুলে পৌঁছে শোনে যে বোন্টু টুবলাইকে স্কুল থেকে আনতে গিয়ে স্কুলের গেটের কাছেই নাকি জ্ঞান হারিয়ে পড়ে গেছিল। কোনরকমে কয়েকজন মিলে ধরাধরি করে ওকে স্কুলের ভেতরে নিয়ে গিয়ে প্রাথমিক শুশ্রূষা করার পর যদিও ওর জ্ঞান ফিরেছে, কিন্তু ও নাকি তারপর থেকে বেশ কয়েকবার বমি করেছে এবং মোটেই সুস্থ অনুভব করছে না। খবরটা শুনেই চিন্তিত পলাশ ভেতরে গিয়ে ওদেরকে সব জানিয়ে টুবলাইয়ের স্কুলে কোনোমতে তাড়াহুড়ো করে গিয়ে পৌঁছেছিল। তারপর সুমনাকে ওর ছেলেকে নিয়ে বাড়ি যেতে বলে পলাশ বোন্টুকে নিয়ে হাসপাতালে গিয়েছিল। সুমনা বাড়ি যাবার আগে পলাশকে বলেছিল তেমন দরকার পড়লে যেন অবশ্যই ওকে খবর দেওয়া হয়।

হাসপাতালে নিয়ে যাবার পর ডাক্তার বোন্টুকে চেকআপ করে যা বলেছিলেন তা শুনে পলাশেরই অজ্ঞান হয়ে পড়ে যাবার মত অবস্থা হয়েছিল। বোন্টু নাকি দুমাসের অন্তঃসত্ত্বা এবং এসময় এত রোদে বেড়িয়ে হঠাৎ মাথা ঘুরে যাওয়া বা বমি করা টা কোনো অস্বাভাবিক ব্যাপার নয়। ডাক্তারের কাছ থেকে প্রয়োজনীও ওষুধপত্র বুঝে নিয়ে একটা ট্যাক্সি নিয়ে বোন্টুকে বাড়ি নিয়ে আসা পর্যন্ত বোন্টুকে একটা কথাও জিজ্ঞাসা করেনি পলাশ। বাড়ি ফেরার পর বোন্টু ফ্রেশ হয়ে একটু সুস্থ হয়ে বসার পর শুধু বলেছিল, "তুই এখন আর ছোট্টো বাচ্চা মেয়ে নেই। আশাকরি যা করছিস সব বুঝে দায়িত্ব নিয়েই করছিস। শুধু জিজ্ঞাসা করব যে ভদ্রলোকটি কে, এবং কবে বিয়ে করার

পরিকল্পনা তোদের? " এই কটা কথা শুনেই আকুল কান্নায় ভেঙে পড়েছিল বোন্টু, কিন্তু পলাশের প্রশ্নের উত্তর দেয়নি। বোন্টুকে ওভাবে কাঁদতে দেখেই পলাশ বুঝে গিয়েছিল ব্যাপারটা খুব একটা সোজা নয়। পলাশ যতদূর জানে বোন্টুর বাড়ির বাইরে কোথাও যাওয়া মানে সুমনাদের সাথেই যাওয়া। আর কোনো বন্ধুর সাথে এখন আর তেমন কোনো ঘনিষ্ঠতা নেই বোন্টুর, পাড়ার কিছু পরিচিত মেয়েদের সঙ্গে ছাড়া। তাদের মধ্যেও প্রায় সবারই বিয়ে হয়ে যাওয়ায় উৎসব অনুষ্ঠান ছাড়া পাড়ায় দেখা যায়না।

কিছুতেই বোন্টুর মুখ না খোলাতে পারায় শেষপর্যন্ত তাই সুমনাকেই সব কিছু খুলে বলতে বাধ্য হয়েছিল পলাশ। সুমনাও সব কিছু শুনে খুব অবাক ও চিন্তিত হয়েছিল। বলেছিল দু'তিনবার সুমনার স্বামীর কিছু ডাক্তার বন্ধুদেরই ঘরোয়া পার্টিতে বোন্টুকে নিয়ে গিয়েছিল সুমনা। তবে একথাও আজ পলাশকে প্রথম জানালো সুমনা যে যখন পলাশ তার মিউজিক ট্রুপ নিয়ে কলকাতার বাইরে প্রোগ্রাম করতে যেত তখন বেশ কয়েকবারই বোন্টু সুমনার কাছে ছুটি চেয়ে নিত কখনও পাড়ার বন্ধুদের সাথে পিকনিক বা কখনও স্কুলের বন্ধুদের সাথে বেড়াতে যাবার নাম করে। বোন্টুর সঙ্গে সুমনাদের বন্ধু গ্রুপে কারোর সঙ্গে বেশী ঘনিষ্ঠতা হয়েছিল কিনা সুমনাকেই সে ব্যাপারে খোঁজ নেবার অনুরোধ জানিয়েছিল পলাশ। সুমনা সেই মহান ব্যক্তিটিকে চিনিয়ে দিতে অবশ্য বেশী সময় নেয়নি। কিন্তু মুশকিল হল লোকটি বিবাহিত এবং বোন্টুর কাছ থেকে শেষপর্যন্ত জানা গেল যে সেই লোকটি কোনোভাবেই বোন্টুকে বিয়ে করতে রাজী নয়। পলাশ বুঝেই উঠতে পারছিলনা ওর কি করা উচিত।

বোন্টু এ্যাডাল্ট, যা করেছে তার দায় হয়তো ওরই, ভাবলো পলাশ। কিন্তু একটি মেয়ের ইমোশন নিয়ে খেলা করে সব দায়দায়িত্ব ঝেড়ে ফেলা মানুষটাকেও কিছুতেই ক্ষমা করতে পারছিলনা ও। এরই

মধ্যে কিভাবে কে জানে একগাদা ঘুমের ওষুধ জোগাড় করে তাই খেয়ে নিজেকে শেষ করার চেষ্টা করেছিল বোন্টু, আর তার ফলস্বরূপ না জন্মানো সন্তানটিকে হারিয়ে মানসিক বিকারগ্রস্ত হয়ে পড়েছিল ও। পলাশ নিজের মস্তিষ্কে যেন এত কিছু আর নিতে পারছিল না। পৃথিবীর সবার ওপর প্রচণ্ড রাগে যেন নিজেই পুড়ে ঝলসে যাচ্ছিল। সবকিছু ভেঙে গুঁড়িয়ে দিতে ইচ্ছে করত ওর। ঈশ্বর কি ওকে কোনোদিন এতটুকুও শান্তিতে থাকতে দেবেন না! কারোর কোনো ক্ষতি তো করেনি পলাশ, তবে বারবার নিয়তির হাতে ওকেই মার খেতে হবে কেন? আর যারা সত্যিই অপরাধী, পাপী, তারা সমাজের উচ্চশ্রেণীভুক্ত বলে পাপ লুকিয়ে মাথা উঁচু করে সমাজে ঘুরে বেড়াবে? এমনটা কিছুতেই হবে না।

ভাবল সে নিজেই একবার দেখা করবে লোকটির সাথে। কিন্তু পরক্ষনেই বুঝল যে কোনো লাভ হবে না তাতে। বরং অন্য কোনো ব্যবস্থা নিতে হবে।

দিন কাটতে লাগলো, পলাশের কাজকর্ম সব মাথায় উঠেছে। কি যেন ভাবে সবসময়। মাঝে মাঝে উদভ্রান্তের মত কোথায় কোথায় যেন চলে যায়। বোন্টু প্রায় পুরো পাগল, আর পলাশকেও এখন হাফ পাগল বলা যায়।

সুমনা প্রচণ্ড অপরাধবোধে ভুগছে ওদের ভাইবোনেদের সরল সাদাসিধে জীবনটার এত জটিল হয়ে ওঠায় পরোক্ষভাবে জড়িয়ে যাবার জন্য। বোন্টুর এই অবস্থার জন্য প্রাথমিক ভাবে যে ওই খানিকটা দায়ী সে কথা কি করে ভুলবে সুমনা? এরই মধ্যে এল সেই চরম দিন। পাড়ারই একটি অর্ধ নির্মিত পাঁচতলা ফ্ল্যাট বাড়ীর ছাদ থেকে মৃত্যুঝাঁপ দিয়ে শেষ করল বোন্টু তার জীবনের নাতিদীর্ঘ অধ্যায়।

পলাশ কে কেউ কাঁদতে দেখল না। পাথরের মত মুখ নিয়ে যা যা করনীয় সবই করল। আর কি আশ্চর্য! হঠাৎই ভীষন রকম শান্ত হয়ে নিজের সুরের জগতে আবার ডুবে গেল। শুধু রাতে যে পলাশ প্রায়ই ঘুমোতো না তা জানতে পারতো ওদের বাড়ির আসেপাশের কিছু বাড়ির লোকজন। ভোররাত পর্যন্ত পলাশের বাড়ি থেকে ঝড়ের মত পিয়ানোর সুরের মূর্ছনা শোনা যেত

(১৪)

আজ সকাল থেকেই কেমন উথালপাথাল হাওয়া ছুটেছে। হাওয়ার গতি কোনো একটা বিশেষ দিক ধরে নয়, এলোপাতাড়ি সব দিক থেকে যেন সব দিকেই বইছে। দুপুর থেকে কখনও মেঘ ঘনিয়ে আকাশ কালো হয়ে উঠছে। আবার কিছুক্ষনের মধ্যেই হাওয়ার দাপটে মেঘ উড়ে সূর্য হেসে উঠছে। বেশ লাগছে সূর্য বাবুর এই মেঘকন্যার সাথে লুকোচুরির খেলাটা। আজ রবিবার,সম্রাট আজ বাড়িতে। সকালে সুলগ্নাকে ফোন করে কিছু একটা প্রোগ্রাম বানানোর চেষ্টায় ছিল সম্রাট। কিন্তু বিধি বাম। সুলগ্না আজ ওর দাদুর সাথে গেছে বারাসাতের কোন এক অনাথআশ্রমে তাদের সাথে সারাদিন কাটাবে বলে।

সম্রাট বাইরে বেরোবে ভেবেও বেড়ালো না। অনেকদিন পর বাড়ির ছাদে এসে কার্নিশ ধরে দাঁড়িয়ে দূর পর্যন্ত দেখতে খুব ভালো লাগছে। সম্রাটদের বাড়ির পেছন দিকে একটা বেশ বড় খেলার মাঠ আছে। প্রায়ই সেখানে পাড়ার ছেলেদের ফুটবল ক্রিকেটের টুর্নামেন্ট হয়। ছোটোবেলা থেকে ক্লাস এইট নাইন পর্যন্ত সম্রাটও অনেক খেলেছে এই মাঠে। তারপর পড়াশোনার চাপে খেলাধুলা ছাড়তে হয়েছিল অনেকটাই।

সম্রাটের দৃষ্টি ছড়াতে থাকলো কাছে দূরে অনেকটা জায়গা জুড়ে। মাঠের ওপারে তাল আর নারকোল গাছের পাতাগুলো হাওয়ার দাপটে উত্তাল দুলছে। শিরিষ গাছটা থেকে সমানে শুকনো পাতা উড়ে এসে পড়ছে মাঠের সবুজ ঘাসের ওপর। সম্রাট যেন চোখ ফেরাতে পারছিলনা। রোজকার দেখা খুব সাধারণ পরিচিত দৃশ্যগুলোও হঠাৎ

কোনো কোনো দিন কেমন যেন নতুন সাজে সেজে ওঠে। নাকি আমাদেরই চোখের দৃষ্টি পালটে যায় একেকদিন। রোজকার কাজের ভিড়ে দৌড়ে চলার সময় আমরা বোধহয় আমাদের চারপাশের দৃশ্যগুলোর দিকে তেমন গভীরতা নিয়ে দেখার মত করে দেখিনা। তাই তাদের সৌন্দর্যের বৈশিষ্ট্যও আমাদের চোখে তেমন করে ধরা দেয়না। ভাবল সম্রাট। মনটা ভীষন ভালো হয়ে উঠছিল। কিছুক্ষনের জন্য জীবনের সব সমস্যা, সব চিন্তার কথা ভুলে গেল সম্রাট। ঝোড়ো হাওয়া যেন ওর মন থেকে সব দুশ্চিন্তার পরতগুলো উড়িয়ে নিয়ে বাইরে দূরে কোথাও ফেলে দিয়ে আসছিল। ওদের বাড়ি আর মাঠের মাঝখান দিয়ে একটা সরু রাস্তা মাঠ বরাবর গিয়ে ডান দিকে আর বাঁ দিকে বেঁকে গেছে একটা টি এর আকার সৃষ্টি করে। ওই রাস্তাটা ধরে একটা শিল কোটাইয়ের লোক হাঁক দিতে দিতে চলে গেল। খানিকটা পরে একজন ধুনুরি তার তুলো পেঁজার যন্ত্রটায় পিড়িং পিড়িং আওয়াজ তুলতে তুলতে রাস্তা পেরিয়ে চলে গেল ডানদিকে। ওকে আর হাঁক দিয়ে কিছু জানান দিতে হয়না। ওর যন্ত্রের আওয়াজেই সবাই বুঝে যায় ওর অস্তিত্ব। এখনও কোনো কোনো বাড়িতে শিলনোড়া ব্যবহৃত হয় নিশ্চয়ই মশলা পেষার জন্য। বা পুরোনো তোষক বালিশের তুলো বের করে ধুনে আবার নতুন তোষক বালিশ তৈরী করা হয় বোধহয়। তাই দুপুর বেলা কিছু কাজ পাবার আশায় এই সব মানুষগুলো এখনও নানান পাড়ার নানান গলিতে ঘুরে বেড়ায়। মাঠের কোন একটা কোন থেকে একটা কুবো পাখি কুব কুব করে ডেকে উঠছিল মাঝে মাঝে। দুপুরের নির্জনতায় এই সব আওয়াজ মিশে একটা অদ্ভুত মাদকতাময় পরিবেশ সৃষ্টি হয়েছিল।

গান গাইতে ইচ্ছে করছিল সম্রাটের, বেশ গলা ছেড়ে। কিন্তু খোলা ছাদে দাঁড়িয়ে অমনভাবে গান গেয়ে কারোর দৃষ্টি আকর্ষণ করার কোনো মানে নেই। তাছাড়া দুপুরের এই মিঠে নির্জনতা ভঙ্গ করতেও

মন চাইলনা। গুনগুন করে গান ধরল সম্রাট, ঠিক গান নয়, কখনও এই সুর, কখনও ওই সুর,সুর থেকে সুরান্তরে ভেসে চলল সম্রাটের মন হাওয়ার সাথে পাল্লা দিয়ে।

হঠাৎ পিঠে কারোর হাতের ছোঁয়া পেয়ে চমকে পেছন ফিরে তাকিয়ে সম্রাট দেখল দীপিকা কখন নিঃশব্দে ওর পেছনে এসে দাঁড়িয়েছেন। দীপিকা বললেন, "বেশ তো গাইছিলি, থামলি কেন? " সম্রাট বলল,

"তুমি কখন এলে মা? টের পাইনিতো! রবিবারের দুপুরগুলোয় তুমি তো একটু ঘুমাও, আজ দুপুরে ঘুমাওনি?" দীপিকা বললেন, "এমন দিন কেউ ঘুমিয়ে নষ্ট করে নাকি? কিন্তু তুই আজ বাড়িতে একলা যে বড়? সুলগ্নার সাথে কোথাও যাবার প্ল্যান নেই আজ?" সম্রাট এবার দীপিকাকে জড়িয়ে ধরে বলল, "নাহ্, আজ শুধু তোমার সাথে সময় কাটাব। কত কত বছর তোমাকে কাছে পাবার অপেক্ষায় দিন কেটে গেছে আমার। তুমি কাছে থেকেও কত দূরে ছিলে। কেন অমন করে দূরে সরে ছিলে মা?"

- " বড্ডো বোকা ছিলাম রে আমি সমু। একটা পাথরের মূর্তিকে নিজের জীবনদেবতা ভেবে তার পায়ে মাথা কুটে আমার জীবনের সেরা সময়টা কে আমি নষ্ট করে ফেলেছি। আর তা করতে গিয়ে সবচেয়ে বেশী অন্যায় করেছি আমি তোর সাথে সমু। এর জন্য আমি নিজেকে কোনোদিন ক্ষমা করতে পারবনা।" বলতে বলতে দীপিকার গলা ধরে এল কান্নায়। সম্রাট হঠাৎ হেসে উঠে বলল, "যাক যা গেছে তা যাক। চলো আমরা এখন সেই সব ফেলে আসা নষ্ট হয়ে যাওয়া দিনগুলোকে আবার নতুন করে সাজিয়ে নিয়ে বাঁচি। " দীপিকাও ম্লান হেসে বললেন, "ঠিক বলেছিস রে, যা কোনোদিনই আমার ছিল না তাকে নিজের ভেবে

হারানোর শোকে কেঁদেছি, অভিমান করেছি। যা পেলামই না তা হারানো যায় না, সেটাই বুঝতে পারিনি। "

- " কেঁদেছো , অভিমান করেছ, নিজেকে কষ্ট দিয়েছ, কিন্তু কোনোদিন প্রতিবাদ করোনি কেন মা? কেন কোনোদিন কোনো কিছুর জন্য জোর খাটাওনি? " সম্রাট গলায় রাগ নিয়ে বলল।

- " ওরে, ভালোবাসা কি প্রতিবাদ জানিয়ে, জোর খাটিয়ে পাওয়া যায়! ও যে পায়, সে এমনিই পায়। ভালোবাসা অমূল্য রতন। সবার সে রত্ন পাওয়ার ভাগ্য থাকেনা। আবার অনেক অভাগা ভালোবাসার সেই পরশমণি হাতে পেয়েও অজান্তে অবহেলায় ছুঁড়ে ফেলে দেয় শুধুমাত্র খোঁজার নেশায়। এ নেশার কোনো শেষ নেই। এ নেশা মরীচিকার মত মানুষকে দূর দূরান্তে কেবল ছুটিয়ে মারে ততক্ষণ পর্যন্ত যতক্ষণ না ছুটতে ছুটতে মানুষ শ্রান্ত ক্লান্ত হয়ে মুখ থুবড়ে পড়ে শেষ হয়ে যায়।" দীপিকা দূরের দিকে তাকিয়ে উদাস স্বরে বলল।

সম্রাট দীপিকার দুটো হাত নিজের হাতে নিয়ে হাসতে হাসতে হঠাৎ দীপিকাকে কয়েক পাক ঘুরিয়ে দিয়ে বলল, "সে যার যা খোঁজার খুঁজুক গিয়ে, যেখানে খুশি যাকগে। তুমি আর আমি শুধু থাকব এখানেই ,একসাথে, এমনই আনন্দ করে। "

- " ও তাই বুঝি! আর সুলগ্নার সাথে যে কোথায় যাবার প্ল্যান হচ্ছিল তোর, দার্জিলিং না সিমলা ,কোথায় যেন, তার কি হবে? " গলায় মজার সুর এনে বলল দীপিকা।

- " বাঃ! সে আমরা গেলে তো তুমিও যাবে মা আমাদের সাথে, কাকীমাও যাবেন। তোমাদের ছেড়ে যাব বুঝি? তবে আমি ভাবছিলাম এই গরমে ওসব ঠান্ডার জায়গা থেকে ঘুরে এসে কলকাতার গরমটা আরও বেশী অসহ্য লাগবে হয়তো। তার চেয়ে বরং দূর্গাপুজোর পরে

গেলে হত না? অস্মিতদাও ততদিনে দিল্লী থেকে ফিরে আমাদের সঙ্গী হতে পারতো। মজাটা আরও বেশী হবে তাহলে মা।" বলল সম্রাট।

- " সে তো তুই তোর মত করে ভাবলি। সুলগ্নাদের বাড়ির সবার মতামত জানাও তো দরকার। মধুরা তো বেড়াতে যাবার নামে আনন্দে ভাসছে একেবারে। " দীপিকা হেসে বললেন। সম্রাট বলল, " আচ্ছা আমি কথা বলে নেব। তেমন হলে না হয় আপাততঃ কাছাকাছি কোথাও যাওয়া যেতে পারে। " সম্রাটের কথা শেষ হবার আগেই হঠাৎ বেশ বড় বড় ফোঁটায় চড়বড়িয়ে বৃষ্টি নামল। সম্রাট দু হাত দুদিকে ছড়িয়ে আকাশের দিকে মুখ বাড়িয়ে বৃষ্টি মাখতে লাগল সারা শরীরে। দীপিকা বললেন, " আর বৃষ্টির জল গায়ে মেখে কাজ নেই। ওই বৃষ্টির জলের সাথে চারপাশের যত দূষণ তোর গায়ে এসে জড়াচ্ছে। চল নীচে যাই। " সম্রাট থমকে দাঁড়িয়ে বলল, " মা তুমি বড্ডো আনরোমান্টিক! তবে তোমার কথাটা নেহাত ফেলনা নয়। যাই বাবা নীচে গিয়ে একবার স্নান করে নিই। "

দুজনেই নীচে নেমে এসে দেখল সাবু চায়ের জল চড়িয়েছে। সম্রাট বাথরুমে ঢোকার আগে চেঁচিয়ে বলল, " সাবুমাসী, চায়ের সাথে আজ কিন্তু গরম গরম পেঁয়াজ পকোড়া খাব। " সাবু হেসে বলল, " হুম্‌ , তোমার তো বাড়িতে থাকলেই সারাদিন খালি খাই খাই। " দীপিকাও স্নান সারতে নিজের বাথরুমে ঢুকলেন।

হাসপাতালে ঢোকার মুখেই ডাঃ ভাদুড়ির সাথে দেখা হয়ে গেল প্রসূনের। ডাঃ ভাদুড়ির সাথে একজন মহিলা ঘাড় নেড়ে কথা বলতে বলতে আসছিলেন। খুব সুন্দরী হয়তো বলা যাবেনা, তবে খুবই এ্যাট্রাকটিভ চেহারা। ব্লু জিনস এর ওপর সাদা কটন সার্ট পরিহিতা বেশ লম্বা ফর্সা এবং স্লিম মহিলাটির বয়স এক নজরে দেখলে চল্লিশের বেশী মনে হয়না। ডাঃ ভাদুড়ি খুব মনোযোগ দিয়ে মহিলাটির সাথে কিছু কথা বলতে বলতে বেড়িয়ে যাচ্ছিলেন। মনে হল যেন প্রসূনকে দেখতেই পাননি। প্রসূন একটু জোরেই ডাক দিলেন, " আরে নির্মল, তুমি কি বেড়িয়ে যাচ্ছ নাকি? তোমার সাথে আমার খুব জরুরী দরকার আছে আজ। " ডাঃ ভাদুড়ি চমকে দাঁড়ালেন। তারপর যেন এইমাত্র প্রসূনকে দেখলেন এমন ভাব করে বললেন, "ওহ্ স্যার আপনি? না না আমি কোথাও যাচ্ছিনা। এই জাস্ট ওনাকে গাড়ি পর্যন্ত এগিয়ে দিয়ে আসছি।"বলেই আর না দাঁড়িয়ে এগিয়ে গেলেন। প্রসূন ঠোঁটের কোনে হাসলেন, ...হুঁ, গাড়ি পর্যন্ত এগিয়ে দিচ্ছে! শাঁসালো পেশেন্ট মনে হচ্ছে! ....

প্রসূন চেম্বারে ঢুকে বসার খানিকটা পরেই ডাঃ ভাদুড়ি এসে ঢুকলেন। রুমাল দিয়ে মুখটা একটু মুছে নিয়ে বললেন, " হ্যাঁ, বলুন স্যার, কি যেন জরুরী দরকার আছে বলছিলেন। "

প্রসূন হেসে বললেন, "হ্যাঁ, তা তো বোলবোই। তার আগে তুমি বল যাকে এক্ষুনি গাড়িতে তুলে দিয়ে এলে সে কি শুধুই পেশেন্ট? না কি আরও বেশী কিছু? " ডাঃ ভাদুড়ি বিব্রত মুখে বললেন, " কি যে

বলেন স্যার! আমার কি আর আপনার মত ক্যারিশমা আছে! মানালি আমার দূর সম্পর্কের শ্যালিকা। মুম্বাইয়ে থাকে। ফ্যাশন ডিজাইনার। ওর হাজব্যান্ডের কিছুদিন আগে একটা মাইল্ড হার্ট এ্যাটাক হয়েছিল। মুম্বাইয়ে ডাক্তার দেখছেন। মানালি কোলকাতায় কোনো ফ্যাশন শো তে পার্টিসিপেট করতে এসেছে। এক ফাঁকে আমার কাছে এসেছিল ওর হাজব্যান্ডের ব্যাপারে একটা সেকেন্ড ওপিনিয়ন নেওয়ার জন্য। "

প্রসূন হেসে বললেন, " তা বেশ বেশ। শ্যালিকা। খুব মধুর সম্পর্ক। আর আমার কপাল টা দেখো! কাছের দূরের ,কোন সম্পর্কেই কোন শ্যালিকা নেই। শ্যালিকাবিহীন জীবনটাই বৃথা। তা কদিন থাকবেন উনি কলকাতায়? আমাদের নেক্সট গ্যাদারিংয়ে নিয়ে এসো। আলাপ করা যাবে।" ডাঃ ভাদুড়ি নিংশব্দে দাঁত দাঁত ঘষলেন। মনে মনে বললেন - 'তোমার কাছে তো মা বোন আর বউ ছাড়া বোধহয় সব মহিলাই শ্যালিকা। চিলের দৃষ্টি একেবারে।' মুখে বললেন,

" হ্যাঁ, থাকবে বোধহয় আর কিছুদিন, তবে ও তো নিজের কাজ নিয়েই কলকাতায় এসেছে, ব্যস্ত থাকবে খুব।"

- " মানে আলাপ করিয়ে দিতে চাইছ না, তাইতো?" একটু বিদ্রুপের হাসি হাসলেন প্রসূন।

-" ছি ছি! এ কি কথা বলছেন স্যার। সে না হয় আলাপ করানো যাবে। কিন্তু স্যার আপনার জরুরী কথাটা? আমারও অবশ্য একটা জরুরী কথা আছে আপনার সাথে। তবে আগে আপনার কথাটাই শুনি।" বললেন ডাঃ ভাদুড়ি। প্রসূন একটু চিন্তিত মুখে বললেন, " তোমাকে তো বেশ অনেকদিন আগেই বলেছিলাম যে আমার একজন প্রাইভেট ডিটেকটিভের সাথে কথা বলা খুবই প্রয়োজন। খোঁজ করেছিলে? "

নির্মল লজ্জা পেয়ে বললেন, "হ্যাঁ স্যার, একজনের খোঁজে পেয়েছি। আপনাকে বলব বলব করে আর বলা হয়ে ওঠেনি। আপনি যেদিন

বলবেন স্যার নিয়ে যাব আপনাকে। আর যদি আপনি একা যেতে চান, আপনাকে এ্যাড্রেস দিয়ে দিতে পারি।" প্রসূন বললেন, "এ্যাড্রেসটাই দিও। আমি সুযোগ মত চলে যাব। আর তোমার কি জরুরী কথা আছে বলছিলে ? "

নির্মল মাথা চুলকে বললেন, " স্যার দিল্লী তে সামনের মাসে যে মেডিক্যাল কনফারেন্স টা হবে তাতে যদি স্যার আমার নাম টা একটু নমিনেট করতেন। " প্রসূন একটু গম্ভীর হয়ে বললেন, " সে তো বেশ কিছু নাম জমা পড়েছে। এখনও সর্ট লিস্টেড হয়নি। দেখা যাক। " নির্মল একটা প্যাডের ওপর ডিটেকটিভের নাম ঠিকানা লিখতে লিখতে বললেন, "স্যার আমার কথাটা একটু মাথায় রাখবেন। " প্রসূনের চেম্বার থেকে বেড়িয়েই নির্মলের মুখ থেকে অস্ফুটে একটা গালাগাল বেড়ালো। 'এই শালা থাকতে থাকতে এই হাসপাতালে আমার আর কোনো প্রমোশন হবে না। লোকটা নিজেরটুকু ছাড়া আর কিছু ভাবতে পারেনা।...'

নিজের চেম্বারে ঢুকে চেয়ারে বসতে বসতে নির্মল ভাবছিলেন, কি এমন ঘটনা ঘটেছে ডাঃ মিত্রর জীবনে যে একেবারে প্রাইভেট ডিটেকটিভের দরকার পড়ল? তবে এটাও তো সত্যি একের পর এক মহিলাদের সঙ্গে সম্পর্ক গড়া আর ভাঙার খেলায় অনেক শত্রুই তৈরি করেছেন উনি। সকলের সহ্যশক্তি তো সমান হয় না। কোনো মহিলার দিকেই উনি সহজ দৃষ্টিতে তাকাতে পারেন না বোধহয়। তবে মানালীর দিকে হাত বাড়ালে নির্মলও ছেড়ে কথা বলবেনা। ডাঃ মিত্রর কাছে শ্যালিকা পরিচয় দিলেও আসলে মানালী নির্মলের বান্ধবী। ফেসবুকের মাধ্যমে আলাপ হলেও বেশ কয়েকবার মানালীর ব্যবসার কাজে কলকাতায় আসার সূত্রে নির্মলের সঙ্গে সম্পর্কের ঘনিষ্ঠতা অনেকটাই বেড়েছে। আজ কোন কুক্ষনে যে ডাঃ মিত্রর সামনাসামনি হয়ে গেল মানালী! এখন ওর সাথে আলাপ করিয়ে দেবার জন্য মাথা চেবাবেন

ডাঃ মিত্র। যাক গে বলে দিলেই হবে যে কাজ শেষ হয়ে গেছে তাই আগেই ফিরে গেছে মানালী। ওটির সময় হয়ে গেছে, তাই চিন্তা দূরে সরিয়ে ওটির জন্য প্রস্তুত হতে লাগলেন নির্মল।

(১৬)

দ্রুত পা চালিয়ে প্রায় ছোটার মত করেই হাঁটা লাগিয়েছিল বাড়ির দিকে সাবু। আজ একগাদা দেরী হয়ে গেছে। বড়লোকেদের ব্যাপারস্যাপারই আজগুবে। আগে তাও সারাদিন দিদি বাড়িতে থাকত, সে যেমন তেমন ভাবেই থাকুক না কেন। মেজাজ মর্জি ঠিক থাকলে ঘর সংসারের কাজের ব্যাপারে বা দুপুরে রাতে কি রান্না হবে না হবে তাও কিছু কিছু বলত। এখন তো ও বাড়ির কে যে কখন আসে কখন যায় কখন থাকে কখন খায় কি খায় কিছুই বুঝতে পারে না সাবু। মাঝেমাঝেই ফ্রিজ থেকে এতগুলো করে রান্নাকরা পুরোনো খাবার বের করে ফেলে দিতে হয় সাবুকে।

হাঁটতে হাঁটতেই গজগজ করতে থাকে সাবু, "খাবেই না যদি তো সাবুকে গতর খাটিয়ে এত এত রান্না করতে না বললেই পারো বাপু। কত গরীব মানুষগুনো না খেতে পেয়ে পেটের জ্বালায় ছটপটিয়ে মরতেছে। আর এদের নষ্ট করার বহর দেখলে মাতায় আগুন জ্বলে যায় এক্কেরে। সাবুর যেন লোহার গতর। সারাদিন ধরে পরের বাড়ি খেটে খেটে জেবন গেল। নাতিনাতনিগুলানও ভালো করে ঠাকমাবুড়ির যত্নআত্তি পায়নিকো। নাঃ এবার সাফ কতা কইবে সাবু। তোমাদের যদি ঠিকমতো গেরস্তালি করার ইচ্ছা থাকে তো সাবু থাকবে, নাইলে বিদিই নেবে। এত বচ্ছরকার পুরানো লোক তো কি? সাবুর কি বয়েস বাড়তেছেনি? আর কদ্দিন পরের বাড়ির সব দায় ঘাড়ে নে এমনি ধারা গতর ঠেলবে সে? ....." হঠাৎ সামনে থেকে হনহনিয়ে হেঁটে আসা একটা লোকের সাথে বেমক্কা জোর ধাক্কা খেল সাবু। ছিটকে প্রায়

পড়েই যাচ্ছিল রাস্তায়। লোকটাই দু হাত দিয়ে ধরে ফেলতে কোনমতে সামলালো।

"চোকের মাতা খেয়েছ না কি? অন্দের মত রাস্তা চলতেছ , পড়ে হাড়গোড় ভাঙলে চিকিচ্ছের পয়সা কি তোমার বাপ দেবে? " মাথা গরম ছিল আগেই, ধাক্কা খেয়ে চিৎকার ছাড়ল সাবু। লোকটা কিন্তু কিছু না বলে দ্রুতপদে একটু এগিয়ে গিয়ে পাশের একটা আধো অন্ধকার গলিতে যেন মিলিয়ে গেল। "কি সব নোক দেকো দিকিন, বুড়ো মানুষটারে পেরায় মেরেই ফেলতিছিল, তাপ্পর কেমন কতাটি না কয়ে সরে পড়ল! আজকালকার ছেলেছোকড়াগুনোর এমনধারাই ব্যাভার। দেরীর পর আরো দেরী করি দিল গো! " আবার বিড়বিড় করতে করতে হাঁটা শুরু করতেই ডান পায়ের বুড়ো আঙুলের কাছে ব্যথা অনুভব করল সাবু। "আঙুলখান মচকে দে গেল রে বজ্জাত টা, যমের অরুচি যত সব আমার কপালেই জোটে গো! " ব্যাথায় কাতরাতে কাতরাতে কোনমতে বাড়ি পৌঁছেই বসে পড়ল সাবু। আঙুলটা বেশ ফুলে উঠেছে ততক্ষণে। সাবুর ছোটো ছেলের বৌটা এখনও বেশ ছেলেমানুষ। সব কিছুতেই কথায় কথায় ভয় পাওয়া তার স্বভাব। সাবুকে পা ধরে অমন করে বসে কাতরাতে দেখে সেও কাঁদো কাঁদো গলায় হাঁউমাউ করে উঠলো, " ও মা গো, কি হলো আপনের গো? " সাবু বিরক্ত হয়ে বলল, " দূউর বাপু! এখেনে বসে মরাকান্না না কেঁদে যাও দিকিন এট্টু চুনেহলুদে গরম করে এনে লাগাও পায়ে অখন। কাল চলতি না পারলে ও বাড়িতে হাঁড়ি চড়বেনিকো। আমার হয়েছে যত্ত জ্বালা।"

ছোটো বউ দৌড়ালো রান্নাঘরে চুনহলুদ গরম করতে। পাশের ঘর থেকে সাবুর বড় ছেলে বেড়িয়ে এসে সব শুনে বিরক্ত হয়ে বলল, " কতবার তো বলেছি, বয়েস হয়েছে, এখন বাবুর বাড়ির কাজ ছেড়ে বাড়িতে বসে বৌমাদের সেবাযত্ন খাও। তা সে কথা কানে নিলে তো! এখন ঠ্যালা সামলাও। হাড়গোর ভাঙলে তো চিত্তির। ডাক্তার ওষুধের

ফ্যাকরা। "সাবু রেগে উঠে বলল, " সে নিয়ে তোমায় চিন্তে করতে হবে না বাপ। ডাক্তার বদ্যি সে যা করতে হয় আমিই করব খন। তোমার লেকচার বন্দ করে বড়বৌমাকে বল একন সবাইকে রেতের খাবার দিতে।এই পা নিয়ে আমি আজ আর নড়তে পারবোনিকো।"

ওখানে বসেই খাওয়া সেরে সাবু তার ছোটবৌমার সাহায্য নিয়ে নিজের বিছানার কাছে এসে দেখলো ছোটো দুটো নাতি নাতনি সারা বিছানা জুড়ে অকাতরে ঘুমোচ্ছে। সাবু আদর করে সাবধানে বাচ্চাদুটোকে এক দিকে ঠেলে সরিয়ে বিছানার ধারে বসে সারাদিনের পরা কাপড় বদলে একটা পরিস্কার কাপড় পরতে গিয়ে সভয়ে কোমরে হাত দিয়ে দেখলো সর্বক্ষণ নিজের কোমরে ঝুলিয়ে রাখা ও বাড়ির চাবিটা তার কোমরে নেই। একবার ভাবল ও বাড়িতেই ফেলে এল নাকি! তারপরেই মনে হল রোজ ও বাড়িতে গিয়ে তালা খুলে ভেতরে ঢুকে চাবিটা পর মূহূর্তেই নিজের কোমরে ঝুলিয়ে নেয়। ওবাড়িতে ফেলে আসার প্রশ্নই নেই। তাহলে কি রাস্তায় ধাক্কা লাগার সময়ই চাবিটা কোমর থেকে খসে রাস্তায় পড়ে গেল? ভাবা মাত্রই ছেলেদের নাম ধরে চেঁচিয়ে ডাকাডাকি শুরু করে দিল সাবু। মেজ আর ছোটো ছেলে কাছাকাছি ছিল, দৌড়ে এল সাবুর ডাকাডাকিতে। একটু পরে বড়ও এসে ঢুকল। সেজো ছেলে সিকিউরিটি এজেন্সি তে কাজ করে। হাউজিং কমপ্লেক্সের সিকিউরিটি গার্ড হিসেবে মাঝে মাঝে ওর রাতে ডিউটি পড়ে। আজ সে বাড়িতে নেই। তিন ছেলের পেছন পেছন ভীত সন্ত্রস্ত ছোটো বউও ঘরে এসে ঢুকল। সাবু প্রায় কাঁদো কাঁদো গলায় বলল, "ও বাড়ির চাবি টা হারায় ফেলিচি রে বাপ। তোরা কেউ ওই রাস্তায় টর্চ টা নে যারে বাপধন। আমার চাবিটা খুঁজে এনে দে। নালে সব্বোনাশ হই যাবে গো। " বড় ছেলে রাগত গলায় বললো, " চাবিখান তো সব্বোসময় যকের ধনের মতো আগলে বয়ে বেড়াও। কেমনে হারালে শুনি! এখন এত রেতে কে যাবে রাস্তায় রাস্তায় তোমার বাবুর বাড়ির চাবি খুঁজতে?" শুনে সাবু প্রায় কেঁদেই ফেলল, " অমন কতা

বলিসনি বাপ। পরের বাড়ির চাবি, সে বড় দায়িত্বের বোঝা আমার ঘাড়ে। ও চাবি বেহাতে পড়লে সর্বনাশ হই যাবে। " বড় ছেলে পিঠ চুলকাতে চুলকাতে বলল, " সে ভোর ভোর গিয়ে খুঁজে আনা যাবে খন। এখন ঘুমাও দিকিনি। সকাল হতে না হতেই আমায় আবার কাজে যেতে হবে।" সাবু ভারী অসহায় দৃষ্টিতে সবার মুখের দিকে তাকিয়ে এবার নিজেই বিছানা ছেড়ে অতি কষ্টে উঠে দাঁড়ালো। বলল, " তোরা কেউ না গেলে আমাকেই খুঁজতি যেতে হবে গো।" এবার ছোটো ছেলে এগিয়ে এসে মাকে ধরে আবার বিছানায় বসিয়ে দিয়ে বলল, "ঢের হয়েছে, আর ওস্তাদি দেখাতে হবে না। আমি যাচ্ছি, ও চাবি আমার চেনা,লাল মোটা সুতাগাছায় বাঁধা তো? " সাবু হাতে চাঁদ পেল, বললো, "হ্যাঁ বাবা, একবারটি গিয়ে দেখে আয়, কোথা পড়ে গেল কে জানে! হে মা কালী, চাবিটা ফিরত পাইয়ে দাও গো, তোমার থানে গিয়ে পূজা দেই আসব গো। " দু হাত জোড় করে বারবার মাথায় ঠুকতে লাগলো সাবু। তা মা কালির কানে সাবুর করুন প্রার্থনা পৌঁছেছিল মনে হয়। কারন খানিকটা পরে ছোটো ছেলে বাড়ি ফিরে হাসতে হাসতে মায়ের হাতে চাবিটা দিয়ে বলেছিল, "নাও ধরো তোমার সম্পত্তি। রাস্তার ধারেই পড়েছিল। বেহাত হয়নিকো। এবার থেকে সামলে রাখবে। রাতদুপুরে আর দৌড় করিওনা এমন। এখন শান্তিতে ঘুমাও।" সাবুর ধরে যেন প্রাণ এল। ধীরে সুস্থে কাপড় বদলে মা কালীর উদ্দেশে কয়েক ডজন প্রণাম ঠুকে বিছানায় শুয়ে ঘুমের তোড়জোড় করল।

ঘুম টা চটকেই গেছিল সাবুর। মনের মধ্যে কত কথা ভীড় করে আসতে লাগলো। সাবুর স্বামী ছিল রঙের মিস্ত্রি। কাজের হাত তার ভালো ছিল, আর সারা দিন গাধার মত খাটতেও পারত। চারটে সন্তানকে নিয়ে খাওয়া পরার তেমন অভাব ছিল না সাবুর। ছেলেগুলিকে বাড়ির কাছেই বড় রাস্তার ওপর সরকারী স্কুলে ভর্তি করিয়ে এসেছিল নিজেই। পড়াশোনা শিখে বাবুদের বাড়ির ছেলেদের মত একদিন তার ছেলেরাও আপিসে চাকরী করবে এই স্বপ্ন দেখিত

সাবু। বড় টা ছিল ফাঁকিবাজ। পড়াশোনা পোষাতো না তার। কোনমতে ক্লাস সেভেন পর্যন্ত পড়ে স্কুল ছাড়ল সে। তারপর কাকে যেন ধরে করে ওয়েল্ডিংয়ের কাজ শিখেছিল বেশ কিছুদিন। তারপর এদিক ওদিক করে একটা গ্রীলের দোকানে চাকরীও জুটিয়ে নিয়েছিল। বাকি তিন ছেলেই মোটামুটি পড়াশোনা চালাচ্ছিল। এমন সময় সাবুর জীবনে এল সেই অভিশপ্ত দিন। একটা ফ্ল্যাট বাড়ির ওপরের তলার বাইরের দিকে রঙ করার সময় কিভাবে কে জানে দড়ি ছিঁড়ে সটান মাটিতে পড়ে সঙ্গে সঙ্গে মৃত্যু ঘটে তার স্বামী গোপালের। মাথায় আকাশ ভেঙে পড়েছিল সাবুর। কেঁদে শোক করারও সময় পায়নি সে। চারটে সন্তানের মুখের খাবার জোগাড়ের চিন্তায় তার চোখের জল শুকিয়ে গেছিল। পাড়ার লোকের উপদেশ শুনে গোপাল যেখানে কাজ করত সেখানে গিয়ে ক্ষতিপূরণের দাবী জানিয়েছিল সাবু। কিন্তু তারা সাবুর কোনো আবেদন নিবেদনেই কান দেয়নি। উল্টে বলেছিল যে গোপাল নাকি নিজের দোষেই অসাবধান হয়ে নিজের বিপদ ডেকেছে। নইলে এত লোক তো কাজ করে সেখানে, কারোর সাথে তো কোনোদিন এমন দুর্ঘটনা ঘটেনি। মুখ চুন করে ফিরে এসেছিল সাবু। তারপর শুরু হয়েছিল তার জীবনের লড়াই। পাঁচ ছ' বাড়ির তোলা কাজ ধরেছিল সে। এক বাড়িতে রান্নার কাজও করত। তবু তিন ছেলেকে লেখাপড়া ছাড়িয়ে কাজে ঢোকায়নি সে। তারপর হঠাৎ এই ডাক্তার বাবুর বাড়িতে ভালো মাইনেতে সারাদিনের কাজটা পেয়ে যাওয়াতে সাবুর কষ্টের দিনের শেষ হল। ও বাড়িতে মাসের মাইনে ছাড়াও এটা ওটা নানান জিনিসই সে পেত। এখন তো ছোটো তিন ছেলেও মাধ্যমিক পাস করে এখানে ওখানে কাজ জুটিয়ে নিয়েছে। সাবুর সুখের দিন এসেছে। ছেলেদের বিয়ে থা দিয়েছে। নাতিনাতনির মুখ দেখেছে। কিন্তু ও বাড়ির কাজটা কিছুতেই ছাড়তে পারেনি। ওকে ছাড়া যে ও বাড়ির সংসারটাই অচল হয়ে যাবে, বোঝে সাবু। এত অকৃতজ্ঞ সে হয় কেমন করে?

রবিবার গুলোতে সাধারণত বেশ বেলা পর্যন্ত ঘুমোয় সুলগ্না। তবে আজ মোবাইলে এ্যালার্ম দিয়ে রেখেছিল সকাল সকাল উঠবে বলে। আগের রবিবার সম্রাট কে কিছু না জানিয়েই দাদুর সাথে সারাদিনের জন্য বারাসাতের একটা অনাথ আশ্রমে চলে গিয়েছিল সুলগ্না। প্রচণ্ড ক্ষেপে গেছিল সম্রাট। ও নাকি সুলগ্নার সাথে কোথায় একটা যাবার প্ল্যান করেছিল। ছেলেগুলোও কেমন অদ্ভুত হয়! আগের থেকে সুলগ্নাকে কিছুই বলেনি সম্রাট ওর প্ল্যানের ব্যাপারে। সুলগ্না কি অন্তর্যামী! সম্রাটের মনের ভেতরে রাখা সব প্ল্যান প্রোগ্রাম না বলতেই বুঝে নেবে! দুদিন রাগ করে বাবু কথাই বলেননি। শেষে সুলগ্নাকে প্রমিস করতে হয়েছিল পরের রবিবার সুলগ্নার সারাটা দিন শুধু সম্রাটের জন্য। আসলে দুঃস্থ মানুষদের পাশে দাঁড়িয়ে ওদের জন্য কিছু কাজ করার সুযোগ পেলে সাধারণত সুলগ্না আর দ্বিতীয় কোন চিন্তা না করেই পা বাড়ায়। সম্রাট কে যে একবার ইনফর্ম করা উচিত ছিল এটা সেদিন ওর মাথায় আসেনি। ভালবাসার দাবী, সম্পর্কের দায়... মনে মনে হাসল সুলগ্না। ঘুম থেকে উঠেই সোজা বাথরুমে ঢুকল সুলগ্না। স্নান সেরে রেডি হয়ে থাকা ভালো। কখন কোথায় ডাক পড়বে কে জানে? চায়ের নেশা নেই সুলগ্নার। রোজ সকালেই স্নান সেরে রেডি হয়ে একেবারে হালকা লাঞ্চ করে কলেজে বেড়িয়ে যায় সুলগ্না। তবে ছুটির দিনগুলোতে মধুরা সুলগ্নাকে জোর করে ব্রেকফাস্ট খাইয়েই ছাড়েন। বাথরুম থেকেই শুনতে পেল সুলগ্না ওর মোবাইল বাজছে। টানা অনেকক্ষণ বাজার পর বন্ধ হবার সাথে সাথেই আবার রিং হতে লাগল। সম টা সত্যিই পাগল! তড়িঘড়ি চুল মুছতে মুছতে বাথরুম থেকে

বেড়িয়ে কল রিসিভ করতেই সম্রাটের হুকুম শুনলো, " উঃ! কি করছিলি?কোথায় ছিলি? এক্ষুনি বাইরে আয়। "

-" বাইরে মানে? " অবাক হয়ে জিজ্ঞাসা করল সুলগ্না।

-" আরে, বাইরে মানে তোদের বাড়ির বাইরে।" সম্রাটের গলায় অধৈর্যের সুর। এবার সত্যিই অবাক হল সুলগ্না। "আমাদের বাড়ির বাইরে! বাইরে গিয়ে কি করব? আই মীন... ওয়েট ওয়েট... ইউ মীন তুই আমাদের বাড়ির বাইরে দাঁড়িয়ে কথা বলছিস নাকি? "

-" ইয়েস ম্যাম! আর অনেকক্ষণ থেকে দাঁড়িয়ে আছি। প্লীজ জলদি আয়। "

- " আরে কি আশ্চর্য! দাঁড়িয়ে আছিস কেন? মানে ডোর বেল বাজাসনি কেন? "

- " না, তুই নিজে এসে দরজা খোল। "

- " মাই গুডনেস! তুই না একটা যা তা রে সম। দাঁড়া, আসছি আমি এক্ষুনি।" বলেই হুড়মুড়িয়ে গিয়ে দরজা খুললো সুলগ্না। কিন্তু কাউকেই দেখতে পেল না। কি ব্যাপার কিছুই বুঝতে না পেরে একটু ইতস্ততঃ করছিল সুলগ্না। আবার মোবাইল বেজে উঠল। সম্রাটের কল দেখে ফোন তুলেই রেগেমেগে কিছু একটা বলতে যাচ্ছিল সুলগ্না, তার আগেই সম্রাট বলল, "রাস্তার কর্নারে আয়।"

ফোন টা কানে নিয়েই একটু এদিক ওদিক তাকিয়ে সুলগ্না বলল, " তুই এগজ্যাক্টলি কি করতে চাইছিস বল তো!"

-" আরে আয় না " বলেই ফোনটা কেটে দিল সম্রাট। সুলগ্না বাড়ির ভেতরে ঢুকে বাইরের স্যান্ডেলটা পায়ে গলিয়ে কমলাকে দেখতে পেয়ে বলল, "কমলা, বাইরের দরজাটা একটু লাগিয়ে দিয়ে যাও। আমি একটু বাইরে যাচ্ছি।" বাড়ির সামনের রাস্তাটা একটু এগিয়ে যেখানে

ডানদিকে ঘুরে যাচ্ছে সেখানে পৌঁছে সুলগ্না দেখল কোনার বাড়িটার পাঁচিলের ধারে সম্রাট একটা বাইকের গায়ে হেলান দিয়ে দাঁড়িয়ে মিটিমিটি হাসছে। সুলগ্না অবাক হয়ে বলল, "একি! তুই হঠাৎ বাইক নিয়ে! কার এটা? ব্র্যান্ড নিউ মনে হচ্ছে তো! "

সম্রাট বাইকের চাবির রিং টা ডানহাতের তর্জনী তে ঘোরাতে ঘোরাতে হেসে বলল, "যার হাতে বাইকের চাবী, তারই নিশ্চয়ই। এটা মায়ের তরফ থেকে আমার জন্মদিনের গিফট। " সুলগ্না মুখে একটা হুইসিলের মত আওয়াজ করল, "ওয়াও! রিয়েলী! জন্মদিনের গিফট! আজ তোর জন্মদিন? এ মা! আগে বলিসনি তো! সেলিব্রেট করতাম তো! "

-" সেলিব্রেট করতেই তো এলাম। নে উঠে বোস বাইকে।" বলেই ওর হাত ধরে টানল সম্রাট।

-" মানেটা কি! আমি এই বাড়ির ড্রেসেই যাব নাকি! চুল টা পর্যন্ত আঁচড়াইনি এখনও। "

-" যেমন আছ তেমনি এসো, আর কোরোনা সাজ! তোকে দারুন দেখাচ্ছে ভেজা ভেজা চুল আর ভেজা ভেজা গালে। " সম্রাট মুগ্ধ চোখে ওর দিকে তাকিয়ে বলল। সুলগ্না লজ্জা পেলেও ঘাড় নেড়ে বলল, " এই না না, এই ভাবে আমি মোটেই কোথাও যাবনা। "

-" যাবি যাবি " বলেই সম্রাট বাঁ হাতে ওর কোমর জড়িয়ে ধরে একরকম জোর করেই ওকে পেছনের সীটে বসিয়ে দিয়ে বাইক স্টার্ট করে দিল। আচমকা ধাক্কায় সুলগ্না সম্রাটের পিঠের ওপর প্রায় হুমড়ি খেয়ে পড়ল। বাইক বেশ জোরেই চলতে শুরু করতে ও ভয় পেয়ে দুহাত দিয়ে সম্রাটের কোমর জড়িয়ে ধরে বলল, " তুই ঠিকমতো বাইক চালাতে পারিস? আমাকে রাস্তায় ফেলে দিবি না তো! একটু আস্তে চালা না রে।" সম্রাট আরও স্পীড বাড়ালো, হাওয়ায় সুলগ্নার ভেজা চুল উড়ে

এসে সম্রাটের মুখে ঝাপটা দিতে লাগলো। সম্রাট একটা গভীর শ্বাস টেনে বলল, "তোর চুলে কি মিষ্টি গন্ধ রে! তোর শরীরেও। " সুলগ্না সম্রাটের পিঠে গুম করে একটা কিল বসাল। তারপর মাথা আর গাল চেপে ধরল সম্রাটের পিঠে। সম্রাটের সারা শরীর এক অদ্ভুত আবেশে ঝনঝন করে উঠল। অস্ফুটে বলল,

"তোকে নিয়ে এমনি করে অনেক দূরে চলে যেতে ইচ্ছে করছে। " সম্বিত ফিরে পেয়ে সুলগ্না বেশ জোরে বলে উঠল, "মোটেই না, একদম না। এক্ষুনি আমাকে বাড়িতে ফিরিয়ে নিয়ে চল। আমি এভাবে হঠাৎ বেড়িয়ে চলে এসেছি, বাড়িতে এতক্ষণে হুলুস্তুল পড়ে গেছে নিশ্চয়ই। কি পাগলের মত যে কাজ করিস না তুই এককটা! "

সম্রাট বাইকের মুখ ঘোরাতে ঘোরাতে বলল, "ধুস! তোর মত বেরসিক কে আমি বিয়ে করবনা। "

-"করিস না রে, আমিই তোকে বিয়ে করে নেব। এখন চুপচাপ বাড়ি নিয়ে চল। মায়ের বকা টা তুইই খাবি, আমি কিছু জানিনা, বলে দেব তুই আমাকে কিডন্যাপ করার মতলব করেছিলি। আমি মেরে ধরে বাড়িতে ফিরিয়ে এনেছি।" সুলগ্না আবার সম্রাটের কোমর জড়িয়ে ধরে বলল।

-" সে তোর যা খুশি তাই বলিস কাকিমা কে। বাট য়্যু'ল হ্যাভ টু প্রমিস মী যে কাকিমাকে বলে প্রপারলী রেডি হয়ে তুই আজ আমার সাথে বেড়োবি লং ড্রাইভে। উই উইল সেলিব্রেট মাই বার্থডে টুগেদার। বাইরে লাঞ্চ করব, এ্যান্ড দেন অনেক দূরে কোথাও যাব।" বলল সম্রাট।

সুলগ্না সম্রাটের পিঠে মুখ ডুবিয়ে বলল, "যথা আজ্ঞা, মহারাজ। "

কমলা একটু অবাক হয়েছিল এভাবে বাড়ির পোষাকেই সুলগ্নাকে হন্তদন্ত হয়ে বাড়ি থেকে বেড়োতে দেখে। কিছু বিপদ হল কিনা কারোর সেই ভেবে একটু ভয়ও পেয়েছিল। সুলগ্নাকে হাসিমুখে বাড়ি ফিরতে দেখে যেন ঘাম দিয়ে জ্বর ছাড়লো ওর। ফিসফিস করে জিজ্ঞেস করলো, " কোথা চলে গেছিলে গো সুলিদি, এভাবে বাড়ির জামাকাপড় পরে? " সুলগ্না বলল, "বলছি সেসব, মা খোঁজ করছিল নাকি? " কমলা বলল, " না না, মা তো জানে তুমি এখনও ঘুমোচ্ছো। রবিবার এত সকালে তুমি ওঠো নাকি! আজ কি ব্যাপার বল তো? "

সুলগ্না সংক্ষেপে সম্রাটের বাইক নিয়ে এসে ওকে সারপ্রাইজ দেবার গল্পটা শোনালো। কমলা হাততালি দিয়ে খিলখিলিয়ে হেসে উঠল, বলল,

" বাঃ! দারুন মজার ব্যাপার তো!" সুলগ্না বলল, "মা কোথায় গো? "

কমলা হেসে বলল, " রান্নাঘরে, আজ তো জলখাবারে আমরা দোসা বানাচ্ছি। যাই বাবা। মা একলা একলা করছে। " সুলগ্না নিশ্চিন্ত হয়ে নিজের ঘরে গেল রেডি হয়ে নিতে।

নিজের ঘরে ঢুকে ওয়ার্ডরোবের পাল্লাটা খুলে খানিকক্ষণ ভ্রূ কুঁচকে দাঁত দিয়ে নিচের ঠোঁটটা চেপে দাঁড়িয়ে ভাবল আজ ওর কেমন ড্রেস করা উচিত। সম্রাটের জন্মদিন বলে কথা। সম্রাটের জীবনের এতগুলো বছর কিভাবে কেটেছে তার অনেকটাই জেনেছে সুলগ্না। হয়তো এর আগে তেমন ভাবে নিজের বার্থডে সেলিব্রেট করার সুযোগই পায়নি সম্রাট। দীপিকা কাকিমা হয়তো সেটা কম্পেনসেট করার জন্যই হঠাৎ সম্রাটের জন্মদিনে ওর পছন্দের বাইক কিনে দিয়েছেন। আজ সম্রাটের উদ্ভাসিত মুখে যে আনন্দ আর ছেলেমানুষী উত্তেজনার ঝলকানি দেখেছে সুলগ্না তা বোধহয় আগে কখনোই

দেখেনি। স্বভাবত অন্তর্মুখী সম্রাটকে এত লাগামছাড়া ভাবে উত্তেজিত হতেও আগে কখনও দেখেনি সুলগ্না। আজ সত্যিই সম্রাটের জীবনে ওর জন্মদিন এক বিশেষ আনন্দের আভাস বয়ে এনেছে। আজ সম্রাটের খুশির পেয়ালা উপছে পড়ুক এটাই মনে মনে প্রার্থনা করল সুলগ্না ঈশ্বরের কাছে। প্রথমে ভাবল সম্রাটের পছন্দের চুড়িদার কুর্তা পরবে। তারপর ভাবল নাহ্ থাক বাবা, বাইকে ওড়না নিয়ে না চড়াই ভালো। তার থেকে জীনস টপ পরাই ভালো স্থির করল সুলগ্না। কানে বেশ বড়বড় অক্সিডাইজ্ড ড্যাঙ্গলার পরল। চুল গুলো একটা হালকা মাল্টিকালার্ড সিল্কের ছোটো স্কার্ফ দিয়ে বেঁধে রাখল। ডান হাতের কব্জীতে বেশ বড় ডায়ালের একটা ঘড়ি। আজ চোখেও হালকা কাজলের রেখা টানল, ঠোঁটেও হালকা গোলাপী লিপস্টিক। আয়নায় নিজেকে দেখে একবার ভাবলো সাজগোজ বেশী হয়ে গেল না তো! তারপর সম্রাটের চোখ দিয়ে নিজেকে দেখে ওর মুখ রক্তাভ হল। তাড়াতাড়ি পারফিউম স্প্রে করেই বেড়িয়ে এল ডাইনিং রুমে।

মধুরা ওকে দেখেই অবাক হয়ে জিজ্ঞাসা করল, "একি! সাতসকালে এত সেজেগুজে চললি কোথায়?" সুলগ্না হেসে বলল, "মা আজ সম্রাট বোধহয় ওর জীবনের প্রথম একটা জন্মদিন একটু আনন্দ করে সেলিব্রেট করবে। আমি ওর সাথেই একটু বেরোচ্ছি, মা প্লীজ বাবা কে একটু ম্যানেজ করে নিও। আমি সন্ধ্যের মধ্যেই বাড়ি ফিরে আসব।" বাইকে চড়ে বেড়াতে যাবার কথাটা অবশ্য চেপে গেল সুলগ্না। মা শুনলে যেতেই দেবে না। মা আজকালকার ছেলেগুলোকে সাঁইসাঁই করে বাইক চালাতে দেখে ভীষন ভয় পায়। কমলা কিছু বলতে যাচ্ছিল। সুলগ্না চোখের ইশারায় ওকে বারন করল। কমলা অপ্রস্তুত হয়ে প্লেটে দোসা সাজাতে সাজাতে বলল, "দিদি খেয়ে বেড়োবে কিন্তু। আর সম্রাট দাদাকে বললেনা কেন এখানে এসে দোসা খেয়ে যাবার জন্য? আমরাও তো একটু শুভেচ্ছা জানাতে পারতাম।" মধুরা বললেন,

"ঠিকই তো, ওকে বল, এখানে এসে খেয়ে তারপর যেতে।" সুলগ্না বলল, "মা সন্ধ্যেবেলায় তোমার সাথে দেখা করে যেতে বলব। " সুলগ্নার খাওয়া শেষ হবার আগেই সম্রাটের ফোন এল। সুলগ্না ওকে বলে দিয়েছিল বাইক নিয়ে বাড়ির সামনে না আসতে। সকালে যেখানে ওয়েট করছিল সেখানেই পৌঁছে ফোনে ডাক দিল সম্রাট। কমলা সুলগ্নার পিছুপিছু এসে দরজা বন্ধ করার আগে ফিসফিস করে বলল, " দিদি, সাবধানে বসবে কিন্তু বাইকে। সম্রাটদাকে শক্ত করে ধরে রাখবে।" বলেই চোখের ইশারা করে মুখ টিপে হাসল কমলা। সুলগ্নাও হেসে ফেলল, বলল, " দাঁড়াও, বাড়ি ফিরি, হচ্ছে তোমার আজ।"

(১৮)

ক্লাসের শেষে "সূর্যকিরণ" থেকে বেড়িয়ে গেটের বাইরে এসে দাঁড়ালেন দীপিকা। কজি উল্টে ঘড়িতে দেখলেন পাঁচ টা বাজতে কয়েক মিনিট বাকি তখনও। আজ গাড়ি আনেননি দীপিকা। যদিও আষাঢ় মাস পড়ে গেছে ক'দিন হল, তবু বৃষ্টির দেখা নেই এখনও। আকাশের দিকে তাকিয়ে ছিটেফোঁটা চিলতে মেঘেরও দেখা পাওয়া গেল না। বিকেলের ধূসর আলোয় চারদিক কেমন ছায়ামাখা হয়ে থমকে থেমে আছে যেন। সামনের শিরিষ গাছটার পাতাগুলো মৃদুমন্দ হাওয়ায় অল্প দুলছে। পাখিদের এখনও ঘরে ফেরার সময় হয়নি বোধহয়। এখনও তারা খাবারের খোঁজে ব্যস্ত এদিক ওদিক। এই পাড়াটা বেশ পুরোনো। বড় রাস্তার থেকে একটু ভেতরে ঢুকে আসতে হয়। বড় ছোটো মিলিয়ে অনেক বাড়ি সারা পাড়া জুড়ে। কয়েকটা বাড়ির সামনে আবার ছোট্রো একটু বাগান, যেমন "সূর্যকিরণ" এর সামনে আর পাশে রয়েছে। বাড়িগুলোর মাঝখানের রাস্তাগুলো খুব বেশী চওড়া না হওয়াতে বোধহয় এখনও বাড়ি ভেঙে হাইরাইজ ফ্ল্যাটবাড়ি বানানোর উৎপাত শুরু হয়নি। এমন ঝিম ধরানো বিকেল গুলোতে দীপিকার মনকেমনের অসুখটা এসে যেন চেপে ধরে ওকে। ভারী নিঃসঙ্গ লাগে নিজেকে। মনে হয় ওর যেন কেউ নেই, কোথাও যাবার জায়গা নেই। বাড়ি ফিরতেও ইচ্ছে করলোনা তখনই। বাড়িতে তো কেউ ওর অপেক্ষায় বসে থাকেনা। তালা খুলে অন্ধকার বাড়িতে ঢুকতে দীপিকার একটুও ভালো লাগেনা। কি ভেবে দীপিকা আবার "সূর্যকিরণ" এর ভেতরে ঢুকে এলেন। আরো যে দুজন কমবয়েসী মেয়ে এখানে স্বেচ্ছায় বাচ্চাগুলোকে পড়াতে আসে তারাও বাড়ী ফিরে গেছে খানিকটা আগে।

এ বাড়িতে সর্বক্ষন থাকে যে মেয়েটি, শ্যামলী, চেয়ার টেবিল গুলো ঠিকঠাক জায়গামত গুছিয়ে রাখছিল। দীপিকাকে ফিরে আসতে দেখে একটু অবাক হয়ে বলল, " দিদিমনি আপনি? ফিরে এলেন যে! ক্লাসে কিছু ফেলে চলে গেছিলেন বুঝি? " দীপিকা একটা চেয়ার টেনে বসে ব্যাগ থেকে রুমাল বের করে কপালের ঘাড়ের ঘাম মুছতে মুছতে বললেন - "না গো শ্যামলী, ভাবলাম আমার ড্রাইভার কে ফোন করে গাড়িটা আনিয়ে নিই। বড্ড গরম আজ। রাস্তার মোড় পর্যন্ত হেঁটে গিয়েও যদি ট্যাক্সি না পাই তাহলে খুব মুশকিল হবে। আর এমনিতেও ট্যাক্সি গুলো আজকাল যেতে চায়না সবসময়।" শ্যামলী হেসে বলল, " তা বসুন না, আপনি ফোন করুন, আমি বরং ততক্ষণে আপনার জন্য চা করে নিয়ে আসি। " দীপিকা কৃতজ্ঞ চোখে চাইলেন শ্যামলীর দিকে, বললেন, " খুব ভালো হয় তাহলে। মন টা একটু চা চা করছিল গো। " দীপিকা চেয়ারে গুছিয়ে বসে আগে ব্যাগ থেকে জলের বোতল বের করে ঢকঢক করে বেশ খানিকটা জল খেলেন। তারপর ফোন করে ড্রাইভার মনোজকে গাড়িটা "সূর্যকিরণ"এ নিয়ে আসার নির্দেশ দিলেন। এখান থেকে দীপিকাদের বাড়ি খুব বেশী দূর নয়। আধঘন্টার মধ্যেই গাড়ি এসে পৌঁছালো। দীপিকা স্থির করলেন সোজা বাড়িতে না গিয়ে কোনো একটা পার্কে গিয়ে কিছুক্ষন বসবেন।

কেয়াতলায় ওদের বাড়ির কাছেও বেশ বড় একটা পার্ক আছে। কিন্তু ওখানে গিয়ে বসতে ইচ্ছে করেনা দীপিকার। ও পাড়ার অনেক মহিলা এবং পুরুষই বিকেল থেকে সন্ধ্যের পরও অনেকক্ষন পর্যন্ত ওই পার্কে বসে বা হেঁটে সময় কাটান। আর দীপিকাকে দেখলেই পরিচিতির সুযোগ নিয়ে কাছে এসে অবান্তর গল্প জুড়ে দেন। কেউ কেউ তো আবার ভদ্রতা ভব্যতার পরোয়া না করে দীপিকা বা প্রসূনের ব্যক্তিগত জীবন নিয়েও অসৌজন্যমূলক প্রশ্ন করে বসেন। খুবই বাজে লাগতো দীপিকার। শেষে ওখানে যাওয়াই ছেড়ে দিয়েছেন। ভাবলেন আজ

সন্ধ্যেটা বাড়ির থেকে একটু দূরে রাধাগোবিন্দর মন্দিরের চত্বরে বসে কাটাবেন। মনোজকে তেমনই নির্দেশ দিয়ে দীপিকা চোখ বন্ধ করে সীটে মাথা হেলিয়ে বসলেন। হঠাৎ গাড়িতে আচমকা ব্রেক দেওয়ার আওয়াজে আর ঝাঁকুনিতে চমকে চোখ খুলে সোজা হয়ে বসলেন দীপিকা। দেখলেন মনোজ তড়িঘড়ি দরজা খুলে গাড়ির সামনের দিকে গিয়ে ঝুঁকে দাঁড়িয়েছে। ' সর্বনাশ! এ্যাকসিডেন্ট করল নাকি!' জানালা দিয়ে ঝুঁকে দীপিকা দেখলেন যে একজন লোক গাড়ির সামনে পড়ে আছে, আর মনোজ এবং রাস্তার কয়েকজন লোক মিলে তাকে টেনে তুলে দাঁড় করানোর চেষ্টা করছে।

-" আরে! কি করে হল এ্যাকসিডেন্ট! মনোজ সাবধানে দেখে চালাও না কেন?" বলতে বলতে দীপিকা গাড়ি থেকে নেমে এসে দেখলেন একজন বয়স্ক ভদ্রলোক গাড়ির সামনে কাত হয়ে পড়ে আছেন। তাঁর প্যান্ট ডান হাঁটুর কাছে ছেঁড়া ও রক্ত লাগা। ভদ্রলোক নিজের ডানহাতের তালু দিয়ে তাঁর বাম কনুইটাতে আস্তে আস্তে বোলাচ্ছেন। মনোজ বিরক্তি মেশানো গলায় বলল, "আমার কোন দোষ নেই ম্যাডাম। আমি তো সাবধানে ঠিকঠাকই চালাচ্ছিলাম। উনিই তো হঠাৎ কোথেকে হুড়মুড়িয়ে গাড়ির সামনে এসে পড়লেন। তাও কোনোমতে ব্রেক মেরেছি। " ভদ্রলোক অপ্রস্তুত মুখে বললেন,

" ঠিক কথা, ওর কোনো দোষ নেই। আমিই একটু অন্যমনস্ক ছিলাম। " দীপিকা বললেন, "মনোজ তুমি ওঁকে একটু ধরে গাড়ির সামনের সীটে বসাও। তারপর কাছাকাছি কোনো ডিসপেনসারী তে নিয়ে চলো। ফার্স্ট এইড তো দিতেই হবে। ডাক্তার দেখলে বুঝবেন হাড়টার ভেঙেছে কিনা। " ভদ্রলোক খুব লজ্জিত হয়ে বললেন , " না না, আমার খুব বেশী লাগেনি, আমার বাড়ি কাছেই। আপনারা বরং আমাকে আমার বাড়িতেই একটু নামিয়ে দিন। আমি বাড়িতে ওষুধ লাগিয়ে নেব। "দীপিকা বললেন, "না, তা হয় না। আপনার বাড়ি যখন

কাছেই তখন এখানে কাছাকাছি কোথায় ভালো ডিসপেনসারী বা ক্লিনিক আছে আপনিই একটু বলে দিন, মনোজ নিয়ে যাবে। তারপর ডাক্তার দেখলে বুঝবেন কতটা কি হয়েছে বা হয়নি। নিন, উঠে এসে গাড়িতে বসুন।" মনোজ আর বাকি কজনে ধরাধরি করে ওঁকে গাড়ির সামনের সীটে বসিয়ে দিল। ক্লিনিকে দেখানোর পর ওরা ফার্স্ট এইড দিয়ে জানালো,হাঁটুর একটা এক্সরে করে নেওয়া ভালো। সব কিছু সেরে ভদ্রলোককে তাঁর বাড়িতে পৌঁছে দীপিকার বাড়ি ফিরতে ফিরতে রাত ন'টা বেজে গেল। বাড়ি ফেরার পথে ভদ্রলোকের পরিচয় পাওয়া গেল। উনি অরুনাভ সাহা। একটা মাল্টি ন্যাশনাল কোম্পানিতে সিনিয়র অ্যাকাউন্টস অফিসারের পদে ছিলেন। সম্প্রতি রিটায়ার করেছেন। বিপত্নীক। স্ত্রী বেশ কয়েক বছর আগে ইউটেরাসে ক্যানসারে আক্রান্ত হয়ে মারা গেছেন। একমাত্র মেয়ে মাস ছয়েক হল চাকরী নিয়ে স্পেনে চলে গেছে। তারপর থেকেই বোধহয় একটু ডিপ্রেসনে ভুগছেন উনি। প্রায়ই অন্যমনস্ক হয়ে অনেক কিছু খেয়াল করেননা। খুবই ইচ্ছে ছিল বিদেশে যাবার আগে মেয়ের বিয়েটা দিয়ে দেবেন। কিন্তু সেটা আর হয়ে উঠল না। এই বাকী রয়ে যাওয়া কর্তব্যটা তাঁকে মাঝেমাঝেই বড় কষ্ট দেয়, শান্তি পাননা মনে। দীপিকা ওঁর মোবাইল নম্বর নিজের মোবাইলে সেভ করে নিয়ে বলেছিলেন যে উনি যেন ব্যথা পা নিয়ে ক্লিনিকে এক্সরে রিপোর্ট আনতে না যান। মনোজই সে কাজ টা করে দেবে। আর যদি অন্য কোনো দরকার থাকে তাও যেন উনি নিঃসংকোচে জানান, বলে নিজের ফোন নাম্বারটাও দিয়ে এসেছিলেন।

অরুনাভ সসংকোচে হাতজোড় করে নমস্কার করে বলে ছিলেন, " আপনি অনেক সাহায্য করলেন, আজকাল এত কিছু কেউ করে না, বাকি টা আমি নিজেই সামলে নিতে পারব হয়তো। " দীপিকা হেসে বলেছিলেন, "সে তো আপনি সামলাবেন নিশ্চয়ই। তবে আমার

গাড়িতে যখন এ্যাকসিডেন্টটা হয়েছে তখন কিছু দায়িত্ব তো আমার ও থেকে যায়। "

বাড়ি ফিরে এসে দীপিকা দেখলেন প্রসূন বা সম্মু ,দুজনের কেউই তখনও বাড়ি ফেরেনি। একটু ক্লান্ত লাগছিল। তাই ফ্রেশ হয়ে ডিনার সেরে একেবারে নিজের বিছানায় আশ্রয় নিলেন। ঘুমও এসে গেল প্রায় সঙ্গে সঙ্গেই।

একটু পরেই দীপিকার ঘুম ভাঙলো বাড়ির গেটের সামনে বাইকের আওয়াজে। সম্মু ফিরল। বিছানা ছেড়ে বেড়িয়ে সিঁড়ির মুখে এসে দাঁড়ালেন দীপিকা। সম্মু লাফিয়ে লাফিয়ে সিঁড়ি ভাঙছিল। দীপিকা একটু রাগত স্বরে বললেন, "বাঃ বেশ! বাইক হাতে পেয়েই রাত করে বাড়ি ফেরা শুরু হয়ে গেছে! তুই ও কি তোর বাবার মত হবি! " সম্রাট ভীষন আহত হয়ে বলল, " মা, প্লীজ! একথা বোলোনা। আমি কক্ষোনো বাবার মত হব না। আজ একদিনই তো একটু দেরী হয়ে গেছে মা। আসলে বন্ধুরা সবাই ধরল, নতুন বাইক পাওয়া প্লাস জন্মদিনের খাওয়া খাওয়াতে হবে। তাই দেরী হয়ে গেল আজ। আর হবে না এমন, দেখো। " দীপিকা হেসে বললেন, "আচ্ছা খেয়েও আসা হয়েছে? ঠিক আছে যা, চেঞ্জ করে ফ্রেশ হয়ে ঘুমিয়ে পড়। বেশ রাত হয়েছে। কাল কলেজ আছে তো। " সম্রাট মাকে জড়িয়ে ধরে মাথায় একটা চুমো দিয়ে বলল, " তুমিও ঘুমিয়ে পড়ো মা, কাল কথা হবে। "

দীপিকা জানেন সম্মু পড়াশোনার ব্যাপারে ভীষন সিরিয়াস। তাই আজ পর্যন্ত ওকে কোনোদিন পড়াশোনা করার কথা মনে করিয়ে দিতে হয়নি। শুধু একটা কথা ভেবেই মাঝে মাঝে বুক কেঁপে ওঠে দীপিকার। সম্মুর শরীরে ওর বাবার রক্ত। সম্মুও কোনোদিন প্রসূনের মত ব্যভিচারী হয়ে যাবে না তো! পরক্ষনেই নিজের মন কে শাসন করলেন। তা কেন হবে? সম্মুর শরীরে তো দীপিকার রক্তও আছে। দীপিকার মতই

সবাইকে ভালোবাসার মনই পেয়েছে ও। নিশ্চিন্ত হয়ে নিজের ঘরে গেলেন দীপিকা। প্রসূন আদৌ বাড়িতে ফিরেছেন কিনা বুঝতে পারলেন না, বোঝার চেষ্টাও করলেন না। শেষমেষ নিজেকে সম্পূর্ণ মুক্ত করতে পেরেছেন দীপিকা।

আজকাল এক নতুন অসুখ পেয়ে বসেছে ডাঃ প্রসূন মিত্রকে। আগে সারাদিনের শেষে বিছানায় শোওয়া মাত্রই দুচোখ জুড়ে ঘুম আসত। এখন যতই ক্লান্ত থাকুন না কেন বেশ অনেকটা রাত পর্যন্ত বিছানায় শুয়ে এপাশ ওপাশ করেন প্রসূন। কিছুতেই ঘুম আসে না। ড্রিংক করাটা কি ইদানীং একটু মাত্রা ছাড়াচ্ছে! নাকি সাম্প্রতিক কালে ঘটে যাওয়া কিছু অস্বাভাবিক ঘটনা অবচেতন মনে জট পাকিয়ে উঠে ওঁকে জাগিয়ে রাখছে। সেটা হওয়াই স্বাভাবিক, ভাবলেন প্রসূন। ডাঃ ভাদুড়ির কাছ থেকে প্রাইভেট ডিটেকটিভের নাম ঠিকানা টা বেশ কিছুদিন আগেই পেয়েছেন। অথচ আজ করব কাল করব করে এপর্যন্ত এ্যাপয়েন্টমেন্ট নেবার জন্য একটা ফোন করে ওঠাই হয়নি। তবে কি আরও কোনো ঘটনা ঘটার অপেক্ষায় আছেন তিনি? না না,আর কোনো ঘটনা ঘটার আগেই কোনো ব্যবস্থা নিতে হবে। কেন কে জানে মনের ভেতর থেকে কে যেন বলছে এই সব ঘটনার সঙ্গে কোনভাবে পারমিতা দত্ত জড়িয়ে আছে। কিংবা হয়তো অন্য কেউ। হয়তো সেদিন ক্লিনিকের সামনে প্রসূনের দিকে তাকিয়ে থাকা লোকটির চেহারার সাথে পারমিতা দত্তর চেহারার সাদৃশ্যের জন্য তাঁর এমনটা মনে হচ্ছে। হঠাৎ প্রসূন মোবাইলে কনট্যাক্ট লিস্ট ঘাঁটতে শুরু করলেন।পারমিতা দত্তর নম্বরটা এখনও সেভড আছে। কল করলেন ওই নম্বরে, যান্ত্রিক কন্ঠে ভেসে এল কয়েকটি শব্দ... এই নম্বরটির কোনো অস্তিত্ব নেই।.... মোবাইলের কনট্যাক্ট লিস্টে দ্রুত স্ক্রল করতে শুরু করলেন প্রসূন। যার মাধ্যমে পারমিতার সঙ্গে আলাপ হয়েছিল তার সঙ্গে একবার যোগাযোগ ঘরে পারমিতার বর্তমান অবস্থান এর ব্যাপারে জানতে হবে। সেই সময়

পারমিতা তাঁকে বিয়ে করার জন্য এত উত্যক্ত করতে আরম্ভ করেছিল যে হঠাৎ পারমিতার ভ্যানিস হয়ে যাবার পরে ঘাম দিয়ে জ্বর ছেড়েছিল প্রসূনের। তাই পারমিতা গায়েব হয়ে যাবার পর তার সম্বন্ধে খোঁজ নেবার আর কোনো চেষ্টাই করেননি। নাম টা খুঁজে পাওয়া গেল কনট্যাক্ট লিস্টে। ডিলিট হয়ে যায়নি কি ভাগ্যি! ভাবলেন কালই ফোন করে খোঁজ নেবেন। অনেকটা নিশ্চিন্ত হয়ে ঘুমোনোর উদ্দেশ্যে পাশ ফিরে শুলেন প্রসূন।

সকালে ঘুম থেকে ওঠার পর রোজকার অভ্যেসমত মর্নিংওয়াক এবং বাকি সব কাজ রুটিনমাফিক সেরে হাসপাতালের উদ্দেশে বেড়িয়ে পড়লেন প্রসূন। রাতের ভাবনা চিন্তা সব মন থেকে মুছেই গেল। বিকেলে ক্লিনিকে ঢুকেই চমকালেন প্রসূন। পরপর সার দিয়ে রাখা চেয়ারগুলোর একেবারে কোনার চেয়ারে একটা ম্যাগাজিনে চোখ রেখে বসে আছে.... হ্যাঁ, পারমিতা দত্ত। যদিও মুখটা ঝুঁকিয়ে রাখার জন্য এবং মুখের একপাশ চুলে ঢেকে থাকার জন্য সম্পূর্ণ মুখ পরিস্কার ভাবে দেখা যাচ্ছিল না। এবং প্রসূন ক্লিনিকে ঢোকার পরেও সে মুখ তুলে তাকায়নি, তবুও প্রসূনের মনে হল ওই মহিলা পারমিতাই। বসার ভঙ্গীটাও একই রকম। নিজের চেম্বারে ঢুকে প্রথমেই রিসেপসনে ফোন করলেন প্রসূন, বললেন, "পারমিতা দত্ত নামের পেশেন্ট কে আগে পাঠান। " একটু পরে রিশেপশনে বসা দুজন মহিলার মধ্যে কমবয়সী মেয়েটি চেম্বারের দরজা ঠেলে এসে জানালো যে পারমিতা দত্ত নামের কোন পেশেন্টের নাম নেই বুকিং লিস্টে। প্রসূন পারমিতার চেহারার স্বল্প বর্ণনা দিয়ে বললেন, "দেখুন , কোনের দিকের চেয়ারে বসে আছেন, হয়তো অন্য কারোর সাথে এসেছেন। একটু চেম্বারে আসতে বলুন। " মেয়েটি একটু পরে ঘুরে এসে জানালো যে কোনের চেয়ারে ওই রকম চেহারার একজন বসে ছিলেন, কিন্তু কাউকে কিছু না বলেই চলে গেছেন। ভীষন রকমের দুঃশ্চিন্তায় পড়লেন প্রসূন। কেন কেউ

এরকম করছে ওঁর সাথে। না কি ও পারমিতা নয়, অন্য কেউ! কোনো কারনে বাইরে গেছেন, আবার পরে আসবেন। কিন্তু সব পেশেন্ট দেখা শেষ হবার পরেও সেই অদ্ভুত আগন্তুক আর সেদিন ক্লিনিকে দ্বিতীয় বার দেখা দেয়নি। আর অপেক্ষা করেননি প্রসূন। কনট্যাক্ট লিস্ট থেকে নাম বের করে ডাঃ বিনায়ক হালদারের ওয়াইফকে ফোন করে পরের দিন দেখা করার জন্য এ্যাপয়েন্টমেন্ট নিলেন। এর শেষ দেখেই ছাড়বেন তিনি ,স্থির করলেন প্রসূন।

পরদিন বেশ দেরীতে ঘুম ভাঙলো প্রসূনের যা সচরাচর হয় না। ঘড়ির দিকে তাকিয়ে খুবই বিরক্তি অনুভব করলেন। আজ আর মর্নিং ওয়াকে যাবার সময় হবে না। তাড়াহুড়ো করে স্নান সেরে নীচে নেমে দেখলেন দীপিকাও বেড়োনোর জন্য তৈরি। আজকাল দীপিকার চেহারায় এক আলাদা দীপ্তি এসেছে, সেটা প্রায়ই খেয়াল করেন প্রসূন। ভাবলেন, ভালোই, ভালো থাকলেই ভালো। তবে দীপিকার আজকাল এই বেশ ভালো থাকার পেছনের রহস্যটা জানতে পারলে বোধহয় আরেকটু ভালো লাগতো প্রসূনের। একটু আগ্রহ নিয়েই জিজ্ঞাসা করলেন, " কোথাও বেড়োচ্ছ বুঝি? হাসপাতালে যাবার পথে কি আমি তোমায় কোথাও ড্রপ করে দেব?" দীপিকা ঘাড় নেড়ে অসম্মতি জানিয়ে বললেন, " আমার বেড়োতে আরও একটু দেরী আছে। আমি নিজেই চলে যাব। "প্রসূন বোধহয় একটু আশ্চর্য এবং হতাশও হলেন। এতটা নিরাসক্ত হয়ে গেছে তাঁর প্রতি দীপিকা! আর কথা না বাড়িয়ে ব্রেকফাস্ট সেরে বেড়িয়ে পড়লেন প্রসূন। সেকেন্ড হাফে মীট করার কথা আছে মিসেস হালদারের সাথে। ওখানে দেরীতে পৌঁছাতে চান না।

বিকেল তিনটে নাগাদ ঝকমকে শপিং মলের পাশের কফিশপের কাছাকাছি পৌঁছে দেখলেন মিসেস হালদার অলরেডি পৌঁছে গেছেন, এবং প্রসূনকে দেখে একটু বিরক্তি মাখা মুখে নিজের কব্জি উল্টে ঘড়ি

দেখছেন। প্রসূন পনেরো মিনিট লেট হয়ে গেছেন। দুজনে কফিশপের ভেতরে ঢুকে বসার পর মিসেস হালদারকে জিজ্ঞাসা করে তার পছন্দ অনুযায়ী কফির অর্ডার করলেন প্রসূন। কফি এসে পৌঁছানোর আগেই মিসেস হালদার একটু শক্ত মুখ করে বললেন, " কি জরুরী দরকারের জন্য হঠাৎ আজ আমাকে এখানে দেখা করতে বললেন সেটা বলে ফেলুন।" প্রসূন বুঝলেন মিসেস হালদার একেবারেই গল্পগুজব করার মুডে নেই। তাই সময় নষ্ট না করে বললেন, " আমি একটু পারমিতা দত্তর ব্যাপারে জানতে চাইছিলাম। " মিসেস হালদার মুখে ব্যঙ্গের হাসি টেনে বললেন, "তাই না কি! হঠাৎ পারমিতার খোঁজ পড়ল কেন? আমি তো যতদূর শুনেছি, আপনার কাজ ফুরিয়ে গেলে বা আপনার স্বার্থের সাথে সংঘাত লাগলে তাকে আপনার জীবন থেকে সরিয়ে দিতে বা তাকে ভুলে যেতে আপনি বেশী সময় নষ্ট করেন না। পারমিতার ব্যাপারে তো আপনার আর কোনো ইন্টারেস্ট থাকার কথা নয়। " এবার প্রসূনও একটু গম্ভীর গলায় বললেন, " আমার কিসে ইন্টারেস্ট আর কিসে নয় সেই ব্যাপারে না হয় পরে রিসার্চ করবেন। আমি এখন পারমিতার হোয়্যার এ্যাবাউটস জানতে চাই। ও কোথায় আছে, কি করছে এটসেটরা। " মিসেস হালদার আবার ব্যঙ্গ মাখানো স্বরে বললেন, " ব্যস! এটুকুই? আর ও কেমন আছে জানতে চাইবেন না?"

প্রসূন ভ্রূ কুঁচকে বললেন, " হ্যাঁ, সেটাও। "

-" ও নেই। "

-" নেই মানে? "

-" নেই মানে নেই। ইহলোকে নেই। "

-" বুঝলাম না, ইউ মীন শী ইজ নো মোর? আই জাস্ট ডোন্ট আন্ডারস্ট্যান্ড, ডিড ইউ মীন শী ইজ ডেড! "

- " ইহলোকে নেই মানে তো তাই বোঝায় জানি।"

-" ওয়েট ওয়েট," ভীষন ঘাবড়ে গিয়ে বললেন প্রসূন, " এগজ্যাক্টলি কবে ঘটেছে ঘটনাটা? "

-" অনেক দিন আগে , এ্যাকিউরেটলি বলতে হলে বলব আজ থেকে ঠিক তিন মাস চারদিন পনেরো ঘন্টা আগে।" বলতে বলতে উত্তেজনায় মিসেস হালদারের মুখ লালচে হয়ে উঠল। মুখটা ডানপাশে ফিরিয়ে নিলেন, তারপর নিজের ডানগাল চেপে ধরলেন ডান কাঁধে, হয়তো চোখের জল চাপতে। প্রসূন কিছুক্ষন হতচকিত হয়ে বসে রইলেন। তারপর খুব মৃদু স্বরে বললেন, " আই ক্যান ফীল ইয়র মেন্টাল স্টেট। আপনারা দুজনে খুব ভালো বন্ধু ছিলেন। পারমিতা গল্প করার সময় আপনার কথা প্রায় বলত। " মিসেস হালদার রাগত স্বরে বললেন, " রীয়্যালী! আপনি কারোর জন্য, কিছুর জন্য ফীল করেন বুঝি! " প্রসূন এবার একটু অধৈর্য হয়ে বললেন, " লেটস নট আরগিউ ওভার দিস। বাট আই স্টীল রীয়্যালী ক্যান্ট টেক দিজ পিস অফ ইনফরমেশন। হাউ ক্যান ইট বী পসিবল? আই মীন আমি তো কালই ওকে দেখেছি। আমার ক্লিনিকে।" এবার মিসেস হালদার স্থির দৃষ্টিতে কিছুক্ষন প্রসূনের মুখের দিকে তাকিয়ে রইলেন। তারপর বললেন,

"আর ইউ সিরিয়াস ! ডু ইউ থিংক দিস ইস আ প্রপার সিচুয়েশন টু টেল আ জোক! আপনার কি মনে হয় আপনার জরুরী তলব পেয়ে হাফ ডে ছুটি নিয়ে আমি আপনার বাজে রসিকতা শোনার জন্য এখানে বসে আছি। এবার আমি উঠব। আমার দেরী হয়ে গেছে। " বলেই মিসেস হালদার চেয়ার ছেড়ে উঠে দাঁড়ালেন। প্রসূন উত্তেজিত হয়ে হাত বাড়িয়ে ওর হাত ধরে বসানোর চেষ্টা করে বললেন, " প্লীজ যাবেন না। আমি সত্যিই কাল পারমিতাকে আমার ক্লিনিকে বসে থাকতে দেখেছি। ইটস আ পাজ্‌ল টু মী।" মিসেস হালদার প্রসূনের চোখের দিকে

সোজা তাকিয়ে বললেন, "মোস্ট প্রবাবলি ইটস দ্য প্রেসার অফ ইয়র গিল্ট অন ইয়র কনসেন্স দ্যাট মেকস ইউ সী অল দীজ। "

প্রসূন অবাক হয়ে বললেন, " গীল্ট ফীল করব কেন? এমন কি করেছি? যা কিছু হয়েছে তাতে পারমিতার ও কনসেন্ট ছিল। " মিসেস হালদার রাগে মুখ বিকৃত করে বললেন, "আপনার মত ইরেসপন্সিবল ফীলিংলেস মানুষের কাছ থেকে এর থেকে ভালো কোনো রেসপন্স আশা করাই যায়না। " প্রসূন এবার সত্যি বিরক্ত হয়ে বললেন, " আপনি কি পারমিতার মৃত্যুর জন্য আমাকে দায়ী করছেন? আমার সঙ্গে তো ওর বহুদিন হল কোনো যোগাযোগ নেই। "

মিসেস হালদার বললেন, " অফকোর্স আপনি দায়ী। শী গট প্রেগন্যান্ট উইথ ইয়র চাইল্ড।"

-" ওহ্ মাই গড! কিন্তু ও তো আমাকে এ ব্যাপারে কিছু জানায়নি! শুধু কিছুদিন ধরে ওকে বিয়ে করার জন্য আমার ওপর প্রেসার ক্রীয়েট করছিল।"

"আর আপনি ওকে বিয়ে করতে রাজী

হননি।"

- " ওহ্ কাম অন! রাজী হওয়ার প্রশ্নই আসেনা। আয়্যাম আ ম্যারেইড পার্সন।"

- " সো শী কমিটেড সুইসাইড। "

-"ওহ্ মাই গড! কিন্তু প্রেগন্যান্সীর জন্য সুইসাইড করতে হবে কেন? বিয়ে করা ছাড়া অন্য ব্যবস্থাও নেওয়া যেতে পারত। "

-" হুঁ, হয়তো নেওয়া যেতে পারত অন্য ব্যবস্থা। কিন্তু মুশকিল টা এই যে সবাই ঠিক আপনার মত হার্ডকোর প্র্যাকটিক্যাল মানুষ নয়।

আর ওর প্রেগন্যান্সীর ব্যাপারে আমিও কিছু জানতাম না। যখন জানলাম তখন অলরেডী দেরী হয়ে গেছে, ব্যাপারটা আমাদের হাতের বাইরে চলে গেছিল। এনিওয়ে,ডঃ মিত্র, আপনি তো মুক্তি পেয়ে গেছেন। আপনাকে আর পারমিতা বিয়ে করার জন্য প্রেসার দেবে না। আপনি নিশ্চিন্তে ঘুমোতে পারবেন। আমার সত্যিই খুব দেরী হয়ে গেছে, আমি চললাম।" বলে মিসেস হালদার চেয়ার ছেড়ে উঠে দাঁড়িয়ে কফিশপের বাইরে বেড়িয়ে গেলেন। প্রসূন হতভম্ব হয়ে আরও বেশ খানিকটা সময় ওখানেই বসে রইলেন। মনে হল যেন নড়াচড়ার ক্ষমতাই হারিয়েছেন। এসব ঠিক কি ঘটে চলেছে ওঁর জীবনে কিছুই বুঝতে পারছিলেন না। এতটা ভুল দেখলেন প্রসূন কাল! আর যদি ও পারমিতা নাই হবে তো ওভাবে কাউকে কিছু না বলে কেন হঠাৎ ক্লিনিক ছেড়ে চলেই বা যাবে! নাঃ, সবকিছু গুলিয়ে যাচ্ছে। কফির বিল মিটিয়ে উদ্ভ্রান্তের মত কফিশপ থেকে বেড়িয়ে নিজের গাড়ির দিকে এগিয়ে গেলেন প্রসূন। অন্যমনস্ক ভাবে গাড়ি চালাতে চালাতে হঠাৎ খেয়াল করলেন যে বাড়ির রাস্তায় এসে পড়েছেন। ভাবলেন ভালোই হল, আজ আর ক্লিনিকে বা ক্লাবে যাওয়ার মুড নেই। বাড়িতে একটু রেস্ট নেওয়া যাবে।

কলেজ যাবার আগে খাবার টেবিলে বসে ব্রেকফাস্ট করতে করতে ঘোষণা করল সুলগ্না, " কমলা, রান্নাঘরে সময় কাটানো ছাড়ো এবার। সামনের বছর কিন্তু তোমাকে মাধ্যমিক পরীক্ষায় বসতে হবে। মনে আছে তো? " কমলা সুলগ্নার সামনে এক গ্লাস তরমুজের রস রেখে বলল,

"এটা কিন্তু খেয়ে নিও। যা ভ্যাপসা গরম পড়েছে, শরীর ঠান্ডা হবে।" সুলগ্না একটু অসহিষ্ণু হয়ে বলল, "আমি কি বললাম সেটা শোনা হল না বুঝি? " কমলা হেসে বলল, "আমি তো এই বছরই তৈরি আছি মাধ্যমিকের জন্য। " সুলগ্না বলল,

" ওভার কনফিডেন্স ভালো নয় কমলা। তোমাকে সব সাবজেক্টে লেটার মার্কস পেতে হবে। দাদার সাথে আমি চ্যালেন্জ নিয়েছি। আমাকে তুমি হারিয়ে দিওনা। " মধুরা রান্নাঘর থেকে বললেন, " ওরে মিন্টি, কুমু রোজ খুব ভোরে উঠে দু ঘন্টা পড়াশোনা করে তারপর আসে রান্নাঘরে আমাকে হাতে হাতে সাহায্য করে দেবার জন্য। আবার জলখাবার খেয়ে স্নান সেরে টানা কয়েক ঘন্টা পড়াশোনা করে। ও তো দুপুরেও ঘুমোয়না। পড়ে সারা দুপুর। " সুলগ্না খুব খুশি হয়ে বলল, " বাঃ, এটা তো দারুন খবর। যাই হোক, কুমু কত ঘন্টা পড়ে আমার জানার দরকার নেই। সব সাবজেক্টে লেটার মার্কস আনতে হবে এটাই আমার শেষ কথা।" কমলা মাথা নামিয়ে লজ্জা লজ্জা করে বলল, " হোয়াটেভার য়ু্য উইশ দিদি, ইয়োর উইশ ইজ মাই কম্যান্ড।" অতীন সবে খাবার টেবিলে বসতে যাচ্ছিলেন। কমলার কথা শুনে হা হা করে

হেসে উঠে বললেন, "আরে বাবা! এ তো দিব্যি ইংরাজীতে কথা বলতে শিখেছে দেখছি! নাহ্ মিন্টি, তোকে ক্রেডিট দিতেই হবে। " মধুরা বললেন, " শিখেছে মানে? কুমু তো এখন মাকেও স্পোকেন ইংলিশ শেখাচ্ছে!" অতীন চেয়ার থেকে পড়ে যাবার ভান করে বললেন, " বল কি! এ যে অবিশ্বাস্য! এখন থেকে কি তাহলে নারায়ণ পুজোয় ইংরিজি তে মন্ত্র পড়া হবে! " মধুরা বললেন, "মায়ের পুজোআচ্ছা নিয়ে মস্করা কোরোনা। মায়ের কানে গেলে আর রক্ষে থাকবেনা। " অতীন বললেন,

" না না, ঠাট্টার কথা নয়। কমলা সত্যিই দারুন প্রগ্রেস করেছে। ভেরী গুড। এমনি করেই এগিয়ে যা মা। মেয়েরা চাইলে কি না করতে পারে! শুধু একটু গাইডেন্স দরকার। তা সে ব্যাপারে মিন্টি মা আমাদের একেবারে এক্সপার্ট। এই খুশিতে আজ আমি দু গ্লাস তরমুজের রস খাব। নিয়ে আয় তো কুমু মা।" মধুরা সঙ্গে সঙ্গে বললেন, " মোটেই সেটা হচ্ছে না। তোমার বরাদ্দ এক গ্লাস ই খাবে। " অতীন ব্যাজার মুখ করে বললেন,

" বউ তো নয়! হিটলারের অবতার! " মধুরা রান্নাঘর থেকেই চোখ পাকালেন। কমলা সবচেয়ে বড় গ্লাস ভরে তরমুজের রস এনে অতীনের সামনে রাখতেই অতীন খুশি হয়ে ওর মাথায় হাত রেখে বললেন, " সব সাবজেক্টেই লেটার মার্কস পাবি রে,দেখিস।" বলে আরাম করে গ্লাসে চুমুক দিলেন।

শ্রাবন প্রায় শেষ হতে চলল। আজ সকাল থেকে আকাশ মেঘলা হয়ে ছিল। কিন্তু দুপুর গড়িয়ে বিকেল হতে চলল, এখনও একফোঁটা বৃষ্টির দেখা নেই। ভ্যাপসা গরমে মধুরার প্রাণ ওষ্ঠাগত। একটু চলাফেরা করলেই ঘেমে নেয়ে নাস্তানাবুদ হয়ে যাচ্ছেন একেবারে। আজ আবার সন্ধ্যেবেলায় সমিতির রিহার্সাল আছে। বাইশে শ্রাবণ কবি প্রয়াণ দিবসের অনুষ্ঠানের জন্য। কমলাকে এই অনুষ্ঠানের জন্য দুটো

গান শিখিয়েছেন মধুরা। দীপিকারও আসার কথা রিহার্সালে।আজকাল আবার দীপিকা মাঝেমাঝে বেশ অন্যমনস্ক হয়ে থাকে। এটা ভালো লক্ষন নয়। ওকে আরও নানান কাজে ব্যস্ত করে দিতে হবে। মধুরার তো সারাদিন কাজকর্ম থেকে ফুরসতই হয়না। তাই মন খারাপের অবকাশও হয় না। দীপিকার কথা ভাবলে খারাপ লাগে মধুরার, বেচারার সব থেকেও যেন কিছু নেই। আপনজনের ভালবাসা না পেলে বোধহয় পৃথিবীর সব পাওয়াই নিরর্থক হয়ে যায়। ওদের বেড়াতে যাওয়াটাও পিছিয়ে গেল। কিছুদিন হইচই করে কোথাও গিয়ে কাটিয়ে আসতে পারলে বেশ হত। বুবানের দিল্লি থেকে ফেরার সময় এগিয়ে আসছে। ও ফিরলে হাসপাতালে জয়েন করার আগেই বেড়ানোটা সেরে নিতে হবে। একবার জয়েন করে নিলে বুবানের আবার ছুটি পেতে অসুবিধে হবে। আজ রিহার্সালের শেষে দীপিকার সাথে আলোচনা করে বেড়াতে যাবার দিন ঠিক করে নিতে হবে। আগের থেকে টিকেটস কাটা,হোটেল বুকিংয়ের ব্যবস্থা সব করতে হবে। এবার আবার অতীনকে তাড়া দিতে হবে। দিব্যি ভুলে বসে আছে। কোথায় যাওয়া যায়.... পাহাড়ে না সমুদ্রে? এই ভাবনায় মগ্ন হয়ে কিছুক্ষনের জন্য গরমের হাঁসফাঁসানি ভুলে গেলেন মধুরা।

সন্ধ্যের একটু আগেই মধুরা কমলাকে নিয়ে রিহার্সালে যাবার জন্য বেড়োলেন। ওদের সমিতির সব মিটিং এবং অন্যান্য সব কাজকর্ম হয় ওদের সমিতির একজন সিনিয়র সদস্য দম্পতি ইন্দ্রনাথ সমাদ্দার এবং মন্দিরা সমাদ্দারের বাড়িতে। ইন্দ্রনাথ সমাদ্দার রিটায়ার্ড আই এ এস অফিসার। তাঁর স্ত্রী মন্দিরা বাংলা সাহিত্যের অধ্যাপিকা ছিলেন। বছরখানেক হল তিনিও রিটায়ার করেছেন। ওঁদের এক ছেলে ও এক মেয়ে। সমাদ্দার দম্পতি চাকরি তে থাকাকালীনই দুই সন্তানের বিয়ে দেবার গুরুদায়িত্ব সেরে ফেলেছেন। তবে এখন তাঁদের ছেলে মেয়ে দুজনেই কর্মসূত্রে বিদেশে আছে। তাই ইন্দ্রনাথ এবং মন্দিরা তাঁদের

অবসর জীবনের দীর্ঘ অবকাশ একাকীত্বে না ভরিয়ে সমাজসেবামূলক নানান কাজের মাধ্যমে পূর্ণ করে তোলায় ব্যস্ত রেখেছেন নিজেদের। ওঁদের দোতলা বাড়ির নিচের তলার সামনের হলঘর টা ব্যবহৃত হয় সমিতির নানান অনুষ্ঠানের জন্য। আর দুটো ঘরে সমিতির অফিসিয়াল কাজকর্ম চলে। এই দুটি মানুষের অকুণ্ঠ সাহায্য আর উৎসাহ না পেলে এভাবে সমিতির কাজকর্ম চালিয়ে নিয়ে যাওয়া বেশ দুঃসাধ্য হয়ে উঠত। মধুরাদের বাড়ি থেকে ওঁদের বাড়ির দূরত্ব খুব বেশী নয়। একটা অটোরিকশাতেই পৌঁছে যাওয়া যায়। ভারী সুন্দর নাম দিয়েছেন ওঁরা ওঁদের বাড়িটার .. 'দিব্যাঙ্গনা'। বয়সে বড় হবার জন্য যতটা না হোক, ওঁদের মানসিক ঔদার্যের কারনেই হয়তো ওঁদেরকে সমিতির সব সদস্য সদস্যারা ইন্দ্রদা আর মন্দিরাদি বলেই সম্বোধন করে। ওঁরাও নির্দ্বিধায় সকলের দাদা ও দিদি হয়ে অকাতরে স্নেহ বিলিয়ে চলেছেন। মধুরা কমলাকে নিয়ে 'দিব্যাঙ্গনা' তে পৌঁছে দেখলেন বেশীরভাগ সদস্যই এসে গেছেন, দীপিকাও। তাই রিহার্সাল শুরু হতে দেরী হল না। রিহার্সাল মাঝপথে চলাকালীনই ঝমঝমিয়ে বৃষ্টি নামল বজ্রবিদ্যুতসহ। নামল তো নামল, সে আর থামার লক্ষণই নেই। মধুরা সুলগ্নাকে ফোন করে জানতে পারলেন ও বাড়িতে ফিরে এসেছে। অনেকটা নিশ্চিন্ত হলেন। যদিও সুলগ্না জানালো যে অতীন তখনও বাড়ি ফেরেননি। যে রেটে একটানা মুষলধারে বৃষ্টি হচ্ছে তাতে কলকাতার বেশ কিছু এলাকা যে আজ জলমগ্ন হবে তাতে কোনো সন্দেহ নেই। রিহার্সাল আর জমল না। সকলেই কিভাবে বাড়ি ফিরবে সেই দুঃশ্চিন্তায় উদ্বিগ্ন হয়ে উঠল। দীপিকা নিজের গাড়িতে কয়েকজনকে বাড়ি পৌঁছে দিয়ে আসার দায়িত্ব নিলেন। ইন্দ্রনাথও তাঁর ড্রাইভার কে নির্দেশ দিলেন তাঁদের গাড়িতে কয়েকজনকে বাড়িতে পৌঁছে দেবার জন্য। বেশ কিছু রাস্তায় জল জমে যাবার জন্য দীপিকার গাড়ি কয়েকজনকে একে একে আলাদা আলাদা জায়গায়

ছেড়ে দিয়ে ফিরে আসতে বেশ দেরী করল। তারপর দীপিকা মধুরাদের ওদের বাড়িতে নামিয়ে দিয়ে নিজের বাড়িতে ফিরলেন।

বাড়ি ফিরে দীপিকার হঠাৎ কেমন যেন একটা অদ্ভুত অনুভূতি হল। বাড়িটা ভীষন নিঃশব্দ হয়ে আছে। প্রসূন আর সম্মু কেউই কি ফেরেনি এখনও! প্রসূনের ফেরার কোন ঠিক থাকেনা। কিন্তু সম্মু তো এত রাত করেনা! তবে কি বৃষ্টির জন্য কোথাও আটকে গেল? তাড়াতাড়ি মনোজ কে ফোন করে ওকে তক্ষুনি বাড়ি ফিরতে বারন করলেন দীপিকা। কে জানে হয়তো সম্মুকে আনতে যেতে হতে পারে। বেশী বৃষ্টি হলেই কলকাতায় পাবলিক ট্রান্সপোর্টের যা অবস্থা হয়! বাড়ি ফেরত আসার জন্য অপেক্ষারত মানুষগুলোর দুর্গতির আর অন্ত থাকেনা। সম্মুকে ফোন করে দেখলেন যা সন্দেহ করেছিলেন তাই। সম্মু উত্তর কলকাতায় কোন এক বন্ধুর বাড়িতে গিয়ে বৃষ্টিতে আটকে গেছে। দীপিকা ওকে বললেন যেন মনোজকে ফোন করে ও যেখানে আছে সেখানকার ঠিকানা বুঝিয়ে দেয়। মনোজ গাড়ি নিয়ে গিয়ে ওকে নিয়ে আসবে। সম্রাট বলল , "মনোজদাকে আবার এত রাতে কষ্ট দেবে কেন মা? রাজীব আমায় বলেছে আজ রাতটা ওদের বাড়িতেই থেকে যেতে। কাকীমা অলরেডি খিচুড়ি চাপিয়ে দিয়েছে। সারা ঘর খিচুড়ির গন্ধে ম ম করছে। মা প্লীজ, থেকে যাই না আজ এখানে।" দীপিকা হেসে ফেললেন, বললেন, " ব্যাস, খিচুড়ির গন্ধে ওমনি আমার হ্যাংলা ছেলেটার প্রাণ আকুল হয়ে উঠল! ঠিক আছে থাকো, সারারাত বন্ধুর সাথে আড্ডা মেরে কাল কিন্তু বেলা পর্যন্ত ঘুমাবিনা। সকাল সকাল উঠে বাড়ি চলে আসবি। " সম্রাট খুশির চোটে অনেক গুলো থ্যাংকস দিয়ে দিল মাকে। ফোনটা রেখে দীপিকা ভাবলেন সম্মুটারও দোষ নেই। ছোটোবেলা থেকে কবে আর ওর জন্য সখ করে ভালোমন্দ রেঁধেছেন দীপিকা? ছেলেটা খেতে এত ভালবাসে! এবার সত্যিই কিছু ভালো ভালো রান্না করা শিখতে হবে, স্থির করলেন দীপিকা। সিঁড়ি দিয়ে

দোতলায় ওঠার সময় আবারও সেই অদ্ভুত অনুভূতি টা হল দীপিকার। নাকে একটা অচেনা হালকা পারফিউমের গন্ধও পেলেন। মাথার ভেতরটা আচমকা দপদপ করে উঠল দীপিকার। তবে কি প্রসূন এখন বাড়িতেও বান্ধবীদের আনা শুরু করেছে! কিন্তু দীপিকার তো এত রাত পর্যন্ত বাইরে থাকার কথা ছিলনা। বৃষ্টির জন্য গাড়িতে অতজনকে বাড়িতে পৌঁছে দেবার ব্যাপারটা না থাকলে তো অনেক আগেই দীপিকার বাড়িতে ফেরার কথা। আর সন্ধ্যে সাতটা পর্যন্ত তো সাবুও এবাড়িতে থাকে। মাথাটা অল্প নাড়িয়ে সন্দেহটাকে মন থেকে তাড়ালেন দীপিকা। কিন্তু সিঁড়ি দিয়ে ওপরে উঠতে উঠতে কেন যেন বারবার অন্য কারোর উপস্থিতির অনুভূতি মনের ভেতর দানা বাঁধছিল। একটু গা ছমছম ও করে উঠল। ভাবলেন সমুকে বন্ধুর বাড়িতে থেকে যাবার পারমিশন না দিলেই হত। কেমন যেন একটা খারাপ কিছু ঘটার কথা মনের ভেতর আশঙ্কার ছায়া ফেলল। কয়েকবার তো দিনের আলোতেই ওর ওপর হামলার চেষ্টা হয়েছে। আবার নীচে নেমে এলেন দীপিকা। পেছনের দরজা,যেটা দিয়ে পেছনের উঠোন পেরিয়ে বাগানে যাওয়া যায়, সেটা রোজকার মত ভেতর থেকে বন্ধ আছে। ড্রয়িংরুমের বাঁ দিকে একটা দরজা আছে যেখান দিয়ে ভেতর দিয়ে গ্যারাজে যাওয়া যায়,সেই দরজাটা অবশ্য খোলাই থাকে। প্রসূন বাড়ি ফিরে গাড়ি গ্যারাজে রেখে গ্যারাজের শাটার ভেতর থেকে বন্ধ করে এই দরজা দিয়েই বাড়িতে ঢুকে এটা ভেতর থেকে বন্ধ করে দেন।গ্যারাজটা বেশ বড়। পাশাপাশি দুটো গাড়ি থাকে। মনোজ গাড়ি ঢুকিয়ে গ্যারাজের শাটার নামিয়ে বাইরে থেকে লক করে দীপিকার হাতে চাবি দিয়ে বাড়ি চলে গেছে। ওর বাড়ি খুব কাছেই। হেঁটেই যাওয়া যায়। দীপিকা গ্যারাজে গিয়ে আলো জ্বালিয়ে গ্যারাজের বাইরের দিকের দরজা চেক করলেন,বাইরে থেকে লকড আছে। অনেকটা নিশ্চিন্ত হয়ে সিঁড়ি দিয়ে দোতলায় উঠে প্রসূনের ঘরের পাশ দিয়ে যাবার সময় আবার সেই

হাল্কা সুগন্ধ নাকে ঝাপটা দিল। ভূতগ্রস্তের মত দীপিকা বহুকাল পর প্রসূনের ঘরের দরজা ঠেলে ভেতরে ঢুকে দরজার পাশের দেওয়ালে হাতড়ে লাইটের সুইচ অন করলেন। ঘরটা পরিপাটি করে গোছানো। প্রসূন খুব সৌখিন। অগোছালো ঘরে থাকা তার একেবারেই পছন্দ নয়। সাবু বাড়ি যাবার আগে সব জানালা বন্ধ করে দিয়ে যায়। তবে প্রসূনের ঘর সংলগ্ন বারান্দার দরজাটা অল্প খোলা। বারান্দার দরজাটা আরেকটু খুলে দীপিকা দেখলেন বারান্দার একটা জানালার একটা পাল্লা খোলা এবং সেখান দিয়ে প্রচুর জলের ছাঁট এসে বারান্দার বেশ খানিকটা অংশ ভিজিয়ে দিয়েছে। তাড়াহুড়োতে সাবু বোধহয় ঠিক করে পাল্লাটা লাগায়নি, হাওয়ার ধাক্কায় খুলে গেছে, ভাবলেন দীপিকা। এগিয়ে গিয়ে পাল্লাটা বন্ধ করতে যাচ্ছিলেন দীপিকা, হঠাৎ বাইরে একটা গাড়ির আসার আওয়াজ হল। তারপরেই বাড়ির গেট খোলার চেনা আওয়াজ কানে আসতেই নিশ্চিন্ত হয়ে একটা লম্বা শ্বাস ফেলে দীপিকা তাড়াতাড়ি প্রসূনের ঘরের আলো নিভিয়ে বেড়িয়ে এসে দরজাটা ভেজিয়ে দিয়ে দ্রুতপদে নিজের ঘরে গিয়ে ঢুকলেন। হাল্কা মিষ্টি গন্ধটা এখনও ভেসে বেড়াচ্ছে। হয়তো কাছাকাছি কোনো গাছের ফুলের গন্ধ জোলো হাওয়ার সাথে ওই খোলা জানালাটা দিয়েই ভেসে আসছে, ভাবলেন দীপিকা। রিহার্সালে সন্ধ্যের সময় বেশ কিছু খাওয়াদাওয়া হয়েছে। ডিনার করার ইচ্ছে হল না আর। তাড়াতাড়ি জামাকাপড় চেঞ্জ করে ফ্রেশ হয়ে বিছানায় শোওয়ার একটু পরেই ঘুম এসে গেল দীপিকার।

মাঝরাতে হঠাৎ একটা চেয়ার বা টেবিলের আছড়ে পড়ে যাবার আওয়াজ আর তার সাথে একটা বিকৃত গলার গোঁ গোঁ আওয়াজে ঘুম ভেঙে গেল। দীপিকা ভয়ঙ্কর রকমের ভয় পেয়ে বিছানায় উঠে বসলেন। কিন্তু আর কোন আওয়াজ পেলেন না। আন্দাজে বোঝার চেষ্টা করলেন কোন দিক থেকে আওয়াজটা এসেছিল। বিছানা থেকে নামার চেষ্টা

করতে গিয়ে বুঝলেন ভয়ে হাত পা অসার হয়ে গেছে। একটা অজানা আশঙ্কায় গলা জিভ সব শুকিয়ে কাঠ হয়ে গেছে। অনেকক্ষণ পরে সার ফিরে পেয়ে ধীরে ধীরে বিছানা থেকে নেমে ঘর ছেড়ে বেড়িয়ে প্রসূনের ঘরের দিকে এগোলেন দীপিকা।

নিজের ঘর ছেড়ে বেড়িয়ে এসে আগে সামনের বেশ লম্বা এবং চওড়া বারান্দার দেওয়ালের সুইচবোর্ডের কাছে পৌঁছে পরপর কয়েকটা লাইট জ্বালালেন দীপিকা। ঝলমলে আলোয় বারান্দা উদ্ভাসিত হয়ে উঠল। বারান্দার এপ্রান্ত থেকে ও প্রান্ত দৃষ্টি চালিয়ে খুঁটিয়ে দেখার চেষ্টা করলেন, তেমন কোন অস্বাভাবিকতা চোখে পড়লনা। কিন্তু সেই অদ্ভুত অচেনা সুগন্ধের রেশ এখনও রয়ে গেছে টানা বারান্দায়। একটু দ্বিধাগ্রস্ত পায়েই প্রসূনের ঘরের সামনে এসে দাঁড়ালেন দীপিকা। প্রসূনের ঘরের দরজা যথারীতি ভেজানো। একটু কান পেতে শোনার চেষ্টা করলেন দীপিকা, ঘরের ভেতর থেকে কোনো অস্বাভাবিক আওয়াজ শুনতে পেলেন না। দোনোমনা করেও এবার আস্তে করে দরজা ঠেলে ঘরের ভেতর উঁকি দিয়ে চমকে উঠলেন। নীলাভ রাতবাতির আলোয় প্রসূনের শূন্য বিছানা দেখে ভীষন অবাক হলেন দীপিকা। তবে কি কাল রাতে প্রসূন বাড়ি ফেরেনি! তাহলে নীল আলো জ্বাললো কে! তাছাড়া কাল তো প্রসূনের গাড়ির ফেরার আওয়াজ পাওয়া গেছিল , গেট খোলার শব্দ, গ্যারাজের শাটার তোলার এবং নামানোর শব্দও কান এড়ায়নি দীপিকার। বিভ্রান্ত হয়ে ফিরেই যাচ্ছিলেন, এমন সময় একটা অস্ফুট গোঙানি কানে এল, ভাল করে খেয়াল করে বুঝলেন খাটের অপর প্রান্তে দেওয়ালের দিক থেকে আসছে আওয়াজটা। এবার দ্রুতপদে এগিয়ে লাইট জ্বালিয়ে খাটের ওদিকটায় গিয়ে দীপিকা দেখলেন খাট আর দেওয়ালের মাঝখানের স্বল্প পরিসরে প্রসূন মাটিতে মুখ গুঁজে পড়ে আছেন এবং মাঝে মাঝে মৃদু স্বরে মুখে গোঁ গোঁ আওয়াজ করছেন। বেডসাইড ছোট টেবিলটাও

মাটিতে উল্টে পড়ে আছে। ভীষন ভয় পেয়ে দীপিকা প্রসূনের পিঠে হালকা নাড়া দিয়ে জিজ্ঞাসা করলেন, " কি হয়েছে তোমার? এভাবে নীচে কি করে পড়ে গেলে?" কোনো সাড়া না পেয়ে কোনরকমে প্রসূনকে ঠেলে সোজা করে দিতেই দেখলেন প্রসূনের চোখ বোজা। ঠোঁটের পাশ দিয়ে লালা গড়িয়ে পড়ছে। দীপিকা প্রায় দৌড়ে এসে প্রসূনের বিছানার পাশের টেবিলে রাখা জলের গ্লাসটা নিয়ে এসে দু-তিন আঁজলা জল ছেটালেন প্রসূনের চোখেমুখে। তারপর পাশে বসে কাঁধের কাছটা ধরে ধীরে ধীরে ঝাঁকাতে লাগলেন। কয়েক সেকেন্ড পরে প্রসূন অল্প চোখ মেলে চেয়ে দীপিকার মুখের দিকে তাকিয়েই

' না....আ... না...আ... ' বলে চিৎকার করে আবার চোখ বন্ধ করলেন। এবার দীপিকা একটু জোরে চেঁচিয়ে বললেন, " তুমি এরকম করছ কেন? আমি দীপিকা। তুমি কি আমাকে চিনতে পারছ না? " প্রসূনকে দেখে মনে হল জোর করে চোখ বন্ধ করে রাখার চেষ্টা করছেন। দীপিকা এবার হাতের আঁজলায় অল্প জল নিয়ে প্রসূনের কপালে চোখের পাতায় এবং ঘাড়ে গলায় বুলিয়ে দিলেন। কয়েক মূহূর্ত পরে পুরো চোখ খুললেন প্রসূন এবং এবার দীপিকাকে চিনতে পারলেন। অল্প ঠোঁট নেড়ে বললেন

" ও এসেছিল। " দীপিকা প্রসূনের ভয়মাখানো চোখের দিকে তাকিয়ে অবাক হয়ে জিজ্ঞাসা করলেন, "কে এসেছিল? কার কথা বলছ? " প্রসূন আবার চোখ বন্ধ করে বললেন, "প্রেতাত্মা, ওর প্রেতাত্মা। " প্রসূনের বলার ভঙ্গীতে গা শিরশির করে উঠল দীপিকার। কিন্তু এক মূহূর্ত পরেই একটু বিরক্তির সুরে বললেন, "কি যা তা বলছ! প্রেতাত্মা আবার কি! শরীর একটু ঠিক লাগছে এখন? উঠতে পারবে? তাহলে বিছানায় গিয়ে শোও এবার। তুমি কি অজ্ঞান হয়ে পড়ে গেছিলে? তাহলে তো ডাক্তার কে খবর দেওয়া দরকার। উঃ! সমুটাও নেই আজ! " প্রসূন এবার আস্তে আস্তে উঠে বসার চেষ্টা করলেন এবং

দীপিকার সাহায্য নিয়ে খাটে উঠে শুয়ে ক্লান্ত স্বরে বললেন, "একটু জল খাব।" দীপিকা জল আনার জন্য ঘর ছেড়ে বেরোতেই প্রসূনের মনে হল খানিকটা আগে যা যা ঘটেছিল তা কি সত্যিই ঘটেছিল? নাকি তিনি কোনো দুঃস্বপ্ন দেখেছিলেন? সত্যিই তো! প্রেতাত্মা বলে কিছু আছে নাকি! তবে কি হ্যালুসিনেশন! অথচ এখনও স্পষ্ট মনে পড়ছে সেই পরিচিত সুগন্ধ, চোখের পাতার ওপর হিম শীতল হাতের স্পর্শ, মুখের ওপর দিয়ে সরসর করে সরে যাওয়া চুলের ছোঁয়া। আর চোখ খুলতেই মুখের ওপর ঝুঁকে পড়া সেই অতি পরিচিত মুখ। শরীরের আর কোনো অংশ দেখা যাচ্ছিল না। তারপর সেই ফ্যাসফ্যাসে কান্নাভেজা গলায় আকুতি.... "আমাকে বিয়ে করলে না কেন? আমাকে চলে যেতে হল কেন?" প্রচণ্ড ভয় পেয়ে দুহাত বাড়িয়ে মুখের ওপর ঝুঁকে থাকা সেই মুখ সরাতে গিয়ে সমস্ত শরীরে অসারতা বোধ করে গোঙাতে শুরু করে ছিলেন প্রসূন। জ্ঞান হারানোর আগের মুহূর্তে দেখেছিলেন সেই মুখ সরে গিয়ে ক্রমশ দরজার দিকে চলে যাচ্ছিল, সেই মুখের দৃষ্টি কিন্তু শেষ পর্যন্ত নিবদ্ধ ছিল প্রসূনের চোখে। প্রসূন নিজের শরীরের সর্বশক্তি দিয়ে খাট থেকে নামতে গিয়ে জ্ঞান হারিয়েছিলেন এবং বোধহয় গড়িয়ে খাটের নীচে পড়ে যান সেইসময়।

দীপিকা ফিরে এসে প্রসূনের টেবিলে জলের গ্লাস রেখে প্রসূনকে বিছানার ওপর বসতে সাহায্য করলেন। তারপর জলের গ্লাস এগিয়ে দিয়ে বললেন, "এখন তো রাত তিনটে। এখন কি কোনো ডাক্তার আসতে রাজী হবেন? কাকে ফোন করব?" প্রসূন বললেন," নির্মলকেই ডাকব, তবে আরেকটু সকাল হোক। এখন ঠিকই লাগছে শরীর, হয়তো প্রেসার টা একটু বেড়ে থাকতে পারে। তুমি নিজের ঘরে গিয়ে ভেতর থেকে দরজা বন্ধ করে ঘুমাও। আমিও দরজা বন্ধ করে দেব। কেউ তো রাতে বাড়ির ভেতরে এসেছিল নিশ্চয়ই। সবটাই আমার কল্পনা হতে পারেনা। এই গন্ধটা...." দীপিকা বললেন, "কাল আমি বাড়িতে ফিরে

আসার সময় থেকেই এই গন্ধটা পাচ্ছি। যদি কেউ সত্যিই এসে থাকে তো সে আমাদের বাড়িতে ফেরার অনেক আগের থেকেই বাড়ির ভেতরে ঢুকে লুকিয়ে ছিল। কিন্তু আশ্চর্য লাগছে ভেবে যে ঢুকল কোথা দিয়ে! আমি তো বাড়িতে ফিরে সমস্ত দরজা চেক করেছি। সব ঠিকমত বন্ধ ছিল। " প্রসূনও ভ্রুকুঞ্চিত করে কিছু ভাবার চেষ্টা করলেন। তারপর বললেন, "রাত আর বেশী বাকি নেই। যেটুকু পারো ঘুমিয়ে নাও। কাল কিছু একটা ব্যবস্থা করতেই হবে। আর এড়িয়ে গেলে চলবেনা। " দীপিকা চলে যাবার পর ধীরে সুস্থে বিছানা থেকে নেমে নিজের ঘরের দরজা বন্ধ করে ছিটকিনি তুলতে তুলতে ভাবলেন পারমিতা কি তাহলে বেঁচে আছে! মিসেস হালদার কি সেদিন তাকে মিথ্যে কথা বলেছেন! কিন্তু পারমিতা বেঁচে থাকলেও কাল ওভাবে অত রাতে অচেনা বাড়িতে ঢুকে এতসব কিছু করা কি ওর পক্ষে সম্ভব ছিল? কোনো মেয়ের পক্ষেই কি সম্ভব সেটা! কিন্তু হঠাৎ ঘুম ভাঙা চোখে নিজের মুখের একেবারে ওপরে ঝুঁকে থাকা যে মুখ দেখেছেন তা নিঃসন্দেহে পারমিতার মুখ। কিন্তু শুধু মুখ ছাড়া শরীরের বাকি অংশ দেখা গেলনা কেন? তবে কি সত্যিই পারমিতার প্রেতাত্মা এসেছিল কাল! বিজ্ঞান পড়া প্রসূনের মন কিছুতেই একথা মেনে নিতে সায় দিলনা। মাথার ভেতরটা দপদপ করে উঠল। কেমন যেন সবকিছু গুলিয়ে যাচ্ছে। সেদিন ক্লিনিকের ভেতর বসে থাকা পারমিতাকে শুধু তিনি নন, অনেকেই দেখেছে। এই সবকিছুর পেছনে একটা গভীর রহস্য আছে নিশ্চয়ই। তবে যেই থাক এই সব ঘটনার পেছনে তার মূল উদ্দেশ্য যে প্রসূনকে ভয় দেখানো,বা প্রসূনের মানসিক ভারসাম্য নষ্ট করা, সে বিষয়ে সন্দেহ নেই। কারন এ পর্যন্ত ভয় দেখানো ছাড়া আর বেশী কিছু অনিষ্ট সে করেনি। তবু যে এইসব কিছু করে চলেছে তার নিজের মানসিক ভারসাম্য যে ঠিক নেই তা নিশ্চিত। আর মানসিক ভারসাম্যহীন মানুষ যে কোনো সময় যে কোনো বড় অপরাধমূলক

কাজও করে ফেলতে পারে। তাই আর একটুও সময় নষ্ট করা উচিত হবে না। সকাল হলেই আগে নিজের একটা চেকআপ করিয়ে নিয়েই সেই প্রাইভেট ডিটেকটিভের সঙ্গে যোগাযোগ করতে হবে, স্থির করলেন প্রসূন।

বিছানায় বেশ কিছুক্ষন শুয়ে থাকার পরেও ঘুম না আসায় পাশের বারান্দার দরজা খুলে বাইরে যেতে গিয়ে দেখলেন দরজাটা খোলাই, শুধু আলতো করে ভেজানো ছিল। আবার কপালে চিন্তার ভাঁজ পড়লো। এক মূহূর্ত দাঁড়িয়ে বারান্দায় বেড়িয়ে দেখলেন একটা জানালার একটা পাল্লা খোলা। হাত বাড়িয়ে জানালাটা পুরো খুলে জানালার সামনে একটা বেতের হালকা চেয়ার টেনে নিয়ে এসে বসলেন। রাতের অন্ধকার অনেকটাই ফিকে হয়ে এসেছে। একটু পরেই ভোর হবে হয়তো।সারারাতের বৃষ্টিস্নাত নরম মিঠে হাওয়ার ঝলক মাঝে মাঝে জানালা দিয়ে এসে প্রসূনের সারা শরীরে সুখপরশ মাখিয়ে যাচ্ছিল। আবেশে প্রসূনের ক্লান্ত চোখ বুজে এল। নিজের অজান্তেই ঘুমিয়ে পড়লেন।

ভোরের দিকে অনতিদূরের এক মসজিদ থেকে আজানের সুর ভেসে কানে আসতেই প্রসূনের ঘুম হালকা হল। চোখ আধখোলা হয়েই আবার ঘুমে ভারী হয়ে বন্ধ হয়ে এল। ঘুম সম্পূর্ণ ভাঙল একটু দেরীতে, জানালায় বসে থাকা একটা কাকের কর্কশ ডাকে। চোখ খুলে দেখলেন বারান্দা ভেসে যাচ্ছে সকালের রোদ্দুরে। আড়মোড়া ভেঙে চেয়ার ছেড়ে উঠতে গিয়ে একটু টলে গেলেন প্রসূন।কালকের রাতের অদ্ভুত ঘটনা শরীরের ওপর বেশ ভালোই প্রভাব ফেলেছে, বুঝলেন। ঘরে ঢুকে এসে মোবাইলে নির্মলের নম্বর ডায়াল করলেন। নির্মল সাড়া দিতেই ওকে সংক্ষেপে গতরাতের কথা জানিয়ে বাড়িতে চলে আসতে বললেন। আর ডিটেকটিভের সাথেও একটা এ্যাপয়েন্টমেন্ট ফিক্সড করতে বললেন।

নির্মলের আসতে ঘন্টাখানেকের ওপর সময় লাগলো। ততক্ষণে প্রসূন স্নান সেরে তৈরী হয়ে নিলেন। ব্রেকফাস্টের জন্য নিচে নামতেই দীপিকা প্রসূনকে দেখে অবাক হয়ে বললেন, " তুমি কি আজকেও হসপিট্যালে যাবে না কি? আজকের দিনটা রেস্ট নেওয়া উচিত বোধহয়। " প্রসূন জানালেন হসপিট্যালে যাবেননা, তবে অন্য কাজে বেড়োতে হবে, নির্মল সঙ্গে থাকবে, তাই কোনো অসুবিধে হবে না। ভয়ের কিছু নেই। দীপিকা আর কিছু বললেন না। এর বেশী কিছু বলার অভ্যেস অনেকদিন আগেই ছেড়ে গেছে। নির্মল এসে সব কিছু আবার ডিটেইলস এ শুনে বেশ বিস্মিত হয়ে বললেন, " ঘটনার ঘনঘটা তো কমার্শিয়াল হিন্দি সিনেমাকেও হার মানাচ্ছে। আমার ব্যাপারগুলো ঠিক হজম হচ্ছে না যদিও, তবু এগুলোকে হেসে উড়িয়ে দেওয়া ঠিক হবে না। বোঝাই যাচ্ছে যে কেউ একজন খুবই মরিয়া হয়ে আপনার পেছনে লেগেছে ডাঃ মিত্র। তবে ভীষন রকম অ্যামেচারিসলি। বেশ খানিকটা নাটকীয়তা আছে তার এ্যাকটিভিটিজে।" ডিটেকটিভের সঙ্গে যোগাযোগ করে নির্মল তাকে পরিস্থিতি বুঝিয়ে প্রসূনের বাড়িতেই আসার জন্য অনুরোধ জানালেন। তিনি কিন্তু কিছুতেই প্রথম এ্যাপয়েন্টমেন্টে বাড়িতে আসতে রাজী হলেন না। কেসের গুরুত্ব বুঝলে পরে বাড়িতে আসতে পারেন জানালেন। আপাততঃ তাঁর ক্লায়েন্টদের বসিয়ে রেখে তিনি অফিস ছেড়ে বেড়োতে পারবেন না জানালেন। প্রসূন বললেন, " অগত্যা! আমাদেরকেই যেতে হবে দেখছি, কারন ব্যাপারটা আর ফেলে রাখার জায়গায় নেই। তবে ব্যস্ত ডিটেকটিভ মানে কাজের মানুষ নিশ্চয়ই। সেটুকুই স্বান্তনা।" ওরা দুজনেই ব্রেকফাস্ট সেরে বেড়িয়ে পড়লেন। নির্মল বললেন, " আজ আপনি ড্রাইভ করবেন না স্যার, আপনার প্রেসারটা বেশ বেড়েছে দেখলাম। আমার গাড়িতেই যাওয়া যাক। আমি আপনাকে আবার

বাড়িতে নামিয়ে দিয়ে হসপিট্যালে চলে যাব। আপনি আজকের দিনটা ছুটি নিন। "

সাবু ওপরের ঘরগুলো পরিস্কার করতে গিয়ে একটু পরেই নেমে এসে খুব উত্তেজিত স্বরে দীপিকাকে বলল, " কাল রাতে দাদাবাবুর ঘরে কি তান্ডব হয়েছে গো বৌদি? বিছানার পাশের ছোটো টেবিলটা উল্টে পড়ে আছে। দাদাবাবুর বাঁধানো ছবিটা নীচে পড়ে ফেরেম ভেঙে কাঁচ ভেঙে খাটের তল পযন্ত ছিটকে গেছে। সারা ঘরে একেনে ওকেনে জল ছড়িয়ে আছে! " দীপিকা বেশী কথা না বাড়িয়ে বললেন, " তোমার দাদাবাবু কাল বোধহয় হঠাৎ প্রেসার বেশী বেড়ে গিয়ে অজ্ঞান হয়ে বিছানা থেকে পড়ে গেছিলেন। আমিই আওয়াজ পেয়ে গিয়ে চোখেমুখে জল ছিটিয়ে জ্ঞান ফেরাই। " সাবু চোখ বড়বড় করে বলল, " এ কি অনাছিস্টি কতা গো! এ তো মোটেই ভালো কতা নয়। তাই সক্কাল সক্কাল ভাদুড়ি ডাক্তারকে এবাড়িতে দেকলুম। তা ওই কিসব টেস ফেস করতে হয় তো এমনধারা অজ্ঞান হলে। সেসব হবে তো? ডাক্তার মানুষ, তাকে আর এসব কতা বলতি হবেনিকো তা জানি। তা তুমি বাপু একটু সঙ্গি গেলে তো পারতে আজ। " দীপিকা একটু অসহিষ্ণু হয়ে বললেন, " ডাঃ ভাদুড়ি তো সঙ্গে আছেন। তুমি তাড়াতাড়ি কাজ সারো সাবু। সম্মুটা বাড়ি ফিরলেই আমি বেড়োবো।" সাবু গজগজ করতে করতে সিঁড়ি দিয়ে ওপরে উঠতে লাগল। দীপিকা গেলেন নিজের ঘরে তৈরি হতে। খানিকটা পরে সম্রাট বাড়ি ফিরে এসে দীপিকার কাছে সব শুনে খুব গম্ভীর হয়ে বলল, " মা, প্লীজ অনেক হয়েছে, চল আমরা এই অভিশপ্ত বাড়ি ছেড়ে চলে যাই। আপাততঃ দমদমে দাদুর বাড়িতে গিয়ে থাকি। তারপর আমি চাকরি পেয়ে যেখানে পোস্টিং পাব সেখানেই তুমি আর আমি থাকব। " দীপিকা ক্ষুব্ধ হয়ে বললেন, "ছিঃ সম্মু! তুই কবে থেকে এত স্বার্থপর হলি! হয়তো সে মানুষটার ভালোবাসা আমি পাইনি। তাই বলে এত বছর ধরে যার

বাড়িতে রয়েছি তার বিপদের সময় তাকে একলা ফেলে চলে যাব! এমন কথা মনেও আনতে পারব না। " সম্রাট জেদের গলায় বললো, "কিন্তু মা, বাবার অনাচার স্বেচ্ছাচারীতার ফল আমরা কেন ভুগব? তোমার ওপরেও তো বেশ কয়েকবার হামলা হয়েছে। এতদিন পরে যখন তোমাকে কাছে পেয়েছি মা আই ক্যান্ট এ্যাফর্ড টু লুজ য়্যু আগেইন। " দীপিকা একটু হেসে সম্রাটের চুলগুলো ঘেঁটে দিয়ে বললেন, "আমার কিচ্ছু হবে না রে বাবু, তোকে আর এত দুশ্চিন্তা করতে হবে না। " সম্রাট তবুও একটু দুশ্চিন্তাগ্রস্ত গলায় জিজ্ঞাসা করল, "মা তুমি কি আজ বেরোবে? আমার সত্যিই তোমার জন্য একটু চিন্তা হচ্ছে। যদি বেরোতেই হয় তাহলে একটু অপেক্ষা করো। আমি তৈরী হয়ে নিই। কলেজ যাবার আগে আমি তোমাকে নামিয়ে দিয়ে যাব, আবার তোমার ছুটির আগে আমায় ফোন কোরো, আমি গিয়ে তোমায় নিয়ে আসব। আজ কেন জানিনা তোমাকে একলা যেতে দিতে ইচ্ছে করছেনা।" দীপিকা আবার হেসে ফেললেন, বললেন, "তুই এক্কেবারে পাগল রে। আচ্ছা চল আজ তোর সাথেই যাব। বাড়িতে একা সময় কাটে না। "

কলেজে পৌঁছে সম্রাট সুলগ্নাকে খুঁজে বের করে ওর কটা পর্যন্ত ক্লাস আছে জানতে চাইল। খুব উত্তেজিত হয়ে বলল,

" তোর সাথে আমার অনেক কথা আছে রে। ক্লাস শেষ হলেই বাড়ি পালাস না। " সুলগ্না বলল, "এনিথিং সিরিয়াস? তাহলে এখনই বল। আমি অতক্ষণ না শুনে থাকতে পারবনা। ক্লাসে তো মনই বসবে না আমার।" সম্রাট কোনোমতে ওকে নিরস্ত করল এই বলে যে, তেমন কিছু না হলেও অনেক লম্বা গল্প, শুনতে সময় লাগবে, তাই ক্লাসের পরেই বলা ভালো।

দীপিকার শুকনো মুখ দেখে মধুসূদন বাবু জিজ্ঞাসা করেই ফেললেন,

" তোমার কি শরীরটা ঠিক নেই মা? কদিন ধরেই খেয়াল করছি তোমার মুখখানা শুকনো, একটু আনমনা থাকো তুমি আজকাল। কদিন না হয় বাড়িতে রেস্ট নাও না। "

দীপিকা একটু শুকনো হেসে বললেন,

" বাড়িতে রেস্ট! আমার তো বিকেলবেলা এখান থেকেও আমাদের ফাঁকা বাড়িতে ফিরতে ইচ্ছে করেনা। যদি আরও কিছুটা সময় অন্য কোথাও কাটিয়ে ফিরতে পারতাম! " মধুসূদন বাবু বললেন, "তা বেশ তো মা, এই তো আমাদের এখান থেকে চারপাঁচ মিনিটের হাঁটা পথেই একটা বেশ বড় বাঁধানো দীঘি আছে। আর দীঘির চার দিক ঘিরে সুন্দর হাঁটার রাস্তা করে দিয়েছে। কত মানুষ সকাল সন্ধ্যা সেখানে হাঁটতে যায়। আবার একটু দূরে দূরে বসার সীট ও করা আছে। হেঁটে ক্লান্ত হলে সেখানে বসে বিশ্রামও করে লোকে। আমিও তো যেতাম আগে। এখন হাঁটুর ব্যথা বড্ড কাবু করে ফেলেছে। এখানের ক্লাসের শেষে তুমি সেখানেও দিব্যি খানিকটা সময় কাটাতে পারো। খোলা হাওয়ায় কিছু সময় কাটালে মন উজ্জীবিত হয়। " দীপিকা কৃতজ্ঞ চোখে তাকিয়ে বললেন, " খুব ভালো ঠিকানার সন্ধান দিলেন। "

ক্লাসের শেষে সম্রাটের সাথে বাড়িতে ফিরে এসে দীপিকা দেখলেন বসার ঘরে প্রসূনের সাথে একজন অচেনা মানুষ বসে আছেন। ওদেরকে ফিরতে দেখে প্রসূন ওঁর সাথে স্ত্রী পুত্রের আলাপ করিয়ে দিলেন। উনি প্রাইভেট ডিটেকটিভ মিঃ তড়িৎ কর। আলাপ পর্ব সারা হতেই সম্রাট বলল, "যাক এতদিন পর তাহলে প্রফেশনাল হেল্প নেবার কথা ভাবা হয়েছে। যদিও অনেক আগেই এটা করা উচিত ছিল। এনিওয়ে, বেটার লেট দ্যান নেভার।"

তড়িৎ কর বললেন, " ভালই হল, আপনারা এসে পড়েছেন। আপনাদের কাছ থেকেও কিছু জানার আছে, বিশেষত মিসেস মিত্রর কাছ থেকে।" সম্রাট বলল, "মা তুমি বেসো, আমি একটু ফ্রেশ হয়ে আসছি।" তড়িৎ কর প্রথমেই জানতে চাইলেন বাড়ির চাবী বাড়ির তিন জন ছাড়া আর কার কার কাছে থাকে, এবং সাবু, অর্থাৎ সাবিত্রীর কাছেও বাড়ির সামনের এবং পেছনের প্রবেশপথের দুটো দরজারই চাবী থাকে জেনে জানালেন সাবিত্রীর সাথে কথা বলা খুবই জরুরী। সাবু কে আবার পরের দিন সকাল থেকে সন্ধ্যে সাতটা পর্যন্ত পাওয়া যাবে জেনে বললেন যে তিনি পরের দিন আবার আসবেন সাবিত্রীর সাথে কথা বলতে। দীপিকার কারোর ওপর সন্দেহ হয় কিনা জানতে চাইলেন। দীপিকা জানালেন তাঁর কোনো শত্রু আছে বলে অন্ততঃ তাঁর জানা নেই। তড়িৎ কর বললেন, " ডাঃ মিত্রর কাছ থেকে তো আমার মোটামুটি যা জানার তা জেনেছি। সাবিত্রীর সাথে কথা না বলা অবধি কিছু বোঝা যাচ্ছে না যে রাতে সত্যিই কেউ এ বাড়িতে গোপনে ঢুকেছিল কিনা বা কেমন ভাবে কোন পথে ঢুকেছিল।" দীপিকা ওদেরকে শুভরাত্রি জানিয়ে নিজের ঘরের দিকে এগিয়ে গেলেন। তড়িৎ কর প্রসূনের সাথে আরও কিছুক্ষন কথাবার্তা বলে বিদায় নিলেন। যাবার আগে পারমিতার ছবি ও বাড়ির ঠিকানা নিয়ে গেলেন।

সম্রাট ফ্রেশ হয়ে চেঞ্জ করে নীচে এসে দেখল অনেক দিন পর, বোধহয় ওর দেখা প্রথম বার, বাবা মা দুজনে একসাথে ডাইনিং টেবিলে বসেছেন। সম্রাট কে দেখে দীপিকা বললেন, " আয়, খেতে বোস। " সম্রাট তাড়াতাড়ি একটা চেয়ার টেনে বসে বলল, " উফ্ দারুন খিদে পেয়েছে আজ।" প্রসূন হেসে বললেন, "আমারও।"

রবিবার ভোররাত থেকেই বৃষ্টি নামল, আর তার সাথে ঝড়ো হাওয়া। সাবুর বৃষ্টিবাদলায় কোনো কামাই নেই। যথারীতি ঠিক সময়ে এসে কাজে লেগে পড়ে। ও জানে যে ও না এলেই এ বাড়ির হাল বেহাল। দীপিকা বরং ভাবছিলেন আজ রবিবারই তড়িৎ বাবুর এ বাড়িতে আবার আসার কথা ছিল। কিন্তু এই বৃষ্টিতে তড়িৎ বাবু বোধহয় আর এসে উঠতে পারবেন না। সকাল সাড়ে দশটা নাগাদ তাই রেইনকোট পরিহিত তড়িৎ করকে বাড়িতে ঢুকতে দেখে অবাক হলেও খুশি হলেন। ভদ্রলোক বেশ প্রফেশনাল। প্রসূন ওঁকে আপ্যায়ন করে ড্রয়িংরুমে বসিয়ে বললেন, "নির্মল, আই মীন, ডঃ ভাদুড়ি বলেছিলেন আপনি এখন কলকাতার মধ্যে ব্যস্ততম প্রাইভেট ডিটেকটিভ। আজকের এই ওয়েদার উপেক্ষা করেও যে আপনি আজ আমাদের সময় দেবেন তা ভাবিনি।" তড়িৎ গলা খুলে হেসে উঠলেন। বললেন, " আরে আজকালকার অনলাইন সোস্যাল সাইটগুলোর দৌলতে ক্রাইম তো দৈনন্দিন ব্যাপার হয়ে দাঁড়িয়েছে। বড়সর মার্ডার মিস্ট্রিগুলো এখন যদিও বেশীর ভাগই পুলিসের ডিটেকটিভ ডিপার্টমেন্ট সল্ভ করছে। কিন্তু বেশ কিছু কিডন্যাপিংয়ের কেস আসে আমাদের কাছে, কারন অনেক সময় পুলিসকে জানাতে লোকে ভয় পায় আপনজনের প্রাণনাশের আশংকায়। বাকি এই সোস্যাল সাইট গুলোই আমাদের খাইয়ে পরিয়ে বাঁচিয়ে রেখেছে। " প্রসূন একটু অবাক হয়ে জিজ্ঞাসা করলেন, "সেটা কিভাবে? "

- "আরে মশাই কখনও বোরডম কাটাতে, কখনও বা অবসর সময়ে বিনোদনের খাতিরে ঝাঁকেঝাঁকে মানুষ আজকাল এই সব

সাইটে বন্ধু তৈরি করছে। আর নিজেদের অজান্তেই নানান গোপন সম্পর্কে জড়িয়ে পড়ে নিজেদের ব্যক্তিগত জীবনকে জটিল করে তুলছে, যার অবশ্যম্ভাবী ফল হচ্ছে সাংসারিক অশান্তি, পারস্পরিক সন্দেহবাতিকগ্রস্ততা, পারস্পরিক ঈর্ষা, ঘৃণা এবং রাগের উদ্রেক। পরিণামে চরম অশান্তি এবং কখনো কখনো অপরাধমূলক কাজকর্মে জড়িয়ে পড়া। আমাদের কাছে অনেকেই গোপনে তাদের স্পাউসদের গতিবিধির খবরাখবর নেবার অনুরোধ নিয়ে আসেন। তাই কাজের অভাব নেই মশাই। " প্রসূন নীরবে মাথা নাড়লেন। তড়িৎ বললেন, " কই ,আপনাদের হেল্পিং হ্যান্ড সেই সাবিত্রীকে একবার ডাকুন। ওর কাছ থেকে অনেক কিছুই জানা যাবে আশা করছি। "

একজন অচেনা অজানা মানুষ তাকে প্রশ্ন করবে শুনেই সাবু ভীষন ঘাবড়ে গেল। অতি কষ্টে তাকে বোঝানো গেল যে যেহেতু কিছুমাস আগে সেই অচেনা আগন্তুক মহিলার তাদের বাড়িতে আগমনের সময় সাবুও তাকে ভালোভাবে দেখার সুযোগ পেয়েছিল সেই ব্যাপারেই তড়িৎ বাবু তাকে কিছু প্রশ্ন করবেন। সাবু প্রচণ্ড বিরক্ত হয়ে বলল, " তবে আর কি! ইদিকে রাজ্যির কাজ ফেলে সাতসকালে একন কাঠগড়ায় গে দাঁড়াই! " সাবুকে দেখে প্রথমেই তড়িৎ জানালেন যে এ বাড়ির সদস্যদের কাছ থেকে তিনি যা বুঝেছেন তাতে সাবুর সততা বা বিশ্বস্ততা নিয়ে তাঁর মনে কোনো সন্দেহই নেই। তবে এ বাড়িতে কদিন আগেই রাতে কোন অচেনা লোক সবার অজান্তে ঢুকেছিল এটা জানা গেছে, যদিও বাড়ির কোনো জিনিস ই খোয়া যায়নি বলে সেই ব্যক্তির এই বাড়িতে গোপনে প্রবেশের কারন টা ঠিক বোঝা যাচ্ছে না। তিনি শুধু জানতে চান এই বাড়ির ডুপ্লিকেট চাবি কি কোনো কারনে সাবু কখনও অন্য কাউকে দিয়েছিল? সাবু হাঁউমাউ করে জানালো তার সবকটি ছেলেই তারই মত সৎ। তারা গরীব হতে পারে কিন্তু সাবু তার সন্তান দের ছোটোবেলা থেকেই অন্যের জিনিষে লোভ না করার শিক্ষা

দিয়েছে। বরং সাবু এ বাড়ির চাবি যক্ষের ধনের মত আগলে রাখে বলে তারা হাসাহাসি করে। তড়িৎ যখন জানতে চাইলেন সাবুর কাছ থেকে কখনও কি এ বাড়ির চাবি হারিয়ে গিয়েছিল তখন হঠাৎ সাবুর সেই এক রাতে বাড়ি ফেরার পথে অচেনা একজনের সাথে ধাক্কা খেয়ে রাস্তায় চাবিটা পড়ে যাবার কথা মনে পড়ল। সাবু সে কথা জানাতে উনি জানতে চাইলেন সাবু সে কথা এবাড়ির কাউকে জানিয়েছিল কিনা। সাবু বলল যে যেহেতু চাবিটা সে সেদিনই খুঁজে পেয়েছিল এবং সেদিন ওই ধাক্কায় তার পা মচকে খুব ব্যথা হওয়ায় দুদিন সে কাজে আসতে পারেনি তাই রাস্তায় চাবি পড়ে যাবার কথা তার আর কাউকে বলা হয়নি। তড়িৎ আবার জিজ্ঞাসা করলেন যে চাবিটা সাবু সঙ্গে সঙ্গেই খুঁজে পেয়েছিল, না কি কিছু পরে? সাবু অবাক হয়ে বলল, " সাথে সাথে কি করে পাব বাবু! চাবিখান যে ধাক্কা লেগে কোমর থিকে খসি গেসলো তা তো জানলুম গে অনেক রেতে, যখন কাপড়খান ছেড়ে অন্য পোক্কার কাপড় পরতি গেলাম। তা আমার ছোট ছেলেটা আমার বড় ন্যাওটা। আমার চিৎকার চেঁচামিচি শুনে সেই অত রেতে পথে পথে ঘুরে আমার চাবিখান খুঁজে এনে হাতে দিলে, বললে একন শান্তিতে ঘুমাও। " তড়িৎ এবার সাবুকে পারমিতার ছবিটা দেখিয়ে বললেন, "এবার এই ছবিটা দেখে বল যে কয়েক মাস আগে খুব সেজেগুজে এই মহিলাই কি মিসেস মিত্রর সাথে দেখা করতে এসেছিলেন?" সাবু অনেকক্ষণ ধরে ঘুরিয়ে ফিরিয়ে ছবিটা দেখে জানালো যে ছবির মহিলা অনেক সুন্দরী ,আর ভদ্র সাজগোজ । যে সেদিন এসেছিল তার কেমন পুরুষালি ভাবভঙ্গি, আর সাজগোজও ছিল উদ্ভট। সে অন্য কেউ ছিল, ছবির মহিলা নয়। তড়িৎ এবার ছবিটা দীপিকাকে দেখিয়ে একই কথা জিজ্ঞাসা করলেন। দীপিকা জানালেন সেদিন এত কিছু খুঁটিয়ে দেখার মত মানসিক পরিস্থিতি তাঁর ছিলনা। তবে সাবুর কথাই ঠিক।সেই মহিলার মধ্যে মেয়েলি ভাব খুব কম ছিল, সে ছিল কিছুটা উদ্ধত ও

উগ্র, সাজগোজ এবং ব্যবহার, দুটোতেই। তাঁর মনে হয় সেই মহিলা এবং ছবির মহিলা দুজন আলাদা ব্যক্তি।" সব শুনে তড়িৎ সাবুকে বললেন, "ঠিক আছে তোমার কাছ থেকে আপাততঃ আর কিছু জানার নেই। তুমি এবার যেতে পার।" সাবু চলে যাবার পর তড়িৎ বললেন,

" ব্যাপারটা অনেকটা পরিস্কার হল এবার। কেউ ইচ্ছাকৃত ধাক্কা মেরে সাবিত্রীর কাছ থেকে চাবিটা হাতিয়ে কোনো নরম কিছুতে চাবির ছাপ নিয়ে আবার সেখানেই চাবিটা ফেলে দিয়ে যায়। এবং এই কাজটুকুর জন্য সে যে যথেষ্ট সময় পেয়েছিল তা বলাই বাহুল্য। তারপর একদিন ঘনঘোর বর্ষার রাতের শুনশান রাস্তাঘাটের সুযোগ নিয়ে সে দিব্যি চাবি দিয়ে তালা খুলেই এ বাড়িতে ঢুকে পড়ে। বৃষ্টির সময় নিশ্চয়ই সে কালো বা গাঢ় রঙের কোনো রেইনকোট পড়েছিল, যাতে তাকে এ বাড়ির তালা খুলতে যদি কেউ দেখেও থাকে তবুও এ বাড়ির লোক ভেবেই আর কোনো সন্দেহ করেনি। বেশ অনেকটা রাত পর্যন্ত বাড়িতে আলো না জ্বলতে দেখে সে বুঝে গেছিল যে বাড়ির লোক বাড়ি ফেরেনি। সেই সুযোগের সম্পূর্ণ সদ্ব্যবহার সে করেছে। পারফিউমটা সে ইচ্ছে করেই ব্যবহার করেছিল ডাঃ মিত্রকে ভয় পাওয়ানোর উদ্দেশ্য নিয়ে। যদিও বর্ষার দিনে বাড়িতে ঢুকলে মেঝেতে জুতোর ছাপ পড়া স্বাভাবিক। কিন্তু এক্ষেত্রে মিসেস মিত্রের বাড়িতে ঢোকার পর তেমন কোনো অস্বাভাবিক অচেনা জুতোর ছাপ চোখে পড়েনি জেনে ধরে নেওয়া যেতে পারে যে আগন্তুক বুদ্ধি করে বাড়ির বাইরে জুতো খুলে কোনো ব্যাগে ঢুকিয়ে নিয়ে শুধু মোজা পায়ে বাড়িতে ঢুকেছিল। বাড়ির বাইরের অংশে কোন জুতোর ছাপ পড়লেও তা সারারাতের অঝোর বৃষ্টিতে ধুয়ে গেছে। বোঝাই যাচ্ছে যে সে ভেজা রেইনকোট বাড়ীতে ঢোকার আগেই খুলে নিজের ব্যাগে রেখেছিল এবং যতদূর সম্ভব সে বাড়ির কোনো অব্যবহৃত অংশে লুকিয়ে থেকে সুযোগের অপেক্ষা করছিল। " দীপিকা উত্তেজিত হয়ে বললেন, "তাই সেদিন বারাবার

আমার কেমন যেন একটা আনক্যানি ফীলিং হচ্ছিল যে ঘরে যেন অন্য কেউ আছে!" তড়িৎ বললেন, " তার ব্যবহৃত পারফিউমের গন্ধও আপনাকে এমনটা ভাবতে সাহায্য করেছিল। ডাঃ মিত্রকে ভয় দেখানোর জন্য সে কালো রঙের অন্য একটি রেইনকোট পরেই ওঁর ঘরে ঢুকেছিল মনে হয়। যার ফলে শুধু মাত্র তার মুখটুকুই ডাঃ মিত্রের চোখে পড়ে। শরীরের বাকি অংশ রেইনকোটে ঢাকা থাকায় ঘরের নীলাভ আলোয় ক্যামোফ্লেজড হয়ে যায়।" প্রসূন বললেন, " আর ওরকম মৃত মানুষের মত কনকনে ঠান্ডা হাতের স্পর্শ! সেটা কি ভাবে?" তড়িৎ হেসে বললেন, " সেটা করা আর এমন কি অসুবিধে? নাইলনের বা লেদার গ্লাভস পড়া হাতে খানিকক্ষন কিছু বরফের টুকরো ধরে রাখলেই হাত হিমশীতল হয়ে উঠবে। সে সবরকম ভাবে তৈরি হয়েই এসেছিল, বরফ সে সঙ্গে করেই এনেছিল নিশ্চয়ই। তবে যে এসেছিল সে যে সাংঘাতিক রিস্ক নিয়েই এবাড়িতে ঢুকেছিল তাতে কোনো সন্দেহ নেই। কারন ডাঃ মিত্র গভীর রাতে হঠাৎ ঘুম ভেঙে অন্ধকারে ওরকম একটা মুখ চোখের অত সামনে দেখে ভীষনভাবে ভয় পেয়ে অজ্ঞান না হয়ে গেলে তার ধরা পড়ে যাবার যথেষ্ট সম্ভাবনা ছিল। আমার তো মনে হয় সে অনেকদিন ধরেই আপনাদের গতিবিধির ওপর নজর রাখছিল এবং আপনাদের অনুপস্থিতির সুযোগ নিয়ে হয়তো আগে কোনো একদিন এবাড়িতে ঢুকে নিজের হোমওয়ার্ক করে গেছে।" প্রসূন ভীষন রকম অবাক হয়ে বললেন, "আপনার কাছ থেকে শোনার পর মনে হচ্ছে সম্ভবত এমনটাই হয়েছে। কিন্তু অবাক হয়ে ভাবছি কোনো মহিলার পক্ষে কি সত্যিই এত কিছু করে ফেলা সম্ভব! ঠিক বিশ্বাস করে উঠতে পারছিনা। আর পারমিতা! সে যদি সত্যিই মৃত হয়ে থাকে! " তড়িৎ বললেন,

" মেয়েরা এখন অনেক ধরনের ক্রাইম করছে। সেটা কিছু বড় কথা নয়। তবে হ্যাঁ, পারমিতা সত্যিই মৃত কিনা সেটা খোঁজ নিতে হবে,

যদি অবশ্য সেদিন রাতে আপনি পারমিতার মুখই দেখে থাকেন।" প্রসূন বললেন, " এ ব্যাপারে আমি হান্ড্রেড পার্সেন্ট সার্টেইন।" একটু চিন্তিত মুখে ঘাড় নাড়লেন তড়িৎ। তারপর বললেন, "আর একেবারেই সময় নষ্ট না করে এ বাড়ির প্রবেশ পথের সবকটি দরজার তালাচাবি বদলে ফেলতে হবে। এবং যেহেতু কেউ একজন, বা একের অধিক ও হতে পারে, ব্যক্তি এবাড়ির কারোর অনিষ্ট করার জন্য যথেষ্ট মরিয়া হয়ে উঠেছে বলে মনে হচ্ছে, তাই সব প্রবেশ পথে, দোতলার ভেতরের দিকের টানা বারান্দার দুই প্রান্তে এবং সম্ভব হলে প্রত্যেকের বেডরুমে সি সি টিভির ক্যামেরা লাগানো উচিত। বাকি ইনভেস্টিগেশন কমপ্লীট করে খুব শীঘ্রই তিনি এই কেসের ব্যাপারে কোনো সিদ্ধান্তে পৌঁছানোর আশা রাখেন জানিয়ে তড়িৎ বিদায় নিলেন।

বাড়ির পরিবেশ সকাল সকাল কেমন যেন একটা অদ্ভুত হয়ে গেল। যেন ছন্দ কেটে যাবার, তালভঙ্গ হবার মত অস্বস্তি জড়িয়ে রইল সবার চলায় ফেরায়। প্রসূন বিভিন্ন জায়গায় ফোন করে বাড়ির দরজার তালা বদলানোর জন্য এবং সি সি টিভি ইনস্টলেশনের ব্যবস্থা করার জন্য ব্যস্ত হয়ে পড়লেন। এই সমস্ত কিছুর জন্য যে তাঁরই নিয়ন্ত্রনহীন জীবনযাপন দায়ী সেই ভাবনাটা যেন একটু একটু করে তাঁর মস্তিষ্কের মধ্যে অনেকখানি জায়গা দখল করতে শুরু করল। এই পৃথিবীতে প্রত্যেকের শুভ অশুভ সব কর্মই তার ছায়া ফেলে মানুষের জীবনে। কখনও সে ছায়া মানুষকে শীতল শান্তির আশ্রয় দেয়, কখনও বা গহন পাতালের অন্ধকারে তলিয়ে নিয়ে যাবার আতঙ্কে উদ্ভ্রান্ত করে তোলে।

সম্রাট দীপিকার বিভ্রান্ত অবস্থা দেখে বলল, " চল মা, আজ কোথাও বেড়িয়ে আসি, আমি সুলগ্নাকে ফোন করে সব এ্যারেঞ্জ করছি। তুমি রেডি হয়ে নাও। আজ বাড়িতে থাকতে ইচ্ছে করছেনা।" দীপিকাও স্বস্তি পেলেন এই ভেবে যে বাইরে গিয়ে এই অস্বস্তিকর পরিবেশ থেকে কিছুক্ষণের জন্য হলেও মুক্তি পাবেন। তবে মুখে

বললেন, "এই বৃষ্টিতে কোথায় যাব রে সমু?" সম্রাট বলল, "কোথাও যাবার জায়গা না থাকলে শপিং মলে ঢুকে টাইম পাস করব, লাঞ্চ করব, তুমি চলো তো।"। দীপিকা আর আপত্তি করলেন না।

সম্রাট সুলগ্নাকে ফোন করে সারাদিনের জন্য কোথায় বেড়াতে যাওয়া যায় জিজ্ঞাসা করতেই সুলগ্না তড়বড় করে উঠল, - " এই সম, তুই আমার সাথে এমন শত্রুতা করছিস কেন বলতো? আমাকে কি ঘরছাড়া করেই ছাড়বি! প্রত্যেক রবিবার যদি সকাল থেকে তোর সাথে বেড়িয়ে যাই তো মা আমাকে এবার সিওর ত্যাজ্যকন্যা করে দেবে। এমনিতেই কুমু আসার পর থেকে আমার নিজেকে কেমন সৎ মেয়ে সৎ মেয়ে মনে হয়। " সম্রাট খুব খানিকটা হেসে বলল, " তুই এত হিংসুটে জানতাম না তো, কুমুকেও হিংসে করছিস!"

- " তোকেও হিংসে করি রে, যখন মা বিগলিত হয়ে তোর পাতে বেশী বেশী আর ভালো ভালো মটনের পিসগুলো তুলে দেয়। তোরা আমাকে আর শান্তিতে বাঁচতে দিবিনা রে!"

-" আচ্ছা আচ্ছা হয়েছে ,তোর নাকে কান্না থামিয়ে এবার বল কোথায় যাওয়া যায়? মা ও যাবে সঙ্গে, তাই কাকিমাকেও সঙ্গে নিতে পারিস।

- " নো ওয়ে ডিয়ার। সারা ঘর জিভে জল আনা গন্ধে ভরিয়ে মা আজ মটন বিরিয়ানি আর চিকেন রেজালা বানাচ্ছে লাঞ্চের জন্য। তুই বরং এবার ভেবে দ্যাখ কোথায় যাবার প্ল্যান করবি। "

- " সেরেছে! তুই তো আমাকে মহা ধর্মসঙ্কটে ফেলে দিলি সু। বিরিয়ানির গন্ধটা তো মনে হচ্ছে অলরেডি আমার নাকে আসছে। বাট রোজ রোজ এরকম জবরদস্তি নেমন্তন্ন নেওয়া টা কি ঠিক হবে? তোদের বাড়ির হবু জামাইয়ের কদর কমে যাওয়ার রিস্ক হয়ে যাবে। "

-" ও কে, ও কে, য়্যু জাস্ট ওয়েট। একটু পরেই কল ব্যাক করছি।"

ফোন কেটে দিল সুলগ্না। আর ঠিক পাঁচ মিনিট পরেই দীপিকা এসে সম্রাটকে বললেন, " কি মুশকিল বল তো সম্ম! এইমাত্র মধুরা ফোন করে ওদের ওখানে দুপুরে খাবার নিমন্ত্রণ করল!" সম্রাট পুলকিত হয়ে মনে মনে সুলগ্নাকে একটা বড় স্যালুট ঠুকে মুখে একটু চিন্তিত ভাব এনে বলল, "হুঁ, তাইতো! ভাবলাম তুমি আর আমি একটু কোথাও বেড়িয়ে আসব! তবে মা নেমন্তন্ন পাওয়াতে তোমার এত মুশকিল হল কেন বল তো? "

দীপিকা একটু বিব্রত মুখে বললেন,

"না, মানে, আমি ভাবছিলাম আমরা তো একবারও ওদেরকে এবাড়িতে ডাকিনি এখনও। বারবার শুধু ওদের বাড়িতেই যাই। কেমন যেন অস্বস্তি হয় রে। " সম্রাট হেসে বলল, " ঠিক আছে মা, তুমি একটা ডায়রীতে না হয় লিখে রাখ কতবার আমরা ওদের বাড়িতে নেমন্তন্ন খেলাম। আমি পরে তার ডবল বার ওদের কে আমাদের বাড়িতে ডেকে নেব। আমাদের বাড়ির এই সমস্যাগুলো একটু মিটে যাক মা, তারপর। "

সুলগ্নাদের বাড়িতে পৌঁছাতেই মধুরা হৈ হৈ করে স্বাগত জানালো ওদের। কমলাও খুশিতে দীপিকার হাত ধরে টেনে নিয়ে গেল ভেতরে। সম্রাট একটু পেছনে দাঁড়িয়ে সুলগ্নার হাতে চাপ দিয়ে ফিসফিস করে বলল, " কি রে ম্যানেজমাস্টার? কি করে ম্যানেজ করলি? " সুলগ্নার মুখে এক টুকরো দুষ্টু হাসি খেলে গেল, বলল, "কি আর করব! মা কে বললাম, ফোনে তোর সাথে কথা বলতে বলতে মুখ ফসকে বলে ফেলেছি তুমি আজ বিরিয়ানি রাঁধছ। হ্যাংলাটার জিভ থেকে এমন জল পড়তে শুরু করল যে আর কথাই বলতে পারেনা। " সম্রাট চোখ পাকিয়ে এবার সুলগ্নার হাত ছেড়ে চুলের গোছা ধরে বলল,

" কি সাংঘাতিক মেয়ে রে তুই সু! আমার ইমেজের তেরোটা বাজিয়ে ছাড়লি! " সুলগ্না খিলখিলিয়ে হেসে বলল, " তোর কি মনে হয় তোর রাক্ষসের মত খাওয়া দেখে সেটার আর অস্তিত্ব আছে? " সম্রাট রাগতে গিয়েও হেসে ফেলল,বলল, " সে তুই যা খুশি বল রে সু, কাকিমার হাতের রান্না খাওয়ার জন্য অমন ডজন কয়েক ইমেজ আমি গঙ্গায় ভাসিয়ে দিতে পারি। " সুলগ্না এবার সম্রাটের ঝাঁকড়া চুলগুলো ঘেঁটে দিয়ে বলল,

" দূর পাগলা! তোর ইমেজ ইনট্যাক্ট রেখেই সব ম্যানেজ করেছি। মা কে বললাম যে সম্রাটের বাড়িতে পরপর যা সব কাণ্ডকারখানা চলছে তাতে দীপিকা কাকিমা আবার প্রচণ্ড আপসেট হয়ে গেছে। তাই সম্রাট একটু আমাদের হেল্প চাইছে, বলছে আজ আমাদের সাথে একসাথে কাকিমাকে নিয়ে বেড়াতে যেতে চায়। ব্যস! তাতেই কাজ হল, মায়ের বিরিয়ানি পর্ব মাঠে মারা যাবে, তাছাড়া তোদের বাড়ির সেদিন রাতের ঘটনাও ডিটেইলসে কাকিমার কাছে শুনবে বলে মা আমাকে কিছু না বলেই ফোন তুলে কাকিমাকে বিরিয়ানি খাওয়ার নেমন্তন্ন করে দিল। " সম্রাট মাথাটা প্রায় মাটির কাছে নামিয়ে হাতজোড় করে বলল,

" তুসি গ্রেট হো জী। "

দুপুরে জমিয়ে খাওয়াদাওয়ার পর অতীন গেলেন নিজের ঘরে রবিবারের ধরাবাঁধা দিবানিদ্রার সাধনা করতে। সম্রাট বলল, "ভীষন বেশী খেয়ে ফেলেছি কাকিমা।" সুলগ্না বলল, " আমিও, মা অনেক দিন পর বিরিয়ানি রাঁধল। দাদা নেই বলে আমাদের কোটা থেকেও এখন বেশ কিছু ভালোমন্দ খাবার বাদ পড়ে যাচ্ছে। " মধুরা বললেন আজ সকাল থেকে বৃষ্টি হয়ে বেশ ঠান্ডা হয়ে গেল চারদিক, তাই বানালাম, নইলে এই গরমে এইসব বানাতে আর খেতে, কোনোটাই ভালো লাগেনা। "

সম্রাট বলল, "মা আর কাকিমা, তোমরা বরং এখন একটু রেস্ট নাও, বা গল্প কর। আমি আর সু একটু বাইরে ঘুরে খাবারটা হজম করে আসি। " দীপিকা আর মধুরা নিজেদের মধ্যে চোখ চাওয়াচায়ি করে হাসলেন। দীপিকা বললেন,

" তোদের পেটের আর দোষ কি! শুধুই কি প্রচুর খাবার? প্রচুর কথাও যে পেটে গজগজ করছে! যা হালকা করে আয়। "

সুলগ্না চটপট রেডি হয়ে বেড়িয়ে পড়ল সম্রাটের সাথে।

মধুরা বললেন, " চল দীপিকা, আমরা তাহলে মিন্টির ঘরে বসে গল্প করি। "

দীপিকার কাছ থেকে সেই বৃষ্টির রাতে ওদের বাড়িতে ঘটে যাওয়া অদ্ভুত ঘটনা এবং পরবর্তী কালে তড়িৎ কর কৃত এই ঘটনার সম্ভাব্য ব্যাখ্যা শুনে মধুরা বারবার শিউরে উঠলেন। তারপর বেশ খানিকক্ষন চুপ করে থাকার পর বললেন, " তোমার এ সমস্ত দেখেশুনে রাগ হয় না দীপিকা? " দীপিকা একটা দীর্ঘশ্বাস ফেললেন। তারপর একটা অদ্ভুত বিষণ্নতা মাখা গলায় বললেন,

" রাগ হলেই বা আর কি যায় আসে! প্রথম প্রথম খুব অভিমান হত, তারপর একেএকে রাগ ঈর্ষা ঘৃণা হতাশা বিরক্তি সবই এসে মনটাকে দখল করত, আর কষ্ট পেতাম, ভীষন কষ্ট পেতাম। কিন্তু কি আশ্চর্য জান! এখন আর এসব কোনো অনুভূতিই আসেনা মনে। শুধু মনে হয় এধরনের ঘটনা থেকে আমাকে যেন দূরেই রাখা হয়। আমি প্রসূনের সম্পর্কে ক্রমাগত সম্পূর্ণ অনুভূতিশূন্য হয়ে পড়ছি।"

মধুরাও একটা গভীর শ্বাস ফেলে বলল, "সেটাই স্বাভাবিক। কিন্তু কি জানো? আমার কেন জানিনা মনে হচ্ছে তোমার ওপর হয়তো আর কোনো হামলা হবে না। যে বা যারা এগুলো করছে তারা বুঝতে

পেরেছে যে তুমিও ভিকটিম। তাই মনে হয় তোমায় এবার রেহাই দেবে। তবে এসব ক্ষেত্রে কিছুই নিশ্চিত করে বলা যায়না। তাই তুমি কিন্তু সাবধানে থাকারই চেষ্টা কোরো। " দীপিকা ম্লান হেসে বললেন, " হ্যাঁ, কিছুদিন আগে পর্যন্তও নিজের জন্য একটুও পরোয়া করতাম না। কিন্তু এখন সম্মু আর সুলগ্নাকে দেখে বেঁচে থাকার তৃষ্ণা যেন দিনদিন বেড়ে উঠছে। "

হঠাৎ কমলা কেমন যেন ভূতেপাওয়া দৃষ্টি নিয়ে ফ্যাকাসে মুখে সুলগ্নার ঘরে ঢুকে মধুরার গা ঘেঁষে মাথা নিচু করে দাঁড়ালো। মধুরা অবাক হয়ে বললেন, " কি হল রে কুমু? কিছু বলবি? " কমলা প্রায় ফিসফিসিয়ে বলল, " বৃষ্টি কমে গেছে দেখে বসার ঘরের জানালা গুলো খুলছিলাম। দেখি সামনের রাস্তার ওপারে আবার এসে দাঁড়িয়ে আছে।"

- " কে দাঁড়িয়ে আছে? তোর স্বামী? "

- " হ্যাঁ গো, আবার কত সাহস! আমাকে দেখে ইশারা করে ডাকছে! "

- " সে কি! এটা তো ভালো কথা নয়! চিন্তায় ফেললে দেখছি।" ভ্রূ কুঁচকে বললেন মধুরা। দীপিকা কমলার কথা সবই শুনেছেন মধুরার কাছে। বললেন, " দাদা তো আজ বাড়িতে আছেন। আমার মনে হয় তুমি দাদাকে ডেকে সব জানাও মধুরা। "

মধুরা আর এক মুহূর্ত দেরী না করে প্রায় ছুটেই বসার ঘরের জানালার কাছে গিয়ে একটু আড়ালে দাঁড়িয়ে দেখলেন সত্যিই একটা লোক কাঁধে একটা কাপড়ের ব্যাগ ঝুলিয়ে তখনও ওদের বাড়ির দিকে তাকিয়ে দাঁড়িয়ে আছে। লোকটার গালে দুতিনদিনের পুরোনো দাঁড়িগোঁফ। জামাকাপড় ও তেমন পরিস্কার নয়। মুখে একটা বিধ্বস্ত ও বিব্রত ভাব। বুঝলেন লোকটার উদ্দেশ্য ভালো না। নিশ্চয়ই কোনো একটা মতলব নিয়েই আজ এসেছে এখানে। মধুরা তাড়াতাড়ি

অতীনের ঘরে গিয়ে আস্তে করে অতীনকে জাগিয়ে সব কথা জানালেন। অতীন একটু গম্ভীর হয়ে বললেন, "নাঃ! এবার তো ব্যাপারটার একটা হেস্তনস্ত করতেই হবে দেখছি। "অতীনকে পায়ে চটি গলিয়ে সামনের দরজার দিকে এগোতে দেখে মধুরা একটু চিন্তিত হয়ে বললেন, "তুমি কি একা ওই লোকটার কাছে যাবে? যদি ওর কাছে কোনো অস্ত্রশস্ত্র থাকে? " অতীন বললেন, "আরে দূর! এ সে জাতের লোক নয় বলেই মনে হচ্ছে। এ হল মিচকে বদমাশ। এরা দুর্বল মানুষের ওপর অত্যাচার করে। আমাকে কিছু করতে সাহস পাবে না। "

দীপিকাও পেছনে এসে দাঁড়িয়ে ছিলেন, বললেন, " আমি সমুকে ফোন করে তাড়াতাড়ি ফিরতে বলেছি।" অতীন কিন্তু আর অপেক্ষা না করে দরজা খুলে বেড়িয়ে লোকটার দিকে এগিয়ে গেলেন। আর আশ্চর্য ব্যাপার যে লোকটা কিন্তু পালিয়ে না গিয়ে মুখ নীচু করে অতীনকে কি সব বলতে লাগল। একটু পরে অতীন ওই লোকটাকে সঙ্গে নিয়েই বাড়িতে ঢুকে বসার ঘরে নিয়ে এসে বসতে বললেন। লোকটা দরজার পাশেই মেঝেতে গুটিশুটি হয়ে বসল। অতীন বললেন, " তাহলে তুমি বলতে চাইছ যে তুমি এখন আইনত ভাবে কমলার সাথে বিচ্ছেদ চাইছ যাতে তুমি আবার অন্য একজনকে বিয়ে করতে পার। " লোকটা খুব আগ্রহী গলায় বলল, " হ্যাঁ বাবু, কমলি কে তো আর আমি ঘরে তুলতে পারবনা। পরপুরুষের সাথে ঘর ছেড়েছে বলে কথা। ও মেয়ের কি আর চরিত্রের ঠিক আছে? " অতীন ভীষন রেগে তীব্র কণ্ঠে বললেন,

" খবরদার! কুমুর নামে একটাও বাজে কথা বললে তোমাকে আমি পুলিসের হাতে তুলে দেব। নিজের বিয়ে করা বউয়ের ওপর এত অত্যাচার করেছিলে যে সে প্রায় মরতে বসেছিল। আমার ছেলে তাকে বাঁচিয়ে এখানে নিয়ে এসে আমাদের আশ্রয়ে রেখে না গেলে সে হয়তো এ্যাদ্দিনে ঘরেও যেত। আর এখন তোমার সখ হয়েছে আরেকটা বিয়ে করার! " লোকটা মুখটা একটু নীচু করে ভয়ার্ত গলায় বললো, " না

বাবু, আমি কারোর নামেই আর কিছু বলবনিকো। শুধু আপনারা কমলির সাথে আমার বিয়াটা লিখাপড়া করে কাটানছেঁড়ান করে দেন। গাঁয়ের পঞ্চায়েতে বলল যে কাটানছেঁড়ান না হইয়ে ফের বিয়া করলে জেল হতি পারে। তাই বাবু গো আপনাদের দারস্ত হইছি। আপনারাই যা হয় একটা বেবস্তা করিয়ে দেন। ঘরে বউ না থাকলে বড় অসুবিদায় পড়তে হচ্ছে গো। মা টা বুড়ি হইছে। আর কদ্দিন সংসারের জোয়াল ঘাড়ে বইতে পারবে?" অতীন এবার আরো কঠিন স্বরে বললেন, " আর তাই তুমি এখন কমলাকে ঘাড় থেকে নামিয়ে আরেকটা মেয়ের সর্বনাশ করার জন্য উঠে পড়ে লেগেছ। টাকা পয়সা নিয়ে বিয়ে করে আবার তার ওপর মা ব্যাটায় মিলে অত্যাচার শুরু করবে। "

লোকটা এবার হঠাৎ উঠে এসে অতীনের পায়ের ওপর হুমড়ি খেয়ে পড়ে বলল, " না না বাবু, এই আমি মায়ের নামি দিব্যি কাটছি বাবু, আর অমন কাজ করবনি গো। " অতীন হতাশ হয়ে মাথা নেড়ে বললেন, " সে তুমি পরে কি করবে, আর কি করবেনা,তা তুমিই জানো। আবার যদি কোনো অভাগা মেয়ের কপাল পোড়ে তো তোমার মত লোককে বিয়ে করবে। তবে হ্যাঁ, তোমার সাথে কুমুর যদি আইনত বিচ্ছেদ হয়ে যায় তো কুমুও বাঁচবে, আমরাও শান্তি পাব। তবে এ ব্যাপারে তো কুমুর মতামত জানাও খুব জরুরী। তুমি আজ বাড়ি যাও। আমি কুমুর সাথে কথা বলে দেখি। তবে তুমি কি এই কথাটা বলবে বলেই এতদিন ধরে আমাদের বাড়ির সামনে ঘুরঘুর করতে? " লোকটা একটু বোকাবোকা হেসে বলল, " হ্যাঁ বাবু, পেথম পেথম সাহস হয়নিকো। তাই মাসতুতো ভাইটাকে পাঠায়ছিলাম। তা সে ব্যাটা কোনো কম্মের না। তাই শেষে আমিই...কিন্তুক আমারও বড় ভয় ছিল বাবু, যদি আপনারা সত্যি আমারে পুলিশে ধরায় দেন, সেই ভয়। তা একন তো দেখতিছি আপনারা ভাল লোক। কমলি তো এখেনে বেশ ভালোই আছে দেখি। তা থাউক গিয়া। আমার আর কমলিরে দরকার

নাই।" অতীন বিরক্ত হয়ে বললেন, "তোমার দরকার থাকলেও কমলার আর তোমাকে দরকার নেই সেটা আমরা বুঝেছি। যাকগে আর কথা বাড়িয়ে লাভ নেই। তুমি এখন ফিরে যাও। তুমি বরং আবার সামনের রবিবার এসে আমার সাথে দেখা কর। তখন যা করার করব। " লোকটা এবার স্পষ্টতই বেশ খুশি আর নিশ্চিন্ত মুখে অতীনকে আরেকবার প্রণাম করে পরের সপ্তাহে আসবে জানিয়ে বেরিয়ে গেল। সব কিছু দেখে শুনে মধুরা আর দীপিকাও স্বস্তির শ্বাস ফেলল। অতীন এবার কমলাকে ডেকে বললেন, " সবকিছুই তো শুনলি কুমু। এবার তুই কি চাস সেটা তোর মুখ থেকেই শুনতে চাই। " কমলা মাথা নিচু করে পায়ের বুড়ো আঙুলটা দিয়ে মেঝেতে আঁচড় কাটতে কাটতে বলল, "সে তোমরা যা ভাল বুঝবে তাই করবে। আমি এসব কিছু বুঝিনা। শুধু তোমরা আমাকে এবাড়ি ছেড়ে চলে যেতে বোলোনা। "অতীন বললেন, "এ বাড়ি ছেড়ে যাবিই বা কোথায়? শুনলি তো সে তোকে আর ঘরে তুলবেনা। আবার নাকি বিয়ে করবে। " কমলা একটু রাগত স্বরে বলল, " সে ওর যা খুশি তাই করুক গে। আমার ঘাড় থেকে নামলে আমিও বাঁচব। " কমলার কথা শুনে এবার অতীন মধুরা আর দীপিকা তিনজনেই হেসে উঠলেন।

পরের দিনও সারা দুপুর একটানা অঝোরে বৃষ্টি হবার পর দুপুর তিনটে নাগাদ বৃষ্টি থামার একটু পরেই আকাশ একেবারে পরিস্কার হয়ে গেল। ঝকঝকে সূর্যের আলোয় সদ্যস্নাত গাছের পাতাগুলোকে খুব বেশী সবুজ দেখাচ্ছিল। জানালা দিয়ে ঝিরঝিরে হাওয়ার সাথে ভেসে আসা ভেজা গাছগাছালির গন্ধ দীপিকাকে বারেবারে আনমনা করে তুলছিল। খুব ইচ্ছে করছিল সেই ছোটোবেলার দিনগুলোর মত খালি পায়ে গিয়ে ঘাস ভরা মাঠের জমা জলে পা ডুবিয়ে ছপছপ করে হেঁটে যেতে। ফড়িং গুলো কেমন স্বচ্ছ ডানায় জলছাপ মেখে ভেজা ঘাসের ডগায় উড়ে উড়ে এসে বসত। মাঠের ধার ঘেঁষে বেড়ে ওঠা কচুবনের পাতায় পাতায় জমা জল হীরের কুচির মত ঝকমক করত। বন্ধুদের সাথে হাত ধরাধরি করে গোল করে দাঁড়িয়ে জোড়া পায়ে লাফিয়ে লাফিয়ে এর ওর গায়ে জল ছেটানো আর খিলখিল হাসিতে একে অন্যের গায়ে গড়িয়ে পড়া, কি সুন্দর সরল সহজ আনন্দের দিন ছিল সেসব। ক্লাসের শেষে দীপিকা যেন ঘোরের মধ্যেই মধুসূদন বাবুর বলে দেওয়া রাস্তা ধরে হাঁটতে হাঁটতে সেই বড় বাঁধানো দীঘির কাছে পৌঁছে গেলেন।

পুকুরটা সত্যিই বেশ বড়, দীঘিই বলা চলে। দীপিকা গেট পেরিয়ে ভেতরে ঢুকে দেখলেন পুকুরের চারপাশে বেশ চওড়া বাঁধানো রাস্তার ধার ঘেঁষে বেশ কিছু ফুলের আর বাহারি পাতার গাছ লাগানো। গন্ধরাজ টগর কামিনী জবা কদম এবং দীপিকার অচেনা আরও কিছু বড় গাছও রয়েছে ছড়িয়ে ছিটিয়ে। কিছু টা দূরে দূরে কয়েকটা কংক্রিটের লম্বা বসার সীট বানানো আছে, যেখানে বেশ আরাম করে হেলান দিয়ে বসা যায়। আজ বৃষ্টির জন্যই বোধ হয় তেমন ভীড় নেই। দীপিকা নিজের

হ্যান্ডব্যাগ থেকে সেদিনকার পেপারটা বের করে হালকা ভেজা সীটের ওপর বিছিয়ে বসলেন। খুব রিল্যাক্সড লাগছিল অনেক দিন পর। ধীরে ধীরে সান্ধ্য ভ্রমনার্থীদের আনাগোনা শুরু হল। অনেকেই বাঁধানো রাস্তায় হাঁটছিলেন। কেউ কেউ সঙ্গী পেয়ে সীটে বসে গল্প জুড়েছেন। এও এক অন্য জগত, মনে হল দীপিকার। হঠাৎ মনে হল এক ভদ্রলোক মুখে পরিচিতের হাসি ঝুলিয়ে যেন ওর দিকেই এগিয়ে আসছেন। বিব্রত হলেন দীপিকা। এভাবে একা বসে থাকাটা বোধহয় ঠিক হয়নি। ফিরে যাবেন কিনা ভাবতে ভাবতেই ভদ্রলোক একেবারে সামনে এসে পড়লেন এবং একগাল হেসে খুব আন্তরিক ভাবে বলে উঠলেন,

" আরে! আপনিও এখানে আসেন বুঝি? কিন্তু যতদূর জানি আপনার বাড়ি তো এখান থেকে বেশ খানিকটা দূরে। তবে হ্যাঁ, সকাল সন্ধ্যা হাঁটার জন্য এই জায়গাটার কোনো তুলনাই নেই। আর আপনার তো গাড়িও আছে। আপনার তো এখানে আসার কোনো সমস্যাই নেই। " এক নিঃশ্বাসে এতগুলো কথা বলে ফেলার পর ভদ্রলোক দীপিকার ভ্রুকুঞ্চিত মুখের বিব্রত ভাব দেখে কিছু একটা আন্দাজ করে আবার অল্প হেসে বললেন, " ম্যাডাম বোধহয় আমাকে ঠিক চিনতে পারেননি। আরে আমিই সেই , যে কিছুদিন আগে নির্বোধের মত আপনার গাড়ির নীচে চাপা পড়তে পড়তে বেঁচেছি। " বলেই হা হা করে হেসে উঠলেন। আর দীপিকার ও এবার মনে পড়ল সেদিনের ঘটনাটা। যদিও সেদিনের সেই হতচকিত বিধ্বস্ত নার্ভাস বিভ্রান্ত মানুষটির সাথে আজকের এই হাসিখুসি প্রাণবন্ত মানুষটিকে মেলাতে প্রথমে একটু অসুবিধেই হচ্ছিল। দীপিকা কোনোমতে বলতে পারলেন, " হ্যাঁ, মনে পড়েছে। আপনার বাড়ি তো এখান থেকে কাছেই। " ভদ্রলোকের মুখের হাসি আবার চওড়া হল। মাথাটা সামনে স্বল্প ঝুঁকিয়ে একটু নাটকীয় ভঙ্গীতে বললেন,

" ইয়েস ম্যাম, আমিই সেই অধম অরুনাভ সাহা। এখানে রোজ বিকেলে হাঁটতে আসি। একা মানুষ তো, সকালে কাজকর্ম রান্না ইত্যাদি সারতেই বেলা হয়ে যায়। তাই বিকেলেই আসি। " দীপিকাও এবার হেসে বললেন, " আপনাকে আজ এমন হাসিখুসি দেখে তো আমি ভাবলাম আপনার মেয়ে বুঝি বিদেশ থেকে ফিরেই এসেছে। " অরুনাভ বললেন, " নাহ, ফিরে আসেনি, তবে আসবে কদিন পরেই কিছুদিনের জন্য ছুটি নিয়ে। সেই আনন্দেই আমি চাঙ্গা হয়ে উঠেছি। আরও খবর আছে। হয়তো এবার মেয়েটার বিয়েটাও দিতে পারব। বাই দ্য ওয়ে, আপনার বাড়ির ঠিকানাটা দেবেন ম্যাম। মেয়ের বিয়ের দিন স্থির হলে নেমন্তন্ন করতে যেতে হবে তো।" দীপিকা এবার খুব অপ্রস্তুত হয়ে বললেন, " না না, আমাকে আবার কেন? " অরুনাভ বললেন, " নয় কেন? আপনি সেদিন যেভাবে আমাকে সাহায্য করে ছিলেন, বাড়িতে পৌঁছে দেওয়া, তারপরেও আপনার ড্রাইভার কে দিয়ে বাড়িতে আমার পায়ের এক্সরে রিপোর্ট পাঠিয়ে দেওয়া, এসব কি আমি ভুলে গেছি? আপনার মত এমন সহৃদয় মানুষের সাথে বন্ধুত্বের সম্পর্ক রাখতে চাওয়াটা কি আমার খুব বেশী অন্যায় চাওয়া হয়ে যাবে?" দীপিকা এবার সত্যি লজ্জা পেলেন। বিড়ম্বিত মুখে বললেন, " কি যে বললেন না আপনি! এসব তো যে কোন মানুষেরই কর্তব্য। যাই হোক, আপনি অবশ্যই আসবেন আমাদের বাড়িতে আপনার মেয়ের বিয়ের নিমন্ত্রণ করতে। কতদিন যে বিয়েবাড়ীতে যাইনি! " হ্যান্ডব্যাগ হাতড়ে একটা কাগজের টুকরো বের করে তাতে নিজের বাড়ির ঠিকানা লিখে দিলেন অরুনাভকে, তারপর ফোন করে মনোজ কে গাড়ি নিয়ে পুকুরটার কাছে আসার নির্দেশ দিলেন দীপিকা। অরুনাভ বেশ খুশি খুশি গলায় জানালেন যে তাঁর মেয়ে নিজেই তার বর খুঁজে নিয়েছে। দেশে থাকার সময়েই তাদের আলাপ পরিচয় বন্ধুত্বের পর্ব সারা হয়েছিল। তারপর দুজনে একই সাথে চাকরী জোগাড় করে স্পেনে যায় এবং সেখানেই

বন্ধুত্ব ভালোবাসায় প্রমোশন পাওয়াতে এখন বিয়ে করার ডিসিশন নিয়েছে দুজনে। দীপিকা সব শুনে খুব খুশী হয়ে অরুনাভ কে অভিনন্দন জানিয়ে বললেন, " এবার আর কি? মেয়ের বিয়ে দিয়ে আপনিও এবার স্পেনে গিয়ে মেয়ের কাছে থাকতে পারবেন। আর আপনাকে একা থাকতে হবে না। " অরুনাভ চোখ কপালে তুলে ঘাড় নেড়ে বললেন, " না না ম্যাম, সেটি হচ্ছেনা। আমার নিজের দেশ, নিজের বাড়ি ছেড়ে আমি কোথাও গিয়ে থাকতে পারব না। তবে হ্যাঁ, মাঝে মধ্যে বেড়াতে যাওয়া যাবে, সেটা ঠিক।" দীপিকা বললেন, "তা বেশ। তবে আমাকে আপনি ম্যাম না বলে দীপিকা বললেই ভালো লাগবে। ম্যাম শব্দটা বড় অস্বস্তিকর। " অরুনাভ একগাল হেসে বললেন, " জো আজ্ঞা ম্যাম, আই মীন দীপিকা। "বলেই আবার হা হা করে হাসতে লাগলেন। দীপিকার ফোন বেজে উঠল। মনোজ এসে গেছে। অরুনাভ বললেন,

" চলুন আপনাকে গাড়ি পর্যন্ত এগিয়ে দিয়ে আসি, তারপর ফিরে এসে হাঁটব। "

বাড়ি ফিরে এসে দীপিকা একটু অবাক হয়ে দেখলেন প্রসূন বাইরের পোষাকেই এবং বোধহয় একটু চিন্তিত মুখে ড্রয়িংরুমের সোফায় বসে আছেন। দীপিকাকে দেখে একটু কৈফিয়ত দেবার মত করে বললেন, "আজ এক্ষুনি তড়িৎ বাবু আসবেন জানালেন। তাই আর ক্লিনিকে না গিয়ে সোজা বাড়িতে চলে এলাম। দেখি আবার কি খবর নিয়ে আসেন।"

দীপিকা মাথাটা অল্প হেলিয়ে মুখে কিছু না বলে দোতলায় যাবার সিঁড়ির দিকে এগিয়ে গেলেন। সিঁড়ি দিয়ে ওঠার সময় নীচের রান্নাঘর থেকে টুকটাক আওয়াজ পেয়ে বুঝলেন সাবু বাড়ি যায়নি। হয়ত তড়িৎ কর আসবেন বলে প্রসূনই সাবুকে আরও একটু সময় থেকে যেতে

বলেছেন। চা টা করে দিতে হবে বলে। তড়িৎ কর আসছেন। তার মানে নিশ্চয়ই কিছু গুরুত্বপূর্ণ তথ্য জানতে পেরেছেন। যদিও প্রসূনের ব্যাপারে দীপিকা সম্প্রতি সমস্ত আগ্রহই হারিয়ে ফেলেছেন, কিন্তু সেই অদ্ভুত রাতের অদ্ভুত ঘটনার রহস্যভেদ সত্যিই হল কিনা তা জানার ইচ্ছেটা মনের মধ্যে ক্রমশ জোরালো হতেই থাকল। ভাবলেন সমুটা তাড়াতাড়ি বাড়ি ফিরে এলে বেশ হয়। এতক্ষণে তো ফিরেও আসার কথা। সাধারণত ছুটির দিন গুলো ছাড়া সমু বাড়ি ফিরতে দেরী করেনা। অধৈর্য হয়ে সম্রাটকে ফোনে কানেক্ট করার চেষ্টা করলেন দীপিকা। রিং বেজে বেজে থেমে গেল। তার মানে বাইক চালাচ্ছেন বাবু। হয়তো বাড়ি ফিরছে। আর দেরী না করে ওয়ার্ডরোব থেকে ফ্রেশ জামাকাপড় বের করে বাথরুমে ঢুকে গেলেন দীপিকা। প্রায় সঙ্গে সঙ্গেই বাড়ির গেটের সামনে সমুর বাইক এসে দাঁড়ানোর আওয়াজ পেয়ে নিশ্চিন্ত হয়ে সময় নিয়ে স্নান সারলেন। সাদা জমিতে হালকা নীল আর মভ কালারের ছোটো ছোটো ফ্লোরাল ডিজাইনের একটা ঢিলেঢোলা কাফতান পরে বাথরুম থেকে বেড়োতেই সাবুর হালকা ডাক শুনতে পেলেন। দরজা খুলে মুখ বাড়াতেই দেখলেন সাবু সিঁড়ি দিয়ে উঠে আসতে আসতে বলছে, "চা বানাচ্ছি, সবাই তো খাবে বলছে। তোমার জন্যও কি বানাব? " দীপিকা এক মুহূর্ত ভেবে বললেন,

"আচ্ছা বানাও, আর ওপরে নয় নীচেই দিও। বাইরের কেউ এসেছে নাকি? " সাবু মুখে একরাশ বিরক্তি নিয়ে বলল, " তা নয় তো কি! সেই পুলিশ বাবু এয়েছেন। এখন সবাই রেতের খাবার ছেড়ে চা নিয়ে বসবে। আমি কিন্তু আগেই বলে রাখছি আজ আর আমাকে সেখেনে পেশ্ণউত্তুরের জন্যি ডাকাডাকি করোনিকো। আমার অনেক দেরী হয়ে গেল। চা খাইয়ে চায়ের বাসনপত্তর ধুয়ে বাড়ি যাব। " দীপিকা হেসে বললেন, " তুমি চা দিয়ে বাড়ি চলে যাও সাবু। বাসন

কাল সকালে এসে ধুয়ো। " সাবু গজগজ করতে করতে নীচে নেমে গেল।

নীচে নামতেই সম্রাটের সাথে মুখোমুখি হলেন দীপিকা। সম্রাটের চোখেমুখে উত্তেজনার ছাপ স্পষ্ট। দীপিকাকে সামনে দেখে চাপা গলায় বলল, "এই তো মা! তোমাকেই ডাকতে যাচ্ছিলাম। ড্রয়িংরুমে তোমার ডাক পড়েছে। তড়িৎ কর এসেছেন, এবং বললেন তোমার সামনেই নাকি রহস্য সমাধানের ঝুলির মুখ খুলবেন। জলদি চল। " দীপিকা ওর উত্তেজিত ভঙ্গী দেখে হেসে ফেললেন। বললেন, - " উফ! তোর দেখছি তর সইছে না! আচ্ছা চল, দেখি তড়িৎ বাবুর ঝুলি থেকে কোন বেড়াল বেড়োয়।"

দীপিকা আর সম্রাট ড্রয়িংরুমে ঢুকতেই তড়িৎ কর উঠে দাঁড়িয়ে মাথাটা সামনে অল্প ঝুঁকিয়ে দুহাত সামনে প্রসারিত করে একটু নাটকীয় ভঙ্গীতে হাসিমুখে বললেন, " আসুন ম্যাডাম, আপনার উপস্থিতির অপেক্ষা চলছিল। কারন যা কিছু জানতে পারা গেছে বা বলতে চলেছি তার সত্যাসত্য অনেকটাই আপনার অনুমোদনের ওপর নির্ভর করছে। " দীপিকা হাতজোড় করে নমস্কারের ভঙ্গী করে একটা সোফায় গিয়ে বসলেন। সম্রাট ও তার পাশের সোফাতে বসে বলল, " তাহলে এবার শুরু করুন। " তড়িৎ কর তাঁর সোফার পাশেই নীচে নামিয়ে রাখা ব্রীফকেশ টা নিজের কোলের ওপর রেখে লক খুলে কাগজপত্র ঘেঁটে একটা বাদামী লম্বা খাম বের করে পাশে রেখে আবার ব্রীফকেশ বন্ধ করে সোফার পাশে নীচে নামিয়ে রাখলেন। গলাটা একটু ঝেড়ে পরিস্কার করে নিয়ে শুরু করলেন তড়িৎ।

-" প্রথমেই বলি এই ঘটনার তদন্তে নেমে যা কিছু আমি জানতে পেরেছি তার বেশীরভাগটাই অনুমানসাপেক্ষ। তথ্যপ্রমানাদি সহযোগে এই মুহূর্তে যা প্রমান করা সহজসাধ্য নয়। আমি প্রথমে ডাঃ মিত্রকে

কয়েকটি প্রশ্ন করব। হয়তো কিছু প্রশ্নের উত্তর দেওয়া ডাঃ মিত্রের পক্ষে এমব্যারাসিং মনে হতে পারে। তবু সঠিক উত্তর না পেলে আমার পক্ষে রহস্য সমাধানে অসুবিধের সৃষ্টি হতে পারে। " প্রসূন মাথা নামিয়ে বসে ছিলেন। অল্প ঘাড় নেড়ে বললেন, " য়্যু ক্যারী অন, আমি যথাসম্ভব কোঅপারেট করব। " তড়িৎ হেসে বললেন, "সে তো আপনাকে করতেই হবে ডাক্তার মিত্র। না হলে আপনারই বিপদ। যাই হোক, ডাঃ মিত্রের কাছে আমার প্রথম প্রশ্ন পারমিতা দত্তর সাথে আপনার কিভাবে পরিচয় হয় এবং তার সাথে আপনার কোনো সম্পর্ক তৈরী হয়েছিল কি না, বা হয়ে থাকলে সম্পর্কটি কি ধরনের ছিল তা জানা একান্তই জরুরী। "

ড্রয়িংরুমের থেকে ভেতরে যাবার দরজার পর্দার পেছন থেকে সাবুর হালকা গলা পাওয়া গেল, " চা দিয়ে যাই? " সম্রাট উঠে পর্দাটা সরিয়ে দাঁড়ালো। সাবু চায়ের কাপ প্লেট এবং কেকের প্লেট সাজানো একটা বড়ো ট্রে দুহাতে ধরে নিয়ে এসে সেন্টার টেবিলে নামিয়ে রাখল। দীপিকা বললেন, " তুমি এবার বাড়ি যাও সাবু। তোমার অনেকটাই দেরী হয়ে গেছে। " সাবু তড়িৎ করের দিকে একটা বিরক্তির দৃষ্টি ছুঁড়ে দিয়ে নিঃশব্দে বেড়িয়ে গেল। সাবু বরাবর বাড়ির পেছনের দরজা দিয়েই যাতায়াত করে। ওর কাছে পেছনের ও সামনের, দুদিকের দরজারই চাবি থাকে। চাবি হারানোর ঘটনার পর থেকে সাবু আরও বেশী সাবধানী হয়ে গেছে। তড়িৎ করের প্রশ্নে ড্রয়িংরুমের আবহাওয়ায় একটা অস্বস্তির পরিবেশ সৃষ্টি হয়েছিল। সবাই প্রায় চুপচাপ চা পর্ব শেষ করল। কয়েক মুহূর্তের নিস্তব্ধতা ভেঙে প্রসূনই মুখ খুললেন এবং সংক্ষেপে পারমিতার ব্যাপারে মোটামুটি সবটাই জানালেন। প্রসূনের কথার মাঝেই অবশ্য সম্রাট, " আমি একটু আসছি" বলে উঠে চলে গিয়েছিল। সবটা শোনার পর তড়িৎ বললেন , " আচ্ছা, পারমিতার যে একটি ভাই আছে এ ব্যাপারটা কি আপনার জানা ছিল?

" প্রসূন ঘাড় নেড়ে বললেন, "না, ভাই বোন দাদা বা ওর অন্য কোনো আত্মীয়ের কারোর ব্যাপারেই ও কোনোদিন কিছু বলেনি। শুধু এটুকু জানিয়েছিল যে ওর খুব ছোটোবেলাতেই একটা এ্যাকসিডেন্টে নিজের মা বাবাকে ও একসাথে হারায়। আমিও কোনোদিন ওকে ওর আত্মীয়স্বজনের ব্যাপারে প্রশ্ন করে কিছু জানতে চাইনি। কারন কারোর পার্সোনাল ব্যাপারে আমার ইন্টারেস্ট সবসময়ই খুব কম। " তড়িৎ লক্ষ্য করলেন দীপিকার ঠোঁটের কোন তীব্র ঘৃণায় বেঁকে গেল। তবে খুব তাড়াতাড়ি নিজেকে সামলে নিলেন দীপিকা। তড়িৎ ও ঠোঁটের কোনায় একটা চাপা হাসি লুকালেন । তারপর কাঁধে একটা স্রাগ করে বললেন, "হুঁ, পারমিতার নিজের একটি ভাই আছে, বা দাদাও বলতে পারেন, কারন সে পারমিতার থেকে প্রায় পনেরো মিনিটের বড়। " দীপিকা এবং প্রসূন দুজনেরই মুখে চমকিত ভাব দেখে তড়িৎ বললেন, " হ্যাঁ ওরা যমজ ভাই বোন। আইডেন্টিকাল টুইনস। " প্রসূন আক্ষরিক অর্থেই মাথা চাপড়ালেন, " ওহ্ মাই গস্! আমার বোঝা উচিত ছিল! "

তড়িৎ বললেন , " ইয়েস ডাঃ মিত্র। ওরা দুজনে হুবহু এক দেখতে। যদিও বয়স বাড়ার সাথে সাথে পারমিতার সাথে পলাশের হাইটের সামান্য তারতম্য হয়, ধরুন সেটা খুব বেশী হলেও ইঞ্চি দুয়েকের বেশী নয়। আর ধীরে ধীরে পারমিতার চেহারায় নারী সুলভ কোমলতা এবং পলাশের চেহারায় পুরুষালি ভাব জোড়ালো হয়ে ওঠে। হ্যাঁ, পারমিতার যমজ ভাইয়ের নাম পলাশ। সে তার মুখের মেয়েলি মিষ্টতা ঢাকতে ফ্রেঞ্চকাট দাঁড়িগোঁফ রাখা শুরু করেছিল। " প্রসূনের চোখের সামনে কয়েক মাস আগেই তার ক্লিনিকের অনতিদূরে তার দিকেই তাকিয়ে দাঁড়িয়ে থাকা ছেলেটির কথা মনে পড়ল। তবে কি সে পলাশ ছিল? তাই তাকে অত চেনা চেনা লাগছিল? কিন্তু সন্ধ্যের আলো আঁধারিতে তার মুখে দাঁড়িগোঁফ ছিল কিনা বোধহয় ঠিক ঠাহর করা যায়নি। তড়িৎ বললেন, " তবে আমার সন্দেহ সম্প্রতি কোনো এক

বিশেষ জরুরি কারনে হয়তো সে নিজের দাঁড়িগোঁফ কামিয়ে ক্লীনসেভড্ হয়ে থাকতে পারে। যদিও পলাশের ফেসবুক প্রোফাইল ঘেঁটে তার যে কটি ছবি দেখতে পেয়েছি সবকটিতেই সে দাঁড়িগোঁফেই সমুজ্জ্বল। তার বেশীর ভাগ ছবিই কোনো না কোনো অনুষ্ঠানের সময় তোলা। পারমিতার সঙ্গে পলাশের একটাই ছবি পেয়েছি, বোধহয় ভাইফোঁটার অনুষ্ঠানের দিন তোলা। পলাশের কপালে চন্দনের ফোঁটা আর পারমিতার হাতে ধরা গিফ্টের প্যাকেট দেখে সেরকমই মনে হচ্ছে। আমি আপনাদের দুজনকেই এবার কয়েকটা ফটো দেখাব। " বলেই তড়িৎ পাশে রাখা লম্বা বাদামী রঙের খামের ভেতর থেকে কয়েকটি ফটো বের করে প্রসূনের দিকে বাড়িয়ে ধরলেন। প্রসূন দীপিকার দিকে একটা বিড়ম্বিত দৃষ্টি দিয়ে ফটোগুলো নেড়েচেড়ে দেখতে শুরু করার সাথে সাথেই তার মুখের রঙ দ্রুত বদলাতে লাগল। তড়িৎ বললেন, " আপনার দেখা হয়ে গেলে ছবিগুলো মিসেস মিত্রের হাতে দেবেন ডাক্তার। " প্রসূন নিঃশব্দে ফটোগুলো দীপিকার দিকে এগিয়ে দিলেন। দীপিকা প্রায় ভাবলেশহীন মুখে ছবিগুলো দেখে তড়িৎ কে ফেরত দিলেন। তড়িৎ মৃদু হেসে ছবিগুলো আবার খামের ভেতর ভরে ব্রীফকেশ খুলে যথাস্থানে রাখলেন এবং এবার আরেকটি ছোটো সাদা রঙের খাম বের করে হাতে নিয়ে দীপিকার দিকে তাকালেন। তারপর খাম থেকে আরেকটা ছবি বের করে দীপিকার দিকে বাড়িয়ে দিয়ে বললেন, " দেখুন তো ম্যাডাম, এই মহিলাই কি সেদিন এই বাড়িতে আপনাকে বিরক্ত করতে এবং ভয় দেখাতে এসেছিল? " দীপিকা ফটোটা হাতে নিয়ে ভ্রূ কুঞ্চিত করলেন। একটু পরে বললেন, হ্যাঁ, অনেকটা এর মতই দেখতে ছিল, পোষাক অন্যরকম ছিল যদিও, তবু মনে হচ্ছে.... হ্যাঁ, এই বোধহয় ছিল।" তড়িৎ এবার হেসে বললেন, " এই ছবিটা আমার ডিটেকটিভ ডিপার্টমেন্টের আর্টিস্ট কে দিয়ে পলাশের ছবি কে মেয়েলি সাজ দিয়ে আঁকানো। আমার সন্দেহ ছিল,

এখন প্রমানিত হয়ে গেল যে পলাশই সেদিন এসেছিল, মেয়ের সাজে এবং একটু উগ্র সাজে, আপনাকে ভয় দেখাতে। "দীপিকা অবাক হয়ে বললেন, "কিন্তু আমাকে ভয় দেখানোর কি কারন? আমি তো ওদের ভাইবোনের কারোর কোনো ক্ষতি করিনি! আমি তো ওদেরকে চিনতামও না!" তড়িৎ বললেন, "আছে আছে, কারন তো অবশ্যই আছে। পলাশ আর যাই হোক, পাগল তো একেবারেই নয়। অবশ্য দুঃখে হতাশায় অসহায়তায় তার অবস্থা অনেকটা পাগলের মতই হয়ে গেছিল। তবে সে যা যা করেছে এপর্যন্ত বেশ সুচিন্তিত ভাবে প্ল্যান করেই করেছে। " তড়িৎ এবার ওই সাদা খামটার থেকে আরেকটা ছবি বের করে প্রসুনের হাতে দিয়ে বললেন, " এবার এই ছবিটা দেখে আপনি বলুন সেদিন আপনার ক্লিনিকে কি একেই বসে থাকতে দেখে ছিলেন? "

প্রসূন একবার দেখেই ছবিটা ফেরত দিয়ে বললেন, "হ্যাঁ, এই ছিল, পারমিতা। " তড়িৎ রহস্যময় ভাবে হেসে বললেন, " না, ও পারমিতা নয়, কারন তখন পারমিতা আর বেঁচে ছিলনা। " প্রসূন একটু অসহিষ্ণু হয়ে বললেন, " তবে কি আপনি বলতে চাইছেন আমি, ইন ফ্যাক্ট আমার ক্লিনিকের স্টাফ ও, ভূত দেখেছি!"

তড়িৎ বললেন, " উত্তেজিত হবেন না ডাঃ মিত্র। ও পারমিতা নয়, পলাশ ছিল। আপনার ও মিসেস মিত্রর বর্ণনা অনুসারে আমি পলাশের দুটি ছবিতে প্রফেশনাল আর্টিস্ট কে দিয়ে প্রয়োজনীও মেকওভারের পরিবর্তন করিয়েছিলাম। এখন আপনারা আইডেন্টিফাই করায় আমার সন্দেহ সত্য প্রমাণিত হল যে পলাশই সাজগোজের পরিবর্তন ঘটিয়ে মেয়ে সেজে আপনাদের দুজনকেই ভয় দেখানোর চেষ্টা করছিল। আর মিসেস মিত্র, আমার মনে হয় আপনাকে লক্ষ্য করে পার্কে যে পাথর ছোঁড়া হয় সেটাও পলাশের কীর্তি। আপনি তো পলাশকে চিনতেন না, তাই আপনার পক্ষে বোঝা সম্ভব ছিল না। আর তখনও পর্যন্ত পলাশের

সম্পূর্ণ রাগ টা ছিল আপনার ওপরেই। কারন তখনও পারমিতা বেঁচে ছিল, যদিও আফটার আ ফেইলড্ সুইসাইড এ্যাটেম্প্ট সী বিকেম ভেরী ভেরী সিক্। মা বাপ হারা নিজের বলতে একমাত্র আদরের বোনকে পলাশ একটা সুস্থ স্বাভাবিক জীবন ফিরিয়ে দিতে চেয়েছিল, আর তার সেই চাওয়াটা পূর্ণ হবার পথে সে আপনাকেই প্রধান অন্তরায় বলে ধরে নিয়েছিল মিসেস মিত্র। যদিও কিছুদিনের মধ্যেই তার এই ভুল ধারণা ভেঙে যায়, যখন আপনার সুইসাইড এ্যাটেম্প্টের কথা বেশ কিছুদিন পরে তার কানে আসে। তখন থেকেই তার টার্গেট বদলে যায়।" প্রসূন কিছু একটা বলতে যাচ্ছিলেন। তড়িৎ তাকে থামিয়ে দিয়ে বললেন, "আমার সব কথা এখনও শেষ হয়নি ডাঃ মিত্র। পলাশ তার প্রয়োজন অনুযায়ী মেয়ের বেশ ধারণ করার জন্য দাঁড়িগোঁফ কামিয়ে ফেলে এবং আমার ধারণা সে নিজের স্বাভাবিক চেহারায় লোকসমক্ষে থাকার জন্য নকল দাঁড়িগোঁফ ব্যবহার করে, বা করত। তবে পলাশের সঙ্গে যদিও আমার এখনও সামনাসামনি সাক্ষাতের সুযোগ হয়নি, তার পাড়ায় তার সম্বন্ধে খোঁজ খবর নিয়ে যা জানলাম তাতে বোঝা গেছে তার সম্বন্ধে পাড়ার সকলেরই খুব উচ্চ ধারণা, তার পাড়ার প্রায় প্রতিটি মানুষই তাকে অসম্ভব ভালোবাসে। আপনার বাড়িতে যে বৃষ্টির রাতে আপনার ওপর হামলা হয় সে রাতেও পলাশের গতিবিধি সম্পর্কে তার পাড়ার অনেকের বাড়িতেই জিজ্ঞাসাবাদ করে জানা গেছে যে বেশীর ভাগ রাতের মতই সেই রাতেও গভীর রাত পর্যন্ত সবাই পলাশের পিয়ানো বাজানোর আওয়াজ শুনেছে। এখন আপনারা চাইলে পুলিশে পলাশের নামে রিপোর্ট করে পুলিশি তদন্ত করে সত্য ঘটনাটা অবশ্যই জানতে পারবেন। হয়তো সেই রাতে পলাশ নিজে পিয়ানো বাজায়নি, তার বাজনার রেকর্ড চালানো ছিল, এমনটাই সম্ভব। তবে আমার কাজ এখানেই শেষ। এরপর আপনারা চাইলে পুলিশের সাহায্য নিয়ে পলাশের যথাযোগ্য শাস্তির ব্যবস্থা করতে পারেন। " দীপিকা অসম্ভব

ব্যথিত গলায় বললেন, " শাস্তি! সেটা আসলে কার প্রাপ্য? আসল অপরাধী কে? পলাশ! যার একমাত্র জীবিত আদরের আপনজনকে একজন ফ্রিভোলাস ইরেসপন্সিবল নেচারের মানুষের স্বার্থপরতার হাঁড়িকাঠে বলি চড়তে হয়েছিল! " বলেই উদগত কান্না এড়ানোর জন্যই বোধ হয় সোফা থেকে উঠে দ্রুত পায়ে ঘর ছেড়ে বেরিয়ে গেলেন দীপিকা। তড়িৎ কর ও ব্যথিত মুখে মাথা নেড়ে উঠে দাঁড়ালেন। প্রসূন বললেন, " দীপা ঠিকই বলেছে মিঃ কর। পলাশের থেকে অনেক গুণ বেশী অপরাধী আমি, কারন আমার হঠকারিতায় একজনের মৃত্যু ঘটেছে। শাস্তি যদি পেতে হয় তা আমারই পাওয়া উচিত। হয়তো পাবও তা কোনো এক দিন। আপনি একটু বসুন, আপনার পারিশ্রমিকের চেক টা নিয়ে যাবেন। " প্রসূন ভেতরে গিয়ে চেক টা নিয়ে এসে তড়িৎ কে দিলেন। তড়িৎ বললেন, আশা করছি আপনার ওপর আর হামলা হবে না। হলে খবর দেবেন। বাড়ির তালাচাবি তো সব বদলানো হয়েছে। সি সি টিভি ক্যামেরাও বসানো হয়েছে দেখছি। তবু বলব সাবধানে থাকবেন। " চলে গেলেন তড়িৎ কর।

সকালের চা পর্ব শেষ হতেই মধুরা কি ভেবে একবার ছাদের বাগানে এসে দাঁড়ালেন। সঙ্গে সঙ্গে এক ঝলক ঝিরঝিরে হালকা হাওয়া মুখের ওপর এসে ঝাপটা দিয়ে ওকে স্বাগত জানালো। আকাশের নীল ক্যানভাসে কেউ যেন দ্রুত কিন্তু পটু হাতে টুকরো টুকরো সাদা মেঘের আল্পনা এঁকে চলেছে। বর্ষা প্রায় শেষ। আকাশের দরজায় শরতের কড়া নাড়া পড়ে গেছে। তাই ভোর হতে না হতেই আজ মধুরা ছাদে আসার তাগিদ অনুভব করছিলেন। আর মাত্র দশদিন পরেই বুবান ফিরছে দিল্লী থেকে। ঘরের পরিবেশেও তাই খুশির ছোঁয়া লেগেছে। মধুরা তো খুশির জোয়ারে ভাসছে। বেড়াতে যাবার তোড়জোড় শুরু হয়ে গেছে। টিকিট কাটা, হোটেল বুকিংয়ের ব্যবস্থা সব মিন্টি আর সম্মু দুজনে মিলে করেছে। এবার একটু একটু করে স্যুটকেস গোছানো শুরু করতে হবে। মধুরা বাগানময় ঘুরে ঘুরে ফুলপাতা গুলোকে আদর করে ছুঁয়ে বললেন,

" কি রে ভালো থাকবি তো সবাই? আমি যে ক'দিন থাকবনা খুব লক্ষ্মী হয়ে থাকিস কিন্তু। মান্তু এসে রোজ জল দিয়ে যাবে। হাসিখুসি হয়ে থাকবি সবাই, কেমন? " নীচ থেকে কুমুর চিৎকার শোনা গেল, " মা..... তোমার ফোন বাজছে কখন থেকে। ছাদে যাবার সময় ফোনটা গলায় ঝুলিয়ে নিয়ে যাও না কেন গো? মোবাইলটা কে ল্যান্ডলাইন বানিয়ে রেখে দিয়েছ। " মধুরাও চিৎকার ছাড়লেন, " বডড পাকা হয়েছিস রে কুমু, বকবক না করে ফোন টা নিয়ে আসতে পারলিনা ওপরে?" বলতে বলতে তাড়াতাড়ি সিঁড়ি দিয়ে নামতে নামতে শুনলেন কুমুর বুকনি, " আর ওমনি হন্তদন্ত হয়ে পড়িমরি করে সিঁড়ি ভাঙতে

হবে না। পড়ে গিয়ে আরেক কাণ্ড বাঁধিওনা বাপু। ফোনের বাজনা বেজে বেজে থেমে গেছে। আমার হাত জোড়া, লুচির ময়দা মাখছি তো! " ইদানীং অতীনের এক নতুন বাতিক হয়েছে। আগে শুধু ছুটির দিন গুলোতে বাড়িতে থাকলেই লুচি খাওয়ার আবদার জানাতেন। কিন্তু এখন ছুটির দিন ছাড়াও মাঝেমাঝেই চুপিচুপি কুমুর কাছে সকালের জলখাবারে লুচি বানাবার হুকুম জারি করে আসেন। বয়স বাড়ছে বলে মধুরা অতীনের খাদ্যতালিকা থেকে লুচি পরোটার কোটা একটু কাটছাঁট করেছেন। কিন্তু মধুরার অনুপস্থিতির সুযোগে অতীন কুমুর কাছে প্রায়ই আবেদনপত্র জমা দিয়ে দেন। এবার কুমুটাকেও বকা দিতে হবে। বললেই যেন লুচির ময়দা মাখতে বসে না যায়। তবে আজ সকালের ফুরফুরে মেজাজটা বকাঝকায় নষ্ট করতে চাইলেন না মধুরা। মোবাইলে দীপিকার মিসড কল দেখে ভাবলেন সাতসকালে আবার দীপিকার তলব কেন? কল ব্যাক করতেই দীপিকা জানালেন একটা নাকি জরুরী কথা আছে। আজ বিকেলে মধুরা যেন পারলে "সূর্যকিরণ"এ যায়। ক্লাসের শেষে দীপিকা বলবে সেই জরুরী কথা। সম্মতি জানিয়ে আরও কিছু টুকটাক কথা বলে ফোন রেখে মধুরা রান্নাঘরে গিয়ে ঢুকলেন। শুধু লুচি হলেই তো হবেনা, তার সাথে একটা জুতসই তরকারী দরকার তো! নতুন ফুলকপি উঠেছে দেখে অতীন চারটে ছোটো ছোটো ফুলকপি বাজার থেকে এনেই আবদার করেছিলেন ফুলকপি আর আলু ছোটো ছোটো করে কেটে ভাজা করতে হবে। তাই না হয় করা যাক আজ। লুচির সাথে জমবে ভালো। আসলে অতীনকে দোষ দিলেও মধুরা নিজেও কিন্তু ভোজনরসিক। আর তার অবধারিত ফল হিসেবে ইদানীং চেহারাটা তার একটু ভারীর দিকেই ঘেঁষছে। সিঁড়ি ভাঙার সময় অল্প হাঁফ ধরা টের পাচ্ছেন ইদানীং। নাঃ, সাবধান হতে হবে এবার নিজের খাওয়াদাওয়ার ব্যাপারেও, ভাবতে ভাবতেই মাম্তুকে ডেকে ফুলকপি আলু ছোটো ছোটো করে কাটার

নির্দেশ দিলেন, আলুর সংখ্যা কম রেখে। মান্তু যদিও এবাড়িতে তোলা কাজ করে দুবেলা। তবু মাঝেমাঝে দুএকটা কুটনো কুটে দিতে বললে হাসিমুখেই করে দেয়। অতীন জলখাবারে পেট ভরে লুচি আর ফুলকপিভাজা, মাইনাস মধুরার বকুনি, খেয়ে যারপরনাই আহ্লাদিত মনে কাজে বেড়িয়ে গেলেন। আর মধুরা লুচির ড্যামেজ কনট্রোল করার জন্য লাঞ্চের মেনুতে শুধু পটল দিয়ে পাতলা মাছের ঝোল রাঁধবেন স্থির করলেন। অপরাধবোধ টা একটু কমল। মিন্টিটা আবার ছোটো মাছ একেবারে পছন্দ করেনা। কলেজে বেড়োনোর আগে খেতে বসেই মেনু দেখে মুখ ভেটকে বলল,

" ওরে বাবা! সকালের লুচিগুলোই পেটের ভেতর এখনও লাফালাফি করছে। এখন আর কিচ্ছুটি খাওয়া যাবেনা। " বলেই মধুরার পেছন থেকে ডাকাডাকি না শোনার ভান করেই সোজা দরজার বাইরে গিয়ে হাঁফ ছাড়ল। বাসস্টপের কাছাকাছি পৌঁছে মনে পড়ল সুলগ্নার যে মায়ের রেডি করে রাখা টিফিনবক্সটাও নিতে ভুলে গেছে। মায়ের রানিং কমেন্ট্রি নিশ্চয়ই এখনও চলছে ভেবেই এক চিলতে হাসি খেলে গেল ঠোঁটে। বেচারা কুম্টারই কান ঝালাপালা হবে। ঠাম্মু তো এমনিতেই কানে ইদানীং বেশ কম শোনেন। তার ওপর স্নান পুজো আর সামান্য ফলাহার সারার পর এখন ঠাম্মুর ঝিমানোর সময়। যাকগে কলেজ থেকে ফিরে এসে মায়ের মুড ঠিক করার জন্য স্পেশাল কিছু একটা করার কথা ভেবে রাখলেই হবে। মিনিট দশেক দাঁড়ানোর পরও কোনো বাস বা অটোর দেখা না পেয়ে একটু চিন্তায় পড়ল সুলগ্না। কি হল ব্যাপারটা আজ! রাস্তার পাশের একটা দোকানে জিজ্ঞাসা করায় উত্তর পেল, " না দিদি, আজ এখন ঘন্টা দুই এই রুটে বাস অটো চলবেনা। মিছিল যাবে তো এক্ষুনি এই রাস্তা দিয়ে, সব গাড়ি তাই অন্য রাস্তা দিয়ে ঘুরিয়ে দিয়েছে। " মাথায় হাত পড়ল সুলগ্নার। সর্বনাশ! আজ কলেজে যাওয়াটা তো ভীষন জরুরী। আজ গ্রুপ ডিসকাশানের

ক্লাস আছে, জব ক্যাম্পাসিংয়ের ইন্টারভ্যু গুলোর জন্য যেটা ভীষন ইমপর্ট্যান্ট। কি করা যায় এখন ভাবতে ভাবতেই দেখল সম্রাট বাইক নিয়ে উল্টো দিকের রাস্তা দিয়ে এগিয়ে আসছে ওর দিকে। কাছাকাছি এসে বাইকের স্টার্ট বন্ধ না করেই সম্রাট বলল, " নে উঠে বোস জলদি, এক্ষুনি রাস্তায় পাহারা দেওয়া পার্টি ভলান্টিয়ারগুলো দেখতে পেলেই তাড়াবে এখান থেকে। সুলগ্না একগাল নিশ্চিন্তির হাসি হেসে বলল, " ভাগ্যি তুই এলি রে সমু! আজ কলেজে না যেতে পারলে খুব মিস হয়ে যেত। " সম্রাট গম্ভীর হয়ে বলল, "হুঁ, খানিকক্ষণ থেকেই কানের পোকা বের করে কে যেন মন্ত্র জপছিল... 'ত্রাহি মধুসূদন'.... বলে। কান ফাটার আগেই তাই আসতে হল।" সুলগ্না সম্রাটের পিঠে গুম করে একটা কিল বসিয়ে বলল, " খুব হয়েছে, আর কলির কেষ্ট সাজতে হবে না। জলদি চল, এমনিতেই লেট হয়ে গেছি। " সম্রাট বাইকের স্পীড বাড়িয়ে বলল, " এই জন্যই বিদ্যাসাগর বলেছিলেন যে যাচিয়া কাহারো উপকার করিতে যাইও না। পিঠে বিরাশি সিক্কার কিল খাইবে। " সুলগ্না হেসে বলল, " খুউব লেগেছে বাবুসোনা? আর কয়েকটা দেব? বিষে বিষক্ষয় হবে!" সম্রাট বলল "হ্যাঁ দে, আমিও এক্ষুনি বাইক ঘুরিয়ে তোকে বাড়িতে পৌঁছে দেব। " সুলগ্না কপট ভয়ে বলল, " না না মহামহিম , আপনি সম্মুখে দৃষ্টি রাখিয়া বাইক চালিত রাখুন, আমি আমার কর্ন মুলিলাম। " সম্রাট বলল, " দ্যাটস গুড এনাফ। "

বিকেলে সূর্যকিরনে পৌঁছে মধুরা দেখলেন ক্লাস শেষ হয়ে গেছে। ফাঁকা ঘরে দীপিকা মধুসূদন বাবু আর শ্যামলী গল্প করছে। মধুরা ঢুকতেই শ্যামলী বলল, এসো মাসী, তোমারই অপেক্ষা চলছিল। এবার চা বসাব। তার সাথে যদি পেঁয়াজ পকোড়া চাও তো তাও বানিয়ে আনতে পারি। " মধুরা চোখে আগ্রহ আর মুখে আপত্তি জানিয়ে বললেন, " না না, এসব করলে কিন্তু আমার খুব শীগগির ধুমসী হয়ে যাওয়া আর কেউ আটকাতে পারবেনা। " দীপিকা বললেন,

" ইস! কতদিন যে বাড়িতে বানানো মুচমুচে পেঁয়াজ পকোড়া খাওয়া হয়না! " মধুসূদন বাবু দীপিকার দিকে প্রশ্রয়ের দৃষ্টি দিয়ে মধুরাকে ভর্ৎসনা করে বললেন, "মধুমা, মাঝে মধ্যে পকোড়া খেলে ধুমসী হবি না, যদি সারাদিন বাড়িতে বন্দী না হয়ে থেকে রোজ বাইরে একটু হাঁটতে বেড়াস। " তারপর শ্যামলীকে বললেন, "আজ তবে চায়ের সাথে পকোড়া হয়েই যাক, মধুমা না হয় একটাই খাবে। " মধুরা আহ্লাদী গলায় বললেন, " ভালো হচ্ছে না কিন্তু বাবা! পকোড়া কেউ কোনোদিন একটা মাত্র খেয়েছে এটা কোথাও শুনেছ! রাতে না হয় কিছু খাব না। কিন্তু পকোড়া মোটে একটা! নৈব নৈব চ। " শ্যামলী রান্নাঘরের দিকে এগোলে মধুরা দীপিকাকে বললেন, " এবার বলো তোমার জরুরী কথাটা। " দীপিকা বললেন, "হ্যাঁ, আসলে মেসোমশাইয়েরও কথাটা শোনা দরকার, কারন ওঁর মতামত ও জানা যাবে এই ব্যাপারে, তাই ওঁকেও থাকতে বলেছিলাম আজ। " মধুরা আর মধুসূদন বাবু দুজনেই দীপিকার দিকে ঘুরে বসে সাগ্রহে ওর মুখের দিকে তাকালেন। দীপিকা মধুরার দিকে তাকিয়ে শুরু করলেন,

" আমাদের গাড়ির ড্রাইভার মনোজ কে তো চেনো। ভারী ভদ্র ছেলে। গ্র্যাজুয়েশন করার পর বেশ কিছুদিন চাকরী না পেয়ে ড্রাইভিং শিখে এটাকেই পেশা করে নিয়েছে। আমাদের বাড়ির কাছাকাছিই থাকে। নিজের বলতে শুধু ওর মা ছিল, ওর কাছেই থাকতো। বছর দেড়েক হল মা মারা যাওয়াতে একটু একলা হয়ে গেছে বেচারা। " মধুরা আর মধুসূদন বাবুর চোখেমুখে একটু অবাক হওয়ার ভাব দেখে দীপিকা বললেন, " মনোজের সম্বন্ধে যে আজ এতগুলো কথা বলছি তার একটা কারন আছে। মনোজের খুব একটা বেশী বন্ধুবান্ধব নেই। তাই বোধহয় সিগারেট মদ এসবের নেশাও করে উঠতে পারেনি। যাই হোক এই মনোজ ক'দিন আগে আমার কাছে এসে অনেক আমতা

আমতা করে যা জানালো তাতে বুঝলাম যে ওর এখন বিয়ে করার ইচ্ছে হয়েছে , এবং পাত্রী হিসেবে কুমুকে ওর খুব পছন্দ। "

মধুরা কিছু বলতে যাচ্ছিলেন। কিন্তু দীপিকা ওকে থামিয়ে দিয়ে বললেন, "জানি তুমি কি বলবে। কিন্তু আমি মনোজকে কুমুর অতীতের সব ঘটনাই জানিয়ে দিয়েছি। শোনার পর মনোজ জানালো যে কুমুর জীবনে যেটা ঘটেছে সেটাতে তো কুমুর কোনো দোষ নেই, বরং ও অত্যাচারীত হয়েছে। এইসব দুঃখজনক অতীত নিয়ে মনোজ মাথা ঘামাতে চায়না। আমি এটাও বলেছি যে এখন তোমার বিয়ে করার সখ হয়েছে বলে হয়তো বলছ ওসব নিয়ে মাথা ঘামাও না । কিন্তু বিয়ের কয়েক বছর পরে হয়তো এই কথা গুলো তুলেই তুমি কুমুকে মানসিক দুঃখ কষ্ট দিতে পার। সেটাও বাঞ্ছনীয় নয়। তাই শুনে মনোজ বলল যে কুমু এই বয়সেই এত শারীরিক ও মানসিক অত্যাচার সহ্য করেছে যে ওকে আর কোনো কষ্ট দেবার কথা ও ভাবতেও পারবেনা। এখন তোমরা ভেবেচিন্তে জানিও যে তোমরা কি কুমুর সাথে মনোজের বিয়েটা দিতে চাও। মধুরা তুমি তো কুমুকে মেয়ের মত আদরেই রেখেছ নিজের কাছে। তাই তুমিই সব থেকে ভালো বলতে পারবে যে কি করা উচিত। যদিও মেসোমশাইয়ের, অতীন্দার, সুলগ্নার, অস্মিতের এবং সর্বোপরি কুমুর মতামত ও সমান গুরুত্বপূর্ণ।" মধুরা বললেন, "গতমাসেই কুমুর খাতায় কলমে বিবাহ বিচ্ছেদ হয়ে গেছে। তাই আবার বিয়ে করতে কোনো আইনী অসুবিধে নেই। তবে কথাটা সবাইকে জানাই, আর অস্মিতও ফিরে এসে কি বলে দেখি। তারপর না হয় ডিসিসন নেওয়া যাবে। মধুসূদন বাবু শুধু বললেন,

" প্রস্তাব টা ভালোই মনে হচ্ছে। কুমুর বয়স যথেষ্ট কম। এই বয়স থেকে একটা মেয়ে কেনই বা এভাবে একলা জীবন কাটাবে? " চা পকোড়া এসে গেল, আর সহযোগিতা করার জন্য এক পশলা বৃষ্টিও।

শেষ বর্ষার বৃষ্টি। খানিকটা পরেই বৃষ্টিধারার বেগ কমতে কমতে একেবারে থেমেই গেলো। পরিষ্কার নীল ঝকঝকে আকাশে শেষ বিকেলের সূর্যাস্তের রঙ ছড়ানো দেখতে দেখতে দীপিকার মনের ভেতর গুনগুনিয়ে উঠলো.... 'আমার মুক্তি আলোয় আলোয় এই আকাশে.......'

হঠাৎই দীপিকা ধড়মড়িয়ে চেয়ার ছেড়ে উঠতে উঠতে মধুরার হাতে ঈষৎ চাপ দিয়ে বললেন - " চলো মধুরা বেড়িয়ে পড়ি, এই আকাশভরা রঙ একটু গায়ে মেখে আসি।"

মধুরা একটু হতচকিত হয়ে চেয়ার ছেড়ে জানালার দিকে এগিয়ে উঁকি ঝুঁকি মেরে রাস্তার অবস্থা দেখে ব্যাজার মুখে দীর্ঘশ্বাস ছাড়লেন - " বোঝো ঠ্যালা! এইটুকু বৃষ্টিতেই রাস্তা জলে কাদায় মাখামাখি এক্কেরে! এই রাস্তা পেরিয়ে বেড়াতে যাওয়া তো ছাড়ো বাড়ী ফিরবো কিভাবে তাই ভাবছি। "

- আরে ও নিয়ে তোমাকে এত ভাবতে হবেনা। তোমাকে বহাল তবিয়তে বাড়ীতে জিম্মা করে দিয়ে তবেই আমি বাড়ীতে ঢুকবো। এখন ওঠ তো! এই মুহূর্ত টা চার দেয়ালের ভেতরে কিছুতেই নষ্ট হতে দেওয়া যায়না।

- "অগত্যা! চলো তাহলে বেরোনো যাক। কথায় বলে না ' পড়েছি মোগলের হাতে, খানা খেতে হবে সাথে!' "

দুই বান্ধবীর হাসিমুখে বেড়িয়ে যাওয়ার পথে তাকিয়ে মধুসূদন বাবুর ঠোঁটে মৃদু হাসি খেলল। হাসিখুশি মানুষজনদের দেখলে আজকাল বুকের ভেতর টা কেমন যেনো বেশ ভরাট লাগে।

পরদিন সকালে একটু তাড়াতাড়ি ঘুম ভাঙলো দীপিকার। সামনের দেয়ালে ঘড়ির দিকে তাকিয়ে দীপিকার মনে পড়ল অনেকদিন

পর কাল রাতে একটানা ঘুমিয়েছেন। তাই বেশ ভোরে ঘুম ভেঙ্গেও একটা সতেজ উৎফুল্লতা অনুভব করলেন শরীরে মনে। এতো সকালে তো সাবুও আসেনি বোধ হয় ভেবে বহু বছর পর চা বানানোর অভিপ্রায়ে নীচে নেমে কিচেনের দিকে এগোলেন দীপিকা। সারা বাড়ি এখনও ঘুমন্ত। অনভ্যস্ত হাতে নিজের জন্য এক কাপ চা বানিয়ে চুমুক দিয়েই মুখ কুঁচকালেন -

ইসস! এতো বাজে হলো! কিন্তু কি মনে করে নিজের হাতে বানানো চা না খেয়ে ফেলেও দিতে পারলেন না। ওষুধ গেলার মতো করে কোনমতে চা শেষ করতে করতে দেখলেন সাবু এসে পড়েছে। নিশ্চিন্ত হয়ে দিপীকা ফ্রেশ হয়ে সূর্যকিরণে যাবার প্রস্তুতিতে ব্যস্ত হয়ে পড়লেন।

সূর্যকিরণে সারাটা দিন রোজকার মত একই রকম ব্যস্ততার ফাঁকে ফাঁকে সমুর কথা দুয়েকবার মনে হয়েছে দীপিকার। ছেলেটা ইদানিং কলেজ, আর বাড়ী ফিরেই নিজের পড়াশোনা নিয়ে বেশ ব্যস্ত থাকে। সুলগ্নার সাথেও অনেকদিন দেখা হয়নি। ভাবতে ভাবতেই আবার ক্লাসের ব্যস্ততায় ডুবে গেলেন।

বিকেলে ক্লাসের শেষে অন্যান্য টিচাররা আর ছেলেমেয়ে গুলো যে যার বই খাতা ব্যাগ গুছিয়ে কলরবলর করতে করতে 'সূর্যকিরণ' এর গেট পেরিয়ে বেড়িয়ে যাবার পরেও বেশ কিছুক্ষন দীপিকা জানালা দিয়ে বাইরের বাগানের দিকে তাকিয়ে নিজের চেয়ারেই বসে রইলেন। পড়ন্ত দুপুরের রোদ টা কেমন যেন অবসন্ন হয়ে ঝিম মেরে বসে আছে। একটু পরেই চলে যেতে হবে তাই যেন বিষন্নতার মলিনতা মাখা। দীপিকাও চেয়ার ছেড়ে ওঠার তাড়া অনুভব করলেন না। মাঝে মাঝে মন একেবারে শূন্য হয়ে থাকে। দৃষ্টিও যেন সামনের সমস্ত দৃশ্যকল্প পেরিয়ে দূরের সীমানা ছাড়িয়ে কোন অদেখার খোঁজে পাড়ি দেয়।

টিটুই টিটুই ডাকে দীপিকার দৃষ্টি আবার ফিরল বাগানের কদম গাছটার দিকে। গাছের নীচে ঝরে পড়া কদম ফুলগুলোর ভেতরে মুখ ডুবিয়ে একটা নাম না জানা পাখি কিছু খুঁটে খুঁটে খাচ্ছে। আবার টিটুই টিটুই ডেকে দু পায়ে তিড়িক তিড়িক করে লাফিয়ে অন্য ফুলের ভেতর মুখ ডোবাচ্ছে। ওর ডাকাডাকিতে আকৃষ্ট হয়েই বোধ হয় আরেকটা একই রকম পাখি কোথা থেকে উড়ে এসে ওর কাছাকাছি বসে এদিক ওদিক ঘাড় ঘুরিয়ে রীতিমত পর্যবেক্ষণে ব্যস্ত হয়ে পড়ল। দীপিকা মোবাইলটা বের করে জানালার সামনে গিয়ে পাখি দুটোর ছবি ক্যামেরা বন্দী করলেন। পরের দিন মধুসূদন বাবুকে ছবিটা দেখিয়ে পাখিটার নাম জানতে হবে। বেশ কয়েকদিন দীঘির ধারে যাওয়া হয়নি। আজও ইচ্ছে করলনা যেতে। শ্যামলী রোজ এসময় এসে চেয়ার টেবিল গুলো ঠিক করে সাজিয়ে ঘর টা পরিস্কার করে দিয়ে যায়। আজ এসে দীপিকাকে তখনও বসে থাকতে দেখে বলল, " আমি এক্ষুনি চা করে নিয়ে আসছি দিদিমনি। " দীপিকা হেসে বললেন,

" না না, শ্যামলী, এই গরমে আর এখন চা খাবনা। একেবারে বাড়ি গিয়ে স্নান সেরেই চা খাব। " বলতে বলতে উঠে দাঁড়িয়ে শাড়িটা একটু ঠিকঠাক করে নিয়ে ব্যাগটা কাঁধে নিয়ে বাইরের দরজার দিকে এগিয়ে গেলেন। মনোজ সামনের রাস্তাতেই ঘোরাঘুরি করছিল। দীপিকাকে বেরোতে দেখেই গাড়ির দিকে এগিয়ে গেল।

বাড়ি ফিরে সিঁড়ি দিয়ে উঠে দীপিকা নিজের ঘরের কাছাকাছি আসার প্রায় সঙ্গে সঙ্গেই নীচ থেকে সাবুর ডাক শুনতে পেল,

" বৌদি একবারটি নীচে এসো দিকিন। কেউ তোমার খোঁজ করতিছেন। নাম বলতিছেন অরুণাভ সাহা।" দীপিকা অবাক হলেন। হঠাৎ অরুণাভ বাবুর এবাড়িতে আসার কি দরকার পড়ল! সত্যিই মেয়ের বিয়ের দিন স্থির হয়ে গেল নাকি! ভাবতে ভাবতেই নীচে নেমে

এলেন দীপিকা। ড্রয়িংরুমে ঢুকে দেখলেন একটা সোফায় বেশ গুছিয়ে বসে আছেন অরুণাভ। দীপিকা মৃদু হেসে বুকের কাছে হাত জোড় করতেই অরুণাভ উঠে দাঁড়িয়ে একগাল হেসে বললেন, " এসেই পড়লাম বুঝলেন ম্যাডাম, আই মীন দীপিকা। ক'দিন আপনাকে দীঘির দিকে না যেতে দেখে ভাবলাম কি জানি, আপনার শরীর টরীর খারাপ হল না কি! আজকাল দেখছি প্রায় ঘরে ঘরে ভাইরাল ফীভার হানা দিচ্ছে। যাক আপনি সুস্থ আছেন দেখে নিশ্চিন্ত হওয়া গেল। তবে এই সুযোগে ঠিকানা খুঁজেপেতে আপনার বাড়িটাও চিনে নেওয়া গেল। মেয়ের বিয়ের নেমন্তন্ন করতে এসে বাড়ি খুঁজতে গিয়ে আর বেগ পেতে হবেনা।"

অরুণাভর কথার রেলগাড়ি থামতেই দীপিকা হেসে ফেলে বললেন, "আরে আপনি দাঁড়িয়ে কেন? বসুন বসুন। এসে পড়েছেন বেশ করেছেন। কি খাবেন বলুন। চা না কফি? " অরুণাভ বেশ খুশি হয়ে আবার আরাম করে সোফায় বসতে বসতে বললেন, " এমনিতে আমি মানুষটা পুরোপুরি দিশি হলে কি হবে? পান করার ব্যাপারে এক্কেবারে বিদেশী। কফি টাই বেশী পছন্দ করি চায়ের থেকে, বিশেষত সন্ধ্যের পর। " দীপিকা বললেন, " বিদেশে কিন্তু আমাদের দার্জিলীং টী এর প্রচুর কদর। আচ্ছা কফিই বলছি। " দীপিকা উঠে গিয়ে সাবু কে যথাযথ নির্দেশ দিয়ে এসে বসার একটু পরেই আবার দরজায় বেল বাজল। সাবু এসে দরজা খোলার পর সাবুর পেছন পেছন ঘরে এসে ঢুকলেন বরেন বাবু। ভেতরে ঢুকে অরুণাভ কে দেখে একটু অপ্রস্তুত হয়ে বরেন বললেন, " ওহো, তুমি কি ব্যস্ত আছ মা? আসলে কয়েকটা পেপারে সই করানোর ছিল। তা আমি না হয় কাল এসে করিয়ে নিয়ে যাব। " দীপিকা বললেন, " না না, ব্যস্ত কোথায়? আপনি দিন, আমি সই করে দিচ্ছি।" বলেই অরুণাভর দিকে তাকিয়ে বললেন, "দমদমের মতিঝিলে আমাদের একটা বাড়ি আছে, মানে আমার বাবার বাড়ি।

বাবা তো বেঁচে নেই। বাড়িটা খালি পড়ে আছে। বরেন বাবু ওই বাড়ির কেয়ারটেকার। খুব যত্ন করে দেখাশোনা করেন বাড়িটা।" বরেন কাঁধে ঝোলানো একটা পেটমোটা চামড়ার ব্যাগ খুলে এক তাড়া কাগজ বের করে দীপিকার সামনে নিয়ে এসে একটা একটা করে কাগজ উল্টে জায়গা দেখাতে থাকলেন, আর দীপিকা একের পর এক সই করতে লাগলেন। সইপর্ব শেষ হতেই সব কাগজপত্র ব্যাগে ঢুকিয়ে বরেন বললেন, " আমি তাহলে আজ আসি।" দীপিকা চা খেয়ে যাবার অনুরোধ জানাতে বললেন, না মা, আজ থাক। অনেকটা রাস্তা, এখন বেড়োলেও বাড়ি পৌঁছাতে রাত হয়ে যাবে। "

বরেন চলে যাবার পর অরুণাভ একটু গম্ভীর হয়ে বললেন, " আপনি কি সবসময়ই এমনটা করেন? না কি শুধু আজই, হয়তো আমি আছি বলে?" দীপিকা অবাক হয়ে বললেন, " এমনটা মানে! কি করি সবসময়? "

- " ওই যে! এতগুলো পেপারে কি লেখা আছে না দেখেই নিশ্চিন্তে সই করে দিলেন! "

দীপিকা শ্বাস ফেলে হাসলেন।

- " ওহ্ তাই বলুন। আরে আমার বাবা বেঁচে থাকার সময় থেকেই আমাদের ওই বাড়ির সমস্ত অফিসিয়াল কাজকর্ম বরেন বাবুই দেখাশোনা করেন। এমনকি আমার বাবার আরেকটা ফ্ল্যাটবাড়ির দেখাশোনাও উনিই করেন। এছাড়া আমার ব্যাংকের অনেক কাজকর্মও করে দেন। আসলে সমুটা ছোটো, নিজের পড়াশোনা বন্ধুবান্ধব নিয়েই ব্যস্ত থাকে। "

- " আর আপনার হাজব্যান্ড? "

- " ওর আমার ব্যাপার নিয়ে মাথা ঘামানোর সময় বা ইচ্ছে কোনোটাই নেই। আমিও বহুদিন ধরে অসুস্থ ছিলাম। তাই বরেনবাবু দায়িত্ব নিয়ে সব কিছু করায় আমি অনেকটা নিশ্চিন্তে আছি। উনি খুব বিশ্বাসী লোক। "

অরুনাভ মাথা টা নামিয়ে মাটির দিকে কিছুক্ষন তাকিয়ে কি যেন ভাবছিলেন। সাবু এসে কফি আর কিছু খাবার সামনের টেবিলে রাখতে যেন সম্বিত ফিরে পেয়ে হেসে বললেন, " ওরে বাবা! এত? সন্ধ্যেবেলায় এত কিছু খাবার খাওয়া তো আমার ঠিক অভ্যেস নেই। " দীপিকা মৃদু হেসে বললেন,

" বেশ তো, যেটুকু ভালো লাগে খান। " অরুনাভ কফির কাপে চুমুক দিয়ে বললেন,

" যদি কিছু না মনে করেন, খুব স্বল্প দিনের বন্ধুত্বের দাবী নিয়েই একটা কথা বলতে পারি কি? "

- " নিশ্চয়ই পারেন। কি এমন কথা যা আপনার মত হাসিখুসি মানুষকেও হঠাৎ এমন গম্ভীর করে তুললো?"

- " না তেমন কিছু নয়। ওই কথায় আছে না ঢেঁকি স্বর্গে গিয়েও ধান ভানে! আসলে এত বছর ধরে অফিসে সবার অ্যাকাউন্টস সামলেছি তো তাই কথাটা মনে এল। আপনার কাছে আমার ছোট্টো একটি অনুরোধ আছে। এর পরের বার বরেনবাবু কোনো পেপার সাইন করানোর জন্য আনলে আপনি কোনো একটা বাহানা করে পেপারগুলো সাইন না করে নিজের কাছে রেখে দেবেন এবং আমাকে খবর দেবেন। আমি একটু পেপার গুলো চেক করতে চাই। হয়তো আপনার কথামত বরেনবাবু খুবই বিশ্বস্ত। তবু একবার চেক করে নিতে তো দোষ নেই। "

দীপিকার ভ্রুকুঞ্চিত হল। ওপরের দাঁতে নীচের ঠোঁট চেপে কয়েক মূহূর্ত কি যেন ভাবলেন। তারপর ছোট্টো একটা শ্বাস ফেলে বললেন, "ও কে, ইফ ইউ ইনসিস্ট সো, তাই হবে না হয়। আমি আপনাকে খবর দেব।"

অরুনাভ চলে যাবার পরেও বেশ কিছুক্ষন দীপিকা ড্রয়িংরুমেই বসে রইলেন। সম্রাট বাড়ি ফিরে এসে দীপিকাকে ওভাবে বসে থাকতে দেখে অবাক হয়ে কারন জিজ্ঞাসা করতে দীপিকা সম্রাট কে অরুনাভ আর বরেনের ব্যাপারে কিছুক্ষন আগের সব কথা জানালেন। সব শুনে সম্রাট হেসেই ফেলল। বলল, " সব কিছু নিয়ে ব্রুড করা তোমার অভ্যেস হয়ে গেছে মা। একজন প্রফেশনাল মানুষ নিজে যেচে তোমার সমস্ত অ্যাকাউন্টস চেক করে দেবেন বলেছেন এর থেকে ভালো আর কি হতে পারে? ইন ফ্যাক্ট আমার মাথাতেও বেশ কিছুদিন ধরে এই কথাটা এসেছে যে আমারও বোধহয় নিজেদের প্রপার্টির ব্যাপারে এবার একটু আধটু ইন্টারেস্ট নেওয়া দরকার। আসলে মা জানো তো, আমার বন্ধু রাজীবই এই কথাগুলো আমার মাথায় ঢুকিয়েছে। ও খুব ম্যাচিওর। আসলে ওর বাবা নেই তো। তাই বাড়ির অনেক কাজই ওকে সামলাতে হয়।"

দীপিকা আদর করে সম্রাটের মাথার চুলগুলো ঘেঁটে দিয়ে বললেন, " যাক বাবা! এতদিনে নিশ্চিন্ত হলাম। আমার ছোট্টো ছেলেটা এতদিনে সত্যিই বড় হতে চলেছে।"

মধুরা বিকেল থেকেই ছটফট করছেন। টেলিভিশন খুলে রিমোটের বোতাম টিপে টিপে একটার পর একটা চ্যানেল কিছু না দেখেই চেঞ্জ করে করে কিছুটা সময় কাটানোর পর বিরক্ত হয়ে টিভি বন্ধ করে রিমোট টা বিছানার ওপর প্রায় ছুঁড়ে ফেলেই স্বগতোক্তি করলেন, " ধুস টিভি তে আজকাল বসে দেখার মত কিচ্ছু থাকেনা। কমলা পাশে বসে মোচার ফুল বেছে ছাড়াচ্ছিল। হেসে বলল, "তুমি কোনো চ্যানেল সুস্থির হয়ে দুমিনিট দেখছ যে বুঝবে কোথাও ভালো কিছু হচ্ছে কিনা? তোমার চোখ তো টিভির পর্দার চেয়ে বেশী ঘড়ির দিকেই আটকে আছে।" মধুরা একটু চিন্তিত স্বরে বললেন, " হ্যাঁ রে, একটু চিন্তা তো হচ্ছেই। প্রায় দুঘন্টা হয়ে গেল বোধহয় বুবান ফোন করে জানিয়েছিল যে ওর ফ্লাইট ল্যান্ড করেছে। এতক্ষণ কেন লাগছে বল তো বাড়ি পৌঁছাতে?" কমলা দুহাতের তালুতে সরষের তেল মেখে মোচা ছাড়াতে বসেছিল, সেই হাতেই কপাল চাপড়ে বলল, " মা, দুঘন্টা নয়,বড় জোর চল্লিশ মিনিট হয়েছে দাদার ফোন এসেছিল। দুমিনিট ছাড়া ছাড়া ঘড়ির দিকে তাকালে কি ঘড়ির কাঁটা দুদ্দাড়িয়ে ছুটবে? " মধুরা যেন আকাশ থেকে পড়লেন এমন মুখ করে বললেন, " তাই! তুই ঠিক বলছিস? মোটে চল্লিশ মিনিট কেটেছে এতক্ষণে! "

- " নাহ্। ঠিক বিয়াল্লিশ মিনিট। তুমি বরং এক কাজ কর, আমার মোচা ছাড়ানো হয়ে গেছে। আমাকে বলে দাও এবার এটা কি করব? ভাপাতে দেব? নাকি কুচাবো? তুমি তো দাদার জন্য মোচার চপ বানাবে বললে। বেচারা দাদা ছ'মাস মোচা না খেয়ে রোগা হয়ে গেছে নিশ্চয়ই। "

-" এ্যাই কুমু,খুব ফাজিল হয়েছিস দেখছি। শুধু মোচা কেন? কোনো ভালো খাবারই তো পায়নি খেতে এতদিন বুবানটা। তুই এক কাজ কর। ফ্রিজ থেকে গলদা চিংড়ি গুলো বের করে বাইরে রাখ। ওগুলোও কেটে পরিস্কার করে রাখতে হবে। মালাইকারি হবে তো। "

অতীন এসে কমলার কাছে চায়ের আর্জি জানালেন। বললেন, "আমারও টাইম পাস হচ্ছে না রে, একটু চা ই খাওয়া যাক না হয় যতক্ষণ না বুবান টা আসছে। বললাম আমি গাড়ি নিয়ে যাব এয়ারপোর্টে, তা বাবুর কি বকা! ওনাকে নাকি আমি এখনও বাচ্চা ভাবলেও ক্যাব বুক করে বাড়ি আসার মত উনি যথেষ্ট বড় হয়ে গেছেন। " কমলা এবার হেসেই ফেলল, বলল, " উফ্! তোমরা এমন করছ যেন দাদা দিল্লী থেকে নয়, আমেরিকা থেকে ফিরছেন! " মধুরা চোখ পাকিয়ে বললেন, "আচ্ছা হয়েছে হয়েছে, তোকে আর পাকামো করতে হবে না কুমু। তুই চটপট মোচাটা ভাপাতে দে। আর প্রেসার কুকারে দু তিনটে আলুও সেদ্ধ করতে বসা। বুবান আসার আগেই চপ গুলো গড়ে রাখতে হবে। এসে ফ্রেশ হলেই গরম গরম ভেজে দেব।" আজ আশালতার চোখেও ঘুম নেই। রোজ এসময়টা উনি একটু ঝিমোন। আজ উনিও টুকটুক করে বার কয়েক ডাইনিংস্পেশের আসেপাশে এসে ঘুরে গেছেন। এখন নিজের ঘর থেকেই চেঁচিয়ে বললেন, " সারা দুপুর বসে যে নারকেল নাড়ু পাকালাম, সেগুলো বোয়েমে ভরে রেখেছ তো বৌমা? আমার নাতি এলে বেশী করে দিও। খোট্টাদের দেশে তো ভালো মিষ্টিও পাওয়া যায় না। " কমলার খুব মজা লাগছিল বাড়ির সবার অপেক্ষার উত্তেজনা দেখে দেখে। ওর মনের মধ্যেও এই উত্তেজনার একটা সুখানুভূতি চারিয়ে যাচ্ছিল। অস্মিতকে তো ও দেবতার আসনে বসিয়ে রেখেছে। কমলাও নিঃশব্দে তাই সেই দেবতার পুনরাবির্ভাবের অপেক্ষা করছিল।

সুলগ্না খুব হেসে হেসে মোবাইলে কার সাথে কথা বলতে বলতে এসে ঢুকলো বাড়িতে। কলেজ থেকে ফিরতে আজ ওর একটু দেরী হয়েছে। ওদের কলেজ ফেস্ট ছিল আজ। ফোন রেখে উচ্ছসিত হয়ে বলল, "দাদা ক্যাবে উঠে পড়েছে, আর ঘন্টাখানেকের মধ্যেই বাড়ি পৌঁছে যাবে, যদি না অফিস ফেরত ট্রাফিক জ্যামে পড়ে। " অতীন বললেন, "তবে আর কি, এসেই পড়ল বলে, তুমি এক কাজ কর মধু, ততক্ষণে চটপট দু-এক খান মোচার চপ ভেজে এদিকে দিয়ে যাও দেখি, বুবানের পাতে দেবার মত হয়েছে কিনা আগে একটু টেস্ট করে দেখে নিতে হবে তো! " মধুরা হেসে বললেন , "সে তো বটেই, তোমার কি আর এখন এক ঘন্টা মোচার চপের আশায় জিভের জল আটকে বসে থাকা পোষাবে? যা কুমু তুই না হয় কটা ভেজেই ফেল। মিন্টিটাও কলেজ থেকে ফিরে কিছু খায়নি। "

অপেক্ষার প্রহর শেষ করিয়ে শেষ পর্যন্ত বাড়ির সামনে গাড়ি দাঁড়ানোর আওয়াজ পেয়ে সুলগ্না এক লাফে গিয়ে দরজা খুলে গাড়ি থেকে অস্মিতকে নামতে দেখেই চেঁচিয়ে বলল, " একি দাদা! তুই একা! আমার গিফট কই?" অস্মিত হাতে একটা বড় স্যুটকেস আর কাঁধে একটা ব্যাগ নিয়ে এগিয়ে এসে বলল, " আছে আছে, সব আছে, আগে বাড়িতে ঢুকতে তো দে রে সুলি। "সুলগ্না চোখ পাকিয়ে বলল, " মানেটা কি! তুই কি স্যুটকেস থেকে বৌদিকে বের করবি না কি! চলবে না, চলবে না, মাইনাস গিফট গৃহপ্রবেশ নাস্তি। " অস্মিত সুলগ্নার কাঁধে নিজের ব্যাগটা ঝুলিয়ে দিয়ে বলল, " স্যুটকেস থেকে নয়, এর থেকে বেরোবে, সকালে দেখিস।"

দিল্লীর আর কলকাতার ছ'মাসের তুলে রাখা গল্পের আদানপ্রদানে কখন যে সন্ধ্যে গড়িয়ে রাত বেড়ে উঠেছে কারোরই হুঁশ নেই। মধুরার, অতীনের, সুলগ্নার, সম্রাটের, আশালতার, মধুসূদন বাবুর, কমলার এমনকি দীপিকার জন্যও আনা উপহারও ঘুরিয়ে ফিরিয়ে দেখা শেষ।

রাতের খাওয়া সারা হতেই সুলগ্না অস্মিতের কানের কাছে ফিসফিসিয়ে বলল, " এবার তোর ব্যাগ খুলে বের কর আমার স্পেশাল গিফট। " অস্মিত একটা লম্বা হাই তুলে বলল, " হেব্বী টায়ার্ড রে আজ, কাল সকালে দেখিস, আজ চুপচাপ ঘুমোবি যা। " সুলগ্না রীতিমত হতাশ হয়ে বলল, "তুই একটা যা তা রে দাদা। এরকম সাসপেন্সে রেখে দিলি, আর কি ঘুম হবে সারারাত!"

এবার দুর্গাপুজোর তারিখ বেশ একটু দেরীতেই পড়েছে, অক্টোবর মাসের প্রথম সপ্তাহের একদম শেষের দিকে। আর বোধহয় দিন পাঁচেক পরে মহালয়া। ভোরের দিকে এখনই খুব হালকা একটা ঠান্ডার আমেজ পাওয়া যায়। মধুরার বরাবরের অভ্যেস ঘুম চোখ খুলেই বিছানায় বসে আগে হাতজোড় করে চোখ বন্ধ করে ইষ্টদেবতার উদ্দেশ্যে প্রণাম জানিয়ে তবে বিছানা ছাড়েন। তারপর বিছানা থেকে নেমে বেডরুম সংলগ্ন ছাদের দরজা খুলে বাগানে এসে দাঁড়িয়ে ভোরের হাওয়ায় বড় বড় শ্বাস টেনে গাছগুলোর দিকে সস্নেহে তাকিয়ে থাকেন বেশ কিছুক্ষন। ফুলপাতা গুলোর ওপর আলতো আদরের ভঙ্গীতে হাত বোলান। মাঝেমাঝে ওদের সাথে টুকিটাকি গল্পও সেরে নেন। কিন্তু ইদানীং কয়েক মাস ধরে ঘুম ভেঙে উঠে বসেই ঘাড়ের কাছে একটা ব্যথা টের পাচ্ছেন। বেশ খানিকক্ষণ ধরে ঘাড়ে মাসাজ না করলে ঘাড় শক্ত হয়ে থাকে, ঘাড় ঘোরানো যায়না। এবার ডাক্তার কে দেখাতেই হবে,ভাবলেন মধুরা। খানিকটা পরে বিছানা ছেড়ে নেমে ছাদের দরজা খুলতে খুলতে নীচে অস্মিতের গলার আওয়াজ পেলেন। অনেক ব্যাপারেই মিন্টির একেবারে উল্টো স্বভাব পেয়েছে বুবানটা। মিন্টি বেলা পর্যন্ত ঘুমোতে খুব ভালোবাসে। কলেজের দিনগুলোয় ওর মোবাইল ফোনে এ্যালার্ম বাজার পরেও একবার মধুরা,একবার কুমু পালা করে ডাকাডাকি করে এলে তবে ঘুম ভাঙে মহারানীর। ছুটির দিন হলে তো কথাই নেই। বুবানের কিন্তু ছোটোবেলা থেকেই ভোরে ওঠার

অভ্যেস। আজ বাগানে বেশীক্ষন মন বসলনা মধুরার। তড়িঘড়ি নীচে নেমে এসেই অবাক হলেন। ডাইনিং টেবিলের সামনে বসে মিন্টি চোখ ঘষছে আর হাই তুলছে। বুবান মধুরাকে দেখে মিটিমিটি হেসে বলল, " মা আজ কি সত্যিই রবিবার? আমার দিন তারিখ সব গন্ডোগোল পাকিয়ে যাচ্ছে। " মধুরা সুলগ্না'র দিকে তাকিয়ে হেসে বললেন, "আমারও রে। এটা কি মিন্টি? না কি আমি ভুল দেখছি! চোখের পাওয়ার টা বেড়েছে মনে হচ্ছে। " সুলগ্না ডান হাতের চেটোর উল্টোদিক মুখের ওপর রেখে একটা বড়সড় হাই চাপতে চাপতে বলল, " ভালো হবে না বলছি মা। সকাল সকাল আমাকে নিয়ে পড়লে কেন? আমি এদিকে সারা রাত কি সব হাবিজাবি স্বপ্ন দেখে ঠিক করে ঘুমোতেই পারলাম না! আর দ্যাখোনা দাদা কিছুতেই দেখাচ্ছেনা। " মধুরা অবাক হয়ে বললেন, "আবার কি দেখাবে রে বুবান? কাল রাতেই তো যার জন্য যা এনেছে সব বের করে দেখালো।" অস্মিত কথা ঘোরানোর জন্য তাড়াতাড়ি চোখ বড়বড় করে বলল, " সে কি রে সুলি! না ঘুমিয়েই হাবিজাবি স্বপ্ন দেখলি! তুই রিয়েলী জিনিয়াস, মানতেই হবে। তা হাবিজাবি স্বপ্নগুলোর একটু নমুনা শুনি।" সুলগ্না বেশ সিরিয়াস মুখ করে বলল, "আরে বারবার ঘুরে ফিরে ওই একটাই স্বপ্ন দেখছিলাম তো! তোর স্যুটকেস থেকে কি যেন একটা বেড়িয়ে আসছে।" মধুরা কিছু একটা বলতে যাচ্ছিলেন, কিন্তু রান্নাঘর থেকে সাড়া পেয়ে দেখলেন কুমু রান্নাঘরে চায়ের জল চাপিয়ে দিয়েছে। তাই ভাইবোনের গল্পের মধ্যে আর না দাঁড়িয়ে চটপট বাথরুমের দিকে এগোলেন। যেতে যেতে সুলগ্না'র দিকে তাকিয়ে বললেন, " মিন্টি, দয়া করে আজ সকাল সকাল উঠেই পড়েছ যখন, মুখ হাত ধুয়ে ফ্রেশ হয়ে নাও। আজ সবাই একসাথে চা খাওয়া যাবে। তখন বাকি গল্প করিস খন। মধুরা চোখের আড়াল হতেই অস্মিত সুলগ্না'র মাথার পেছনে একটা চাঁটি মেরে বলল, " সাধে কি আর তোকে গাধী বলি! আরেকটু

হলেই দিয়েছিলি আমার বারোটা বাজিয়ে। " সুলগ্না মাথার পেছনে হাত বোলাতে বোলাতে বলল, " ছোটোবেলা থেকে আমার মাথায় চাঁটি মেরে মেরে তুইই আমার ব্রেইন টার আনরিপেয়ারেবল ড্যামেজ করে দিয়েছিস দাদা। নইলে এতদিনে আমার আই এ এস অফিসার হবার পথে অর্ধেক হাঁটা হয়ে যেত। যাক গে এর ক্ষতিপূরণ আমি বৌদির থেকে আদায় করে নেব। তুই এখন চটপট তোর কিটব্যাগে করে কি এনেছিস দ্যাখা দেখি। আমার ধৈর্যের শেষ সীমা পার হয়ে গেছে। এবার আমি চায়ের আসরে নিজেই তোর ব্যাগ খুলে বেড়াল বার করব বলে দিলাম।"

অস্মিত হাত জোড় করে মাথা নীচু করে বলল, " দয়া করে আরেকটু ধৈর্য ধরুন মা জননী। আমি এক্ষুনি আনছি। বাট দয়া করে কথা দিন যে যা দেখবেন, মুখটি বন্ধ করে চুপচাপ বসে দেখবেন। চেঁচামেচি লাফালাফি করে লোক জড়ো করবেন না। " সুলগ্না বলল, " আচ্ছা রে বাবা! তোর কথা অক্ষরে অক্ষরে পালন করা হবে। এখন যা চটপট নিয়ে আয় তো।"

অস্মিত হাতে একটা পোস্টকার্ড সাইজের ফটো নিয়ে এসে সুলগ্নার হাতে দিতেই সুলগ্না প্রায় চেঁচিয়েই উঠল, " বৌদি!! " এবং সঙ্গে সঙ্গেই মাথার পেছনে অস্মিতের আরেকটা চাঁটি খেয়ে নিজের মুখে হাত চাপা দিয়ে ফিসফিসিয়ে বলল, " সত্যিই এটা বৌদি? দিল্লি তে গিয়ে তোর পারফরম্যান্স দারুন ইমপ্রুভ করেছে তো রে! ছমাসেই জোগাড় করে ফেললি! গুড জব, গুড জব। বাট স্বীকার করতেই হবে দারুন ইমপ্রেসিভ চেহারা। তবে চোখে বোধহয় একটু কম দেখে বেচারা! "অস্মিত অবাক হয়ে বলল, "মানে?"

সুলগ্না নিরীহ মুখ করে বলল, " মানে চোখে ঠিকমত দেখতে পেলে কি আর তোকে পছন্দ করত? " অস্মিত এবার মুঠো পাকিয়ে সুলগ্নার

মাথায় গাঁট্টা মারার উদ্যোগ করতেই সুলগ্না দুহাত দিয়ে মাথা চাপা দিয়ে বলল,

" দাদা আমার মাথায় ওটার একটা পড়লেও এই সেমিস্টারে আমার ফেল হওয়া কেউ আটকাতে পারবে না। এবার বসে পুরো গল্প টা বলে ফেল। "

অস্মিত মোটামুটি সংক্ষেপে জানালো যে ফটোর মেয়েটির নাম আদৃতা। সেও ডাক্তার এবং বাঁকুড়া থেকে দিল্লিতে একই ট্রেনিংয়ের জন্য গিয়েছিল। সেখানেই দুজনের আলাপ, বন্ধুত্ব এবং যেহেতু দুজনেরই ডাক্তারির কাজের পদ্ধতি ধারা আর ইন্টারেস্ট প্রায় একই তাই ভবিষ্যতে একসাথে জীবন এবং কর্মজীবন কাটানোর ব্যাপারে ভাবনাচিন্তা অনেকটাই এগিয়েছে। এখন দুই বাড়ির গুরুজন দের পারমিশন পাওয়ার পর্বটা বাকি আছে। সুলগ্না গম্ভীর হবার ভান করে বলল,

" হুম, মোস্ট ক্রুসিয়াল পার্ট ইজ টু বী হ্যান্ডেলড, স্পেশালী উইথ ঠাম্মু। বাট নো চিন্তা। লঘুজনের পারমিশন যখন পেয়ে গেছিস, বাকী টা এই লঘুজনই সামলে দেবে এখন। " অস্মিত হেসে বলল, "কৃতার্থ হলাম রে সু। তোকে ফটোটা দিয়ে দিলাম। এবার বাকিটা তুইই সামলাস। " সুলগ্না ফটোটা নিয়ে নিজের ঘরের দিকে যেতে যেতে বলল, " আরে বললাম তো, নো চিন্তা, খুব জলদি সানাই বাজানোর জোগাড় করছি। "

চায়ের টেবিলে বসে আসন্ন ভ্রমনের গল্পেই মশগুল হয়ে থাকল সবাই। সুলগ্না একবার আদৃতার প্রসঙ্গ তোলার চেষ্টা করতেই অস্মিত ইশারায় জানিয়েছিল এখন নয়, বেড়াতে গিয়ে এ ব্যাপারে কথা হবে। অতীন অস্মিতের কাজে জয়েনিংয়ের ব্যাপারে জিজ্ঞাসা করতে অস্মিত জানালো যে একেবারে বেড়িয়ে ফিরে এসে পুজো কাটিয়ে জয়েন

করবে।ওদের মহালয়ার পরের দিনই বেরোনোর কথা। সপ্তমীর সকালে কলকাতায় ফিরে আসবে। কারন মধুরা পুজোর সময় কলকাতার বাইরে কাটানোর কথা ভাবতেই পারেননা। যদিও বেশ কয়েক বছর ধরে সন্ধ্যে বেলায় বা বেশী রাতেও মণ্ডপে মণ্ডপে ঘুরে ঠাকুর দেখার পাট চুকে গেছে। এখন দিনের বেলায় কাছাকাছি ঘুরে কিছু ঠাকুর দেখে আসেন। আর বিভিন্ন মণ্ডপের আলোকসজ্জা ওই টিভির পর্দায় দেখেই আশ মেটান। তবু এই যে সারাদিন ধরে ঢাকের বাদ্যির আওয়াজ, আসেপাশের মণ্ডপ থেকে ভেসে আসা পুজোর মন্ত্রোচারণ, পাড়ার পুজোমণ্ডপে অঞ্জলি দেওয়া, সকাল সন্ধ্যে পাড়ার মহিলাদের সঙ্গে আড্ডা, এসব মিলিয়ে পুজোর গন্ধ অনেকদিন পর্যন্ত মনটাকে জড়িয়ে রাখে।

এয়ারপোর্ট থেকে কুল্লুর হোটেলে যাবার পথে আকাশ নীল রঙের বিয়াস নদীটাকে বড় মেজ ছোটো গোল গোল পাথরে ধাক্কা খেতে খেতে আর মিষ্টি ছলছল ঝরঝর আওয়াজ তুলে বয়ে চলতে দেখে সুলগ্নার উত্তেজনা আর লাফালাফি দেখে মনে হচ্ছিল যে কোনো মুহূর্তে ও গাড়ির জানালা দিয়েই বেড়িয়ে পড়তে পারে। হোটেলে পৌঁছানোর তখনও অর্ধেক পথ বাকী। এরমধ্যেই বেশ কয়েকবার ড্রাইভারকে অনুরোধ করে গাড়ি থামিয়ে নিজের মোবাইলে অসংখ্য ছবি তোলা হয়ে গেছে নদীর। হঠাৎ ও আবদারের সুরে বলে উঠল, " দাদা প্লীজ গাড়িটাকে একটু দাঁড় করা না রে। ওই নদীটার কাছে গিয়ে একটু হ্যালো হাই করে আসি। যতই হোক ওর দেশে প্রথম এলাম, ওকে একটা পেন্নাম ঠুকে তারপরেই তো ওর শহরে ঢোকা উচিত, তাই না? না হলে কিন্তু বিপাশা সুন্দরীর অভিমান হতে পারে। " অস্মিত বা সম্রাট কিছু বলার আগেই অতীন গম্ভীর গলায় মেয়েকে ধমক দিলেন, " মিন্টি, এই রেটে গাড়ি থামাতে থামাতে চললে লাঞ্চ কেন, ডিনারের আগেও হোটেলে পৌঁছাতে পারবনা কিন্তু। এমনিতেই পাহাড়ি হাওয়ায় আমার পেট খিদেয় চাঁই চাঁই করছে। নদীর জল খেয়ে তো আর পেট ভরবে না। তাই এখন আর ড্রাইভার কে ডিসটার্ব না করে চুপটি করে রাস্তার শোভা দেখ। আগে লাঞ্চ, তারপর নদী পাহাড় জঙ্গল যেখানে খুশী যাওয়া যাবে। " মধুরা একটু চাপা উত্তেজিত স্বরে বললেন, " আর আপেলবাগান? আপেলবাগানেও যাব তো? " অস্মিত হেসে বলল, " কাকিমা তোমার লিস্টের দর্শনীয় জায়গা গুলোর নাম ও বলে ফেলো এইবেলা। কলকাতা ফেরার পর কারোর মনে যেন কোনো ক্ষোভ না

থাকে। " দীপিকা মৃদু হেসে বললেন, "আমি তো যাই দেখছি তাই অপূর্ব সুন্দর মনে হচ্ছে। কতদিন পর যে কলকাতার বাইরে পা রাখলাম! বিয়ের পরপরই সেই কবে একবার কাশ্মীরে বেড়াতে গেছিলাম। সেই নদী পাহাড় লেক শিকারা ফুল পাখীরা এখনও স্বপ্নে ফিরে ফিরে আসে। " সম্রাট এতক্ষনে মুখ খোলার সুযোগ পেয়েই ঘোষণা করল, " অস্মিতদা, আমি আর তুমি কিন্তু ট্রেকিংয়ে যাব, কেমন? " সুলগ্না বলল, "ও তাই নাকি সম! শুধু তুই আর দাদা! আর আমি কি বিয়াস নদীর জলে ভেসে যাব? " মধুরা এক ধমক দিলেন, "উঃ! কথার ছিরি দ্যাখো মেয়ের! জলে ভেসে যাওয়া আবার কি? বেড়াতে এসে যত্ত সব অলুক্ষুনে কথা।" সম্রাট বেশ গম্ভীর হয়ে বলল, "হ্যাঁ কাকিমা, বকো তো বেশ করে। জলের বেশী কাছে যেনো না যায়। নদীতে নামা তো দূরের কথা। সাঁতারের মত একটা সামান্য জিনিস ও তো শিখে উঠতে পারিসনি এ পর্যন্ত। তার থেকে তোর ট্রেকিংয়ে যাওয়াই ভালো। যদিও তোকে সঙ্গে নিলে আমাদের ট্রেকিংয়ের সখের অকালমৃত্যু কেউ আটকাতে পারবেনা জানি। " সুলগ্না এবার রীতিমত রাগী গলায় ঘোষণা করল, " আমি পাহাড়েও চড়ব, নদীতেও নামব। গাছ থেকে আপেলও পেড়ে খাব। " সম্রাট বিনীত স্বরে বলল, " নো অবজেকশন মী লর্ড। " দীপিকা আদর করে সুলগ্নার উড়ন্ত চুলগুলোতে হাত বুলিয়ে দিয়ে বললেন, " তুই আর আমি বিয়াসের জলে নেমে ওই পাথরগুলো টপকে গিয়ে..... " দীপিকার মুখের কথা কেড়ে নিয়ে সুলগ্না আবার দিগ্বিজয়ীর হাসি হেসে বলল, " হ্যাঁ, পাথরগুলো টপকে টপকে একটা বেশ বড় পাথরের ওপর বসে দুজনের একটা দারুন সেল্ফি নেব। " অস্মিত বলল, "ব্যাস কুলু বেড়াতে আসার মিশন এ্যাকমপ্লিশড হয়ে যাবে, আর কি! " এবার মধুরা হেসে ফেললেন, বললেন, " ওঃ হো বুবান! এবার তোরা মেয়েটাকে ক্ষেপানো বন্ধ কর তো বাপু। দ্যাখ তো ওই সামনের হোটেলটাই কি আমাদের? " অতীন গাড়ির জানালা দিয়ে ঝুঁকে দেখে

হেসে বললেন, " হুঁ, হোটেলটা আমাদের না হলেও ওরা ক'দিনের জন্য আমাদের থাকতে দিতে রাজী হয়েছে কিছু টাকার বিনিময়ে। আই মীন এতবড় একটা হোটেল আমাদের বলে কিনে নেবার মত টাকা এখনও জমিয়ে উঠতে পারিনি। " মধুরা মুখ বাঁকিয়ে বললেন, "বাজে রসিকতা, কেউ হাসবেনা। " সবাই হেসে উঠল, অবশ্যই মধুরা বাদে।

হোটেলের বিশাল ফ্রন্ট গেটটা বন্ধই ছিল। ওদের গাড়িটা সামনে এসে দাঁড়াতেই বড় গেটের পাশের একটা সরু গেট খুলে একজন সিকিউরিটি গার্ড বেরিয়ে এসে ওদের ড্রাইভারকে কিছু জিজ্ঞাসা করতেই ড্রাইভার পেছন দিকে তাকিয়ে বলল,

-"হোটেল বুকিং কে বারে মেঁ পুছ রহে হ্যায়।" অতীন সঙ্গে সঙ্গে জানালা দিয়ে গলা বাড়িয়ে গলায় বেশ জোর দিয়ে বলে উঠলেন,- " আরে হাঁ হাঁ, হ্যায় না! বুকিং তো জরুর হ্যায়। আপ গেট খোলিয়ে জলদি।" মধুরা চাপা গলায় হেসে ফিসফিসালেন, -"মিন্টি রে, তোর বাবার অবস্থা খারাপ, পারলে এখন পুরো হোটেলটাই গিলে খায়।" সম্রাট আর অস্মিত দুজনেই একসাথে বলে উঠল, - "আমাদেরও একই অবস্থা। " সম্রাট সুলগ্নার দিকে আড় চোখে তাকিয়ে বললো, "সবারই পেট চাঁই চাঁই করছে, শুধু একজনের ছাড়া, তার আকাশ বাতাস নদীর জল খেয়ে পেট ভরে গেছে। " সুলগ্না রেগেমেগে কিছু একটা বলতে যাচ্ছিল। তার আগেই দীপিকা প্রশ্রয়ের ভঙ্গীতে বললেন, - " আমিও সুলগ্নার দলে। তাড়াতাড়ি ফ্রেশ হয়ে কখন যে ওই নদীটার কাছে যেতে পারব তাই ভাবছি। " অস্মিত হেসে বলল, -" কোনো তাড়া নেই কাকীমা। হোটেলের ঠিক পেছনেই আছে নদীটা। আর হোটেলের পেছন দিকের গেট থেকে একটা সুন্দর রাস্তাও করা আছে ওই নদীর ধারে যাবার জন্য। আমি গুগলে এই হোটেলের ছবিতেই দেখেছি। সারাটা দিন তোমরা ইচ্ছেমতো নদীর ধারে সময় কাটাতে পারো। " মধুরা তো গাড়ি থেকে নেমে একটু এগিয়ে গিয়েই রীতিমত

স্পেলবাউন্ড হয়ে দাঁড়িয়ে পড়েছেন। বিস্ফারিত চোখে যা দেখছেন যেন ঠিক বিশ্বাস করে উঠতে পারছেন না। নিজের অজান্তেই দুই গালে দুহাতের চেটো ঠেকিয়ে চমকিত স্বরে বললেন, - "আরিব্বাস! হোটেলের পাশেই এতবড় আপেল বাগান। ইসস!! মাটিতে লাল টুকটুকে কত আপেল পড়ে আছে! কুড়িয়ে নিয়ে আসি? " বলেই দ্রুত ওদিকে এগোতে গিয়েই বাধা পেলেন। অতীন গম্ভীর গলায় বললেন,- " একদম না। ওগুলো হোটেলের প্রপার্টি। ওগুলো তুলবেনা। আগে সবাই ভেতরে ঢোকো।" রিশেপশনে চেক ইন এর ফর্মালিটিজ পুরো করে রুমের চাবী হাতে পেতে আরও খানিকটা সময় গেল। অতীন ঘোষণা করলেন, -" বেলবয় আমাদের লাগেজ সব নিয়ে গিয়ে রুমে রাখুক, আমরা ততক্ষন ডাইনিং হলে গিয়ে লাঞ্চে কি পাওয়া যাবে দেখে অর্ডারটা দিয়ে দিই। তারপর চটপট রুমে গিয়ে ফ্রেশ হয়ে নেমে এসে লাঞ্চ সারা যাবেখন। " সবারই যথেষ্ট ক্ষিদে পেয়েছিল। তাই কেউ আপত্তি করলনা।

সবসুদ্ধ তিনটে রুম নেওয়া হয়ে ছিল। একটা মধুরা আর অতীনের। দীপিকা আর সুলগ্না একটা রুম শেয়ার করবে আগের থেকেই সেটা সুলগ্নার আবদার ছিল। আরেকটা রুমে অস্মিত আর সম্রাট। যথেষ্ট বেলা হয়ে যাওয়ায় লাঞ্চে মনোমত তেমন কিছু পাওয়া গেলনা। ভাত রুটি ডাল একটা মিক্সড সজী আর চিকেন কারিতেই সবাইকে সন্তুষ্ট হতে হল। তবে খিদের চোটে সেটাই সবার মুখে অমৃতের স্বাদ দিল। সবচেয়ে খুশি মধুরা। বলেই ফেললেন, - " উফ কতদিন পর অন্য হাতের রাঁধা বাড়া খাবার খাচ্ছি। কি ভালোই যে লাগছে! বেশী বেশী খেয়ে আবার মোটা না হয়ে যাই। " সুলগ্না বেশ গম্ভীর মুখ করে রায় দিল, - " দোষটা পুরো দাদার। " অস্মিত ভীষন অবাক হয়ে বলল, - "বা রে! আমি বুঝি মা কে হোটেল রেস্টেউরেন্টে গিয়ে খেতে বারন করি! যখনই ছুটিতে বাড়িতে আসি তখনই তো মাকে

বাইরে খাওয়াতে নিয়ে যেতে চাই। কিন্তু মায়ের তো আমাকে কবে কখন কি কি রেঁধে খাওয়াবে তার লিস্টই শেষ হতে চায়না। লিস্ট ফুরোবার আগেই আমার ছুটি ফুরিয়ে যায়। আর বাবা তো মায়ের রান্না করা ওই দারুন দারুন সুখাদ্য গুলো পেলে আর কিছুই চায়না। অগত্যা! " সুলগ্না হেসে বলল, - " এখন ঠাম্মু থাকলে ঠিক বলত ...আহা! বাছা আমার খোট্টাদের দেশের অখাদ্য গুলো খেয়ে কেমন রোগা হয়ে গেছে। কিন্তু দাদা আমি তোর অন্য দোষের কথা বলছি। চটপট বিয়ে করে বৌদিটাকে নিয়ে এলেই তো মায়ের একটু মুখবদল হত, তাইনা?" অস্মিত চোখ পাকাতেই মধুরা হেসে বললেন, - "আহা! আমি বুঝি বুবানের বউকে দিয়ে রান্না করাবো! আর মিন্টি কতবার তো তোকেও ডেকে ডেকে কয়েকটা ভালো রান্না শেখানোর চেষ্টা করেছি। আজ পর্যন্ত তুই একটাও শিখেছিস? " দীপিকা একটু লাজুক বিব্রত স্বরে মুখ নামিয়ে বললেন, - "আমি আর সুলগ্না এক দলে। আমিও কিচ্ছু রান্না পারিনা।" সুলগ্না খাওয়া শেষ করে দুহাত তুলে ঘোষণা করল, -" ওকে ওকে। ডান। কলকাতায় ফিরেই আমি আর কাকিমা কুকিং ক্লাসে ভর্তি হয়ে যাব। আপাততঃ আমি আর কাকিমা তো নদীর ধারে যাবই। আর কে কে যাবে বল। " অতীন ছাড়া সবাই সম্মতি জানালো। অতীন বললেন, -" আমি এখন টেনে একটা ঘুম লাগাবো।" সঙ্গে সঙ্গে মধুরার ধমক, -"একেবারেই না। এত সুন্দর একটা জায়গায় কেউ ঘুমিয়ে সময় নষ্ট করে! সন্ধ্যেবেলায় তো আর কিছুই করার থাকবেনা। তাড়াতাড়ি ডিনার সেরে ঘুমিও যত খুশী। এখন সোজা মার্চ টুওয়ার্ডস নদী। "

হোটেলের পেছনের দরজা খুলে বেরাতেই নদীর কলকলানি মিঠে সুর কানে এসে আছড়ে পড়ল। সঙ্গত দিল ঝিরঝিরানি হাওয়ার তান।

নদীর চিরন্তন নিরন্তর বয়ে চলার মধ্যে এমনই এক মনোমুগ্ধকর উচ্ছলতা চঞ্চলতা আর সাবলীলতা থাকে যে নদীর সামনে এসে দাঁড়ালেই যেন মনের সব গতিহীনতা উবে গিয়ে মনটাও সচ্ছ আর উচ্ছল হয়ে ওঠে। দীপিকার মনে হল সেই কবে কোন এক নিষ্ঠুর পাষানঘায়ে যে মনটা ওর এক লহমায় থমকে গিয়ে অনড় অচল হয়ে পড়েছিল, যুগযুগান্ত পরে যেন আজ সত্যিই সেই মনটাও আবার সচল হল। মনটাকে আজ এই নদীর স্রোতেই ভাসিয়ে দিতে ইচ্ছে হল ভীষন। বেশ বইতে বইতে অনেক দূরের কোন এক ছোট্ট পাহাড়ি গ্রামের সামনে পৌঁছে যেত মনটা। পাহাড়ী তরুণীরা বিকেলবেলায় কোমরে মাথায় গাগরী নিয়ে পাহাড়িয়া সুরে গান গাইতে গাইতে নদীতে জল ভরতে এসে জলের সাথে ওর মনটাকেও গাগরীতে ভরে নিত। তারপর ওদের পাহাড়ি ঝুপড়ি তে ফেরার পথে ওদের একে অপরের সাথে কলরবলর করে হাসি গল্প কথায় খুনসুটিতে ওর মনটাও কলকলিয়ে মেতে উঠত। মনের মধ্যে জমে থাকা কত না দিনের কত কথা সব বলে ফেলতে পারতো ওদেরকে। ওদের সুখ দুঃখের সাথী হয়ে বেশ কাটত দিন।

হঠাৎ সুলগ্নার তীক্ষ্ণ স্বরের ডাকে স্বপ্নের জাল ছিঁড়ল দীপিকার। সুলগ্না কখন যেন অনেক গুলো পাথর টপকে নদীর বেশ খানিকটা ভেতরে গিয়ে একটা বড় পাথরের ওপর দাঁড়িয়ে দীপিকার দিকে তাকিয়ে সমানে হাত নেড়ে নেড়ে চিৎকার করে ডাকছে, -" কাকীমা-- -- কখন থেকে ডাকছি তোমায়, আসছোনা কেন? আমি ভাবলাম তুমি আমার পেছনেই আসছো। কিন্তু তুমি তো ওখানেই স্ট্যাচু হয়ে দাঁড়িয়ে

আচ্ছা। এখানে এসে দ্যাখো কি ভীষন ভালো লাগবে। জলের পাথরে পাথরে ধাক্কা খেয়ে চলার আওয়াজ টা এখান থেকে কি মিষ্টি শোনাচ্ছে গো! " সম্রাট এবার এগিয়ে এসে দীপিকার হাত ধরে বলল, -" চলো মা তোমাকে ওইখানটায় পৌঁছে দিয়ে আসি। " দীপিকা হেসে বললেন, -"আমি নিজেই যেতে পারব রে সমু। তুই আনন্দ করে ঘোর। " সম্রাট কিন্তু মায়ের হাত ছাড়লো না, বললো,-

" আরে চলোই না, আমিও তো যাব। "

সম্রাট দেখলো সুলগ্না চারকোল কালারের জিনসের প্যান্ট হাঁটু পর্যন্ত গোটানো। ওর ফরসা টুকটুকে পায়ের ওপর গড়িয়ে পড়া জলের বিন্দুগুলো রোদ্দুরের ঝলক লেগে মুক্তোর মত ঝলমল করছে। সিঁদুরে লালের ওপর ফিরোজা রঙের চকরাবকরা প্রিন্টের বেশ ঢোলাঢালা একটা টপ পরেছে সুলগ্না। দুরন্ত হাওয়া ওর একঢাল চুল কে আকাশরঙা স্কার্ফের বাঁধন থেকে মুক্ত করার প্রাণপণ প্রয়াস চালাচ্ছে। সম্রাট কিছুতেই আর চোখ ফেরাতে পারছিলনা। কাছাকাছি পৌঁছাতেই সুলগ্না দুহাত বাড়িয়ে দীপিকাকে টেনে পাথরটার ওপর দাঁড় করিয়েই সম্রাটের দিকে ফিরে হুকুম করল, -"নে, এবার কাকিমার সাথে আমার একটা জবরদস্ত ফটো তুলে দে তো দেখি। তারপর আরেকবার ফিরে গিয়ে মাকেও নিয়ে আয় এখানে। নাহলে মা সারাদিন ওই তীরে বসেই ঢেউ গুনবে আজ। এমনিতেই মায়ের মন পড়ে আছে ওই আপেল বাগানটায়। হঠাৎ দেখবি চুপচাপ চলে গিয়েছে আপেল কুড়াতে।" সম্রাট হেসে বলল, -" ওই দ্যাখ, অস্মিতদা কাকিমাকে নিয়ে আসছে। আমি বরং ওই দিকটায় যাই। ওদিক থেকে ক্যামেরায় ভালো এ্যাঙ্গেল পাবো। তাছাড়া সবাই মিলে এই পাথরটার ওপর চড়লে ও বেচারার পিঠে ব্যাথা হয়ে যাবে। " সুলগ্না মুখভঙ্গি করে বলল, -"ব্যাড জোক। "

দীপিকা ততক্ষণে জলে দুই পা ডুবিয়ে পাথরটার ওপর বসে পড়েছেন। সুলগ্না হেসে বলল, -"ইস শাড়িটা ভিজিয়ে ফেললে তো! জল টা ঠান্ডা না? " দীপিকা বললেন, -" হ্যাঁ রে, বেশ ঠান্ডা। প্রথমে পা ডোবাতেই মনে হল পা দুটো কেটে গেল বুঝি। কিন্তু এখন বেশ লাগছে। " বলেই জলের ভেতর পা দোলাতে দোলাতে গান ধরলেন.... "আকাশে আজ কোন চরণের আসা যাওয়া ..... "

-" ওরে বাবারে! পড়ে যাব রে! জলে পড়ে গেলে ঠান্ডায় নিউমোনিয়া হয়ে যাবে, আমি সাঁতার জানি না রে, ডুবে যাবো...... " ইত্যাদি প্রচুর চেঁচামেচি করে অবশেষে বড় পাথরটার ওপর এসে পৌঁছালেন মধুরা। তারপর কোনোমতে সুলগ্নার হাত আর দীপিকার কাঁধ ধরে রীতিমত জোড়াসন করে বসে পড়েই চারদিকে তাকিয়ে মুখ শুকনো করে বললেন, -"চলে তো এলাম, এবার ফিরব কি করে? " সুলগ্না ঝুঁকে মধুরার গালে চুমু দিয়ে হেসে বলল, -" আহা রে! বাচ্চা মেয়েটার অবস্থা দ্যাখো! ফেরার কথা পরে ভাববে,আগে তো চারদিকের বিউটি টা এনজয় কর। " ততক্ষণে অস্মিত আর সম্রাটের ক্যামেরায় অনেক মুহূর্ত বন্দী হয়ে গেছে। থিতু হয়ে বসে এবার মধুরাও দীপিকার গানে গলা মেলালেন। সুলগ্না এবার আরও কয়েকটা পাথর টপকে টপকে সম্রাটের কাছাকাছি পৌঁছে হাত বাড়িয়ে বলল, -"হাত টা ধর না রে, আমিও ওইখানটায় যাব। " সম্রাটের চোখে দুষ্টু হাসি খেলে গেল, বলল, - " একটা শর্তে ধরতে পারি হাত, যদি হাতটা চিরদিন ধরে রাখতে দিস। " সুলগ্না একটু লজ্জারুন হলেও তাড়াতাড়ি নিজেকে সামলে নিল- " ডোন্ট ট্রাই টু এ্যাক্ট রোমিও সম। কোথায় শিখলি এসব বস্তাপচা ডায়ালগ? "

-" যাঃ, হাত ধরব না তোর, নিজেই লাফিয়ে আয় তবে। " বলেই মুখ ফেরালো সম্রাট।

-" আরে ভাবিস টা কি তুই আমায়? পারি না আমি? " বলে লাফানোর চেষ্টা করতেই পা স্লিপ করে জলে পড়ার ঠিক আগের মূহূর্তে সম্রাটের বাড়ানো হাতের বাঁধনে ধরা পড়ে কোনোমতে সামলালো সুলগ্না। একটু ভয়, একটু অস্বস্তি আর একটু হতচকিত হয়ে সুলগ্নার মুখ টকটকে লাল হয়ে উঠল। কপালে এই হালকা ঠান্ডাতেও ঘামের বিন্দু ফুটে উঠল। কিন্তু পরমূহূর্তেই নিজেকে সামলে নিয়ে সোজা হয়ে দাঁড়াবার চেষ্টা করতে করতে বলল, -"হয়েছে হয়েছে, বীরপুরুষ, ছাড় এবার আমাকে। "

সম্রাট ও ওকে ছেড়ে একটু পিছিয়ে গিয়ে বলল, - "পোজ টা কিন্তু দারুন ছিল রে! দ্য ডিসট্রেসড লেডি ইন দ্য আর্মস অফ গ্যালান্ট নাইট। ইস! কেউ যদি একটা ফটো তুলে রাখত! "

সুলগ্না চোখ পাকিয়ে বলল, -" এবার কিন্তু একটা মার ও বাইরে পড়বে না।"

বেশ জাঁকজমক করে অতি সমারোহে চারদিক রক্তিমাভায় ভরিয়ে দিয়ে জলের ওপর রাশি রাশি সোনা গলানো রঙ ঢেলে সূয্যি মামা অস্তে যাবার প্রস্তুতি নিলেন। সম্রাট আবারো একবার সেই গোধূলি আলোয় সুলগ্নার কনে দেখানো রূপ দেখে মুগ্ধ হল। কারোর মুখেই যেন আর কোনো কথা ফুটছে না। প্রকৃতির সেই অনিন্দ্য সুন্দর রূপসুধা নিঃশব্দে মনপ্রাণ ভরে পান করল সবাই। সূর্য একটু দূরের পাহাড়ের আড়ালে যেতেই হঠাৎ যেন ঝুপ করে সন্ধ্যা নেমে এল চারদিকে। সম্বিত ফিরে পেয়ে মধুরা আবার আর্তনাদ ছাড়লেন, - " ওরে বুবান, অনেক ফটো তুলেছিস। এবার এসে আমাকে ডাঙায় ফেরত নিয়ে যা। অন্ধকার হয়ে গেলে আমি সিওর এবার জলে পড়ে যাব। " অস্মিত এগিয়ে আসতে আসতে বলল, -" আমরা সবাই থাকতে তোমাদের কাউকেই জলে পড়তে হবে না। সুলিকেও নয়। কি সম্রাট? ঠিক বলেছি? বাই দ্য ওয়ে

তোমার গ্যালান্ট্রির রেকর্ড আমার ক্যামেরায় বন্দী আছে। " সুলগ্না আর সম্রাট দুজনেরই এবার সত্যিই জলে পড়ে যাবার মত অবস্থা হল।

পাড়ে ফিরে এসে সবাই অবাক হয়ে দেখল অতীন দিব্যি নদীর পাড়ে ঘাসের ওপর একটা মাঝারি আকারের পাথরের টুকরোয় মাথা দিয়ে শুয়ে নিশ্চিন্তে ঘুমোচ্ছেন। মধুরা গালে হাত দিয়ে বললেন, - "বোঝো অবস্থা! " সবার হাসির আওয়াজে ধড়মড়িয়ে উঠে বসলেন অতীন। চোখ কচলে চারদিকটা দেখে বললেন,- "বেড়ানো হল তোমাদের? চলো ফেরা যাক। নদীর ধারের ফ্রেশ হাওয়ায় ঘুমটা দারুন হল। খিদেটাও বেশ চাগিয়ে উঠেছে। দেখি হোটেলে কি স্ন্যাকস পাওয়া যায়। " মধুরার আবার স্বগতোক্তি, -" বোঝ অবস্থা! "

সারাদিনের ঘোরাঘুরির ধকলে সকলেই বেশ ক্লান্ত থাকায় একটু তাড়াতাড়িই ডিনার সেরে যে যার রুমে গিয়ে ঘুমের আয়োজন করলেও দীপিকার স্বভাববশতঃই ঘুম আসতে দেরী হচ্ছিল। ওর জীবনের মোটামুটি বেশীরভাগ দিনগুলো তেমন কোনো বিশেষ ঘটনার ঘনঘটা ছাড়াই কেটে যায় বলে যেদিন তেমন কোনো উত্তেজনাদায়ক ঘটনা ঘটে সেদিন রাতে ঘুম যেন পাকাপাকি ভাবেই দীপিকাকে ত্যাজ্যকন্যা করে দেয়। তাছাড়া বহু বছর এভাবে এক বিছানায় অন্য কারোর সাথে শোবার অভ্যেসও নেই। ইচ্ছে করলে দীপিকা একটা আলাদা রুম নিতেই পারতেন। কিন্তু তখন আবার সুলগ্নাকেও একা আলাদা রুমে থাকতে হত যেটা সুলগ্না বা অন্য কাউকেই হয়তো ঠিক স্বস্তি দিতোনা। তাছাড়া এই বেড়াতে আসার শুরুর দিন থেকে যেভাবে সুলগ্না ওর গায়েগায়ে লেগে থাকছে তাতে দীপিকার মনটাও বেশ একটা ভালো লাগায় ছেয়ে আছে।

সুলগ্না বিছানায় শোবার পর টুকটাক কথা বলতে বলতেই হঠাৎ ঘুমিয়ে পড়েছে। দীপিকা বিছানায় বেশী এপাশ ওপাশ করতেও ভয়

পাচ্ছিলেন পাছে সুলগ্নার ঘুম ভেঙে যায়। সমুর জন্মের আগে দীপিকা প্রায় ধরেই নিয়েছিলেন যে ওর মেয়ে হবে। মেয়েকে রোজ নিত্যনতুন কত সুন্দর সুন্দর সাজে সাজাবেন এই কল্পনাতেই প্রেগন্যান্সী পিরিয়ডের বেশীর ভাগ সময় কাটিয়েছেন দীপিকা। তবে মাঝেমাঝে ভয়ও হত এই ভেবে যে মেয়েরা নাকি বেশীরভাগ সময় বাপঘেঁষা হয়। ভাবনাটা মাথায় আসার সাথে সাথেই হেসেও ফেলতেন। প্রসূনের সময় কোথায় মেয়েকে কাছে ঘেঁষতে দেবার? ওদের বিয়ের পর বোধহয় মাস দুইতিন দীপিকাকে একটু বেশী সময় দিয়েছিলেন প্রসূন। তারপরই নিজের ডাক্তারী আর সোশ্যাল লাইফ নিয়ে এত ব্যস্ত হয়ে পড়েছিলেন প্রসূন যে মাঝে মাঝে দীপিকা অবাক হয়ে ভাবতেন যে বিয়ে করা বা স্ত্রী থাকাটাও কি প্রসূনের সোশ্যাল স্টেটাসের নিছক একটা অঙ্গ ছাড়া আর কিছুই নয়! সমুর যখন ছ'মাস বয়স তখনই দীপিকা ওর নিজের ছোট্ট বেলার বেশ কিছু সুন্দর সুন্দর ফ্রক, যেগুলো এখনও মতিঝিলের বাড়িতে ওর মায়ের আলমারিতে যত্ন করে রাখা আছে,বরেণবাবু কে দিয়ে আনিয়ে নিয়েছিলেন। একমাথা কোঁকড়ানো চুল হয়েছিল সমুর। মাঝেমাঝেই সমুকে সেইসব ফ্রক পড়িয়ে চুলে ঝুঁটি বেঁধে দিয়ে নির্নিমেষে তাকিয়ে থাকতেন দীপিকা। সাবুর চোখে পড়লেই অবশ্য প্রচণ্ড বিরক্ত হয়ে গজগজানি শুরু করে দিত... "বুজিনে বাপু বড়নোকেদের ঢংঢাং! লোকে ছেলে ছেলে করে হেদিয়ে মরে, আর ইনার আদিক্যেতা দেখলি গা মাতা জ্বলে যায় এক্কেরে। এত্ত মাইয়ার সক তো ছেলেটারে অমন মাইয়া না সাজায়ে দুবচ্ছরের মদ্দি একটা মাইয়া বিয়ালেই তো হয় বাপু!....." তা সাবুর ইচ্ছেমত দুবছর পর কেন কোনোদিনই মেয়ের জন্ম দেওয়াটা আর হয়ে ওঠেনি দীপিকার। তবে হঠাৎই একদিন সমুকে এভাবে ফ্রক পরা অবস্থায় প্রসূন দেখে ফেলে সাংঘাতিক রেগে গিয়ে যা হুলুস্থুল বাধিয়ে ছিলেন যে দীপিকার সমু কে মেয়ে সাজানোর সখের সেখানেই ইতি টানতে হয়েছিল। তারপর এলো

সেই ভয়ঙ্কর দিনগুলো। সমুকে সাজানো দূরের কথা, ওকে নাওয়ানো খাওয়ানো ঘুম পাড়ানো যত্ন নেওয়া এসবও যেন কিভাবে ভুলে বসে ছিলেন দীপিকা। সেসময় সাবু না থাকলে সমুটা আজ বেঁচে থাকতো কিনা সন্দেহ। ভাবতেই বুকের ভেতরটা কেমন হু হু করে উঠল। পাশ ফিরে আলগোছে সুলগ্নার মাথায় হাত বুলিয়ে নিজেকে শান্ত করতে করতে কখন চোখ ঘুমে জড়িয়ে গেছে বুঝতে পারেননি। ঘুম ভাঙলো পরদিন সুলগ্নার ডাকাডাকিতে। ---"কাকিমাআআ প্লীস এবার তো ওঠো। তুমি অঘোরে ঘুমোচ্ছ দেখে আমি স্নানও সেরে ফেললাম। তুমি এবার উঠে চটপট রেডি হও। আজ অনেকগুলো জায়গায় যাবার আছে তো!"

বেশ ভারী করে ব্রেকফাস্ট খেয়েই সবাই মিলে হৈ হৈ করে বেড়িয়ে পড়া গেল। হোটেল থেকে গাড়ির ব্যবস্থা করে দিয়েছিল।কুলুর হোটেল থেকে চেকআউট করেই বেড়ানো হল। কারণ মনিকরণ দেখে রোহতাং পাস দেখে মানালি তে যাওয়া এবং ওখানে দিন তিনেক থেকে আশেপাশের কিছু সুন্দর জায়গা লেক ইত্যাদি দেখার ব্যবস্থা হয়েছে। বেশ খানিকটা যাবার পর গাড়ি একটা জায়গায় দাঁড় করানো হল গ্রীন এ্যাপেল অর্চার্ড দেখানোর জন্য। ভেতরে গিয়ে অজস্র গাছে গাছে গুচ্ছ গুচ্ছ সবুজ আর সোনালি হলুদ আপেল ঝুলতে দেখে মধুরার অবস্থা হল দেখার মত। সুলগ্না মিটিমিটি হেসে বলল- " মাকে আজ আর এখান থেকে বের করে কোথাও নিয়ে যাওয়া বেশ মুশকিল হবে বলে মনে হচ্ছে।" মধুরা খানিকটা পরে একটু ধাতস্থ হয়ে আপেল কেনার আর্জি জানাতেই জানা গেল যে এখানে আপেল এভাবে খুচরো বিক্রীর নিয়ম নেই। মধুরাকে দেখে মনে হল এক্ষুনি কেঁদে ফেলবেন। অবশ্য আপেল কেনা যাবে না শুনে সকলেই বেশ হতাশ হয়ে অর্চার্ড ছেড়ে বেরিয়ে এসে গাড়িতে ওঠার সময় একটা ঘটনা ঘটলো। একটি ছেলে দুহাতে দুটো মোটা বাদামী কাগজের ব্যাগভর্তি সবুজ আপেল নিয়ে ওদের

গাড়ির কাছে এসে একমুখ হেসে বলল- "ম্যানেজার সাব নে ইয়ে দিয়া হ্যায় আপলোগোকো রাস্তে মেঁ খানে কে লিয়ে।"

অতীন তাড়াতাড়ি মানিব্যাগ বের করতেই ছেলেটি বলল- "নহী নহী ইয়ে বেচনে কে লিয়ে নহী,সির্ফ খানে কে লিয়ে হ্যায়।"

সকলে রীতিমত অবাক হয়ে গেল। বিনে পয়সায় আপেল! তাও আবার এত! সুলগ্না আর এক মূহূর্তও দেরী না করে টপ করে একটা আপেল তুলে নিয়ে কামড় বসাতেই ওর ঠোঁটের দুপাশ থেকে আপেলের রস গড়িয়ে নামল। সম্রাট আর অস্মিত অবাক হয়ে প্রায় একযোগে বলে উঠল- মাই গড! সোওও জুসি!

ব্যাস গাড়ি ছাড়ার সাথে সাথেই সবার হাতে হতে চলে এল একটা করে সবুজ আপেল। অতীন আপেলের অর্ধেক শেষ করার পর কথা বলার ফুরসত পেলেন- " কি গিন্নী? আপেলের সখ মিটেছে তো এবার?"

মধুরা তৃপ্ত মুখের হাসি ছড়িয়ে ঘোষনা করলেন- "এগুলো খেতে খুব সুন্দর, দারুন ফ্লেভার! কিন্তু লাল আপেলগুলো দেখতে কি সুন্দর! লাল আপেল না নিয়ে আমি হিমাচল ছাড়ছি না।"

অতীন মুখভঙ্গি করে বললেন- "লে হালুয়া!"

আরও বেশ খানিকটা যাওয়ার পর গাড়ি আবারও থামল। ওটা নাকি একটা খুব সুন্দর ভিউ পয়েন্ট। গাড়ি থেকে নেমে সবাই হাঁটা শুরু করল, একটু চড়াই এ উঠতে হচ্ছিল। সম্রাট আর অস্মিত অনেকটা এগিয়ে, তারপর সুলগ্না, পিছনে অতীন, আর তারও পেছনে দীপিকা আর মধুরা। দীপিকা অবশ্য ইচ্ছে করেই মধুরার পাশাপাশি হেঁটে আসছিলেন চারিপাশের অপরূপ সৌন্দর্য উপভোগ করতে করতে আর মধুরার সাথে টুকটাক গল্প করতে করতে। হঠাৎ সম্রাট হাঁটার গতি

কমিয়ে সুলগ্নার পাশে এসে চোখের ইশারায় রাস্তার পাশের কয়েকটা কটেজের দিকে সুলগ্নার দৃষ্টি আকর্ষণ করল।সুলগ্না তাকিয়ে দেখল পরপর বেশ কয়েকটা কটেজের সামনে ছোট্ট একটুকরো করে রঙবেরঙের মরশুমী ফুলের বাগান। সেরকমই একটা মিষ্টি রোদমাখা বাগানের গার্ডেন চেয়ারে প্রায় জড়াজড়ি করে বসে আছে এক অল্পবয়সী আমেরিকান কাপল। সুলগ্না সম্রাটের দিকে চোখপাকিয়ে বলল-"সমু প্লীস, ওরম হাঁ করে দেখার কিছু নেই। হনিমুনে এসেছে।"

সম্রাট সুলগ্নার একটা হাত নিজের হাতে নিয়ে একটু চাপ দিয়ে বলল- "সোওওও রোম্যান্টিক! আমরাও আসব এখানে, হনিমুনে।"

সুলগ্না পেছনে একবার তাকিয়ে দেখল অতীন মধুরা আর দিপীকা অনেকটাই পেছনে রয়ে গেছেন। তবুও হাতটা ছাড়িয়ে নিয়ে সম্রাটের পিঠে একটা কিল বসিয়ে বলল- "খুউব সখ না! দিল্লী দূউউউরঅস্ত।"

সম্রাট একটু উচ্ছসিত গলায় বলল- "দ্যাখ তুই যদি বলিস তাহলে হনিমুনে আমরা সুইজারল্যান্ড ও যেতে পারি, কিম্বা ইসতামবুল। কিম্বা চেরীব্লসমের দেশ জাপানেও। কিন্তু আমার ইচ্ছে করছে এই লাল টুকটুকে আপেলের রাজ্যেই হনিমুনে আসতে। তোর গালদুটোর সাথে আপাততঃ একদম মিলে যাচ্ছে।"

এবার সুলগ্না রীতিমত লজ্জা পেয়ে- "হয়েছে হয়েছে! গাছে কাঁঠাল গোঁফে তেল" বলেই একটু জোরে হাঁটা দিয়ে এগিয়ে গেল।

সম্রাট ও একটু জোরে হেঁটে আবার অস্মিতের পাশে গিয়ে হাত নেড়ে গল্প করতে করতে এগোতে লাগল।

মনিকরণে পৌঁছে দেখা গেল মন্দির আর গুরুদ্বারার পাশাপাশি সহাবস্থান। চারিদিকে বেশ ঠান্ডার মধ্যে হটস্প্রিং থেকে গরম ধোঁয়া উঠতে দেখে একটা রোমাঞ্চকর অনুভূতি হল সবার। গুরুদ্বারার ভেতরে

সকলের জন্য সুন্দর নিরামিষ মধ্যাহ্ন ভোজনের ব্যবস্থা ছিল। ওখানকার ব্যবস্থাপকদের সুন্দর আন্তরিক ব্যবহার সবাইকে মুগ্ধ করল। এবার শুরু হল যাত্রা রোহতাং এর উদ্দেশে। রোহতাং-এ পৌঁছে বরফের ওপর দাঁড়িয়ে কাছের পাহাড়ের চুড়ায় গ্লেসিয়ারের ওপর সূর্যের সাতরঙা আলোর ঝলকানি দেখা এক বিরল অভিজ্ঞতা। একটু পরেই অস্মিত সম্রাট আর সুলগ্না গুঁড়ো বরফের গোলা বানিয়ে একে অন্যের গায়ে ছোঁড়াছুঁড়ির খেলায় মাতল। ফলস্বরূপ একটু পরেই তিনজনেরই নাকি পাহাড় গিলে খাওয়ার মত ক্ষিদে পেয়ে গেল। অবশেষে রোহতাং থেকে নামার পথে গাড়ির ড্রাইভারের পরামর্শ মত রাস্তার ধারে একটা ঢাবায় গিয়ে দেখা গেল খাবার বলতে শুধু আলুর পরোটা আর রাজমা চাওল পাওয়া যাচ্ছে। কিন্তু সেই খাবার খেয়ে বেরিয়ে আসার পর ওরা প্রত্যেকে একবাক্যে স্বীকার করতে বাধ্য হল যে এরকম সুস্বাদু খাবার ওরা কেউই এপর্যন্ত কোনোদিনও খায়নি।

মানালি পৌঁছাতে পৌঁছাতে একটু রাতই হয়ে গেল। হোটেলে চেক ইন করে যে যার রুমে গিয়ে ফ্রেশ হতে আরো একটু সময় গেল। অনেকদিন পর একটানা পাহাড়ী রাস্তায় এত চড়াই উতরাইয়ে হাঁটাহাঁটি করে মধুরার অবস্থা কাহিল, দীপিকারও বেশ অবসন্ন লাগছিল। তাই ওরা আর নিচে ডাইনিং হলে নামতে চাইলেন না। ওদের ডিনার রুম সার্ভিসে অর্ডার করে বাকিরা সবাই ডাইনিং হলের দিকে এগোলো।

(২৬)

দীপিকা আর মধুরা দীপিকার রুমে বসেই টুকটাক গল্প করতে করতে রাতের খাওয়া সারছিলেন। খাওয়া যখন প্রায় শেষের দিকে তখন ডোর বেল বাজল পরপর দুবার। দীপিকা আর মধুরা দুজনে অবাক হয়ে মুখ চাওয়াচাওয়ি করলেন। দীপিকা বলেই ফেললেন, "এত রাতে এই রুমে ঢোকার কার আবার এত তাড়া পড়ল!"

মধুরাও একটু ইতস্তত সুরে হেসে বললেন,

" এ নির্ঘাত মিন্টি। জোর বাথরুম পেয়েছে মনে হয়।" বলে বাঁ হাতে দরজা খুলতেই সম্রাট একটু উদভ্রান্ত ভাবে রুমে ঢুকে দীপিকার দিকে তাকিয়ে ব্যস্ত সুরে বলল,

" মা তোমার ফোন সুইচড অফ নাকি?" দীপিকা চার্জারে লাগানো নিজের মোবাইলের দিকে দেখিয়ে বললেন, " হ্যাঁ রে, রুমে ফিরে এসে ফোনটা চার্জে দিতেই ভুলে গেছিলাম, সুইচড অফ হয়ে গেছিল। চার্জে বসানোর পর আর সুইচ অন করা হয়নি। কেন রে? তোর জরুরী কিছু বলার ছিল নাকি?"

- "আমার নয়। কলকাতা থেকে অরুনাভ কাকু তোমাকে কোনো বিশেষ কারনে অনেকবার ফোন করেছিলেন। তোমাকে না পেয়ে আমাকে ফোন করে তোমাকে জানাতে বললেন যে সময় পেলেই ফোনে ওঁর সাথে যোগাযোগ করতে। কি যেন বিশেষ জরুরী কথা বলার আছে।"

দীপিকা তাড়াতাড়ি মোবাইলটা চার্জার থেকে খুলে সুইচ অন করে দেখলেন সত্যিই অরুণাভ সাহার পাঁচটা মিসড কল। এখন এত রাতে ওঁকে ফোন করাটা ঠিক হবে কিনা ভাবতে ভাবতেই মোবাইল আবার বেজে উঠল। অরুণাভ সাহা ই আবার কল করেছেন। দ্রুত রিসিভ করতেই ওপ্রান্ত থেকে অরুণাভর উত্তেজিত স্বর ভেসে এল, "ম্যাডাম, খুবই দুঃখিত এত রাতে আপনাকে বিরক্ত করার জন্য। কিন্তু আপনাকে কিছু বিশেষ জরুরী কথা জানানোর এবং আপনাকে কিছু দেখানোর খুব প্রয়োজনীয়তা বোধ করছি। কাল সকালে কি আপনার সাথে দেখা করা যায়?"

দীপিকা যদিও ভীষণই অবাক হলেন তবুও গলার স্বর যথাসম্ভব স্বাভাবিক রেখে বললেন, "আমি তো এখন কলকাতায় নেই। কয়েকদিনের জন্য হিমাচলে এসেছি। কলকাতায় ফিরে অবশ্যই আপনার সাথে যোগাযোগ করব। কিন্তু হঠাৎ এমন জরুরী কি ব্যাপার হল বলুন তো?"

অরুণাভ একটু যেন থতমত খেলেন, এক মুহূর্ত নিঃশব্দ থাকার পর একটু হালকা গলাঝাড়া দিয়ে বললেন," ও আচ্ছা আচ্ছা। তাহলে আপনাকে আর এখনই এসব কথা বলে ডিসটার্ব করব না। আপনি আনন্দ করে বেড়িয়ে আসুন। তারপর না হয় ধীরেসুস্থে সব কথা বলা যাবে।" ফোন কেটে দিলেন অরুণাভ। দীপিকা ভ্রু কুঁচকে সম্রাটের দিকে তাকালেন।

- "কি ব্যাপার বল তো সমু? এত রাতে এতবার ফোন করলেন, বললেন জরুরী কথা আছে। আবার পরে ধীরেসুস্থে বলবেন বলে ফোন কেটে দিলেন!"

সম্রাট বোধহয় খেতেখেতেই উঠে এসেছিল। ডানহাতের আঙুল চাটতে চাটতে বলল,

" যাক গে যাক, ছাড়ো, বলছেন যখন পরে বলবেন তখন অত ভয়ের কোনো ব্যাপার না নিশ্চয়ই। এখন খাওয়া সেরে আরাম করে ঘুমাও তো। কাল সকালে ফোন করে না হয় জেনে নিও। আমার খাবারটাই গেল পুরো ঠান্ডা হয়ে।" ওর কথা শেষ হবার আগেই সুলগ্না দরজা ঠেলে ঢুকেই চেঁচামেচি শুরু করল, " কি ব্যাপার রে সম্মু, নিচে খাবারটা পড়ে রইল, তুই এখানে এসে জমে গেলি যে!"

- "ও কিছুনা, তোর খাওয়া কমপ্লীট তো তুই মায়ের সাথে থাক। মা বোধহয় একটু ঘাবড়ে গেছে। কাকীমা তুমি নিজের রুমে গিয়ে রেস্ট নাও। আমি নিচে যাচ্ছি। " সুলগ্নার কৌতূহলী দৃষ্টির উত্তরে দীপিকা একটু ঠোঁট উলটানোর ভঙ্গী করে বললেন, " বোস, বলছি সব। যদিও কি যে ব্যাপার আমি নিজেও বুঝলাম না।"

সব শুনে সুলগ্নার মন্তব্য - "সত্যিই বাবা! তোমরাও পারো কিছু টেনশন করতে। আমি কিন্তু হেব্বী টায়ার্ড। বিছানায় পড়লেই হাফ ডেড হয়ে যাব।,অতয়েব মা তুমি প্লীস নিজের রুমে যাও। আমি এখন লাইট অফ করে বিছানা নেবো।" মধুরাও হাই চাপতে চাপতে বললেন, " সত্যি বাপু, আজ একটু বেশী ই হাঁটাহাঁটি হয়ে গেছে। বিছানায় শুলেই ঘুমিয়ে পড়ব আজ। দীপিকা তুমি কিন্তু রাত জেগে টেনশনে কোরোনা। তেমন কিছু হলে উনি বলেই দিতেন। কাল সকালেই জেনে নিও না হয়। এখন গুড নাইট। মিন্টি দরজা ভেতর থেকে লক করে দে। আমি যাই।"

মধুরা চলে যাবার পর সুলগ্না ড্রেস চেঞ্জ করে মুখ ধুয়ে এসে মুখে ক্রীম ঘষতে ঘষতে দীপিকার চিন্তাচ্ছন্ন মুখ দেখে হেসে বলল,

" আজ আবার রাত জাগবে মনে হচ্ছে। তার চেয়ে একটা গান শোনাও দেখি। কত্তদিন গান শুনতে শুনতে ঘুমোইনি।" দীপিকা মৃদু

হেসে বললেন, " দূর আজ আর গান আসবেনা গলায়। তার চেয়ে তুই চোখ বন্ধ করে শুয়ে পড়, আমি তোর মাথায় হাত বুলিয়ে দিচ্ছি।"

"অতি উত্তম প্রস্তাব" বলেই সুলগ্নার বিছানায় পতন এবং প্রায় সঙ্গে সঙ্গেই ঘুমরাজ্যে গমন।রুমের নীল বাতির দিকে তাকিয়ে টুকরো টাকরা এলোমেলো চিন্তা করতে করতে কখন যেন দীপিকার চোখেও গভীর ঘুম নেমে এল।

পরদিন সকালে দিপীকা যখন স্নান সারতে বাথরুমে ঢুকলেন সুলগ্না তখনও ঘুমিয়ে। তাই দিপীকা বেশ একটু সময় নিয়েই স্নান সারবেন ভাবলেন। কদিন বেরানোর তাড়াহুড়োয় ভালোমত স্নান হয়নি। কিন্তু হঠাৎ বাথরুমের দরজায় একটু জোরে ধাক্কাধাক্কিতে আর সুলগ্নার একটু উৎকন্ঠিত স্বরে - 'কাকীমা তোমার কি দেরী আছে? তোমার ফোনে অনেকক্ষণ ধরে বারবার ফোন আসছে। হয়তো জরুরী। তাই ভাবলাম তোমাকে ডাকি ...' শুনে সত্যিই একটু চিন্তিত হলেন দিপীকা। কোনমতে স্নান সেরে হাউসকোট টা গায়ে জড়িয়ে বাথরুম থেকে বেড়িয়ে সুলগ্নার দিকে তাকিয়ে বললেন- "কি হয়েছে রে? কে ফোন করছে?"

সুলগ্নার অপরাধী উত্তর- "আসলে আমি প্রথমটায় বুঝতে পারিনি গো। কিন্তু তোমার ফোনে ঘনঘন কল আসছে এত সকালে। দুটো নাম্বার থেকে। অনেকগুলো মিসড কলের পর ভাবলাম কোন দরকারি কথা বলার জন্য কেউ ফোন করছে নিশ্চয়ই। বিশেষতঃ কাল রাতে ওরকম একটা ফোন...... "

দিপীকা সুলগ্নাকে ব্যস্ত ভাবে থামিয়ে বললেন- "ইস! আমাকে আগে ডাকিসনি কেন? কই দেখি আমার ফোন টা দে তো।"

ফোন হাতে নিয়ে মিসড কলগুলো দেখে বিস্ফারিত চোখে বললেন- "এ তো দেখছি অনেকগুলো সাবুর কল! আরেকটা অজানা

নাম্বার থেকেও বেশ ক'টা মিসড কল আছে দেখেছি। সাবু এত সকালে এতবার ফোন করল কেন! কি আবার হল রে বাবা! কাল অরুণাভ বাবুও কি যেন বলতে গিয়ে বললেন না। খুব টেনশনে হচ্ছে রে সুলগ্না। সাবু কে একটা কল করি দাঁড়া......

এই তো সাবুর ই ফোন আসছে দেখছি।"

দিপীকার হ্যালো বলার সঙ্গে সঙ্গেই সাবু হাউমাউ করে কান্না জড়ানো গলায় 'দাদাবাবু দাদাবাবু' বলে কি যে সব বলতে লাগলো তার কিছুই স্পষ্ট বুঝতে পারলেন না দিপীকা। সাবুকে একটা মৃদু ধমক দিয়ে কান্না সামলে পরিষ্কার করে সব জানানোর নির্দেশ দিয়ে সুলগ্নার দিকে তাকিয়ে সম্রাট কে ডাকার জন্য ইশারা করলেন। সুলগ্নাও একটু হতচকিত হয়ে সম্রাট আর অস্মিতের রুমের দিকে দৌড়াল।

সাবু খানিকটা সামলে অসংলগ্ন ভাবে আবার বলল- "বৌদিমুনি গো, আমাদের সর্বোনাশ হই গেল। দাদাবাবু বোদ হয় চলিই গেল গো..." বলেই আবার হাউহাউ করে কাঁদতে শুরু করল। দিপীকা রীতিমত ত্রস্ত হয়ে বললেন- "আরে কি হয়েছে সেটা তো বলবে। দাদাবাবু কোথায় গেছে? আর তুমিই বা এমন মড়াকান্না কাঁদছ কেন?"

সাবুর কান্নার মাত্রা আরও বেড়ে গেল- "কাঁদবুনি! মরেই গেল কি না কে জানে গো।সক্কাল বেলা এসে দেখি ছিস্টিছাড়া কাণ্ড! দাদাবাবুর খাটের তলে গুচ্ছের ভাঙা কাঁচ ছড়ায়ছে। ত্যাকনও তিনি ঘুমায়ত্যাছেন। বুঝনু তুমি নাই, ইদিকে তিনি রেতের বেলায় গুচ্ছের গিলে বেলা ওবদি ঘুমায় কাদা। তা আমি ঝেঁটিয়ে মুছে সারা ঘর পোস্কার করে সব য্যাখন ময়লা বালার গাড়ি এল বাঁশি বাজায়ে তারে দে আসনু। তাপ্পর এত বেলা অবধি দাদাবাবু ওঠে নাই দিকি ডাকাডাকি করনু। ও বৌদিমুনি গো দাদাবাবু তো চোখই খুলেনাকো। তাই দেখি তোমারে ফোন করনু, পাড়ার লোক জনরে ডাকি আনিছি।

তারা বললেন ডাক্তার ডাকো, পুলিসে খপর দাও। আমি এতকিছু ক্যামনে পারব বলো দিকিন? তা তাদের মধ্যে কে য্যান ডাক্তারে কল দিচ্ছে, এ্যাম্বুল্যান্স, পুলিসরেও। হায় ভগমান কে এমন করতি পারল! আর ইদিকে পুলিশ আমারে কত কতা জিগাইছে। দিদিমুনি গো আমি কিচ্ছু জানি নাই , কি হতি কি হল! আমি তো কাল রেতে জলজ্যান্ত মানুষটারে দেখে টেবুলে খাবার সাজায় দিয়া ঘরকে গেছনু। রেতের মদ্যি কি হল আমি কি কই বল দিকিন?"

দিপীকার কপালে বিন্দু বিন্দু ঘাম জমছিল। হাত পা ও কেমন অসার হয়ে আসছিল। কোনমতে উচ্চারণ করলেন- "পুলিশ! পুলিশ কেন!"

ইতিমধ্যে সম্রাট আর অস্মিত দৌড়ে এসে রুমে ঢুকেছে। দিপীকার অবস্থা দেখে সম্রাট দিপীকার হাত থেকে ফোনটা নিতে নিতে সুলগ্নাকে বলল- "তুই মাকে একটু জল খাওয়া, আমি কথা বলছি।"

ফোনে সাবুর বিহ্বল অবস্থা বুঝে সম্রাট বলল "সাবু মাসী বাড়িতে এখন আর কেউ থাকলে তার হাতে ফোনটা দাও। তোমার কথা কিছু বুঝতে পারছিনা।"

সাবু বলল- "পুলিশের নোক আছে গো, তারেই দিচ্ছি ফোন, সব জানতি পারবে।"

পুলিশ অফিসারের সঙ্গে কিছুক্ষন কথা বলার পর সম্রু ফোন রেখে বলল- "মা আমি কলকাতায় ফেরার টিকিট কাটছি তোমার আর আমার। কাকু কাকিমারা চারজন যেদিন ফেরার কথা ছিল সেদিনই ফিরবেন। তবে আমাদেরকে আজই ফিরতে হবে। বুঝতে পারছ তো?"

দিপীকা বোঝা না বোঝার মত উদ্ভ্রান্ত ভাবে খুব ধীরে সামান্য মাথা নাড়ালেন।

অস্মিত আর সুলগ্না একযোগে বলে উঠল-"কি হল ব্যাপারটা?"

সম্রাট বলল- "বাইরে চল, বলছি।"

সম্রাট পুলিশ অফিসারের কাছ থেকে ফোনে যতটা জানতে পেরেছিল তা হল সাবু সকাল সাতটা নাগাদ প্রসুনের ঘর পরিস্কার করতে গিয়ে দেখে যে প্রসুন তখনও বিছানায় ঘুমোচ্ছেন। বিছানার সামনেই মেঝেতে কাঁচের গ্লাসের ভাঙা টুকরো আর কোনো তরল পদার্থ ছড়িয়ে পড়ে আছে। তবে গন্ধতে সাবু টের পায় ওটা মদ। সাবু জানত যে ইদানীং প্রসুন মাঝেমাঝেই মাত্রাতিরিক্ত মদ্যপান শুরু করেছিলেন এবং প্রায়শঃই ক্লাব থেকে ফেরার সময় একটু টালমাটাল অবস্থায় থাকতেন। কাল সন্ধ্যে সাড়ে আটটা নাগাদ সাবু বাড়ি ফেরার তোড়জোড় করতে করতে দেখেছিল প্রসুন অনেকটা ওরকম অবস্থাতেই সিঁড়ির রেলিংটা ধরে দোতলায় উঠছেন। প্রসুনকে রাতের খাবারটা একটু মাইক্রোআভেনে গরম করে খেয়ে নেবার কথা মনে করিয়ে দিয়ে সাবু বাড়ির নীচের তলার সব দরজা জানালা আর পেছনের দরজা বন্ধ আছে কিনা চেক করে বাড়ি ফিরে গেছিল। কিন্তু আজ সকালে ফিরে এসে দেখে যে ডাইনিং টেবিলে প্রসুনের গত রাতের খাবার ঢাকা দেওয়াই পড়ে আছে। তারপর প্রসুনের ঘরে ঢুকে ঘরের ওই অবস্থা দেখে সাবু ঝাঁটা আর জলের বালতি নিয়ে এসে আগে কাঁচের টুকরো সব তুলে ঘর পরিস্কার করে মুছেছে। তারপর দুবার ডেকেও প্রসুনের সাড়া না পেয়ে ভেবেছে প্রসুনের গত রাতের মদ্যপানের ঘোর তখনও কাটেনি হয়তো। তাই আর বিরক্ত না করে নিজের কাজে ব্যস্ত হয়ে গেছে। কিন্তু সাড়ে ন'টাতেও প্রসুনকে হাসপাতালে যাবার জন্য রেডি হয়ে নিচে না নামতে দেখে একটু অবাক হয়ে আবার ওপরে গিয়ে প্রসুনকে তখনও ঘুমোতে দেখে একটু চিন্তিত হয়ে বেশ কয়েকবার ডাকাডাকি করেও ঘুম না ভাঙাতে পেরে ভয় পেয়ে পাশের বাড়িতে গিয়ে লোকজন ডেকে নিয়ে এসেছে। তারাও

অবস্থা দেখে খারাপ কিছু হয়েছে বুঝে ডাক্তারকে খবর দিয়েছেন। এবং ডাক্তার এসে প্রসুনকে দেখে তাকে মৃত এবং মৃত্যু বেশ কয়েকঘন্টা আগে হয়েছে বলে ঘোষনা করেছেন। তাঁর চোখে মৃত্যুটা স্বাভাবিক মনে না হওয়ায় তিনি নিজেই লোকাল থানায় ফোন করে খবর দিয়েছেন। তারপর পুলিশ অফিসার সাবুর কাছ থেকে দিপিকার ফোন নাম্বার নিয়ে সাবুর সাথে তিনিও অনবরত দিপিকাকে ফোন করে খবরটা জানাতে চেয়েছেন। সম্রাট একটু উদভ্রান্ত ভাবে অস্মিত কেও যত তাড়াতাড়ি সম্ভব কোনো ফ্লাইটে কলকাতায় ফেরার দুটো টিকিট পাওয়া যায় কিনা দেখতে বলে নিজেও মোবাইলে চেক করতে শুরু করল। অস্মিত বলল- "দুটো টিকিট কেন? আমরাও ফিরব। এই খবর পাওয়ার পর এখানে বসে থাকব নাকি? কিরে সুলি?"

সুলগ্নাকেও বিভ্রান্ত দেখাচ্ছিল। জোরে জোরে ঘাড় নেড়ে- "একদমই তাই" বলেই দৌড়ালো মধুরা আর অতীন কে খবরটা জানাতে। সম্রাট ফোন ঘাঁটতে ঘাঁটতেই দিপীকার রুমে ঢুকে দেখল দিপীকা মাথা ঝুঁকিয়ে বিছানার ওপর ঠিক একটা নিশ্চল পাথরের মূর্তির মত বসে আছেন। সম্রাট দিপীকার পাশে বসে দিপীকাকে জড়িয়ে ধরে বলল- "মা, মা প্লীস সামলাও নিজেকে। যা হবার হয়ে গেছে। কি হয়েছে কেন হয়েছে কিভাবে হয়েছে সেটা কলকাতায় না গেলে জানা যাবেনা। এখন এত টেনশন করে শরীর খারাপ কোরোনা। বরং যতটা পারো একটু তাড়াতাড়ি সব গুছিয়ে নাও। টিকিট পাওয়া গেলেই রওনা দিতে হবে।"

কোলকাতায় ফেরার ফ্লাইটে বসে সারাটা পথ দীপিকা নিশ্চুপ ছিলেন। মুখের ওপর কোনো ভাবের কোনো রকমের কোনোও প্রতিফলন ছিলনা। সুলগ্না দীপিকার পাশে বসে বার দুই তিন দীপিকার হাতে হালকা চাপ দিয়ে স্বান্তনা দেবার চেষ্টা করেছে। কিন্তু দীপিকার নিশ্চল মুর্তি দেখে কিছু আর বলার সাহস পায়নি। মধুরাও সুলগ্নার পাশের সিটেই বসে ছিলেন। ইশারায় সুলগ্নাকে চুপ থাকতেই বলেছেন। কয়েকটা রো পরে অতিন একা কি বলবেন ভেবে না পেয়ে চোখ বন্ধ করে বসে কোনোমতে সময় পার করার চেষ্টা চালিয়ে যাচ্ছিলেন। অতিনের পেছনেই সম্রাট আর অস্মিত চাপাস্বরে কিছু আলোচনা করছিল। বারবার ঘড়ি দেখতে দেখতে একটা সময় সুলগ্না বুঝলো যে এভাবে সময় কে তাড়াতাড়ি এগিয়ে নিয়ে যাওয়া যায় না। বরং ধৈর্যচ্যুতি ঘটে। তাই কানে হেডফোন গুঁজে গান শুনে সময় কাটানোর চেষ্টা চালালো।

কোলকাতায় পৌঁছাতে দুপুর গড়িয়ে প্রায় বিকেল হয়ে গেল। সারাটা রাস্তায় কারোরই তেমন কিছু খাওয়াদাওয়া হয়নি। এয়ারপোর্টের লাউঞ্জে সম্রাট জোর করে সবাইকে স্যান্ডউইচ খাওয়ালো। দীপিকা শুধুমাত্র জল ছাড়া আর কিছুই মুখে তোলেননি। কেয়াতলার বাড়ির সামনে ওদের দুটো ট্যাক্সী এসে দাঁড়াতেই কোথা থেকে যেনো একগাদা মানুষ কাঁধে হাতে বড়ো বড়ো ক্যামেরা আর মাইক্রোফোন নিয়ে গাড়ী দুটোকে প্রায় ঘিরে ধরলো। সম্রাট দীপিকার পাশেই বসে ছিলো। চাপাস্বরে বললো- "মা তুমি এখন গাড়ীর ভেতরেই বসো একটু। আমি এদেরকে একটু সামলে এসে তোমাকে নিয়ে

যাচ্ছি। সু তুই মায়ের পাশে বোস, দেখিস কেউ যেনো মাকে বিরক্ত না করে।"

ওদের ট্যাক্সি দুটোকে এসে দাঁড়াতে দেখেই অবশ্য বরেনবাবু আর অরুণাভ দুজন পুলিশ কনস্টেবল কে সঙ্গে নিয়ে ভীড় ঠেলে ট্যাক্সির কাছে এসে দরজা খুলে কোনোমতে আগলিয়ে ওদের সবাইকেই বাড়ির ভেতর ঢুকিয়ে নিয়ে সামনের গেট বন্ধ করে দিলেন। দুজন পুলিশ কনস্টেবল বাড়ীর সামনের এবং পেছনের গেট এ পাহাড়ায় রইলেন যাতে কেউ গেট খুলে বাড়ির ভেতর ঢুকে পড়তে না পারে। বাইরে রিপোর্টার এবং পাড়ার বেশ কিছু লোক রীতিমত জটলা করে দাঁড়িয়ে নানান রকম আলোচনায় ব্যস্ত তখনও। বাড়ির লোকেদের নাগাল না পেয়ে কয়েকজন রিপোর্টার পাড়ার কিছু অতি উৎসাহী লোকজনের কাছ থেকেই তথ্য সংগ্রহে ব্যস্ত হয়ে পড়লেন।

দীপিকা বাড়ির ভেতর ঢুকে একটু ধাতস্থ হয়ে অরুণাভর দিকে জিজ্ঞাসু দৃষ্টিতে তাকাতেই অরুণাভ বললেন - "আসলে দুপুরের খাওয়া সারতে সারতে টিভিতে নিউজ শোনা আমার বহুদিনের অভ্যেস। আর আজ তো বেশীর ভাগ বাঙলা নিউজ চ্যানেলে এই খবরটাই রিপিটেডলি দেখাচ্ছে। আমি ও আর তাই সময় নষ্ট না করে এখানে চলে এলাম।" বরেনবাবুও সম্মতিসূচক ঘাড় নেড়ে বললেন যে তিনিও টিভির খবর দেখেই তড়িঘড়ি এখানে এসে পৌঁছেছেন। অরুণাভ একটু অদ্ভুত দৃষ্টিতে বরেন বাবুর দিকে চকিতে তাকিয়েই সম্রাটকে বললেন - "মাকে ভেতরে নিয়ে গিয়ে আগে একটু জল টল খাওয়াও।"

সাবু সম্পূর্ণ বিভ্রান্ত ভাবে ডাইনিং টেবিলের পাশে মেঝেতে মাথায় দুহাত চেপে বসে ছিল। দীপিকাকে দেখে কোনোমতে ওঠার চেষ্টা করেই আবার ধপ করে বসে পড়ল। দীপিকা বুঝলেন সাবুর ওপর দিয়ে একটা ঝড় বয়ে গেছে। সামনে এসে সাবুর কাঁধে হাত রেখে বললেন

- "তুমি একটু জল খাও। সারাদিন কিছুই খাওনি সে তো বোঝাই যাচ্ছে। আমি এসে গেছি, সব দেখছি, ভয় পেওনা। তোমাকে কেউ কিছু বলবে না।"

দীপিকার এই ক'টি কথাতেই সাবুর চোখে হুড়মুড়িয়ে জলের ধারা নামলো। কিছু বলার চেষ্টা করেও বলতে না পেরে কাঁদতে কাঁদতে শুধু ঘাড় নাড়তে লাগলো। সম্রাটের আনা এক গ্লাস জল দীপিকা সাবুর মুখের সামনে ধরে বললেন - "এটা খাও আস্তে আস্তে, আর নিজেকে একটু সামলাও। অনেক কাজ আছে এখন আমাদের।"

ড্রইংরুমের সোফায় দুজন পুলিশ অফিসার বসে ছিলেন। এবার দুজনেই উঠে ওদের সামনে এলেন। একজন বললেন - "আমি বিমল রায়, এস পি ক্রাইম ব্রাঞ্চ। আপনাদের মধ্যে মিসেস মিত্র কে? আমি কি ওঁর সাথে একটু কথা বলতে পারি?"

সম্রাট এগিয়ে এসে দীপিকাকে দেখিয়ে বললো- "উনি আমার মা। কিন্তু উনি এখন মানসিক ভাবে সম্পূর্ণ বিধ্বস্ত, তাই অনুরোধ করবো মাকে এক্ষুনি কোনোও প্রশ্ন করে আরো উদভ্রান্ত করবেন না প্লিজ।"

অরুণাভ বললেন - "তাছাড়া আমার মনে হয় মিসেস মিত্রকে যদি আপনারা ওনার লইয়ার এর সামনে জিজ্ঞাসাবাদ করেন তো ভালো হয়। বরেণ বাবু নিশ্চয়ই লইয়ার কে খবর দিয়েছেন?"

বরেণ বাবু একটু অপ্রস্তুত ভাবে বললেন - "ওহ হো! খবর তো দেওয়া হয়নি। আমি এক্ষুনি ফোন করছি।" অরুণাভ শুধু বললেন -" স্ট্রেঞ্জ, ভেরি স্ট্রেঞ্জ।" ঘণ্টা খানেকের মধ্যেই ডাক্তার প্রসূন মিত্রের সাথে নিয়মিত কাজ করেন যে উকিল, দীপক ঘোষ, পৌঁছে গেলেন।

দীপিকা এবং সম্রাট কে প্রাথমিক সম্ভাষণ এবং শোক জ্ঞাপন করে তিনি পুলিশ অফিসার এর দিকে তাকিয়ে বললেন - "বলুন এবার কি

জানতে চান। বরং একথা বলা ভালো যে কি জানাতে চান। কারণ ব্যাপারটা যে হঠাৎ কি হোলো বা কিভাবে কি হোলো সেটা এখনো আমাদের কারোরই ঠিক বোধগম্য হয়নি। যতদূর যা বুঝতে পারলাম যে আপনাদের বা ডাক্তারদের মতে প্রসূন বাবুর মৃত্যু টা স্বাভাবিক নয়। জানতে পারি কি যে অস্বাভাবিক কি পেলেন এর মধ্যে?" বিমল রায় তাঁর জোড়া ভ্রু আরো জোড়া করে বেশ চিন্তিত স্বরে বললেন - "দেখুন এক্স্যাক্টলি কি হয়েছে বা মৃত্যুর আসল কারণ তো পোস্টমর্টেম রিপোর্ট পাওয়ার পরেই জানা যাবে। তবে prima facie তে যা মনে হচ্ছে বা attending ডাক্তার প্রসূন বাবুর কিছু শারিরীক সিম্পটম দেখে প্রাথমিক ভাবে সন্দেহ প্রকাশ করেছেন যে ডাক্তার প্রসূন মিত্রের মৃত্যু বিষক্রিয়ার ফলে হয়ে থাকতে পারে।"

ঘরের মধ্যে যেনো একটা বোমা পড়লো। সবারই সচকিত সপ্রশ্ন দৃষ্টি গিয়ে পড়ল পুলিশ অফিসার এর মুখের ওপর।

- "এখন কথা হল যদি তাই হয় তো সেই বিষ এলো কোথা থেকে, বা কে খাওয়ালো সেই বিষ ডাক্তার মিত্র কে? ওঁর জীবিত কালে ওঁকে যে শেষ দেখেছে বলে মনে করা হচ্ছে সে হোলো এই বাড়ির পরিচারিকা সাবিত্রী। তা সে তো কোনো কথাই এখনও পরিষ্কার ভাবে গুছিয়ে কিছুই বলতে পারছেনা। তবে ডাক্তারবাবু যে তাঁর রাতের খাবার স্পর্শ করেননি তা তো দেখাই যাচ্ছে। অতএব বাড়ীর খাবার থেকে নয়, অন্য কোনো কিছুর মাধ্যমে ওঁর শরীরে বিষ প্রবেশ করেছে। সেটা কি ভাবে তা জানা দরকার। সাবিত্রী একটু ধাতস্থ না হলে কিছুই স্পষ্ট করে বলতে পারবে না। তাই এই পরিবারের অন্যান্য সদস্যদের কে প্রশ্ন না করলে তো কিছুই তেমন ভাবে জানা বা বোঝা যাবে না বলেই মনে হয়। অবশ্য মানবিক কারণে আমি ডাক্তার মিত্রের স্ত্রী কে এই পরিস্থিতি সামলাবার জন্য খানিকটা সময় দিতে পারি। তাই যদি সম্ভব হয় আমি ওঁর ছেলেকে কিছু জিজ্ঞাসাবাদ করতে চাই।"

সম্রাট বললো- "আচ্ছা চলুন, আমরা বরং বসেই কথা বলি। তবে এটুকু বলতে পারি যে আমার বাবা নিজের জীবনটা সম্পূর্ণ নিজস্ব ভাবেই অতিবাহিত করতেন। ছোটবেলা থেকেই বাবার সাথে আমার অস্বাভাবিক দুরত্ব ছিল। বাবাও কোনোদিন সেই দুরত্ব মেটাবার চেষ্টা করেননি। আমি জ্ঞান হওয়া অবধি মায়ের সাথেও বাবার এই দুরত্ব লক্ষ্য করে এসেছি। তাই বাবার ব্যক্তিগত জীবন, তাঁর চলাফেরা, তাঁর বন্ধু, শত্রু, ডাক্তারি বা অন্য কার্যকলাপ সম্বন্ধেও আমি বা মা আপনাদের বিশেষ কোনো তথ্য দিতে পারবো বলে মনে হয়না। তবে সাম্প্রতিক কালে আমাদের বাড়িতে বা আমাদের জীবনে ঘটে যাওয়া কিছু অদ্ভুত ঘটনা সম্পর্কে আপনাকে অবহিত করা জরুরী বলেই আমার মনে হয়।"

প্রায় মিনিট কুড়ি ধরে একনাগাড়ে সম্রাট বলে গেলো এবং অফিসার নিঃশব্দে একাগ্র ভঙ্গিতে শুনে গেলেন। তারপর বেশ জোরেই একটা দীর্ঘশ্বাস ফেলে বললেন - "রিয়েলি ইন্টারেস্টিং! বেশ অদ্ভুত জীবন ছিল ডাক্তার মিত্রের একথা বলাই বাহুল্য। আপনার কাছ থেকে এতো সব কিছু জানার পর আমার মনে হয়না আজ আর মিসেস মিত্র কে অহেতুক প্রশ্ন করে বিরক্ত করার দরকার পড়বে। আরেকটা কথা, হাসপাতালে নিয়ে যাবার জন্য ডাক্তার মিত্রের বডি ওঁর রুম থেকে বের করার সঙ্গে সঙ্গেই আমরা ওঁর রুম সীল করে দিয়েছি, কারণ যতক্ষণ না পোস্টমর্টেম রিপোর্ট জানা যাচ্ছে ওই ঘরে যাতে কেউ না ঢোকে বা কোনো কিছু টাচ না করে সেটার ব্যবস্থা করা খুবই জরুরী। আমি আপাতদৃষ্টিতে ওই ঘরে অস্বাভাবিক কিছু দেখতে পাইনি। অবশ্য আপনাদের মেইড যদি সাত তাড়াতাড়ি ভাঙ্গা কাঁচের টুকরোগুলো তুলে ফেলে দিয়ে ঘর ধুয়ে মুছে পরিষ্কার করে না ফেলতো তাহলে হয়তো কোনো ক্লু পাওয়া গেলেও পাওয়া যেতে পারতো হয়তো। এখন শুধু এটুকুই বলতে পারি যে আপনাদের মেইড যেনো আজ কোনো

ভাবেই এক মুহূর্তের জন্যও এই বাড়ীর বাইরে না যেতে পারে সেটা দেখবেন আপনারা। আপনারা সবাই শারীরিক এবং মানসিক ভাবে আজ খুবই ক্লান্ত। স্নান খাওয়া সারুন। বিশ্রাম নিন। পোস্ট মর্টেম রিপোর্ট পাওয়ার পর হয়তো আবার এসে কিছু জিজ্ঞাসাবাদ করবো, বিশেষত: সাবিত্রী কে, কারণ আমার মনে হচ্ছে ও একটু ধাতস্থ হলে অনেক কিছুই বলতে পারবে যা হয়তো এই রহস্যের ওপর আলোকপাত করতে সাহায্য করবে। দুজন কনস্টেবল কে আমি আপনাদের বাড়ীর সামনের এবং পেছনের গেটে গার্ড দেবার জন্য রেখে যাচ্ছি। কারণ মিডিয়া এবং পাড়া প্রতিবেশীর অহেতুক কৌতুহল বড়ই সাংঘাতিক জিনিস। ডাক্তার মিত্র মানুষ হিসেবে কেমন ছিলেন তা নিয়ে আমি কোনো মন্তব্য করতে চাইনা। কিন্তু উনি যে বিশাল মাপের একজন ডাক্তার ছিলেন তাতে কোনো সন্দেহ নেই। তাই ওঁর অস্বাভাবিক মৃত্যুর তদন্তে এবং ওঁর পরিবারের সুরক্ষায় যাতে কোনো বিঘ্ন না ঘটে আমাদের ওপর সেরকমই নির্দেশ আছে ওপর মহল থেকে। আজ আমরা চলি।"

পুলিশ অফিসাররা চলে যাবার পর রাতের দিকে আরেকবার এসে খবর নেবেন জানিয়ে অরুণাভ এবং বরেণ বাবুও বিদায় নিলেন। সম্রাট বললো - "অস্মিতদা তুমিও এবার কাকু কাকিমা আর সুলগ্নাকে নিয়ে বাড়ী যাও। আমি ফোন এ যোগাযোগ রাখব।"

সুলগ্না বললো - "আমি কি আজ কাকিমার কাছে থাকবো?"

দীপিকা মৃদু ঘাড় নেড়ে বললেন - "না, আজ আমি একটু একা থাকি এখন।

চিন্তা করিস না, আমি ঠিক থাকব। আমি বরং একটু ফ্রেশ হয়ে নিয়ে দেখি সাবু কে কিছু খাওয়ানো যায় কি না। বড্ড ধকল গেছে বেচারার।"

ডাইনিং স্পেসের পাশ দিয়ে এগিয়ে দোতলায় সিঁড়িতে ওঠার আগে দীপিকা দেখলেন সাবু ডাইনিং টেবিলের পাশেই দেয়ালে ঠেস দিয়ে চোখ বুজে কেমন যেনো নেতিয়ে পড়ে রয়েছে। ওকে আর বিরক্ত না করে দীপিকা দোতলায় নিজের ঘরের দিকে এগোলেন।

ওয়ার্ডরোব থেকে পরিষ্কার জামাকাপড় আর তোয়ালে বের করে বাথরুমে ঢুকে ওয়াশ বেসিনের লাগোয়া বড়ো আয়নায় নিজের দিকে এক দৃষ্টিতে তাকিয়ে দীপিকার মনে একটাই প্রশ্ন এলো..... এটা কি সমস্যার শেষ? না কি আরো বড়ো সমস্যার শুরু! ওর জীবনে কি আর পাঁচটা মহিলার মতো কোনদিনই কোনো কিছু স্বাভাবিক ভাবে হবে না! জীবনটা যেন ওর জট পাকানো রেশমি সুতোর মতো, ওপর থেকে দেখলে ভারী রঙ্গীন মসৃণ চকচকে, কিন্তু যতই সুতোর জট ছাড়াতে চায় ততোই বেশি গিঁট পড়ে যায়।

যদিও সারাটা দিন জল ছাড়া কিছুই পেটে যায়নি তবুও আশ্চর্য্য ভাবে সারাদিনে একবারও ক্ষিধে পায়নি দীপিকার। কিন্তু সম্রাট আর সাবিত্রীর কথা ভেবে নিজেই কিচেনে গিয়ে একটু ভাত আলু সেদ্ধ বানালেন। তিনটে প্লেটে গরম ভাত বেড়ে একটু ঘী দিয়ে সম্রাটকে খেয়ে নেবার জন্য ডাক দিলেন। সারাটা দিন বেচারার সেভাবে কিছু খাওয়াই হয়নি। সম্রাট এসে খেতে বসার পর দীপিকা সাবিত্রীর প্লেট নিয়ে ওর কাছে গিয়ে বললেন - "সাবু ওঠো, এবার হাত মুখ ধুয়ে একটু খেয়ে নাও দেখি।"

আর একটু অবাক হয়েই দেখলেন যে এবার তেমন কোনো প্রতিবাদ না করে সাবু উঠে মুখে চোখে জল দিয়ে এসে আর একটা কথাও না বলে খাবার থালা টেনে নিয়ে খাওয়া শুরু করলো। দীপিকার চোখের দৃষ্টি নরম হয়ে এলো। আহারে! সারাদিন ধরে খেটে চলা মানুষটা আজ একেবারে হতচকিত হয়ে পড়েছে, তাই বলে শরীর তো

ক্ষুধা তৃষ্ণা ভোলে না। খেয়ে নিক ভালো করে। কাল ওর কপালে কি হয়রানি লেখা আছে কে জানে! ডাইনিং টেবিলের কাছে এসে দাঁড়াতেই সম্রাট বললো -" মা প্লিস তুমিও এবার একটু খেয়ে নাও। কাল কি খবর পাবো কে জানে? এমনিতেও কাল বেশ দৌড়ঝাঁপ থাকবে। বরং খেয়ে নিয়ে যতো তাড়াতাড়ি পারো একটু ঘুমিয়ে নেবার চেষ্টা কোরো।"

ঘটনার আকস্মিকতার আর তীব্রতার অবশ্যম্ভাবী ফল হলো সেই রাত দীপিকার প্রায় জেগে বা তন্দ্রাচ্ছন্ন হয়েই কাটল। দ্বিতীয় রাতেও ঘুমের সাধ্য সাধনা করতে করতে জেগেই কাটাতে হবে,এরকমটা ধরে নিয়েই বিছানায় শুতে গেছিলেন দীপিকা। কিন্তু বিছানায় শরীর ফেলতেই দুচোখ কখন যেনো ঘুমে জড়িয়ে এলো। বিছানার পাশের টেবিলে রাখা মোবাইল ফোনের গোঁ গোঁ করে ভাইব্রেশন এর কাতরানি তে ঘুম ভাঙতে আগে সামনের দেয়ালে ঘড়ির দিকে চোখ গেল। ওরে বাবা! সাতটা বেজে গেছে! ব্যস্ত হাতে ফোন রিসিভ করতেই কানে এলো - "হ্যাল্লো ম্যাডাম, আমি বিমল রায় বলছি। সরি সকাল সকাল আপনাকে খারাপ খবরটা দিতে হচ্ছে। ডা: মিত্রের মৃত্যুটাকে খুন বলেই মানতে হচ্ছে। পোস্ট মর্টেম রিপোর্ট অনুযায়ী ওঁর মৃত্যু শরীরে বিষক্রিয়ার ফলে ঘটেছে বলে জানা গেছে। বিষ টা হলো টেট্রোডটক্সিন। এই বিষ শরীরে প্রবেশ করার কিছুক্ষণের মধ্যেই শরীরে সোডিয়াম চ্যানেল গুলো ব্লক হয়ে নার্ভ গুলো থেকে মাসলগুলোতে সিগনাল যাওয়ার প্রসেস কে সম্পূর্ণ ডিস্টার্ব করে দেয়। ফলস্বরূপ শরীরের সমস্ত মাংসপেশি এবং শ্বাসযন্ত্রও দ্রুত দুর্বল হয়ে অসাড় হয়ে যায় এবং কিছুক্ষণের মধ্যেই মৃত্যু ঘটে। ডাক্তার মিত্রের স্টমাকে পরিপাক না হওয়া খাবার খুবই কম ছিল, কিন্তু প্রচুর পরিমাণে অ্যালকোহলের উপস্থিতিতে আন্দাজ করা যাচ্ছে বিষ অ্যালকোহলের সাথেই শরীরে প্রবেশ করানো হয়েছে। আমাদেরকে আর ঘণ্টা খানেকের মধ্যে আপনার বাড়ীতে পৌঁছে ডাক্তার মিত্রের ঘরটা আরেকবার ভালো করে পরীক্ষা করতে হবে। কারণ ডাক্তার মিত্রের বিছানার পাশের টেবিলে রাখা যে অল্প খালি

হুইস্কির বোতল পাওয়া গিয়েছে তার ফরেনসিক পরীক্ষার রিপোর্টে সেই হুইস্কিতে কোনো বিষের অস্তিত্ব পাওয়া যায়নি। সুতরাং ওই বিষ কিভাবে ডাক্তার মিত্রের শরীরে প্রবেশ করানো হয়েছে সেটা খুব চ্যালেঞ্জিং প্রশ্ন হয়ে দাঁড়িয়েছে। হয়তো ভেঙে যাওয়া গ্লাসের টুকরোগুলো বা মেঝেতে পড়ে থাকা হুইস্কির স্যাম্পল হাতে পাওয়া গেলে সেগুলোর মধ্যে বিষের চিহ্ন পাওয়া গেলেও যেতে পারতো। কিন্তু সেসব তো আপনাদের বাড়ীর পরিচারিকার অতি তৎপরতার ফলে হাওয়া হয়ে গেছে। তাই ডাক্তার মিত্রের ঘরের বাকি আরো কিছু জিনিসের পরীক্ষা নিরীক্ষা করা দরকার। খুব দুঃখের সাথে জানাচ্ছি যে আপনাদের বাড়ীর পরিচারিকা সাবিত্রীর নামে ওয়ারেন্ট জারী হয়েছে। ধরে নেওয়া হচ্ছে ডাক্তার মিত্রেকে জীবিত অবস্থায় সাবিত্রীই শেষ দেখেছে। তার থেকেও বড় কথা হলো জেনে বা না জেনে কাঁচের গ্লাসের ভাঙা টুকরো গুলো ফেলে দিয়ে মেঝেতে পড়ে থাকা অ্যালকোহলের চিহ্ন সব ধুয়ে মুছে পরিষ্কার করে দেওয়ার ফলে খুনের প্রমাণ লোপাট করার চেষ্টার আরোপ লাগানো হয়েছে ওর ওপর।"

দীপিকা বিপর্যস্ত গলায় বোঝানোর চেষ্টা করলেন যে সাবিত্রী কোনোভাবেই ইচ্ছে করে এইসব কাজ করেনি,করতে পারেনা। অনেক বছর ধরে এই বাড়ীতে কাজ করার ফলে সে পরিবারের একজন হয়ে গেছে এবং প্রসূনের খাওয়াদাওয়া এবং অন্যান্য সব যত্নের ভার সাবিত্রীই বহু বছর ধরে সামলে আসছে। কিন্তু বিমল রায় জানালেন আপাতত এই অ্যারেস্ট আটকানো ওঁর পক্ষে কোনোমতেই সম্ভব নয়। তবে সত্যিই যদি সাবিত্রী নির্দোষ হয় তাহলে তার যাতে কোনোভাবে কোনোও ক্ষতি না হয় সে ব্যাপারটা দেখার দায়িত্ব তিনি নিশ্চয়ই নেবেন। আর এও জানালেন যে ডাক্তার মিত্রের খুনের রহস্যের কিনারা যথাসম্ভব শীঘ্র করার জন্য তাঁর ডিপার্টমেন্টের ওপর যথেষ্ট চাপ রয়েছে।

দীপিকা আরো একবার সাবিত্রীকে বাঁচানোর আপ্রাণ চেষ্টায় বলে ফেললেন - " আচ্ছা অফিসার আপনি নিশ্চয়ই আমার ছেলের কাছে পলাশ নামের একটি ছেলের কীর্তিকলাপ সম্বন্ধে সব শুনেছেন? এমনটা কি হতে পারেনা যে ওই ছেলেটিই এবার মরীয়া হয়ে....."

দীপিকার কথা শেষ হবার আগেই তাঁকে থামালেন বিমল রায় - " শুনুন মিসেস মিত্র, আমরা কিন্তু বসে নেই। আপনার ছেলের কাছ থেকে পলাশ নামে ওই ছেলেটির সব বৃত্তান্ত শোনার পর আমরা প্রথম কাজ হিসেবে ওই ছেলেটির খোঁজ খবর নিয়ে ছিলাম। কিন্তু আমরা প্রমাণসহ জানতে পেরেছি যে পলাশ গত প্রায় একমাস ধরে তিন চার জন সিংগার দের সাথে নিজের মিউজিক ব্যান্ড নিয়ে আমেরিকার বেশ কয়েকটি শহরে অনুষ্ঠান করে বেড়াচ্ছে। স্ট্রং অ্যালিবাই ম্যাডাম। কিচ্ছু করার নেই। যদিও ঘটনাস্থলে উপস্থিত না থেকেও কোনো পেশাদার খুনিকে দিয়ে খুন করানোটা কোনো অসম্ভব ব্যাপার নয়। যাই হোক আমরা সব দিক খতিয়ে দেখছি। এখন আমরা আপনার বাড়ীতে যাচ্ছি। আপনি বরং আপনার মেইড সাবিত্রী কে একটু বুঝিয়ে শুনিয়ে মানসিক ভাবে প্রস্তুত করে রাখুন, যাতে অত্যধিক কান্নাকাটি করে সিন ক্রিয়েট না করে অ্যারেস্ট করার সময়। তাছাড়া আরেকটা জরুরী বিষয় হলো যে যেহেতু আপনাদের বাড়ীর ফ্রন্ট অ্যান্ড ব্যাক গেটে এবং বাড়ীর ভেতরেও বেশ কয়েক জায়গায় সিসিটিভি ক্যামেরা লাগানো আছে দেখলাম আমার অন্তত গত এক সপ্তাহের সিসি টিভি ফুটেজ দেখা দরকার। আপনার ছেলেকে বলবেন এ ব্যাপারে যেনো আমাদের সাথে সহযোগিতা করে। আর যেহেতু এটা এখন মার্ডার কেস তাই আপনাদের এবং আপনাদের বিশেষ পরিচিত কয়েকজনের, মানে আপনাদের বাড়ীতে যাদের মোটামুটি আসা যাওয়া ছিলো তাদের কারোরই এখন কলকাতা ছেড়ে কোথাও যাওয়ার পারমিশন থাকছেনা। বুঝতেই পারছেন তো এগুলো প্রোটোকল, আমাদের হাত

পা বাঁধা। আর হ্যাঁ, আরেকটা কথা, ডাক্তার মিত্রের বডি এবার আপনাদেরকে দিয়ে দেওয়া হবে। আপনারা হাসপাতালে গিয়ে ওনার বডি ছাড়িয়ে এনে ওনার শেষকৃত্যাদি করতে পারেন এবার।"

ফোন রেখে দিলেন বিমল রায়। দীপিকা যে কতক্ষণ ফোন হাতে নিয়ে বিছানায় নিশ্চল হয়ে বসে ছিলেন তার খেই হারিয়ে ফেলেছিলেন। হুঁশ ফিরলো সম্রাটের ডাকে -

" মা, কি হলো মা? এমন ফ্যাকাশে হয়ে গেছো কেনো? শরীর খারাপ লাগছে? ভাদুড়ী কাকুকে খবর দেবো? "

দ্রুত নিজেকে সামলে দীপিকা সম্রাট কে বিমল রায়ের সব কথা জানিয়ে অসহায়ের মতো জিজ্ঞাসা করলেন - " সমু, এখন আমি সাবু কে কি করে এইসব বলি বল তো? ওকে সামলাবোই বা কি করে? আমার মাথা কাজ করছে না রে সমু। এ কি নতুন বিপত্তিতে ফেললো তোর বাবা! সারাটা জীবন কি একফোঁটা শান্তি আমার কপালে লেখেননি ঈশ্বর!"

সম্রাট দীপিকাকে জড়িয়ে ধরে মাথায় হাত বোলাতে বোলাতে বলল - " মা প্লিস একটু শান্ত হও, সব কিছু ঠিক হয়ে যাবে। আমি তো আছি। নীচে বোধ হয় ডোর বেল বাজলো। আমি দেখেছি কে এলো। তুমি একটু ফ্রেশ হয়ে নীচে এসো। আমাদেরকে একটু ব্রেকফাস্ট সেরে নিয়ে রেডী থাকতে হবে, সারাদিনের ধকল আছে আজ। "

নীচে এসে সম্রাট দেখলো সাবিত্রী আজ অনেকটাই ধাতস্থ। বললো - "আমি দেকচি গো কে এলেন আবার সাতসকালে।"

দরজা খুলতেই একসাথে ভেতরে ঢুকল সুলগ্না অস্মিত এবং ওদের পেছনেই অরুণাভ। অস্মিতের হাতে একটা বড়ো টিফিন ক্যারিয়ার।

বললো - " মা একটু খাবার পাঠিয়ে দিয়েছে। কাল তোমাদের কি খাওয়া হয়েছে না হয়েছে কে জানে?"

সাবিত্রী এগিয়ে এসে টিফিন ক্যারিয়ার নিয়ে ভেতরে চলে যাবার পর সম্রাট ওদের সবাইকে বিমান রায়ের ফোন কলের সবটা ডিটেইলস এ জানালো। অরুণাভ বিষণ্ণ ভাবে মাথা নেড়ে বললেন - "কিছুই করার নেই এখন আমাদের। ওদের কথামতই চলতে হবে আপাতত। দেখা যাক কোথাকার জল কোথায় গিয়ে দাঁড়ায়। আমরা এখন বরং সম্রাট কে নিয়ে হাসপাতালে যাই, তারপর ওখান থেকে কি ডাক্তার মিত্রের দেহ বাড়ীতে আনা হবে? নাকি সোজা শ্মশানে?" সম্রাট গম্ভীর মুখে জানালো যে সোজা শ্মশানেই নিয়ে যাওয়া হবে। দীপিকাকে আর মানসিক ভাবে বিপর্যস্ত করে লাভ নেই। তাছাড়া এই মিডিয়ার লোকজনের দৌরাত্ম্যও এড়ানো দরকার।

অরুণাভ সম্রাট এবং অস্মিতকে নিয়ে হাসপাতাল এবং শ্মশানের সব কাজ সেরে ফিরে আসার প্রায় ঘন্টা দেড়েক পর বিমল রায় তাঁর দলবল নিয়ে এসে দুজনকে সম্রাটের সাথে পাঠালেন সিসিটিভি ফুটেজ পরীক্ষা করার জন্য। তারপর ওপরে গিয়ে প্রসূনের ঘরে ঢুকে কয়েকজনকে নির্দেশ দিলেন ঘরের সব আসবাবপত্র এবং ঘরের সর্বত্র পুঙ্খানুপুঙ্খ ভাবে সার্চ করার জন্য।

দিপীকা উদ্ভ্রান্তের মত অরুণাভর দিকে তাকাতেই অরুণাভ বললেন - "দুশ্চিন্তা করবেন না ম্যাডাম। এখন আমাদের আর কিছুই করার নেই চুপচাপ অপেক্ষা করা ছাড়া। আপনি বরং সাবিত্রী কে ডাকুন। দেখি আমরা সবাই মিলে বুঝিয়ে সুঝিয়ে আসন্ন পরিস্থিতি সামলানোর জন্য ওকে কতটা তৈরি করা যায়।"

সাবিত্রী কে বোঝানো তো এক পর্ব! অনেক লম্বা ভূমিকার পরও অ্যারেস্ট করা হবে জেনেই হাঁউ মাঁউ করে এমন লম্বা কাণ্ড শুরু করলো

যে দীপিকা হাল ছেড়ে দুহাতে মাথা চেপে মেঝেতেই বসে পড়লেন। সুলগ্না বললো - "আচ্ছা সবাই এবার একটু চুপ করো। ওকে আগে একটু শান্ত হতে দাও, তারপর আমি দেখেছি কি ভাবে সাবু মাসিকে সোজা করে বোঝানো যায় ব্যাপারটা। তোমরা এক কাজ করো, আমাকে সাবুমাসির সাথে একলা রেখে তোমরা অন্য ঘরে যাও এবার।"

প্রায় আধ ঘণ্টা পরে সুলগ্না প্রায় শান্ত এবং ধাতস্থ সাবিত্রী কে নিয়ে ওদের ঘরে ঢুকে নিজের ঠোঁটে একটা আঙুল রেখে সবার কৌতূহলী দৃষ্টিকে আটকালো। তারপর বললো - "কোনো চিন্তা নেই। আমি বলেছি আমি সাবুমাসির সাথে যাবো থানায়, আর যতক্ষণ না পর্যন্ত সাবুমাসিকে বহাল তবিয়তে বাড়ী ফিরিয়ে আনছি আমিও থানাতেই থাকবো। এটা তো আমরা সবাই জানি যে সাবুমাসি নির্দোষ। আর পুলিশেরও সেটা জানতে বেশি সময় লাগবে না।"

খানিকটা সময় নিঃশব্দে কেটে গেলো। যদিও সবার মাথায় রাশি রাশি প্রশ্নের আসা যাওয়া চলছিল, কিন্তু এই পরিবেশে কারোরই যেনো কোনো কথা বলতে ইচ্ছে করছিলনা। একটু পরে বিমল রায় মুখে বেশ একটা সন্তুষ্টির একফালি হাসি মাখিয়ে গ্লাভস পরা বাম হাতে একটা ছোট জীপ লক স্বচ্ছ ব্যাগে একটা কাঁচের টুকরো এবং ডান হাতে একটা আয়তকার সুদৃশ্য কারুকাজ করা কাঠের বাক্স ধরে সদলবলে দোতলা থেকে নিচে নেমে এলেন। সামান্য হেসে বাম হাতের প্যাকেটটা একটু তুলে ধরে বললেন - "seems to be a piece of luck for me.... মনে তো হচ্ছে এটা ভাঙ্গা কাঁচের গ্লাসের ওপর দিকের একটা টুকরো, কারণ গ্লাসের সোনালী বর্ডার দেওয়া রিম দেখে তাই মনে হচ্ছে। ডাক্তার মিত্র অসুস্থ বোধ করার সময় ওঁর হাত থেকে গ্লাস পড়ে গিয়ে ভেঙ্গে টুকরো টুকরো হয়ে যায়, যার একটা টুকরো ছিটকে খাটের পেছন দিকের পায়ার খাঁজে এমন ভাবে আটকে ছিলো যে আপনাদের পরিচারিকার ঝাড়ুর ধাক্কাতেও বেরোয়নি এবং ওর বা

আমাদেরও প্রাথমিক খোঁজাখুঁজি তে চোখে পড়েনি। আর যেহেতু একটা অল্প খালি single malt whisky র বোতল বেডসাইড টেবিল এ রাখা ছিল, যেটা আমরা প্রথম দিন এসেই এই ঘর থেকে বাজেয়াপ্ত করে ফরেন্সিক পরীক্ষার জন্য পাঠিয়ে ছিলাম, সেটি পাশের রাইটিং টেবিলের ওপর রাখা ঢাকা খোলা এই কাঠের বাক্সর দুটি খোপের একটাতে বেশ সুন্দর ভাবে রাখা যেতে পারে বলে আন্দাজ করছি এবং আরেকটি খোপ একটি গ্লাসের আকারের তাই ধরে নিচ্ছি সেই বোতল এবং ভেঙ্গে যাওয়া গ্লাস, দুটোই এই বাক্সবন্দী হয়ে এই বাড়ীতে প্রবেশ করেছে। এবার এই বাক্স টা ডাক্তার মিত্র নিজেই এনেছিলেন , নাকি অন্য কেউ দিয়ে গেছে সেটা সিসিটিভি ফুটেজ পরীক্ষা করলে আশা করি জানতে পারবো। যদিও ওই বোতলের অ্যালকোহলের মধ্যে বিষের উপস্থিতি পাওয়া যায়নি, আন্দাজ করা যেতে পারে যে এই বাক্সের ভেতর রাখা গ্লাসে বিষের অস্তিত্ব হয়তো পাওয়া যেতে পারত। এই বাক্সটিতে কারোর কোনো হাতের আঙুলের ছাপ পাওয়া যায় কিনা তা পরীক্ষা করে দেখা প্রয়োজন। তাই এগুলো সবই সন্দেহের এবং প্রমাণের তালিকায় exhibit হিসেবে নিয়ে যাচ্ছি। আর হ্যাঁ, আমি একজনকে ডেকেছি যে এসে আপনাদের সবার হাতের এবং পায়ের ছাপের স্যাম্পল নিয়ে যাবে। বুঝতেই তো পারছেন আপাতত সন্দেহের তালিকায় আপনারা সবাই থাকছেন। ওই বরেনবাবুকে এবং আপনাদের গাড়ির ড্রাইভার কেও আমি এখানেই আসতে বলেছি, ওরাও এসে পড়বে এখনই। আরেকজন অফিসার আসবেন একটু পরেই আপনাদের সবাইকেই কিছু জিজ্ঞাসাবাদ করার জন্য। আশাকরি আপনারা সবাই ঠিকঠাক মত সহযোগিতা করবেন আমাদের সাথে।" ইতিমধ্যে দুজন অফিসার সিসিটিভি ফুটেজ সংক্রান্ত সমস্ত রেকর্ডস নিয়ে এসে পড়ায় বিমল রায় বললেন - "তাহলে বাকি ব্যাপারটা থানায় গিয়ে দেখা যাক না হয়।"

বিমল রায়ের কথা শেষ হবার সাথে সাথেই প্রায় ঘরে এসে ঢুকলেন দুজন মহিলা কনস্টেবল। সুলগ্না সাবিত্রীর হাত শক্ত করে ধরে রেখে ফিসফিসিয়ে.. "কোনোও ভয় নেই মাসি, আমি তো আছি " বলতে বলতে ওকে সঙ্গে করে নিয়ে পুলিশের জীপে উঠে বসলো। পেছন পেছন সবাই বেড়িয়ে গেটের কাছে এসে দাঁড়াতেই গেটের বাইরে গুচ্ছের রিপোর্টার আর অতি কৌতুহলী মানুষের ধাক্কাধাক্কি করে জিপের সামনে আসা আটকাতে দুজন কনস্টেবল হিমশিম খেয়ে গেল। গাড়ী ছেড়ে দেবার সঙ্গে সঙ্গে সাবিত্রীর আকুল কান্নার আওয়াজ শুনে দীপিকা চোখে দুহাত চাপা দিয়ে প্রায় ছুটে বাড়ীর ভেতর ঢুকলেন। অস্মিত বললো - " সম্রাট আমি তোমার বাইক টা নিয়ে ওদের পেছনে যাচ্ছি পুলিশ স্টেশনে। চাবিটা দাও।"

সবাই বাড়ীর ভেতরে ঢুকে ড্রইং রুমে বসার পর অরুণাভ দীপিকার দিকে তাকিয়ে কিছু একটা বলতে গিয়েও বরেনবাবুকে ঠিক ওই সময় ঘরে ঢুকতে দেখে চুপ করে গেলেন।

সম্রাট একটু ইতস্তত করে বললো - "সাবুমাসি তো নেই, সুলগ্নাও নেই, মা খুবই ডিসটার্বড ফীল করছে বুঝতেই পারছি। আমিই বরং দেখি একটু চায়ের ব্যবস্থা......"

ওকে কথা শেষ করতে না দিয়েই অরুণাভ একগাল হেসে উঠে দাঁড়িয়ে বললেন -" আরে রোসো রোসো, তুমি করবে চা! এই চা-বিশেষজ্ঞ আছে কি করতে! আমি ভারী ভালো চা বানাই। এক কাপ খেয়েই লোকে আরেক কাপ চায়..." বলে হা হা করে হেসে উঠেই দ্রুত নিজেকে সামলে নিয়ে 'সরি সরি কিচেন টা কোন দিকে....'বলে সম্রাটের একটা হাত ধরে টেনে ভেতরের দিকে এগিয়ে গেলেন।

দিনের আরো বেশ খানিকটা সময় কেটে গেলো কতো বার পুলিশের কতো রকম লোকেদের আসা যাওয়া, সবাইকে আলাদা

আলাদা করে ডেকে প্রশ্ন করা, সবার হাতের পায়ের ছাপ নেওয়া, আরো কতরকম পরীক্ষা নিরীক্ষায়। দীপিকার চোখের সামনে যেনো সবকিছু একরাশ ছায়ার মত নড়াচড়া করতে করতে সারা বাড়িময় ঘুরে বেড়াতে লাগল। এর মধ্যেই কখন যেনো সন্ধ্যে গড়িয়ে রাত নামলো। হঠাৎ দীপিকা খেয়াল করলেন বাড়ীটা যেনো বড়ো বেশি নিস্তব্ধ। এতো সব লোক কখন চলে গেলো! দীপিকার ভয় পাওয়া গলা থেকে' সমু রে....' বলে একটা আর্তনাদ বেড়িয়ে এলো। সম্রাট ছুটে এসে দীপিকাকে জড়িয়ে ধরে বললো, - " এই তো মা, আমি এখানেই আছি। কিচ্ছু ভয় নেই। সব ঠিক আছে। আমার স্নান হয়ে গেছে। চলো এবার তুমিও স্নান সেরে এসো। তারপর আমরা একসাথে বসে খাবো। অতীন কাকু এসে খাবার দিয়ে গেছেন।" যন্ত্রের মত স্নান সেরে এসে দীপিকা সম্রাটকে নিয়ে চুপচাপ খাবার টেবিলে বসলেন। দীপিকা প্লেটের খাবার নাড়াচাড়া করতে করতে সম্রাটের দিকে তাকিয়ে একটা দীর্ঘশ্বাস ফেলে বললেন - "এসবের শেষ কবে হবে বল তো সমু? অনেকদিন পর বাঁচার ইচ্ছে টা জেগে উঠেছিল। এখন যেনো চারদিক আবার কেমন ঘন কুয়াশায় ঢেকে যাচ্ছে, সামনে কি আছে কিচ্ছু দেখতে পাচ্ছি না। "

সম্রাট দীপিকার পিঠে বাঁ হাত আলতো করে রেখে আশ্বাসের গলায় নরম করে বললো -

" মা দেখো, খুব শিগগির অন্ধকার কেটে যাবে। তুমি জানো তো মা ঘন অন্ধকার রাতের পরেই তো সকালের আলো ফোটে। তুমি এখন দুশ্চিন্তা ছেড়ে ঠিক করে খাও, তারপর ওপরে গিয়ে একটু বিশ্রাম নাও। আমি বরং ফোন করে দেখি সুলগ্নারা খাওয়া দাওয়া করতে পেরেছে কিনা।"

আধো ঘুম, আধো জাগরণে একটা সময় রাত কেটে সকাল হলো। হালকা কুয়াশার পর্দায় জড়ানো ঝাপসা সকালটাতেও যেনো মৃত্যুর গন্ধ মাখানো। বিশেষত এই অঞ্চলটায় রাস্তার দুপাশে বড়ো গাছের সংখ্যা একটু বেশি বলেই যেনো দুর্গা পুজোর পর থেকেই এই সময়ের সকাল দুপুর গুলোও বিকেলের বিষন্নতার ধূসর রঙে রাঙানো মনে হয়। হঠাৎ অনেকদিন পর একটা দমচাপা কান্নার গুমরানি ঘিরে ধরলো দীপিকাকে। এমনটা আগে প্রায়ই হতো। মাঝখানে বেশ কয়েক মাস যেনো কোন জাদুমন্ত্রবলে দিনগুলো উড়ে যাওয়া রঙ্গিন প্রজাপতির পাখনার মতো সুন্দর আর ফুরফুরে হয়ে উঠেছিল। সেই কিশোরী বেলার মতো দিনগুলো ঝরঝরে তরতরে হয়ে সদ্য ফোটা ফুলের সুগন্ধ নিয়ে আসতো যেত। সেই সব দিনগুলো আবার কোন দুর্দম বেগে ধেয়ে আসা কাল বৈশাখী ঝড়ের কালো অন্ধকারের জালে ঢাকা পড়লো! দীপিকার সারা শরীর বিকল অবশ হয়ে এলো। মন চাইছে এক ছুটে এই বাড়ীর চার দেয়ালের বাইরে গিয়ে খোলা আকাশের নীচে দাঁড়িয়ে বুক ভরে শ্বাস নিতে। অথচ শরীর নিশ্চল পাথরের মত ভারী হয়ে একজায়গায় অচলায়তন হয়ে আটকে আছে। সমুটাও যে কোথায় গেল কে জানে! কোনো সাড়াশব্দ নেই ওর। এভাবে কতটা সময় পার হলো দীপিকার খেই হারিয়ে গেলো। হঠাৎ ই যেনো ডুবন্ত মানুষের মতো হাঁসফাঁস করে গভীর জলের ভেতর থেকে মাথা তোলার মত করে নড়েচড়ে উঠলেন দীপিকা এবং খেয়াল করলেন যে মোবাইলটা এক নাগাড়ে বেজে চলেছে। সম্বিত ফিরে পেয়ে ক্লান্ত হাতে ফোন রিসিভ করতেই কানে এলো বিমল রায়ের ঈষৎ উত্তেজিত স্বর - " ম্যাডাম,

ঘটনার ঠিক দুদিন আগের তারিখের সি সি টিভি ফুটেজে দেখা যাচ্ছে কেউ একজন ওই বিশেষ অ্যালকোহলের বোতলের বাক্সটির সাইজের একটা সুন্দর মোড়কে ঢাকা প্যাকেজ আপনাদের মেইন দরজার সামনে আপনাদের পরিচারিকার হাতে দিচ্ছে। এই ব্যাপারে সাবিত্রীকে তো অবশ্যই জিজ্ঞাসাবাদ করা হবে, তবে আপনাকে এবং আপনার ছেলেকেও আজ একবার থানায় এসে ছবি দেখে ওই লোকটিকে চেনেন কিনা তা সনাক্ত করতে হবে। আপনি যদি বললেন তো আপনার সময়মতো আমরা পুলিশের জীপ পাঠিয়ে আপনাদেরকে আনানোর ব্যাবস্থা করতে পারি। বা যদি আপনারা নিজেরাই আসতে চান....।" বিমল রায়কে কথা শেষ করতে না দিয়েই দীপিকা বললেন - " না না, আমরা নিজেরাই চলে যাবো, কোনো অসুবিধে নেই।" ধন্যবাদ জানিয়ে ফোন কেটে দিলেন বিমল রায়। সম্রাট এসে চোখে জিজ্ঞাসা নিয়ে দাঁড়াতে দিপীকা ওকে জানালেন সব। সম্রাট বললো - " ঠিক আছে মা, সেসব হবে। ওদিকে সুলগ্না জানিয়েছে সাবু মাসিকে এখন কদিন থানায় থাকতে হবে এটা অনেক কষ্টে বুঝিয়ে সুঝিয়ে কাল বাড়ি ফিরেছিল, আজ আবার গিয়ে দেখা করে আসবে। সব কিছুই ঠিক হয়ে যাবে মা। শুধু একটু সময়ের অপেক্ষা। এই সময়টুকু আমাদেরকে ধৈর্য্য ধরে পার করতে হবে। " দিপীকা অবাক হয়ে ছেলের মুখের দিকে তাকিয়ে ভাবলেন অনাদরে অবহেলায় বেড়ে ওঠা ছেলেটা বুঝি এই জন্যই অসময়ে বড়ো বেশি প্রাজ্ঞ হয়ে গেছে।

মৃদু হেসে বললেন, " আমাকে নিয়ে আর ভাবিস না রে সম্মু। আমি এখন একদম ঠিক আছি। যা হবে, যখন হবে, যেভাবে হবে সবটাই সহ্য করে নিতে পারবো এবার।"

পরের দিন সকালে থানায় বিমল রায়ের অফিসে বসে সিসিটিভির ফুটেজে ওই পার্সেল নিয়ে দাঁড়ানো লোকটির চেহারা বারবার দেখানো সত্ত্বেও দিপীকা এবং সম্রাট কারোরাই লোকটিকে চেনা বলে মনে হলো

না। শেষে বিমল রায় একটা দীর্ঘশ্বাস ফেলে বললেন - " সাবিত্রী ও চিনতে পারেনি। তবে তো মনে হচ্ছে এ কোনো কুরিয়ার সার্ভিস বা সুইগি জিনি র লোক। ব্যাপারটা একটু কমপ্লিকেটেড হয়ে গেলো। কারণ এই লোকটিকে দিয়ে কে বা কারা ঐ প্যাকেজ টা ডেলিভারি করিয়েছে সেটা খুঁজে বের করা একটু সময় সাপেক্ষ ব্যাপার হবে বলেই মনে হচ্ছে। এদিকে ডাক্তারবাবু তো অনেক হোমরাচোমরা মন্ত্রী আমলাদের হৃদয় সুস্থ রাখার দায়িত্বে ছিলেন তাই ওপর মহল থেকে কেস যত তাড়াতাড়ি সম্ভব সলভ করার জন্য তাগাদা আসছে। আচ্ছা ম্যাডাম আপনার তো দমদমের ওদিকে কোথায় যেনো বাপের বাড়ি, তাই না?"

দিপীকা সম্মতি সূচক ঘাড় নাড়তেই বিমল রায় হঠাৎ চেয়ার ছেড়ে উঠে দাঁড়িয়ে বললেন - "চলুন ম্যাডাম আপনার বাপের বাড়ি টা একটু দেখে আসি। আপনার এখন অন্য কোনো কাজের তাড়া নেই তো? আসলে বুঝতেই তো পারছেন আমার কোনো না কোনো ভাবে একটা ব্রেক থ্রু পেতেই হবে।"

দীপিকা ও চেয়ার ছেড়ে উঠতে উঠতে বললেন, " না না, আমার কোনো অসুবিধে হবে না, ওবাড়ির চাবি আমার হ্যান্ডব্যাগেই থাকে সবসময়। তাছাড়া বরেন বাবু কাছেই থাকেন, খবর দিলে পৌঁছে যাবেন। তবে সম্রুর তো কলেজ আছে...." সম্রাট দ্রুত দরজার দিকে এগোতে এগোতে বললো, " দু একটা ক্লাস মিস হলে কিছু হবে না মা, চলো ও বাড়ী থেকে ঘুরে আসি। ব্যাপারটার যত তাড়াতাড়ি হদিশ পাওয়া যায় ততই মঙ্গল।"

গাড়িতে উঠে দিপীকা বরেন বাবুকে ফোন করে ওদের আসার কথা জানিয়ে ঘর খুলে রেডী রাখতে নির্দেশ দিলেন। ওদের গাড়ী মতিঝিলে বাড়ীর কাছাকাছি পৌছতে বরেন বাবুকে গেটের সামনে

দাঁড়িয়ে থাকতে দেখা গেলো। বরেন বাবু একটু ত্রস্ত ব্যস্ত হয়ে সবাইকে আপ্যায়ন করে ভেতরে নিয়ে গেলেন। বাড়ীর গেটের ভেতরে পা দেওয়া ইস্তক বিমল রায়ের চোখেমুখে মুগ্ধতার ছাপ স্পষ্ট বোঝা যাচ্ছিল। ড্রয়িং রুমে ঢুকে দেওয়ালে দেওয়ালে নানান আকারের ফ্রেমে পেইন্টিং ঝুলতে দেখে সেই মুগ্ধতা আরও বাড়ল। পেইন্টিং গুলোর থেকে দৃষ্টি না সরিয়ে বললেন, " এ তো দেখছি রীতিমত আর্ট গ্যালারি! এতো পেইন্টিং....."

সম্রাট একটু গর্বের স্বরেই বলল , "প্রায় সবই আমার দাদুর আঁকা, কিছু আমার মায়ের হাতের সৃষ্টি ও আছে, তবে সেগুলো সবই দোতলায় মায়ের ঘরের দেওয়ালে। আর আছে দাদুর অনেক কষ্ট করে সংগ্রহ করা কিছু বিখ্যাত শিল্পীর পেইন্টিং। "

বিমল রায় বললেন, "তা আমি বুঝতেই পেরেছি, পেইন্টিং এর তলার দিকে এক কোনায় শিল্পীদের নামের সই দেখে। কিন্তু......" এবার বিমল রায় ভ্রু কুঁচকে দু তিনটে পেইন্টিং এর সামনে দাঁড়িয়ে অনেকটা সময় ধরে কি যেনো পর্যবেক্ষণ করতে লাগলেন। তারপর হঠাৎ এবাউট টার্ন করে একটু উত্তেজিত স্বরে বললেন, "চলুন ম্যাডাম, অন্য কোথাও বসে একটু কথা বলা যাক।" বরেন বাবু ব্যস্ত হয়ে বললেন , "আপনারা ভেতরে বসে কথাবার্তা বলুন, আমি একটু চায়ের ব্যাবস্থা দেখি।"

বরেন বাবু ঘর ছাড়া পর্যন্ত বিমল রায় অপেক্ষা করলেন, তারপর একজন কনস্টেবল কে ইশারায় কিছু বুঝিয়ে দীপিকার দিকে ফিরলেন। ওরা সবাই বাড়ীর পেছন দিকের বারান্দায় সাজানো বসার জায়গায় এসে বসার পর বিমল রায় মুখ খুললেন, - " আচ্ছা, আপনি বলেছিলেন যে এই বরেন বাবুই এখন এই বাড়ী দেখাশোনা করার

সম্পূর্ণ দায়িত্বে আছেন। উনি কতদিন ধরে এই দায়িত্ব সামলাচ্ছেন? আই মীন, উনি কতটা বিশ্বাসযোগ্য?"

দিপীকা দৃশ্যতই একটু বিভ্রান্ত হয়ে বললেন, " একথা কেনো বলছেন? মানে আপনি কি কিছু সন্দেহ করছেন? আসলে আমি তো জন্ম থেকে ওঁকে দেখছি। আমার জন্মের আগে থেকেই উনি এই বাড়ির ম্যানেজার এবং কেয়ারটেকার হিসেবে আছেন।"

বিমল রায় থুতনি চুলকাতে চুলকাতে বললেন, " হুঁ, আসলে বলতে খারাপ লাগছে, হল ঘরে যে কটা বিখ্যাত পেইন্টিং দেখলাম তার মধ্যে কয়েকটা নকল বলে আমার সন্দেহ হচ্ছে। অবশ্য এটা এই ব্যাপারে কোনো এক্সপার্ট ই সঠিক ভাবে বলতে পারবেন। " সম্রাট একটু রাগত স্বরে বলে উঠলো, - "ইম্পসিবল! হতেই পারেনা। দাদু নকল পেইন্টিং কিনবেন এটা কোনোভাবেই বিশ্বাসযোগ্য কথা নয়।" বিমল রায় শান্ত স্বরে বললেন , - "উত্তেজিত হবেন না। আপনার দাদুর অরিজিনাল পেইন্টিং এর ব্যাপারে প্যাশন নিয়ে আমার বিন্দুমাত্র কোনো সন্দেহ নেই। আসলে ম্যাডাম, এই পুলিশের চাকরিতে জয়েন করার আগে বেশ কিছু বছর আমি ফাইন আর্টস নিয়ে পড়াশোনা করে ছিলাম। কিন্তু আমার বাবার মতে এই আর্টের লাইনে কোনোও কিছু করে দেখানোর মত আমার ট্যালেন্ট ছিলনা বলে আমাকে বাধ্য হয়ে সখ টা জলাঞ্জলি দিয়ে রুজি রোজগারের পথে নামতে হয়েছিল। আমার মনে হচ্ছে আপনাদের অগোচরে হয়তো কিছু অরিজিনাল পেইন্টিং সরিয়ে নকল পেইন্টিং রিপ্লেস করা হয়ে থাকতে পারে। যাই হোক আমি আজই কোনো একজন এক্সপার্ট কে দিয়ে এই পেইন্টিং গুলো পরীক্ষা করানোর ব্যাবস্থা করেছি। এবার বলুন বরেন বাবুর দায়িত্বের মধ্যে কি কি কাজ পড়ে? মানে বলতে চাইছি যে আপনাদের এই বাড়ির সব কাজের দায়িত্ব ছাড়া আপনাদের ওই বাড়ীর আর কোনো কাজের ব্যাপারে ওনার ওপর দায়িত্ব দেওয়া আছে কি?"

- হ্যাঁ, আমার সেরকম ছোটখাটো অনেক কাজই উনি করে থাকেন । আসলে আমার বাবা উইল করে এই বাড়িটা সম্রুর নামে লিখে দিয়ে গেছেন। আর সাউথ কোলকাতায় বাবার কেনা আরেকটা ফ্ল্যাট আমাকে দিয়ে গেছেন, যে ফ্ল্যাট এখন ভাড়া তে দেওয়া আছে। সেই ফ্ল্যাটের ভাড়া প্রত্যেক মাসে বরেনবাবুই কালেক্ট করে আমার ব্যাংক একাউন্ট এ জমা করেন। তাছাড়াও আমার নামে বেশ কিছু শেয়ারে এবং মিউচ্যুয়াল ফান্ডে টাকা জমা করা আছে। সেসব ঝামেলাও বরেনবাবুই সামলান।"

- ঝামেলা! বাঃ! বেশ বললেন তো! ঝামেলাই বটে! টাকা থাকলেও ঝামেলা, না থাকলেও ঝামেলা! এই ব্যাপারটাও একটু বিশদে দেখা দরকার মনে হচ্ছে। আপনাদের পারিবারিক বন্ধু অরুণাভ বাবুও আমাকে কিছু ফাইল দিয়ে এই ব্যাপারে কিছু গুরুত্বপূর্ণ তথ্য জানিয়েছেন যেগুলো রি-চেক করা জরুরী। ম্যাডাম কিছু মনে করবেন না আপনার ফাইন্যান্সিয়াল কাগজপত্রের ফাইল গুলো আমাকে একবার দেখতে হবে। "

দীপিকার মনে পড়লো কুলুর হোটেলে থাকাকালীন অরুণাভ অনেকবার ফোন করে কিছু একটা বলতে গিয়েও শেষ পর্যন্ত বলেননি। তবে কি......! মনের ভেতরটা কেমন এক অস্থিরতায় উথাল পাথাল হতে লাগলো। শরীর টালমাটাল হয়ে উঠলো।

এবার সম্রাট মুখ খুললো - " আসলে কি বলুন তো? মা বরাবর এই টাকা পয়সা বিষয় সম্পত্তি ইত্যাদি জাগতিক ব্যাপারে নিস্পৃহ। আর আমার বাবা আমার মায়ের সব ব্যাপারে নিস্পৃহ ছিলেন। এবং যেহেতু এইসব ব্যাপার বোঝার মত বয়েসে আমি হয়তো এখনও ঠিক পৌঁছে উঠতে পারিনি তাই মাকে বরেন মামার ওপর অনেকটাই নির্ভর করতে হয়। যদিও আমি কিছুদিন ধরে ভাবছিলাম এবার হয়তো

আমাকে এই দিকটা নিয়ে একটু সচেতন হতে হবে, কিন্তু মায়ের মতে এখন আমার নিজের পড়াশোনা ছাড়া আর কিছু নিয়ে বেশি মাথা ঘামানো উচিৎ নয়।"

বিমল রায় সম্রাটের পিঠে সস্নেহ আলতো চাপ দিয়ে বললেন, - "মা ঠিকই ভাবেন। যাই হোক এই সব কিছু বিস্তারিত ভাবে খতিয়ে দেখার ব্যাবস্থা আমি করছি। অনেক ধন্যবাদ ম্যাডাম। মনে হচ্ছে অন্ধকারে অতি ক্ষীণ হলেও একটা আলোর রেখা দেখতে পাচ্ছি।"

হলঘরে ইতিমধ্যে বরেনবাবু চা জলখাবারের ব্যাবস্থা করে রেখেছিলেন। বিমল রায় তাঁর সাঙ্গপাঙ্গ সমেত বেশ তৎপরতার সাথে সেগুলির সদ্ব্যবহার করলেন। তারপর নতুন কোনো তথ্য পেলে খুব শীঘ্রই আবার যোগাযোগ করবেন এবং প্রয়োজনে এবাড়িতে আবারও আসতে হবে জানিয়ে বিমল রায় তাঁর বাহিনী নিয়ে ফিরে গেলেন। দীপিকার মাথা যন্ত্রণায় দপদপ করছিল। বিমল রায় কে চলে যেতে দেখে একবার উঠে দাঁড়ানোর চেষ্টা করেই ধপ করে সোফায় বসে পড়াতে তে সম্রাট চিন্তিত হয়ে বললো,- "মা, শরীর খারাপ লাগছে? একটু শোবে? " দিপীকা খুব ধীরে মাথা নাড়লেন - "না রে সম্মু, বাড়ী যাব। আমার কিছুই ভালো লাগছেনা। সব যেনো কেমন গুলিয়ে যাচ্ছে। পেইন্টিং গুলো নিয়ে উনি কি যে বলে গেলেন! ওগুলো আসল নয়! কে করবে এমন কাজ!" হঠাৎ সম্রাট দীপিকার হতে মৃদু চাপ দিয়ে ইশারায় চুপ করতে বলায় দীপিকা চোখ তুলে দেখলেন বরেন বাবু ঢুকছেন। দীপিকার ওরকম ক্লান্ত বিধ্বস্ত চেহারা দেখে বরেন বললেন , "মা, আমি বরং সুশীলা কে খবর দিই, এসে ভাতে ভাত কিছু রেঁধে দিয়ে যাক। দুটি মুখে দিয়ে একটু বিশ্রাম নিয়েই না হয় ওবাড়ী ফিরে যাবেন। এমনিতেই তো খুব ধকল যাচ্ছে, তার ওপর এখন তো সাবিত্রীও বাড়িতে নেই।" দীপিকা সম্রাটের দিকে তাকাতেই ও বললো, - " না মা, চলো , তোমাকে আজ একটা দারুণ রেস্টুরেন্টে নিয়ে যাবো।

ওখানে খেয়ে তোমাকে বাড়ীতে নামিয়ে আমি কলেজে চলে যাবো।"
দীপিকা চেয়ার ছেড়ে উঠতে উঠতে বললেন, -" সেই ভালো তবে।"

নিস্তব্ধ ওই বাড়ীটা যেনো মৃত্যু পুরীর রূপ নিয়েছে। একা ওখানে ফিরতে দীপিকার একটুও ইচ্ছে করছিলনা। কিন্তু সমুর কলেজে যাওয়াটাও জরুরী,কারণ ওর সিক্সথ সেমিস্টারের পরীক্ষার আর বেশি দেরী নেই। মধুরার বাড়িতে গিয়েও থাকা যাবেনা। বিমল রায় কখন যে বাড়ীতে এসে হানা দেন, কখন যে ফোন করে কতো রকম প্রশ্ন করেন সেসব অন্য কোথাও থেকে সামলানো যাবে না। সুলগ্নাও নিশ্চয়ই সাবুর সাথে দেখা করে কলেজে চলে যাবে। আজকালকার ছেলেমেয়েগুলো কতো অল্প বয়েসে নিজেদের কাঁধে কতো সহজেই কত ভারী দায়িত্ব তুলে নিতে পারে, ভাবলেন দীপিকা। আর শৈশবে মাকে হারানো দীপিকাকে বাবা অত্যধিক আদরে যত্নে এমন সুরক্ষিত ভাবে বড়ো করে তুলেছিলেন যে বাইরের জগৎ টা, বাইরের জগতের মানুষগুলো কতো কঠিন বিকৃত রুচির নির্মম হতে পারে তার আভাসটুকুও দীপিকা পাননি কোনোদিন। বিয়ের পরেও তাই প্রসূনের আসল স্বভাব চরিত্র আচরণের অস্বাভাবিকতা ওর চোখে অনেক পরে ধরা পড়েছিল, আর স্বাভাবিক ভাবেই এই আঘাত সহ্য করার মতো মনের শক্তি না থাকায় সম্পূর্ণ ভাবে ভেঙ্গে বিদ্ধস্ত হয়ে গেছিলেন। আচ্ছা অরুণাভ ওকে কি দরকারী কথা জানাতে চেয়েছিলেন? একবার কি ফোন করে জিজ্ঞাসা করবেন এখন? পরমুহূর্তে মন বদলালেন, না থাক, এখন আর এসব নিয়ে কোনো ভয়ংকর তথ্য জেনে সহ্য করার মতো মানসিক শক্তি নেই। শোবার ঘরে ঢুকতেই অগোছালো বিছানাটা চোখে পড়লো। সাবুর অনুপস্থিতি ভীষন ভাবে জানান দিচ্ছে। বেচারি কি অবস্থায় আছে কে জানে! কোনোমতে বিছানার চাদরটা একটু টেনেটুনে ঠিক করার চেষ্টা করে হাল ছেড়ে সেখানেই শুয়ে পড়লেন এবং ক্লান্ত শরীরে একটু পরেই দুচোখ ভরে ঘুম নেমে এলো

কলেজে পরপর বেশ কয়েকটা ক্লাস অ্যাটেন্ড করার পর একটু সময় পেয়ে সম্রাট সুলগ্নাকে ফোন করল। সুলগ্না ফোন কেটে দিতেই বুঝলো ওর এখনও ক্লাস চলছে। কিন্তু প্রায় সঙ্গে সঙ্গে সামনের বিল্ডিংয়ের পাশের রাস্তা দিয়ে সুলগ্নাকে আসতে দেখে মন টা এক ঝটকায় হালকা হয়ে গেলো। কাছাকাছি এসে সুলগ্না বললো - "তোর কাছেই আসছিলাম, তাই কল কেটে দিলাম। শোন কয়েকটা জরুরী কথা আছে। আমার আজ আর ক্লাস নেই, তোর আছে নাকি?" সম্রাট না সূচক ঘাড় নাড়তে সুলগ্না বললো- "চল তাহলে আমাদের বাড়িতে গিয়ে ছাদে বসে কথা বলি, কারণ কাকিমার সামনে এসব আলোচনা করতে চাইছিনা। তুই বাইক এনেছিস তো? "

- "না গাড়িতে এসেছি আজ।"

গাড়ি ড্রাইভ করতে করতে সম্রাট সুলগ্নাকে ওদের থানায় যাওয়ার এবং মতিঝিলের বাড়ীর সব ঘটনা সংক্ষেপে জানালো।

- "সর্বনাশ! তবে কি এইসবের পেছনে বরেন মামা আছেন নাকি! কি বলছিস তুই! কেনো! উনি তো কাকিমকে ভীষণ স্নেহ করেন, অন্ততঃ এই কয়েকদিনের পরিচয়ে আমার তো তাই মনে হয়েছে। তাছাড়া তুই তো বলেছিলি উনি তোর দাদুর আমলের লোক, কতো পুরনো, কতো বিশ্বস্ত মানুষ!"

- "কিছুই বুঝতে পারছিনা রে সু। ভীষন রকম ভাবে ঘেঁটে যাচ্ছে সব কিছু। মা তো এই অদ্ভুত ব্যাপার স্যাপার কিছুতেই হজম করতে পারছেনা। খুব ভেঙে পড়েছে। মাকে আজ একা বাড়ীতে বেশিক্ষণ রাখতে চাইছিনা রে। পরীক্ষার আগে ক্লাসগুলো করা খুব জরুরী তাই এসে ছিলাম আজ কলেজে।"

- "আচ্ছা, তাহলে চল তোদের বাড়িতেই যাই, শুধু আমার মাকে একটু তুলে নেবো। জরুরী কথা গুলো হয়তো মা ই কাকিমাকে ঠিক

গুছিয়ে বলতে পারবে। আসলে কি বলতো? কাকুর মৃত্যুটা তো অস্বাভাবিক ভাবে হয়েছে, তাই মা বলছিল তিনদিন না চারদিনে নাকি শ্রাদ্ধ শান্তির কাজটা করে নিতে হবে। তার জন্য কি কি করতে হবে, কোন পুরোহিতকে খবর দিতে হবে এসব মা একটু আলোচনা করবে কাকিমার সাথে। কারণ কাকিমা যে এসবের কিছুই জানে না তা আমি জানি। আর সাবু মাসিও নেই এখন পাশে।"

(৩০)

ডাক্তার প্রসূন মিত্রের শ্রাদ্ধশান্তি পর্ব বিনা আড়ম্বরে নির্বিঘ্নেই শেষ হলো। হাসপাতাল থেকে ডাক্তার ভাদুড়ী এবং আর কয়েকজন বিশিষ্ট ডাক্তার অল্প সময়ের জন্য এসেছিলেন। দীপিকার বিশেষ অনুরোধে সাবিত্রীকেও পুলিশি পাহারায় খানিকটা সময়ের জন্য আনা হয়েছিল। সাবিত্রীকে যেনো বোবায় পেয়েছে। কোনো কথাও না, কান্নাও না, সারাক্ষণ শুধু ফ্যালফ্যাল করে তাকিয়ে ছিল। আবার ফিরে যাবার সময়ে যান্ত্রিক ভাবে পুলিশের জীপে গিয়ে উঠেছিল। ওর অবস্থা দেখে দীপিকার বুকের ভেতরটা হাহাকার করে উঠলো। সাদাসিধে মানুষটার কার পাপে এমন ভোগান্তি হচ্ছে কে জানে!

সন্ধ্যের দিকে সব অতিথি চলে যাবার পর বিমল রায়ের ফোন এলো। উনি জানালেন যে অরুণাভ বাবুর কাছ থেকে দীপিকার ফাইন্যান্সিয়াল ট্রানজাকশন সংক্রান্ত যে কটি ফাইল উনি পেয়েছেন সেগুলো ভালো করে পরীক্ষা করানোর পর এবং মতিঝিলের বাড়ীতে একজন পেইন্টিং বিশেষজ্ঞ কে নিয়ে গিয়ে কিছু পেইন্টিং পরীক্ষা করিয়ে যা বোঝা যাচ্ছে তাতে করে বরেনবাবুর ওপর সন্দেহটা অমূলক নয় বলেই মনে হচ্ছে। আরো একটা মোক্ষম প্রমাণ হলো যে ডাক্তার মিত্রের ঘরের খাটের পায়াতে আটকে থাকা যে কাঁচের টুকরো টা পাওয়া গিয়েছিল সেটার ফরেন্সিক পরীক্ষায় যে বিষের চিহ্ন পাওয়া গিয়েছে তা ডাক্তার মিত্রের পাকস্থলীর ফরেনসিক পরীক্ষায় পাওয়া বিষের সাথে মিলে গিয়েছে। সাবিত্রীর দেওয়া বয়ান অনুযায়ী ডাক্তার মিত্র ঘটনার দিন রাতে অতিরিক্ত মদ্যপান হেতু বেশ টালমাটাল অবস্থায় বাড়ী ফিরেছিলেন। সাবিত্রীর রেখে যাওয়া রাতের খাবার তিনি স্পর্শ

করেননি। কিন্তু নিজের ঘরে গিয়ে হাতের কাছে টেবিলে রাখা সিঙ্গেল মল্ট হুইস্কির বোতল এবং সুদৃশ্য কাঁচের গ্লাস দেখে তিনি আর লোভ সংবরণ করতে পারেননি। ওই গ্লাসেই সেই বোতল থেকে হুইস্কি ঢেলে পান করেন এবং গ্লাসের সোনালী রিমে মাখানো শক্তিশালী বিষের সংস্পর্শে আসা হুইস্কি তাঁর জিভে লাগার প্রায় সঙ্গে সঙ্গেই শরীরে বিষক্রিয়া শুরু হওয়ায় তাঁর হাত অবশ হয়ে গ্লাসটি মাটিতে পড়ে ভেঙে টুকরো টুকরো হয়ে যায়। প্রচণ্ড অসুস্থ বোধ করায় তিনি কোনক্রমে বিছানায় শুয়ে পড়েন এবং কিছুক্ষণের মধ্যেই তাঁর মৃত্যু ঘটে। বরেন বাবুর বাকি সব কীর্তি কলাপ দেখে মনে করা হচ্ছে যে এই বোতল এবং গ্লাস এর প্যাকেজটি তিনিই কারোর সাহায্যে আপনাদের বাড়ীতে পাঠিয়ে থাকতে পারেন। তাই আপাতত: এই সব সন্দেহ এবং প্রমাণের ভিত্তিতে বরেন বাবু কে অ্যারেস্ট করা হয়েছে এবং যতদূর সম্ভব পরদিন সকালেই সাবিত্রীকে ছেড়ে দেবার ব্যাবস্থা করা যাবে বলে মনে করছেন উনি। দিপীকা বিপর্যস্ত স্বরে এই সবের পেছনে কারণ জানতে চাইলে উনি বললেন - "আজ আপনার ওপর দিয়ে অনেক ধকল গেছে। তাই কাল সকালে আপনার বাড়ীতে গিয়ে সব কিছু বিস্তারিত জানাবো ম্যাডাম। আপনি আপনার ছেলে এবং বিশ্বস্ত কয়েকজনকে সেই সময় আপনার সঙ্গে থাকতে বলতে পারেন।"

ফোন রাখার পর দীপিকার মনে একটাই প্রশ্ন ঘুরেফিরে এসে ধাক্কা দিতে থাকলো....'কেনো? কেনো? কেনো?.....'

পরদিন একটু বেলার দিকে বাড়ীর সামনে গাড়ির এসে থেমে যাওয়ার আওয়াজে সচকিত হলেন দীপিকা। একটু পরেই দরজায় বেল বাজার শব্দ শুনে তড়িঘড়ি নীচে নেমে দেখলেন সমু দরজা খুলেছে এবং বিমল রায় ও সাবু বাড়ীর ভেতর ঢুকছে। পেছন পেছন একজন মহিলা কনস্টেবলকেও ঢুকতে দেখলেন দীপিকা। অনেকখানি আশ্বস্ত হয়ে মুখে হাসি টেনে এগিয়ে গিয়ে সাবুর হাত ধরলেন,

- "এসো এসো সাবু, খুব ধকল গেলো তোমার, আমার খুবই খারাপ লাগছে যে আমাদের জন্য তোমাকে এতখানি কষ্ট পেতে হোলো। তুমি নিচের বাথরুমে গিয়ে স্নান সেরে নাও, আমি তোমাকে পরিষ্কার শাড়ি জামাকাপড় দিচ্ছি। তার আগে কি একটু চা জল খাবে?"

সাবু মাথা নীচু করে অল্প মাথা নেড়ে বাথরুমের দিকে এগিয়ে যেতে বিমল রায় একটা সোফায় বসতে বসতে ওদের সংক্ষেপে বুঝিয়ে বললেন যে কেনো বরেনবাবুকে অ্যারেস্ট করতে তিনি বাধ্য হয়েছেন। প্রথমত বরেনবাবুকে তিনি সন্দেহ করছেন একথা তাকে বুঝতে না দিয়ে তিনি হঠাৎ তার বাড়ীতে সার্চ ওয়ারেন্ট নিয়ে গিয়ে হানা দিয়ে পুরো বাড়ি সার্চ করেছেন, এবং তার বাড়ী থেকে দীপিকার বাবার নিজের আঁকা এবং তাঁর সংগৃহীত কিছু অরিজিনাল পেইন্টিং এবং কিছু দুর্মূল্য কিউরিও উদ্ধার করেছেন যেগুলো তখনও বরেনবাবু বিক্রি করে উঠতে পারেননি। এছাড়া অরুণাভ বাবুর কাছ থেকে পাওয়া দীপিকার বিষয় সম্পত্তি এবং ব্যাংক একাউন্ট সংক্রান্ত কিছু ফাইল ঘাঁটাঘাঁটি করেও বেশ কিছু তথ্য প্রমাণের ভিত্তিতে জানতে পেরেছেন যে সেখানেও হিসেবের বেশ কিছু গণ্ডগোল আছে। বরেনবাবুর বিভিন্ন ব্যাংক একাউন্ট চেক করে হিসেব বহির্ভূত মোটা অংকের টাকার ঘনঘন ডিপোজিট হওয়াটাও সন্দেহের তালিকায় রয়েছে। এসব দেখেশুনে ডাক্তার প্রসূন মিত্রর খুনের ব্যাপারে বরেনবাবুর হাত থাকার ব্যাপারটাকে সম্পূর্ণ উড়িয়ে দেওয়া যাচ্ছে না। এই ব্যাপারে প্রমাণাদি জোগাড় করা সময়সাপেক্ষ হলেও তাঁর ডিপার্টমেন্ট পুরোমাত্রায় কাজে লেগে পড়েছে এবং খুব তাড়াতাড়িই যে এই ব্যাপারে কোনো তথ্যপ্রমাণ তাদের হাতে এসে পড়বে সেই নিয়ে তিনি বেশ আশাবাদী।

দিপীকা যেনো নিজের কানকে বিশ্বাস করতে পারছিলেন না। বরেনবাবু চোর! সেই ছোটবেলা থেকে বাড়ীতে দিবারাত্রি নানান কাজে

আসা যাওয়া করা বরেনবাবু তাদেরই বাড়ীর জিনিসপত্র চুরি করে বাইরে বিক্রি করেছেন এটা এতটাই অবিশ্বাস্য যে তাঁর বুকের ভেতর এক অচেনা কষ্ট মোচড় দিয়ে উঠলো। নিজের অজান্তেই বুকের ওপর হাত রেখে দিপীকা ভাঙ্গা গলায় মৃদু স্বরে বললেন,

- "কিন্তু কেনো!!!! ওঁর টাকাপয়সার দরকার পড়লে তো আমাকে বললেই আমি সব ব্যবস্থা করে দিতে পারতাম! এভাবে এসব করার কেনো দরকার পড়ল!"

- "লোভ বড়ো বালাই ম্যাডাম। আর বলতে বাধ্য হচ্ছি যে আপনারা এতদিন যাকে চিরবিশ্বস্ত মানুষ বলে জেনে এসেছেন তার স্বভাব চরিত্রের এই হঠাৎ পরিবর্তনের দায় আপনাদের ওপরেও অনেকখানি বর্তায়।"

-"মানে! আমরা এই ব্যাপারে......!!!"

-"হ্যাঁ ম্যাডাম, আপনাদের দিনের পর দিন এবং বহুদিন ধরে নিজেদের বিষয় সম্পত্তি ব্যাংক ব্যালেন্স আর বাড়ীর মূল্যবান জিনিসপত্রের প্রতি এই অদ্ভুত নিরাসক্ত উদাসীনতাই কিন্তু একটা সৎ মানুষকে একটু একটু করে লোভী এবং অসৎ করে তুলতে সাহায্য করেছে। আমার ধারণা যে প্রথমে অল্প অল্প চুরি, এবং সেগুলো ধরা না পড়ায় পরে নিয়মিত বড়ো চুরি করতে বরেনবাবু সিদ্ধহস্ত হয়ে ওঠে।

যাই হোক আমার তদন্তের জন্য আমাকে আরো কিছু জায়গায় ছোটাছুটি করতে হবে। আশা রাখছি খুব তাড়াতাড়ি ডাক্তার মিত্রের খুনের রহস্যের সমাধান করতে পারব। আজ চলি।"

বিমান রায়ের চলে যাবার পর সোফায় স্থানু হয়ে বসে থাকা দীপিকার ধ্যান ভাঙ্গলো সম্বুর ডাকাডাকিতে।

" মা ওঠ, সাবুমাসির স্নান হয়ে গেলো বোধ হয়, শাড়ি জামাকাপড় কি দেবে বলছিলে দিয়ে এসো।"

ধড়মড়িয়ে উঠে দিপীকা দোতলায় নিজের ঘরের দিকে এগোলেন।

স্নান সেরে সাবিত্রী নীরবেই খাওয়া সারলো। তারপর বেশ অনেকক্ষণ দুই হাঁটুতে মাথা গুঁজে বসে থাকার পর একটা লম্বা শ্বাস ছেড়ে উঠে ধীর পায়ে দীপিকার কাছাকাছি এসে মাথা নীচু করে দাঁড়াতে দিপীকা কোমল স্বরে বললেন, " তোমার ওপর দিয়ে কদিন খুবই ধকল গেছে সাবু ,এখন নিচের ঘরেই শুয়ে একটু বিশ্রাম নাও। তারপর বরং আজ না হয় কাল বাড়ী যেও।"

সাবু ভয় জড়িত ব্যাকুল স্বরে কাঁদো কাঁদো হয়ে বিড়বিড় করে কি যেন বলতে বলতে দীপিকার পায়ের কাছে বসে পড়ে দীপিকার পা জড়িয়ে ধরলো। দিপীকা রীতিমত সন্ত্রস্ত হয়ে বললেন, "কি হয়েছে তোমার সাবু? শরীর খারাপ লাগছে? এরকম করছ কেনো? তুমি তো বাড়ীতে আছো এখন। তোমাকে আর কেউ কিচ্ছু বলবেনা। তুমি কোনো দোষ করোনি। তোমাকে আর একটুও ভয় পেতে হবেনা।"

সাবুর জোরে জোরে মাথা নাড়া দেখে দিপীকা বললেন,

-"কি বলছ বলোতো ! তোমার কথা তো আমি কিছুই বুঝতে পারছিনা। একটু শান্ত হও আগে। তারপর ঠিক করে বলো কি বলতে চাও।"

- "আমি আর ওবাড়িতে যাবনি গো বউদিমুনি। কোন মুখ লইয়ে যাবো ? সেখিনে তো একয়দিনে ঢিঢিক্কার পড়ি গেছে গো আমি দাদাবাবুরে খুন করি ফ্যালাইছি, আমি জ্যাল ফিরত আসামি গো দিদিমনি। আমারে তো পাড়ার লোকে সবাই থু থু করি গালি দিবে গো।

ই পোড়ার মুখ আমি আর সিখেনে দেকাবো কেমন করি বলতি পারো? না না, তুমি আমারে এই বাড়িতেই এক কোনে জাগা করি দাও গো দিদিমুনী। আমি এখেনেই থাকবো, কাজকম্ম করবো, দুবেলা দুমুঠো ভাত দিও আমারে। আর কিছু লাগবেক নাই।"

দিপীকা অনেক চেষ্টা করেও কিছুতেই সাবুকে বোঝাতে পারলেন না যে এরকম কিছুই হবে না। সবাই জানতে পারবে যে সাবু নির্দোষ। কেউ ওকে দোষ দেবেনা, কোনো খারাপ কথা বলবে না। কিন্তু সাবুর আকুল কান্না আর ঘনঘন ঘাড় নাড়া চলতে থাকায় শেষমেষ হাল ছেড়ে বললেন,

-"সে তুমি এখানে আমাদের বাড়িতে থাকতেই পারো, আমার তো কোনো অসুবিধে নেই তাতে, বরং আমার ভালই লাগবে। কিন্তু তোমার ছেলে বউমা নাতি নাতনিদের তো তাতে আপত্তি থাকতে পারে। ওদের যদি তোমার এবাড়িতে থাকায় কোনো অসুবিধে না হয় তো তুমি অবশ্যই এখানে থেকো। এখন শান্ত হও আর একটু ঘুমানোর চেষ্টা করো, যাও।"

সাবু চলে যাবার পর দিপীকা দুহাতে মাথা টিপে ধরলেন। মাথা দপদপ করে ছিঁড়ে পড়বে মনে হচ্ছে। এই অশান্তি আর টানাপোড়েন আরো কতদিন চলবে কে জানে!

না জানি কতক্ষণ পর বাইকের জোরালো আওয়াজে ঘোর কাটল দীপিকার। আজকাল এই এক মুশকিল হয়েছে। যখন তখন কেমন যেন এক নিঃসীম শূন্যে নিস্তব্ধতায় হারিয়ে যান। সময়ের কোনো হিসেব থাকেনা। মাঝে মাঝে সকাল দুপুর রাত্রির খেই ও হারিয়ে ফেলেন। সম্মু কি কোথাও বেরোলো, না কি বেরিয়ে ফিরল! মনে করার চেষ্টা চালাতে চালাতে হঠাৎ সম্মুর উদ্বিগ্ন স্বর কানে এলো -

-"কি হলো মা! এরকম করে অন্ধকার ঘরে একলা বসে আছো কেনো? শরীর ঠিক আছে? আমি বেরোবার সময় তোমাকে বলে গেলাম, তখনও কোনো সাড়া দাওনি!"

সম্বিৎ ফিরে পেয়ে দিপীকা দেখলেন সমু ঘরের আলো জ্বেলে দিয়েছে, আর সামনে চিন্তান্বিত মুখে এগিয়ে আসছে সুলগ্না। কাছে এসে দীপিকার একেবারে কোল ঘেঁষে বসে পড়ে দুহাতে দীপিকার গলা জড়িয়ে গালে গাল ঠেকিয়ে সুলগ্না আদুরে গলায় বলল,

- "কি হয়েছে বল তো? এতো ভেঙ্গে পড়েছ কেনো? অনেকটাই তো সামলে গেছে। বাকিটাও খুব তাড়াতাড়ি সামলে দেবো আমরা সবাই মিলে। তুমি প্লিজ এমন ভাবে সবসময় মন খারাপ করে থেকোনা।"

মন খারাপ! কথাটা দীপিকার কানে এসে কেমন যেন অনুরণন তুলল। মন খারাপ হয়ে আছে নাকি ওর! মনের ভেতর খানিক হাতড়ানোর পর যা পেলো তা শুধুই একরাশ উদ্বেগ আর বিভ্রান্তি। প্রসূন সংক্রান্ত কোনো কিছুতেই মন খারাপ মন ভালো এসব হওয়া কবেই যেনো শেষ হয়ে গেছে। অপরিসীম নিরাসক্তি আর নিস্পৃহতা একখানা ভারী পাথর হয়ে কবের থেকে যেনো জীবনের একটা অংশের ওপর জাঁকিয়ে বসে আছে, সেই পাথরের নিচের জমিটুকুতে প্রসূন কে নিয়ে কোনো অনুভূতির সবুজ কোমল দূর্বাদল আর কোনদিনই মাথা চাড়া দিয়ে উঠতে পারবেনা হয়তো। ওর এত আদরেও কোনো সাড়া না দেওয়ায় এবার একটু চিন্তিত মুখে সম্রাটের দিকে তাকিয়ে ভ্রূতে প্রশ্নচিহ্ন রাখলো সুলগ্না। সম্রাট এগিয়ে এসে দীপিকার হাত ধরে অল্প টান মেরে জোর গলায় বলল

- "আচ্ছা ঠিক আছে ,এবার ওঠ তো , রেডী হও, আমি তুমি আর সু বেরোবো। প্রথমে একটা সিনেমা দেখবো, তারপর বাইরে ডিনার

করে বাড়ী ফিরবো। সাবুমাসির খাবার নিয়ে আসবো। আজ সাবুমাসি রেস্ট করুক।"

সুলগ্না বাচ্চা মেয়ের মতো হাততালি দিয়ে উচ্ছসিত হলো।

- "ওয়াও! দারুণ আইডিয়া! অনেকদিন হলে গিয়ে সিনেমা দেখা হয়না। আরে বড়ো স্ক্রীনে সিনেমা দেখার মজাই আলাদা।"

বলেই ডানহাতের কব্জি উল্টে ঘড়ি দেখে লাফিয়ে উঠে চেঁচামেচি করে টানাটানি করে দীপিকাকে ঠেলে তুলে দোতলার দিকে এগিয়ে নিয়ে চলতে শুরু করল। দিপীকা এবার সত্যিই হেসে ফেললেন।

- "এই মেয়েটা আর কোনোদিন বড়ো হবে না রে সমু। অবশ্য বড়ো না হওয়াই ভালো বোধ হয়। এরকমই থাক দুষ্টুমিষ্টি হয়ে।"

মনে ভাবলেন বড়ো হলেই তো তোরাও সবাই দূরে চলে যাবি। কোনো মন্ত্রবলে যদি চিরটা কাল এভাবেই পাশে রেখে দিতে পারতাম!

গাড়ির জানালায় মুখ রেখে অপসৃয়মান রাস্তা দেখতে দেখতে দীপিকার মনে হলো কত কত দিন যেনো এই কলকাতার এমন রূপ তাঁর চোখে পড়েনি। রাস্তার দুধারে মা দুর্গার মুখ আঁকা বড়বড় আলোকিত বিজ্ঞাপনের হোর্ডিং, আলোর মালায় সুসজ্জিত দোকানপাট রাস্তাঘাট, ফুটপাথের পাশ দিয়ে লাগানো বাঁশের লম্বা রেলিং, প্রায় তৈরি হয়ে ওঠা ছোটো বড়ো পুজো মণ্ডপ, লাউডস্পীকারে ভেসে আসা গানের কলি.... সব মিলিয়ে চেনা কলকাতা কেমন যেনো অচেনা হয়ে উঠেছে। গা শিরশির করে উঠলো দীপিকার। পুজো আসার অনুভূতি এমনকরে কতদিন পর পেলেন! কৃতজ্ঞ চোখে একবার সামনের সীটে বসা ছেলে মেয়ে দুটোর দিকে তাকালেন। ভাগ্যি ওরা জোর করে দীপিকাকে বাড়ীর বাইরে আনলো। বাড়ীর বাইরেই যে এমন সুন্দর

মন ভালকরা দৃশ্যের সারি দীপিকাকে অভ্যর্থনা জানানোর জন্য সেজেগুজে অপেক্ষায় ছিল তা কে জানত!

স্টিয়ারিংয়ে হাত রেখে সামনে চোখ রেখেই সম্রাট বলল,

- " শো শুরু হতে দেরী আছে রে সু, হাতে এখনও খানিকটা সময় আছে, কাকীমাকে ফোন করে রেডী হতে বল। যাবার পথে তুলে নেবো।"

(৩১)

দুর্গা পুজো তার স্বাভাবিক সমারোহ নিয়ে এলো, আবার ক'টা দিন কলকাতার আপামর জনজীবনকে একটু অন্যরকম ভাবে ব্যস্ত করে দিয়ে চলেও গেলো। এই কয়েকটা দিন দীপিকার দিন ও রাতের অনেকখানি সময় ব্যালকনির এক কোনায় একটা বেতের চেয়ারে বসেই কেটে গেলো। সাম্প্রতিক অস্বাভাবিক ঘটনাবহুল দিনগুলোর ঘাত প্রতিঘাতে প্রায় জড় হয়ে যাওয়া শরীর আর মনের ওপর এই কদিনের আবহাওয়া যেনো এক নরম ব্যথাহরী মলমের প্রলেপ দিয়ে যাচ্ছিল। পুজোর ক'দিনের জনজোয়ার সামলানোর ব্যস্ত কর্মসূচি থাকার জন্যই হোক বা অন্য কোনো কারণবশতঃ ই হোক বিমান বাবুর ফোন আর আসেনি বেশ ক'দিন হলো। দীপিকাও যেনো খানিকটা স্বস্তি বোধ করছিলেন। পুজোর দিনগুলোতে সমুর চেহারাটাও খুব বেশি নজরে পড়েনি। প্রায় সারাদিন এবং রাতেরও বেশ খানিকটা সময় বাইরেই কাটিয়েছে সমু। হয়তো কখনো বন্ধুদের সাথে, কখনও বা সুলগ্নার সাথে। শুধু যাবার আগে মুখ বাড়িয়ে বলে গেছে দিপীকা যেনো ঠিক সময়ে ঠিক মত খেয়ে নেন। পুজোর প্রথম দিন বেরোনোর আগে বেশ সংকুচিত মুখ নিয়ে একটু কিন্তু কিন্তু ভাব করেই এসে দাঁড়িয়ে জানিয়েছিল সমু যে সুলগ্না অনেক করে বলছে ওর সাথে একটু বেরোনোর জন্য এবং যাবার সময় দিপীকা চাইলে দীপিকাকে

সুলগ্নাদের বাড়িতে নামিয়ে দিয়ে ওরা বেরোবে। দীপিকাকে এই উৎসবের দিনে একা বাড়িতে রেখে যেতে সমুর যে খুবই খারাপ লাগছিল সেটা দিপীকা অনুভব করেছিলেন। কিন্তু দিপীকার যে এই ব্যালকনি তে বসে সময় কাটিয়ে দিতে দিব্যি লাগছে সেটা বেশ দৃঢ়তার সাথে জানানোয় সমু আর জোর করেনি। সত্যিই তো, সমুর সাথে ওর বাবার কিই বা মনের বন্ধন ছিল যে বাবার মৃত্যুতে দুঃখে ভেঙ্গে পড়ার মতো মনের অবস্থা হবে সমুর? ভাবলেন দিপীকা। এভাবে অস্বাভাবিক দমচাপা পরিবেশে ঘরে বন্দী হয়ে না থেকে সুলগ্নার সাথে ঘুরে বেড়িয়ে সমু অন্তত পুজোর কটা দিন আনন্দে কাটাক। সাবুও পুজোর পরিবেশে অনেকটাই ধাতস্থ হয়ে স্বাভাবিক রান্নাবান্না আর ঘরকন্নার কাজে ব্যস্ত হয়ে থেকেছে। খালি নানান ব্যাপারে দীপিকাকে বকাবকি বা চেঁচামেচি টা একেবারেই বন্ধ হয়ে গেছে। মানুষ খুন করার অপরাধের দায় ওর ঘাড়ে চাপতে পারে বলে কোনোদিন দুঃস্বপ্নেও বোধহয় মাথায় আসেনি ওর। আর কোনোদিন কি সাবু সেই আগের মত সম্পূর্ণ স্বাভাবিকতায় ফিরতে পারবে..... ভেবে দীর্ঘশ্বাস ফেললেন দিপীকা।

লক্ষ্মী পুজোর দুদিন পর দুপুরের দিকে হঠাৎ ফোনে বিমান রায় একটু উত্তেজিত ও উচ্ছসিত গলায় জানালেন যে এবার বোধ হয় ডাক্তার প্রসূন মিত্রর তদন্তের একটা কিনারা হতে চলেছে খুব শীঘ্রই। তাঁর ডিপার্টমেন্টের সবার নিরলস প্রচেষ্টায় অবশেষে জালে ধরা পড়েছে বরেনবাবুর এই দুষ্কর্মের সহায়ক একজন, যে কিনা বরেন বাবুর পাশের পাড়ার চায়ের দোকানে কাজ করা একটি তরুণ। যাকে একটু মোটা টাকার বিনিময়ে ওই দামী হুইস্কির বোতল ও গ্লাসের প্যাকেজ টা ডাক্তার মিত্রর বাড়ীতে দিপীকা এবং সম্রাটের কলকাতার বাইরে থাকার সময় সুযোগ বুঝে ডেলিভারি দেবার ব্যাবস্থা করেছিলেন বরেন বাবু। থানায় ধরে নিয়ে গিয়ে অল্পস্বল্প ধোলাই দিতেই ছেলেটি সব কথা স্বীকার করেছে। দামী হুইস্কির প্রতি এবং সৌখিন সুদৃশ্য

গ্লাসের প্রতি ডাক্তার মিত্রের দুর্বলতার কথা বরেন বাবুর অজানা ছিলনা। তাই সম্রাট এবং দীপিকার অনুপস্থিতিতে ডাক্তার মিত্রকে খুন করার এই পরিকল্পনা করেন তিনি। বরেন বাবুর বিরুদ্ধে চার্জ শীট তো আগেই বানানো হয়েছে, ট্রায়াল ও শুরু হয়েছে। এবার যে সুবিচার পেতে খুব বেশী দিন লাগবে না সে ব্যাপারেও দীপিকাকে আশ্বস্ত করলেন বিমান রায়। ফোন রেখে অনেকক্ষণ নিশ্চুপ হয়ে বসে রইলেন দিপীকা। প্রথমে চুরির অভিযোগ এবং এখন একেবারে খুনের মারাত্মক অভিযোগ বরেনবাবুর বিরুদ্ধে! কি এমন ভয়ঙ্কর প্রয়োজন বা পরিস্থিতি হয়েছিল ওঁর যে একেবারে এমন চরম অপরাধ করে বসতে হলো! হিসেব মেলানোর বৃথা চেষ্টায় অবসন্ন হয়ে বালিশে মাথা রেখে চোখ বুজলেন দিপীকা।

"এবারের পুজোটা যেনো কেমন একটা কাটল.....।" একটা ছোট্টো দিবানিদ্রা সেরে পড়ন্ত বিকেলের আলোয় নিজের ছাদবাগানে এসে আলসে ধরে সামান্য ঝুঁকে নিচের রাস্তায় এক টুকরো চলমান জীবনের ছবির দিকে তাকিয়ে স্বগতোক্তি করলেন মধুরা। কমলা ছাদের এক প্রান্তে লাগানো একটা জলের কলের মুখে লাগানো পাইপের অন্য প্রান্ত হাতে নিয়ে সারা ছাদ ঘুরে ঘুরে গাছগুলোকে সযত্নে স্নান করাচ্ছিল। মধুরার কথা শুনে অল্প ঘাড় নেড়ে সায় দিলো,

- "সত্যিই গো। মণ্ডপে গেছি, পুজোর অঞ্জলি দিয়েছি, এমনকি প্যান্ডেলের সামনে দাঁড়িয়ে ফুচকাও খেয়েছি। তবু যেনো কেমন একটা কি নেই কি নেই ভাব হচ্ছিল মনের মধ্যে, তাই না গো মা?"

- "হ্যাঁ রে, আসলে এতবড় একটা দুর্ঘটনা ঘটে গেলো, এতো তাড়াতাড়ি এতো সহজে কি সব কিছুর মধ্যে স্বাভাবিকত্ব আনা যায়! দিপীকা এই পুজোয় কি ভাবে সময় কাটালো কে জানে? অথচ আমরা

সবাই ভেবে ছিলাম যে বহু বছর পর এই বছরের পুজোয় আমাদের সবার সাথে মিলে ও খুব আনন্দ করবে।"

- "মানুষ ভাবে এক আর হয় এক।"

- "শুনছি তো এই খুনের বিচার এবার খুব তাড়াতাড়িই হবে। ঠাকুর করুক সব কিছু আবার খুব তাড়াতাড়ি সামলে যাক।"

নীচ থেকে অতীনের গলার আওয়াজ শোনা গেলো,

- "কি রে কুমু আজ বুঝি আর চা ফা পাবো না?"

মধুরা কমলার হাত থেকে জলের পাইপ টা নিতে নিতে বললেন,

- "তুই গিয়ে চায়ের জল চাপা। আমি বাকি গাছগুলোতে জল দিয়ে দিচ্ছি। আমার প্রাণটাও চা চা করছে রে।"

নীচে এসে ডাইনিং টেবিলের সামনে সম্রাট আর সুলগ্নাকে চুপচাপ বসে থাকতে দেখে অবাক হলেন মধুরা।

- "কি রে তোদের ক্লাস আজ তাড়াতাড়ি শেষ হয়ে গেলো? তা দুজনেই এমন গোমড়া মুখে বসে কেনো? ঝগড়া করেছিস নাকি? যা ঝগড়ুটে মেয়ে না আমার!"

- "ব্যাস অমনি! সুলগ্না রীতিমতো ঝগড়ার মেজাজে ঝাঁঝিয়ে উঠলো। তুমি যে আমার সৎ মা একাশিতম বার প্রমাণিত হোলো।"

- "ও ঝগড়া করিসনি! তাহলে নিশ্চয়ই ক্ষিধে পেয়েছে। ওরে কুমু চায়ের সাথে এদের কিছু টা-এর ব্যবস্থা কর।"

- "পেয়াঁজ পাকোড়া বানাই? নাকি নতুন ফুলকপির পাকোড়া ? রান্নাঘর থেকে কমলার গলা ভেসে এলো।"

- "আরে দুটোই হোক, দুটোই হোক। এতে আবার জিজ্ঞেস করার কি আছে? কি বলো সম্রাট?" আকর্ণবিস্তৃত হাসিতে ভরা মুখ নিয়ে অতীনের ঘোষণা।

- "ওই এলেন মিস্টার পেটুকানন্দ। তবে তোমার ভাগে গোনা গুনতি থাকবে। একটাও বেশি চাইবে না বলে দিলাম।" মধুরার বিধিবদ্ধ সতর্কীকরণ।

দিন আসে দিন যায়, অনেকটা একই রকমের ছকে বাঁধা যেনো। এরকম একঘেয়েমিতে মধুরার প্রাণ হাঁফিয়ে ওঠে। বুবান টা পুজোর দশমী কাটিয়েই ঝাড়গ্রামে ফিরে গেছে। ওর নতুন বান্ধবী আদৃতাও যাতে খুব শিগগির ঝাড়গ্রামের সরকারি হাসপাতালে পোস্টিং পেয়ে যায় তারও উদ্যোগ চলছে জানিয়েছে বুবান। কুলুর হোটেলে বসে অতীন দিপীকা আর মধুরাকে বেশ রসিয়েই বুবানের জীবনের এই নতুন মিষ্টি অধ্যায়ের গল্প শুনিয়েছে মিন্টি। শোনার পরই মধুরার উত্তেজিত আহ্লাদে ভরপুর ঘোষণা করতে এক সেকেন্ডর বেশি সময় লাগেনি....."এবার তাহলে কলকাতায় ফিরেই তো বিয়ের তোরজোড় শুরু করতে হবে। ও বাবা! সে তো প্রচুর কাজ রে মিন্টি। দিপীকা তুমি কিন্তু শপিং এ রোজ থাকবে আমার সঙ্গে, মিন্টি কে তো আর রোজ পাবোনা। আর এই যে কর্তা মশাই,আপনার ডেবিট কার্ড কিন্তু এবার আমার দখলে থাকবে আগেই বলে দিলাম।" সুলগ্না চোখ গোলগোল করে মায়ের ধারাবিবরণী শুনছিল। সম্রাট অস্মিতের দিকে তাকিয়ে মিটিমিটি হাসছিল। দিপীকা খুশিতে মুখ উদ্ভাসিত করে বলেই ফেললেন, - "বাঃ কি মজা, কতযুগ পর বিয়েবাড়ির জন্য শপিং করবো, দারুণ মজা হবে।" খালি অতীন একটু হাসি হাসি মুখে - "আচ্ছা আচ্ছা হবে হবে সব হবে" বলে সেদিনের নিউজ পেপারে মুখ গুঁজে খুশি আড়াল করেছিলেন। নিজের অজান্তেই একটা দীর্ঘশ্বাস পড়ল মধুরার। হঠাৎই কেমন যেনো সব পাল্টে গেলো। দিনগুলো ভারী হয়ে উঠেছে, রাতে চমকে ঘুম ভেঙে যাচ্ছে। মিন্টি সিরিয়াস মুখ করে কলেজ এ যাচ্ছে আসছে। বাড়ী ফিরেই হয় বইয়ে, নয় ল্যাপটপে মুখ গুঁজে

থাকছে। ওদের কলেজে বোধ হয় কিছুদিনের মধ্যেই জব ক্যাম্পাসিং শুরু হয়ে যাবে, তারই প্রস্তুতিতে ব্যস্ত বোধ হয়। সম্রাট আর দিপীকা কোর্টে যাওয়া আসায় ব্যস্ত থাকে। সম্রাটের এই সময়টাতে অনেকটা জরুরী সময় নষ্ট হোলো এই কোর্টে দৌড়াদৌড়ির জন্য, তবে ও যা মেধাবী আর লেখাপড়ায় সিরিয়াস ছেলে, ঠিকই মেকআপ করে নেবে,ভাবলেন মধুরা। অতীনের এই পুজো দিওয়ালি ক্রিসমাসের মরশুমে ব্যবসার চাপ বাড়ে। আশালতা দুপুরের খাওয়াদাওয়ার পর থেকেই ঝিমোতে থাকেন। কমলার সাথে আর কত গল্প করা যায়? সন্ধ্যের দিকে তাড়াতাড়ি রান্না সেরে কমলাও একটু বইখাতা নিয়ে বসে। মধুরার সময় যেনো আর কাটতেই চায়না। টিভি খুলে রিমোট কন্ট্রোল টা টিপে টিপে খালি এ চ্যানেল ও চ্যানেলে ঘোরা ফেরাই সার হয়। মনস্থির করে কিছুই আর দেখা হয়ে ওঠেনা। আসলে প্রত্যেকেরই বোধ হয় নিজেদের অবচেতনে একটা খবরের আশায় কোনমতে দিনরাত পার হচ্ছিল, ডাক্তার প্রসূন মিত্রর খুনী ধরা পড়েছে, তার বিচারের কি রায় ঘোষণা করা হবে সেই খবরের।

কোর্টে কেস ওঠার পর শুরু হয়েছিল দীপিকার আরেক বিড়ম্বনা, ট্রায়াল চলাকালীন রোজ কোর্ট রুমে গিয়ে বসে থাকা এবং মাঝে মাঝে কাঠগড়ায় দাঁড়িয়ে দুই পক্ষের আইনজীবীর প্রশ্নের উত্তর দেওয়ার এক ভীষন বিরক্তিকর এবং ক্লান্তিকর অধ্যায়।যদিও বিচার পর্ব সে ভাবে খুব বেশি লম্বা চলেনি, কারণ শুরু থেকেই বোঝা যাচ্ছিল যে এটা একটা ওপেন এন্ড শাট কেস, তবু দীপিকার মনে হলো যেন একরাশ পাঁকে ভরা জলে সাঁতার দিয়ে তীরে ওঠার প্রাণপণ চেষ্টায় শ্বাস বন্ধ হবার কষ্ট অনুভূত হোলো সেই কদিন। কোর্টে বসে বরেন বাবুর দিকে তাকাতে অস্বস্তি হচ্ছিল দীপিকার। মনে হচ্ছিল যেনো বরেনবাবু না, দিপীকাই বিরাট একটা অপরাধ করে এখানে এসে বসে আছেন। সাক্ষ্য প্রমাণ সহ বরেনবাবুকে বহুমূল্য পেইন্টিং এবং অন্যান্য দুর্মূল্য কিউরিও চুরি,

দীপিকার ব্যাংক একাউন্ট এর টাকা তছরুপ এবং ডাক্তার প্রসূন মিত্রকে খুনের অপরাধী সাব্যস্ত করতে প্রসিকিউটরকে খুব বেশি বেগ পেতে হয়নি। বরেনবাবুর ডাক্তার মিত্রকে খুন করার পেছনে কারণ একটাই ছিল। ডাক্তার মিত্রের মৃত্যুর পর স্বাভাবিক ভাবেই তাঁর সমস্ত বিষয় সম্পত্তি দীপিকার নামে ট্রান্সফার হয়ে যাবে, এবং দীপিকার বিষয় সম্পত্তি সংক্রান্ত ব্যাপারে চরম উদাসীনতার সদ্ব্যবহার করে ধীরে ধীরে সমস্ত টাকা পয়সা এবং সম্পত্তি বরেন বাবুর নিজের নামে করে নেওয়ার পথ সুগম হয়ে যাবে, এমনটাই প্ল্যান ছিল বরেন বাবুর। কিন্তু যেহেতু বরেন বাবু বর্ন ক্রিমিনাল নন এবং অতিরিক্ত লোভের বশবর্তী হয়েই এভাবে মানুষ খুনের মতো এতবড় একটা অপরাধ করে ফেলা সত্ত্বেও তাই তাঁর প্রাণ দণ্ডের বদলে যাবজ্জীবন কারাদণ্ডের শাস্তি ঘোষিত হলো। কারণ বিচারকের মতে তিনি শুধু একজন মানুষকেই হত্যা করেননি, আরেকজন মানুষের নিশ্চিন্ত বিশ্বাসকেও খুন করেছেন।

বিচার চলা কালীন প্রত্যেক দিন সম্রাটকে তো কোর্টে থাকতেই হয়েছিল। মধুরা আর সুলগ্নাও প্রায় প্রতিদিনই কেউ না কেউ দীপিকার পাশে ছিল। বিচারের রায় বেরানোর পর সম্রাট দীপিকার হাতের ওপর হালকা চাপ দিয়ে মৃদু স্বরে একটা কথাই বলেছিল,

- "মন কে শক্ত করো মা, বাবাও কিন্তু তার অপরাধের শাস্তি পেয়েছে, সে যেভাবেই হোক না কেনো। এবার অতীতের সব কথা ভোলার চেষ্টা করতেই হবে আমাদেরকে। সামনের দিনগুলো আমরা নিজেদের মতো করে সুন্দর ভাবে বাঁচবো, চেষ্টা তোমাকে করতেই হবে মা। আমি তো আছি তোমার পাশে সবসময়।আর এই কোর্টের ঝামেলা ঝঞ্ঝাটের মধ্যে তোমাকে একটা কথা জানানোর সুযোগই হয়নি আমার। তোমাকে জিজ্ঞেস না করেই আমি একটা কাজ করে ফেলেছি, সেটা হলো আমি অরুণাভ কাকুকে অনুরোধ করেছিলাম যে নতুন কোনো প্রফেশনাল মানুষের খোঁজ না পাওয়া পর্যন্ত উনি যদি

তোমার ফাইনান্সিয়াল ব্যাপারটা একটু দেখাশোনা করেন। আমি ওনাকে এও বলেছি যে ওনার এই সার্ভিস টা আমরা আর্থিক ভাবে পুষিয়ে দেবো। তা উনি এক কথাতেই রাজি হয়েছেন। ওনার শর্ত শুধু একটাই যে ওই আর্থিক ভাবে পুষিয়ে দেবার ব্যাপারটা মাইনাস করতে হবে। মা তোমার অনুমতি না নিয়েই আমি কাকুকে এই ব্যাপারটা নিয়ে অ্যাপ্রোচ করেছি বলে তুমি রাগ করলে না তো?" দিপীকা অবসন্ন ভাবে শুধু মাথা নেড়ে ছিলেন। এসব নিয়ে তিনি তো কোনোদিনই ভাবনা চিন্তা করেননি। অন্তত সমু এগুলো নিয়ে সিরিয়াসলি চিন্তা করছে জেনে বেশ খানিকটা নিশ্চিন্তও হলেন।

দুঃস্বপ্নের রাত যতই কালো আর লম্বা হোক না কেনো, একদিন সেই রাতেরও শেষ হয়, অন্ধকার কেটে ভোরের সূর্য কিরণ শরীর মন কে স্পর্শ করে নতুন প্রাণ শক্তিতে ভরিয়ে তোলে মানুষকে। জীবন চলার নতুন গতি ও ছন্দ খুঁজে নিতে ব্যস্ত হয়ে ওঠে। তবুও সেই দুঃস্বপ্নের স্মৃতি ঘুমে জাগরণে মনকে বারেবারেই ঝাঁকুনি দিয়ে যায়। দিপীকা ভাবলেন হ্যাঁ, চেষ্টা তো তাঁকে করতেই হবে। কোর্ট থেকে বাইরে বেরিয়ে এসে আকাশের দিকে তাকিয়ে দেখলেন ঝকঝকে আলোয় চারপাশ ভেসে যাচ্ছে। হেঁটে কার পার্কিং এর দিকে যেতে যেতে হেমন্তের হালকা উষ্ণ রোদ গায়ে মেখে দীপিকার সারা শরীরে সূর্যস্নাতা হবার অনুভূতি জাগলো। গা শিরশির করে উঠলো। মনে হলো শরীর আর মনের ওপর বহু বছর ধরে জমে থাকা শ্যাওলার পরত যেনো সূর্যকিরণের শুদ্ধ তাপে শুষ্ক হয়ে খসে পড়ছে, ঝরে পড়ছে, হালকা বাষ্প হয়ে বাতাসে উড়ে উড়ে বায়ুমন্ডলে মিশে অদৃশ্য হয়ে যাচ্ছে। গাড়িতে উঠে বসে এসি বন্ধ করে জানালার কাঁচ নামিয়ে দিতে বললেন দিপীকা। গাড়ি চলতেই হালকা হিমেল হাওয়া ঢুকে আসায় গাড়ির ভেতরটা সতেজ শান্ত হয়ে উঠল, আর তার সাথে দীপিকার সারা শরীর মন আত্মা এক অদ্ভুত শিহরনে উদ্ভাসিত হলো। দীপিকার

কানে কে যেনো ফিসফিসিয়ে বলতে থাকলো...... তবে কি এই জন্মেই তোমার পুনর্জন্ম ঘটলো !...... পুরনো জীবনের দুঃসহ স্মৃতির কুয়াশার জালের কলেবরকে ছিঁড়ে বেড়িয়ে সূর্যকিরনের নীচে এসে দাঁড়াও......দুহাত বাড়িয়ে মন প্রাণ শরীরকে এক করে সেই নবজন্মকে স্বাগত জানাও......এক দিব্য শান্তির প্রলেপে দিপীকার দুচোখ জুড়ে ঘুম নামলো।

= সমাপ্ত =

www.ingramcontent.com/pod-product-compliance
Lightning Source LLC
Chambersburg PA
CBHW051144130726
47988CB00005B/1974